SELECTED READINGS OF LITERATURE
ON THEORETICAL CRITICISM OF NEW CENTURY POETRY

新世纪诗歌
理论批评重要文献选读

周 军◎主编

中国广播影视出版社

图书在版编目（CIP）数据

新世纪诗歌理论批评重要文献选读 / 周军主编 . —
北京：中国广播影视出版社，2023.6
ISBN 978-7-5043-9052-3

Ⅰ.①新… Ⅱ.①周… Ⅲ.①诗歌评论—中国—当代
—文集 Ⅳ.①I207.22-53

中国国家版本馆 CIP 数据核字（2023）第 115728 号

新世纪诗歌理论批评重要文献选读
周　军　主编

责任编辑　王　波
责任校对　张　哲
装帧设计　中北传媒

出版发行　中国广播影视出版社
电　话　010-86093580　010-86093583
社　址　北京市西城区真武庙二条 9 号
邮政编码　100045
网　址　www.crtp.com.cn
电子邮箱　crtp8@sina.com

经　销　全国各地新华书店
印　刷　廊坊市海涛印刷有限公司

开　本　710 毫米 × 1000 毫米　　1/16
字　数　257（千）字
印　张　20.25
版　次　2023 年 6 月第 1 版　　2023 年 6 月第 1 次印刷

书　号　978-7-5043-9052-3
定　价　98.00 元

前　言

　　"新世纪文学"概念的提出，转念之间已历经二十多个春秋。此时段，说长不长，说短也不短。中国现当代文学在思潮研究、经典作家作品研究、文学期刊研究、社团群体研究等领域都取得了很高成就，无论是刊载在中国知网的学术论文，还是各大知名出版社公开出版的研究专著，其数量可谓是汗牛充栋。新诗研究在中国现当代文学研究领域中虽受重视，但从历年研究生毕业选题的偏好就可窥见——新诗研究相比小说、散文等文体研究又显得小众了一些，不过，也正是研究领域相对的不热闹，反倒为新诗研究领域的精耕细作提供了良好的土壤，尤其是在吴思敬、王光明、罗振亚、张清华等多位诗歌批评权威名家的带领下，新世纪以来新锐诗评家也不断涌现，霍俊明、卢桢、刘波、罗麒等青年学者就是其中的佼佼者，而以北京大学、北京师范大学、首都师范大学、中国人民大学、南开大学、武汉大学等为代表的诗歌研究重镇定期开展的中国新诗批评学术活动，形成了很强的诗歌批评场域，更是为新世纪中国诗歌批评积攒下了非常丰硕的诗歌理论批评成果。这些成果或着力于经典诗人诗作研究，或追踪当代诗坛的热点现象，或聚焦网络诗歌写作的最新动向，均取得了不俗的成绩。然而，新世纪诗歌批评的权威理论文献整理的聚焦工作还做得不够，尤其在中国现当代诗歌批评理论的研究生教材开发方面尚待加强。

　　应该说，新世纪以来学界围绕中国新诗的研究已经产生了一批富有影响力的学术成果，所取得的璀璨成绩是有目共睹的，但相关的理论文献教材建设相对滞后，相关前沿理论成果要进入到当代诗歌批评史的建构之中更需时日。而在日常的研究生诗歌理论批评课程教学中，往往缺乏相对稳固又具有权威性的文献成果选本供研究生细读、模仿，成为了各大高校新诗批评研究人才培养的一大突出问题。此外，研究生在阅读论文成果时也往往容易因缺乏问题聚焦意识，陷入文献阅读的汪洋大海，不知从何读起。为了解决研究生诗歌批评教学的日常急需，遂有了本书的编撰。

本书将新世纪以来的新诗研究理论成果分为"新诗的接受与影响研究""传统与现代的视域研究""经典诗人诗作研究""宏观视域的诗学批评"四个大类进行精心编撰，试图为研究生权威资料的找寻提供问题式导引。此外，资料编选着眼于宏观学术视野的开拓与文本细读能力的双重培养，因此，在文献选编的时候，特别注意思想创新、理论资源、研究方法的多维度穿透性指引。

就编撰内容而言，本书属于新世纪诗歌批评理论研究的重要文献选编。为了能够精准跟踪最新前沿理论成果，本书将编选对象做了两个限定：一是只选新世纪以来的新诗批评理论成果，尽量最大化地保持与诗歌批评界权威专家处于追踪的实效与同频共振范围内，努力形成追踪热点诗歌批评的动态在场感与理论引导的热点效应；二是只选新世纪以来新诗批评界影响力广泛的专家论文，并且在刊源的遴选上也基本做到了原载期刊的 CSSCI 化。可以说，这两条选文原则都为本书的编选质量提供了有力保障。

将文献编选时间限定于新世纪，着眼于追踪最前沿的理论成果；将权威名家与新锐学者并举作为研究者影响力的选择标准，着眼于瞄准文献资料的权威性、系统性，亦可称本书的第一个创新之处。本书第二个创新之处在于选编内容的问题辐射延展性思考。铺而陈之，本书以问题意识为导引，分专题精选最前沿的诗歌批评理论成果。选中的篇目，既注重名家名篇，也看重新锐批评家的重要分析成果。因此，本书既具有文献资料的权威性与经典性，又注重史料资源的系统性与前沿性，对中国新诗批评领域的研究生教材建设具有重要的参考价值。

当然，本书的编选也留下了不少遗憾。比如限于资助额度以及版权问题，还有一批权威名家的诗歌理论批评文章遗漏在外；再如，由于篇幅与时间的限制，一批重要的诗潮观察与经典诗作的重要批评也未能编选进去。最重要的是，编者水平有限所导致的遗珠之憾就更突出了。诸如此类的问题，都只能留待下次修订了。真诚地期待本书能为当代中国新诗理论批评的研究生课程建设与研究生诗歌批评理论素养的培养尽一份微薄之力。本书在编写过程中得到了我的恩师——南开大学博士生导师罗振亚教授的大力支持与精心指导，在此特别鸣谢！我指导的研究生黄慧芳、但凯南、张印三位同学也协助了书稿文字格式的调整，一并表示感谢。

周军

2023 年 1 月

目　录

第一部分：新诗的接受与影响研究

日本俳句与中国"小诗"的生成

罗振亚①

南开大学文学院

摘　要:"小诗"是中国现代非常重要的文体,它曾在 20 世纪 20 年代的中国风靡一时、家喻户晓。然而,对它的来源,学术界却早有定论,一直认为主要是受到印度泰戈尔的直接影响。其实,中国"小诗"域外传统的主体乃日本俳句,而周作人和泰戈尔只是俳句影响"小诗"的两座"文化桥梁"。俳句的精神浸染,使"小诗"擅长写景和注意纯粹的诗意建构,具有一种"冥想"的理趣和感伤的情调。俳句的形式导引,使"小诗"崇尚简约,以

①　罗振亚(1963—),男,文学博士,现为南开大学文学院教授、博士生导师,系教育部"新世纪优秀人才",享受国务院政府特殊津贴,南开大学中国现当代文学学科负责人,南开大学穆旦诗歌研究中心主任,国家社科基金通讯评审专家,鲁迅文学奖评委,国家级精品课"现代中国文学"负责人,国家级资源共享课"现代中国文学"负责人。主要学术兼职:中国作家协会会员、中国作家协会诗歌委员会委员、中国新文学学会副会长、中国写作学会副会长、天津市中国现当代文学学会会长、《文学评论》《中国当代文学研究》《当代作家评论》《文学与文化》《现代中国文学与文化》《文艺评论》等刊编委。出版有《中国现代主义诗歌流派史》《与先锋对话》等著作十余种。在《中国社会科学》《文学评论》《文艺研究》《中国现代文学研究丛刊》《文艺理论研究》等权威学术期刊发表论文三百余篇,其中数篇被《新华文摘》《中国社会科学文摘》等全文转载。曾获黑龙江省优秀社科成果一等奖、天津市优秀社科成果一等奖、星星年度诗评家奖、扬子江诗学奖、建安文学奖评论奖、草堂诗评家奖与金青藤国际诗歌奖等多种奖励。

象写意，从而获得了淡泊、平易、纤细的审美趣味，也饱含了再造空间的瞬间"写真"风格。当然，"小诗"与俳句的理趣、禅悟倾向有很大距离，很多"小诗"也未真正获得俳句闲寂的精神和"以象写意"方法的要义，这就使得中国"小诗"存在着过于直白甚至肤浅随意的不足。

关键词： 日本俳句；中国"小诗"；精神浸染；形式导引。

"小诗"虽然在 1917 年沈尹默的《月夜》发表时即宣告诞生，但作为一个特指概念，它的出现还是进入 20 世纪 20 年代后的事情。1921 年—1924 年间，用一到数行文字即兴表现一点一滴的感悟、一时一地的景色，成为当时诗坛十分走俏的一种写作潮流，人们习惯上将之称为"小诗"运动。对于"小诗"这种"风靡一时的诗歌体裁""新诗坛上的宠儿"，[①] 学术界曾给予及时的关注，周作人、成仿吾、朱自清、梁实秋等批评家纷纷撰文，1924 年胡怀琛还专门出版了专著《小诗研究》，探讨"小诗"的诗学特征、"小诗"与传统以及国际诗坛的关系。在此后近百年的时间里，对"小诗"的关注一直持续不断。不过，总体而言，研究者对"小诗"的认识多停留在一般性的结论，缺乏深入细致的探讨、梳理和总结，尤其是对于一些既定的结论没有进行深入反思和进一步的质疑。比如，对于"小诗"运动的成因，更多论者认为，除了中国传统诗词中绝句、散曲和小令的影响外，域外诗歌的主要影响来自印度的泰戈尔，说得更具体些是他的《飞鸟集》，但却很少有人认识到日本俳句之于中国"小诗"的重要性。周作人虽然注意到日本俳句与印度泰戈尔诗之于中国"小诗"的作用，"这里边又有两种潮流，便是印度与日本"，[②]"一方面是翻译过来的日本的短歌和俳句的影响，一方面是印度泰戈尔

---

① 任钧：《新诗话》，上海：上海国际文化服务出版社，1948 年，第 56 页。
② 仲密（周作人）：《论小诗》，《民国日报·觉悟》，1922 年 6 月 29 日。

诗的影响。"①但具体到中国"小诗"究竟从根本上接受了日本短歌、俳句和泰戈尔诗歌怎样的影响,其影响又有何不同,周作人却语焉不详。也有人提出,和歌、俳句对小诗"所影响的似乎只是诗形,而未及于意境与风格"。②这显然是过低估价了俳句的意义和作用。我认为,如同唐人绝句被视为"小诗"的本土传统一样,日本俳句乃是"小诗"域外传统的主体,至于一再被抬高的泰戈尔,只是俳句和"小诗"之间沟通的一座桥梁,这是必须澄清的一个历史事实。那么,日本俳句与中国"小诗"到底具有怎样的精神和艺术关联,它在"小诗"的生成和建构中扮演着怎样的角色,"小诗"对当下的中国诗歌和日常生活又具有哪些值得注意的重要启示呢?

一、两座"文化桥":周作人和泰戈尔

鸦片战争后,中国开始睁开眼睛看世界。为推进传统诗歌向现代转换,一些有识之士出于增多诗体和提高新诗表现力的考虑,开始在艺术上"别求新声于异邦"。"小诗"的勃兴在某种程度上,就是对印度诗歌、日本诗歌译介与吸收的结果。

东瀛俳句一翼的传入最早可追溯到 18 世纪后半叶。1775 年在日本生活过的清代诗人程剑南,即尝试将大岛蓼太的俳句译为汉诗;清末随父居留日本的罗朝斌,曾向俳坛宗师正冈子规、高滨虚子学写俳句;民国初年黄遵宪在《日本国志》和《日本杂事诗》中,再度介绍与俳句接近的和歌。可以说,"和歌、俳句是清末民初中日两国文学、文化交流中的一个重要的津梁,它

---

① 冯文炳:《谈新诗·湖畔》,北京:人民文学出版社,1984 年,第 112 页。

② 佩弦(朱自清):《短诗与长诗》,《诗》,1922 年 4 月 1 日,第 4 页。

为'五四'时期中国新文学家们对和歌俳句的接受和借鉴奠定了基础"。^① 正是在承继前人的基础上，周作人成为译介、传播俳句的主要力量和集大成者。当时留学东京的周作人，对日本文学的俳谐发生浓厚的兴趣，一度醉心于松尾芭蕉、与谢芜村、正冈子规、永井荷风、小林一茶等构筑的俳句世界，几近于流连忘返。他虽知诗歌尤其是俳句不宜翻译，稍有不慎即会形存神失。但建设新文学愿望之热切，改变中国诗歌思想表现力贫弱现状之急迫，使他"铤而走险"，在1921—1923年翻译了一百多首短歌和俳句，除独立发表的《杂译日本诗三十首》《日本俗歌四十首》^②外，一些作品多夹杂在《日本的诗歌》《一茶的诗》《日本的小诗》^③等文章中。周作人的翻译，没有严格遵守俳句十七个音数和五七五分行的规定，而做了"舍形似求神似"的中国化处理，即从日语词汇音节偏多和人的呼吸节奏特点出发，挖掘白话文的潜力，以现代口语的自由句法，凝练地传达俳句丰富的内在神韵；同时尽量启用双音节词，不时配加"呀""罢""了"等语气助词，以对应俳句中所固有的"切字"，保持俳句舒缓阴柔、余音缭绕的美感。如他翻译的"同我来游嬉罢，没有母亲的雀儿"（小林一茶），"易水上流着，叶的寒冷呀"（与谢芜村），"比远方的人声，更是渺茫的那绿草里的牵牛花"（与谢野晶子），这些译句尽管淡化了俳句并置的意象间相克相生的妙处，偶尔还有画蛇添足之嫌，即用括号将他认为作者没明言的内容补上；但基本上把握住了俳句的精髓，字里行间跳荡着摆脱韵律和体式羁绊的自由气息，充满着人与自然、动物和谐的趣味，诗意充盈。可以说，周作人在此完成了文类的民族化转换。所以在一些

---

① 王向远：《中国现代小诗与日本的和歌俳句》，《中国比较文学》，1997年，第1页。

② 分见《新青年》，1921年，第9期，第4页；《诗》，1922年2月1日，第2页。

③ 分见《小说月报》，1921年5月12日，第5页；1921年11月12日，第11页。《晨报副刊》，1923年4月3日，1923年4月4日，1923年4月5日。

行家看来，他的翻译更像是创作。[①] 而他那些《论小诗》等文章则系统介绍了俳句、和歌的形式、性质、文化背景、流变历程，和宗鉴、贞德、芭蕉、芜村、一茶、子规等人的俳句以及香川景树等人的和歌作品。因看好俳句简练含蓄的暗示力，和"有弹力的集中"，适于写一地的景色、一时的情调和刹那的印象，他称其为"理想的小诗"，[②] 并使中国"小诗"成了 20 世纪 20 年代诗坛的一个特指概念。

在引进俳句之时，新诗在胡适等人的拓荒下已闪出一条新路。周作人的倾心译介，一方面因运用白话，符合当时诗体解放的形式自由理念，一方面让人倍感俳句自然、人文风味的清新，确为理想的小诗；很多作家、诗人也渐次意识到俳句的优长，称它"似空中的柳浪，池上的微波，不知所自始，也不知其所终，飘飘忽忽，袅袅婷婷"，充满"余韵余情"，[③] 朦胧婉约，"在那样简单的形式当中，能够含着相当深刻的情绪世界"，[④] 梁宗岱甚至称芭蕉的《古池》为象征主义诗歌的最好范例。[⑤] 于是，在周作人等人译介的影响下，诗坛"模仿'俳句'的小诗极多"，[⑥] 连诗坛宿将朱自清都发出感慨，"从前读周启明先生《日本的诗歌》一文，便已羡慕日本底短歌；当时颇想仿作一回"；[⑦] 至于年轻的仿效者更多，"康白情、俞平伯、徐玉诺、汪静之……都作过这种受日本俳句影响的小诗"，[⑧] 这从应修人给周作人的信尤可窥见一斑，他

---

① 朱自清：《中国新文学大系·诗集·导言》，上海：良友图书印刷公司，1935 年。

② 仲密（周作人）：《论小诗》，《民国日报·觉悟》，1922 年 6 月 29 日。

③ 郁达夫：《日本的文化生活》，《宇宙风》，1936 年，第 9 期，第 25 页。

④ 郭沫若：《诗歌底创作》，《文学》，1944 年，第 2 期，第 3-4 页。

⑤ 梁宗岱：《象征主义》，《文学季刊》，1934 年 4 月 1 日，第 2 页。

⑥ 余冠英：《新诗的前后两期》，《文学月刊》，1932 年 2 月 29 日 2，第 3 页。

⑦ 朱自清：《杂诗三首·序》，《诗》，1922 年 1 月，第 1 页。

⑧ 钟敬文：《日本古典俳句选·序》，《钟敬文文集·诗学及文艺论卷》，合肥：安徽教育出版社，2002 年，第 741 页。

说："前几天买来几本去年的《小说月报》，重看了两遍你底论日本诗歌文，细领略了些俳句，短歌底美……纵是散文而且是译的，但诗味洋溢之外，也更有一些诗音可听，终不能不说是诗。"① 渐渐地俳句已"内化"为许多作者表达情感的一种思维和写作方式，所以"可以说小诗运动是从周作人的短歌、俳句的介绍开始的"。②

关于泰戈尔作品译介那一翼的人数众多，其中尤以郑振铎为最。1913年，泰翁以东方作家的身份首获诺贝尔文学奖后，引起中国诗坛的强烈关注。1915年10月《新青年》最早发表陈独秀译的泰戈尔四首诗；1918年8月《新青年》刊载刘半农译的泰戈尔九首诗；1920年2、3月《少年中国》第8、9期发表黄仲苏译的《园丁集》中的23首诗；1922年郑振铎翻译的《飞鸟集》出版；1923年郑振铎翻译的《新月集》出版，《小说月报》14卷4、5号开设"泰戈尔"专号，以迎接泰翁次年访华；1924年对泰戈尔作品的译介、传播进入巅峰状态，一年内各类报刊发表的文章竟达近百篇。这期间，泰戈尔充溢哲理趣味和宗教意识的诗歌，因暗合"五四"退潮后很多青年孤寂迷惘的内省情感结构，接近初期新诗的言理思路，能给人一定的精神慰藉和思想启迪，遂产生了广泛的影响，其爱的哲学、泛神论精神与自由简洁的形式，在中国诗坛均激起了对应性的"涟漪"。中国"小诗"运动的领袖冰心为其澄澈、凄美、天然的境界感染，于是从性灵深处流淌出缥缈神奇、无调无声的情思音乐——《繁星》和《春水》。③宗白华被《园丁集》"那声调的苍凉幽咽，一往情深"俘获，因此引起"一股宇宙的遥远的相思的哀感"，④自此仿作者甚众。郑振铎先生因之在《飞鸟集·序》中断定，"小诗"

① 鲁迅研究室：《应修人致周作人》，《鲁迅研究资料（8）》，天津：天津人民出版社，1981年，第41页。

② 吴红华：《周作人与江户庶民文艺》，东京：创土社，2005年，第61页。

③ 阙名（冰心）：《遥寄印度哲人泰戈尔》，《燕大季刊》，1920年9月，第3页。

④ 宗白华：《我和诗》，《文学》，1937年1月1日，第8期，第1页。

作者"大半都是直接或间接受泰戈尔此集的影响"。[①]

　　正是以"享乐"为特质的俳句的译介，和以"冥想"为特质的泰戈尔诗歌的译介两翼合流，开启了"小诗"运动的序幕，从而使俞平伯、康白情、郭绍虞、郭沫若、邓均吾、徐玉诺、沈尹默、冰心、宗白华、应修人、潘漠华、冯雪峰、汪静之、谢采江、何植三、钟敬文等人纷纷青睐于"小诗"，他们竞相写作，热闹非凡；并且随着冰心的《繁星》《春水》，宗白华的《流云》，俞平伯的《冬夜》，谢采江的《野火》，湖畔诗派的《湖畔》《春的歌集》，何植三的《农家的草紫》等诗集的陆续出版，"小诗"创作进入了鼎盛期，就连当时的专门性诗刊《诗》也不得不从 1922 年 7 月 1 卷 4 期起特设"小诗"栏目，为其提供生长园地。而后，批评家又从理论上加以总结，在翻译、批评与创作的"合力"作用下，"小诗"完成了自己的命名。关于"小诗"的来源"有两种潮流，便是印度与日本"亦成定论。

　　从表象上看，"小诗"运动的兴起的确由两翼东方诗歌的译介共同促成，周作人的判断也是客观公允的；但事隔 80 多年后再仔细推敲，就会发现他的结论并不周延，在某些方面甚至偏离、遮蔽了历史的本来面目。严格意义上说，"小诗"的本质不是源于两翼，而是一翼，那就是俳句与和歌，至少是主要源于俳句与和歌。因为周作人当时置身于"小诗"运动的混沌之中，缺乏必要的审视距离，忽略了一个必须引人注意的重要事实：若追根溯源，曾被许多人奉为小诗影响源的泰戈尔的《飞鸟集》，其艺术故乡同样在日本的俳句。或者说"泰戈尔写小诗，也是受日本俳句的影响"。[②]具体的情形是：获取诺贝尔文学奖后的 1916 年，泰戈尔出访日本，在四个多月的居留时间里，他大量接触、阅读松尾芭蕉、与谢芜村、小林一茶等人的俳句，深为人与自

---

① 郑振铎:《飞鸟集·序》,《文学周报》,1923 年 8 月 27 日,第 85 页。

② 林林:《扶桑杂记》,天津:百花文艺出版社,1982 年,第 25 页。

然谐和的《古池》等诗折服，并赞叹不已，情不自禁地在日记中表露了对俳人的敬意，"这些人的心灵像清澈的溪流一样无声无息，像湖水一样宁静。迄今，我所听到的一些诗篇都是犹如优美的画，而不是歌"，而"这些罕见的短诗可能在他身上产生了影响。他应（日本）男女青年的要求，在他们的扇子或签名簿上写上一些东西，……这些零星的词句和短文，后来收集成册，以题为《迷途之鸟》（现译成《飞鸟集》）和《习作》出版"。① 可以确认，泰戈尔那些简短美妙的哲理诗是受日本俳句体启示、在俳句影响下写成的，其清新的自然气息、浓郁的宗教氛围和频发的哲思慧悟，有梵文化和"偈子"背景的制约成分，但更多来自日本俳句自然观和禅宗思维的隐性辐射。

如果沿着这一线索推理，可以断定：那些自以为受惠于泰戈尔滋养的冰心、郑振铎等大量诗人，实则是间接承受了日本俳句的影响和洗礼。周作人和泰戈尔，堪称现代史上中日交流的两座"文化桥梁"，一显一隐地存在着，正是借助于他们各自的传导力，以往受过中国古典诗歌扶持的俳句，在1921年后又开始了"逆输入"的"出口转内销"进程，引渡出流行一时的"小诗"运动，并为其生长提供了丰厚的思想与艺术源泉。

二、观念与情调的浸染

延续朱自清"所影响的似乎只是诗形，而未及于意境与风格"的观点，一些论者再三申明俳句对"小诗"的影响只在"简洁"和"含蓄"。② 如果说朱自清在1922年下这番结论时，"小诗"还有待于全面展开，他未及看到对

---

① ［印］克里希纳·克里巴拉尼：《泰戈尔传》，倪培耕译，桂林：丽江文艺出版社，1984年，第316-317页。
② 草川未雨：《中国新诗坛的昨日今日和明日》，上海：海音书局，1929年，上海书店影印，1985年，第49页。

象全貌和观点出现偏颇，尚情有可原，"似乎"二字也隐含了猜测的成分；而当"小诗"运动尘埃落定后再重弹单纯形式影响的老调子，就值得深长思之了。事实上，俳句是一种有意味的形式，周作人的翻译也把握了它的精髓，它对"小诗"就势必产生"综合性影响"。俳句在艺术观念、精神内涵、审美情调等方面，对"小诗"都构成了深刻的精神浸染。

一是对诗意纯粹性的构筑。公元后的1500余年间日本一直太平，外无异族侵略，内少激烈变革，缺乏重大的社会震荡，久而久之，这就影响了艺术的生成和感知方式；所以与"关于国家与政治、战争与民众的生活以及知识人的责任等主题占有相当大的比重"的中国诗相比，"日本的和歌则是一种更为纯粹的诗"。[①] 而从和歌中剥离出来的俳句，过于短捷的结构难以承载宏大的叙事含量，内容愈加纯粹，多数俳人将它定性为书写内心的艺术，主张从自然物象和日常生活撷取诗意，表现个人情感；甚至有人把观照社会现实看作是俳句的自戕行为。打开俳句集，这样的作品随处可见，"无人探春来，镜中梅自开"（松尾芭蕉），"吊瓶被朝颜花缠住了，只得向人家去乞井水"（加贺千代女），"不要打哪，苍蝇搓他的手，搓他的脚哪"（小林一茶）……它们或展示对季节的敏感与亲和，或回眸生活中琐碎的温情细节，或以幽默的笔触书写对小动物的爱怜；但无不经过自然化方式经营自我的诗意空间，"即景寄情"，充满自然的意象和情趣，视域相对狭窄，精巧而纯粹。

受俳句观念的启示，中国"小诗"也不再以利、德为旨归，承载过重的行动功能，而注意构筑少与现实直接碰撞、淡化政治与实用情结的个人情思世界。"悔煞许他出去；／悔不跟他出去。／等这许多时还不来；／问过许多处都不在"（应修人《悔煞》），寥寥四句，把一个思妇后悔、寂寞、期盼、等

---

① ［日］川本皓嗣：《日本诗歌的传统：七与五的诗学》，王晓平译，南京：译林出版社，2004年，第109页。

待与焦灼复合的心灵隐私传达得曲折而丰满、苦涩又现代，透明的语境里包孕着一定的情感冲击力。"我冒犯了人们的指摘，／一步一回头地瞟我意中人，／我怎样欣慰而胆寒啊！"（汪静之《过伊家门外》）在此，只是一个典型微小的细节择取，就把大胆、叛逆、执着之爱渲染得淋漓尽致、十分炽热，"胆寒"却"欣慰"。湖畔诗人冯雪峰和潘漠华也一样专致于作情诗，带着青春的温热和天真，率直地"歌哭"与"歌笑"。至于冰心小诗的灵魂就是爱，"这些事／是永不漫灭的回忆／明月的园中／藤萝的叶下／母亲的膝上"（《繁星·七十一》）。月儿朗照，世界银白一片，树影斑驳，微风吹拂，诗人依偎在母亲温暖的膝前，听日月星辰自然天籁的呢喃与絮语，那和谐、温暖又美妙的时光和温馨的母爱、童真怎不令人怀想？就是哲思型的宗白华，也常咏叹情爱、母爱与童真，"月落时／我的心花谢了／一瓣一瓣的馨香／化成她梦中的蝴蝶"（《月落时》），情至婉约，爱也朦胧，精致的体验耐人寻味。周作人的《饮酒》《小孩》等也都瞩目具有纯粹性品质的人性题材。"小诗"书写的不论是人间温情的回味，还是瞬间灵魂思绪的涌动，抑或是纯粹感悟的捕捉，都将个人作为诗的发源地，个体飘忽的意向与心灵感应，从而赋予了诗歌明显的内倾性，这种观念的革命在契合真正的诗皆"出于内在的本质"的特征，抵达普遍化和永恒化境界的同时，促成了诗从"言志"的载道传统向言我、言景观念的位移。

这种观念转变的直接反映是写景诗异常发达。日本人对自然季节的感觉敏锐细腻，俳句就素有季节的诗歌、自然的诗歌、咏景色的十七字诗歌的说法。如"终日撞窗上玻璃的蜜蜂，正如我徒然的为了你烦恼"（藤冈长和）、"多愁的我，尽让他寂寞吧，闲古鸟"（松尾芭蕉）等俳句，都以四季物色、人事作为书写资源，表现人和自然的关系，并形成了"无季不成句"的季题规范，至今俳句仍以春夏秋冬四部结集。与之相应，因国事频仍而萎缩的中国自然诗传统在 20 世纪 20 年代后开始复苏，写景诗异常发达，这是古典山水田园诗传统的延伸，很大程度上更源于俳句的外力刺激。郭沫若耳濡目染，《春之胎动》《浴海》已捉住了俳句季题的精髓，《鸣蝉》中的“声声不息的鸣蝉呀／秋哟／时浪的波音哟／一声声长此逝了”，还有季语、切字，深得俳句旨趣。冰心和自然的关系密切，“大海呵／哪一颗星没有光／哪一朵花没有香／哪一次我的思潮里／没有你波涛的清响？”（《繁星·一三一》）海已融入诗人的目光与心灵，成为人化的自然，具有母亲般的温柔慈爱与严肃博大。“无力的细柳，懒懒的随风俯仰，你是沐着自然的恩惠吗？”（谢采江《野火·四》）那份柔韧、恬静，让人感到自然的妩媚和温情。湖畔诗人的景物诗较多，且颇具特色。“几天不见，／柳妹妹又换了新装了！／——换得更清丽了！”（应修人的《柳》）……他们“把一切都看作有情的，都看作情人，无论是自然，或自然中的万物，和她说话，和她融合”。① 这些诗和小林一茶孩子气的诗异曲同工，出自童心的眼光、视角和思维，没有矫情，天真活泼，拙朴生动，对动、植物也赋予了人的情感，充溢谐趣之美。这些纤小阴柔、婉转秀逸的写景诗，在以高扬人道主义、启蒙主义与民主科学意识的主旋律之外，为诗坛增添了一份妩媚和活气。

二是激发出“冥想”的理趣。中国诗歌整体上走的是感性化道路，抒情维度相对发达，可是在“小诗”中却隆起一种饱含理性因子的“冥想”特征，这种异质诗意的加入，不排除传统天人合一、神与物游的悟性智慧之影响，但主要受惠于泰戈尔诗歌，从根本上说是受惠于俳句的引导和催化。俳句最初以滑稽机智为主，作为捕捉瞬间情感和思想火花的利器已含思考成分；而至 17 世纪“俳圣”松尾芭蕉仿效中国唐宋时期的引禅入诗，“以禅兴俳”，将它提升为严肃高雅的艺术形式时，则使禅的精神成为它的内在灵魂。所以尽

---

① 草川未雨：《中国新诗坛的昨日今日和明日》，海音书局，1929 年 5 月，第 72 页。

管俳句本身只是一种不表达思想的直觉形式；但在禅宗崇尚的直觉中，诗人可"置身于对象的内部，以便与对象中那个独一无二、不可言传的东西相契合"，[①]透过事物的表层和芜杂，进入本质的认知层面，仍使俳句包孕着深邃幽微的情思。如松尾芭蕉的名篇"万籁闲寂，蝉鸣入岩石"和"古池——青蛙跳到水里的声音"，都以禅与道做底子。前者写于奥州小径的旅行途中，静极之时，突然的蝉鸣打破空寂，仿佛穿进了岩石，人虫兼有，动静相宜，物我两忘，人、蝉、石已浑融无间，理趣和禅意的体验中闪回着神秘的生命跃动。后者是清心静虑的人生感悟，大、古、静的池水，和小、鲜、动的青蛙对照叠合，构成空灵闲寂的禅境，青蛙入水的以动写静，愈显其静，在苍茫悠远的宇宙、历史面前，人生的命运与喧嚣即是青蛙入水的瞬间，反之灵音骤起的刹那使时间定格的瞬间成为永恒，貌似平淡实则隽永。而像与谢芜村的"春去何匆匆，怀抱琵琶犹沉重"，小林一茶的"吾乃漂泊星，莫非宿银河"，都是对超验命题的触摸与洞悉，充满或浓或淡的高远清淡的俳境。

在俳句的熏染下，中国"小诗"虽未入禅宗堂奥，但仍滋长出一种以诗言理、通过诗歌思考之风。无意间得之于灵感的冰心小诗，常因顿悟、直觉突破事物的表面和直接意义，从平凡事物中发掘深邃的感受和哲理。如"墙角的花／你孤芳自赏时／天地便小了"（《春水·三十三》），一改温情脉脉的姿态，对喜欢孤芳自赏、自以为是者有一种批评和讽刺作用。曾自曝没受过俳句影响的宗白华，他所写的《夜》倒在意象、情调上都通过泰戈尔间接俘获了俳句的禅趣，"黑夜深／万籁息／远寺的钟声俱寂。／寂静—寂静—／微眇的寸心／流入时间的无尽！"夜之静谧与心之苏醒互动，昭示出思想的流动、辽阔和自由，也夹杂着人和天地时空相比过于微弱、渺小的慨叹，微妙

---

① ［法］亨利·柏格森柏格森：《形而上学引论》，转引自伍蠡甫：《西方文论选》，上海：上海译文出版社，1983年，第83页。

而空灵。和注重精神和思想感悟一脉的宗白华等人相比，倾向于生活体验的湖畔诗人和谢采江、何植三等，在性灵之河的流淌中也不时闪露出理意的石子。（应修人的《一生》）借燕子的寄人篱下、为养育乳燕而奔波思考人生，反诘式的空间里蛰伏着乐观、向上的思想观念。汪静之的《伊的眼》以"伊的眼"和"温暖的太阳""解结的剪刀""快乐的钥匙""忧愁的引火线"四个意象关系的分别建立，形象地阐释了爱情的本质，爱就像五味瓶，酸、甜、苦、辣、咸俱有，能给人带来温暖和快乐，也能给人带来痛苦和忧愁，辩证的思维走向为诗平添了几许智慧之美。可喜的是，"小诗"的理趣追求并非冷冰冰的格言，它们那种由自然感悟生发的哲理，以意象暗示、烘托乃至象征的写法，比同时期胡适等人具体的说理诗耐人寻味。朱自清曾感叹"中国缺乏冥想诗。诗人虽然多是人本主义者，却没有去摸索人生的根本问题的"，[1]"小诗"对人和自然、生命、宇宙等抽象命题的探索，则弥补了这一遗憾，打破了诗歌只是激情流露的迷信，这是"小诗"的一大亮点。

三是精神情调上充满感伤的气息。"小诗"的感伤气息与下面几个方面不无关联：①抒情主体处于"为赋新词强说愁"的年龄；②五四运动落潮后悲剧氛围的笼罩；③古典诗歌悲凉抒情基调的定向支配。同时，更与俳句的"物哀"传统休戚相关。日本人的敏感纤细，使其在审美意识中觉得越是细小、短暂的事物越具有纯粹的美感，在他们看来，樱花灿若云霞的绽放和落英缤纷的凋谢同样美丽，绚烂的瞬间将美推向了极致，毁灭的片刻则是生命价值的庄重实现。这种带有悲剧趣味的"物哀"传统，决定了俳句常常选择空灵淡雅、清幽闲寂的物象，以显现季节的荣枯，咏叹生命的短暂无常。松尾芭蕉在大自然跋涉苦旅中的"旅心"开启了这一源头，《奥州小路》中外化精神孤独和乡愁的青色调，悲秋的"寒鸦宿枯枝，深秋日暮时"，和伤春的"春将

---

[1]　朱自清：《中国新文学大系·诗集·导言》，上海：良友图书印刷公司，1935年。

归，鸟啼鱼落泪"，都典型地体现了日本式的感伤主义情怀。而后俳人的作品如"柳叶落了，泉水干了，石头处处"（与谢芜村），"黄昏的樱花，今天也已经变作往昔了"（小林一茶），或以枯败景色透露心之荒凉，或怅惘美好时光的逝去，都不同程度地印证着"物哀"意识。俳句情调在"小诗"中有明显的回应。郭沫若那段话"要在苦闷的重围中由灵魂深处流泻出来的悲哀，然后才能震撼读者的灵魂"，[①]也是"小诗"情感特质和价值取向的写照，他自己俳味十足的《静夜》即包裹着惆怅的氛围，"月光淡淡／笼罩着村外的松林。／白云团团，／漏出了几点疏星。／天河何处？／远远的海雾模糊。／怕会有鲛人在岸，／对月流珠？"置身静夜，仿似解脱，实则隐藏着以往梦想幻灭的清愁。冰心和宗白华的诗都涉足过感伤、苦闷、孤独乃至死亡的境界。"光阴难道就这般的过去么？／除却缥缈的思想之外，／一事无成！"（《繁星·三〇》）字里行间充满对生命状态的不满和责问，对光阴虚度的叹息和悔恨。现实感很强的谢采江，面对军阀混战的凋敝民生自然会深陷苦闷，"只有远村的鸡声，／能使心中空阔，／忘了悲愁"（《野火·九》），而麻痹只能是暂时的，忘却之后的清醒会愈加悲愁。至于潘漠华诗歌的"最为凄苦"更是公开的秘密，"脚下的小草啊，／你饶恕我吧！／你被我蹂躏只一时，／我被人蹂躏是永远啊！"（《小诗两首·一》）这是偶然瞬间引发的人生哀叹，堂堂之人尚且不如一芥小草，人与草的境遇对比使人顿感人生之苦不堪言。爱上一个礼教和世俗都不许他爱的女性，注定他的诗尽是坟墓、残梦、骷髅、死亡等意象，表现出"歌哭"的调子。其他湖畔诗人"笑中可也有泪"，如"伊长日坐在房中哭泣"（冯雪峰《幽怨》）；"月月红在风中颤抖／我的心也伴着伊颤抖了"（汪静之《月月红》）。看来，"幽怨""颤抖"的感伤气在"小诗"中绝非一二处的点缀，而是一种到处存在的流行症。"小诗"的感伤情调，曾一

---

① 郭沫若：《文艺论集》，上海：光华书局，1925年，第178页。

度被人诟病，但它恢复了现代人真实的心理存在，并以悲苦低沉的阴暗面的吐露，构成了对时代心灵必要的历史反映与修补，消解了当时处于类似情思状态下心灵的饥渴。

三、形式与技巧的导引

如果说俳句对中国"小诗"诗意、诗质建构的影响，因为比较潜隐内在而使学者认识不一；那么俳句对中国"小诗"形式、技法的"输入"和导引则要清楚明显得多，评价也出奇的一致。几乎所有研究者都承认俳句短小的诗形和含蓄的抒情方式对小诗有启迪作用，只是较少说到具体的影响是什么，更未得出令人信服的结论。我以为俳句在"小诗"中催生的艺术相通处很多，如切字的运用、心物相应等，但最本质的特征大体上可从三个方面得以印证。

一是崇尚简约，"以象写意"。日本诗歌素以简练著称，"短歌大抵是长于抒情，俳句是即景寄情，小呗也以写情为主而更为质朴；至于简洁含蓄则为一切的共同点"，[①] 其中俳句尤甚。因日语常常是一词多个音节，俳句仅有的17个音节转换成汉字不过 10 个左右，在"如此狭小的表现空间，既要使表达迂回委婉，又要向读者提供能够理解诗意的启示和线索，其表达技巧实在是至难无比"。[②] 为获得相对丰富的诗意，俳人往往注意开发和自然亲和、得天独厚的先在资源，从俳句因物生情、生意、生思的特质出发，突出具象性和即物性，"以象写意"和比喻、象征的方法配合，追求一沙一世界，一花一天国的效果，凝练而又含蓄。因空间限制，他们更重视突出瞬间的感悟和定格，

---

① 仲密（周作人）：《论小诗》，《民国日报·觉悟》，1922 年 6 月 29 日。

② ［日］川本皓嗣：《日本诗歌的传统：七与五的诗学》，王晓平译，南京：译林出版社，2004 年，第 87 页。

讲究"余情"的效果。如小林一茶的"故乡呵，触着碰着都是荆棘的花"，诗借助鲜明的意象婉转表达了一瞬间他对家乡的复杂情感。故乡乃温暖的象征，花亦是美丽的代指；然而它们和扎人的"荆棘"意象并置、相克相生，则将诗人矛盾的心境表现得到位而有力度。试想父亲死后，一茶常年漂流异乡，返乡后继母、兄弟的冷漠令他鞋带未解就愤然离家，故乡和家对他不就是冰冷、苦涩吗？与谢芜村的"菜花（在中），东边是日，西边是月"，使用典型的季语，增加姿色美，日月同辉的早晨，金黄的菜花生机一片，如画的场景里寄寓着诗人的欣悦和喜爱。再有松尾芭蕉的"坟墓也动罢，我的哭声是秋的风"，坟墓、哭声和秋的风三个不乏象征色彩、清冷萧瑟意象的流动、叠加，组构起可见的景背后，隐约暗示出作者不可见的情，给人以悲凉的感觉。

其实以物化方式抒情，凝练蕴藉，原本也是中国古典诗歌的主要特征。但中国古诗还未简捷到一句成诗的俳句那个程度，也不像俳句那样更强调瞬间性，并且中国"一切好诗，到唐已经做完"，[①]之后虽依旧凝练含蓄，却被文言和格律束缚得逐渐凝定、僵化，至"五四"时期更因满足不了现代人的精神需求，失去有效性，成为新诗革命的对象。而受过中国古诗中柏梁体、绝句、小令艺术影响的俳句，此时在周作人的翻译策略下"复出"，因其契合中国古诗的精神本质、审美标准，容易唤醒新诗人蛰伏在心灵深处的稔熟记忆，同时其无韵、自由的写法，又和新诗努力去掉词曲气味、声调的发展方向相一致。所以，"日本的诗歌以及受日本诗歌影响的泰戈尔的《飞鸟集》就成了小诗的最好的蓝本"，[②]被广泛模仿。也就是说，中国"小诗"接受俳句影响"是在深层意识上对我国古典诗歌中凝练、含蓄的审美标准的认同"；[③]但最主

---

① 鲁迅：《书信·寄杨霁云》，《鲁迅全集（12）》，北京：人民文学出版社，1981年，第612页。

② 王向远：《中国现代小诗与日本的和歌俳句》，《中国比较文学》，1997年，第1期，第45-56页。

③ 林荣根：《寻求与超越——中国新诗形式批评》，上海：复旦大学出版社，1993年，第81-82页。

要、最直接的根由还是因为被俳句的短小诗形和含蓄抒情的魅力所吸引。受俳句导引,"小诗"常以暗示、弹力为要义,在"集中"上下工夫,用意象将从瞬间情景、悟性或心境中捕捉的诗意定型,将那一刹那浓缩为"最富包孕的时刻",以少胜多,话短意长。如汪静之的《波呀》以意象呈现自然美感,力求高度内敛,"风吹皱了的水,/莫来由地波呀,波呀",它如同一句成诗的俳句,简净无比,起得突兀,结得陡峭,展开迅疾,读之仿佛可看到微风轻拂,吹皱一池清水,小小的波浪层层叠叠,绵延不绝,形式本身直接外化了诗的内涵。即便面对瞬间感悟,诗人也不直说;而是努力为其寻找感性的衣裳。应修人的《我认识了西湖了》里,长长的石堤、静静的水面、远近高低错落掩映的杨柳三个意象,已使西湖婉约恬淡的柔媚尽展眼底,虽无赞美之词,赞美之情已溢满诗间。冰心善于使景语成情语,承载人生悲凉思考的《繁星·八》仍是具象化的,"残花缀在繁枝上;/鸟儿飞去了,/撒得落红满地/生命也是这般的一瞥么?"鸟儿将繁枝上的残花惊落,隐喻着生命是否如残花、落红般短暂凋零的哲思,因意象的介入,淡淡的愁绪、清丽的景象和瞬间的感悟三位一体,简短却深邃。再如诗是什么?抽象难解,可宗白华的《诗》却把它写得诗意盎然,十分具体。它避开理性对答方式,启用诸多意象,由近而远,由日而夜,由雨而晴,经时空和情感上的跳跃组合,创造出一个细腻轻柔、悠远深邃的境界,曲折地寄托对美的向往和追求。"小诗"崇尚简约和物化的抒情方式,因让意象自行表演,不时将意象间的关系线索省略,提高了诗的暗示力和含蓄程度,最终激活并强化了中国诗歌凝练、含蓄的传统。

二是淡泊、平易、纤细的审美趣味。这种趣味显然源于中国古典诗歌和俳句内在精神的共同影响,本文无意论述绝句、小令在其间占有何种分量和位置,只想指出俳句在"小诗"审美建构上发挥作用的事实。结构空间的狭小，日语音节发音的平缓单纯，神道的真、情和佛教的清、幽观的深层制约，加上对政治的超然态度，使俳句在不求画面的宏阔纵深和主题的宏阔雄浑下，把淡泊、平易、纤细的审美趣味，日渐衍化为一种不自觉的"种族记忆"和艺术取向：它在表现题材上比所学的中国古诗更狭窄，多表现清纯的自然景物和日常生活，流连于周作人所说的一地景色、一时情调或刹那感兴；对应于主题类型的意象选择，取境偏逸，很少像中国诗歌那样瞩目高山大川、太阳寰球等博大雄健的景观，更钟情与自然、季节相关的小桥流水、雾霭流岚等秀丽、温婉、纤小的微观事物，意象系统相对稳定，如春季之莺、蛙、阵雨，夏季之杜鹃、嫩竹、蝉，秋季之七夕、稻穗、白菊，冬季之山茶花、枯木、冬蔷薇等，基本在雪、月、花、时范围内的物象中抒放淡泊、唯美或闲寂的幽情；和相对宏观的中国古诗相比，俳句的具体手法一般都更纤细、精致、工巧，常求禅宗一即多、有限即无限的效果，让人一叶知秋，带着一定的哀婉之气。如小林一茶表现同情弱者情怀的"瘦蛤蟆，不要败退，一茶在这里"，大岛蓼太展示爱心细节的"秋风——芙蓉花底下，寻出了鸡雏"，高井几董书写离别惆怅的"短夜呀，——伽罗的香味，反引起了哀愁"，都是日常化的取材，琐碎而微小，感情纤细哀婉，观察精致入微，体现了典型的日本趣味。尤其是松尾芭蕉的很多俳句都达成了萧索、淡然之情和空寂、清幽意象的契合，物我两忘，淡泊至极。

受俳句风格的鼓动，中国诗坛20世纪20年代初出现大量体式、气魄、格局、情调均"小"的诗歌，甚至很多人不敢相信以往一直居于附属地位的零碎感或景致，"在古诗中难以独立的'比''兴'，独立成诗了"。① 如"'花呀，花呀，别怕罢'，／我慰着暴风蛮雨里哭了的花，／'花呀，花呀，别怕罢'"（汪静之《慰花》），湖畔诗派这种"孩子气"的思想和景色片断，天真烂漫，

---

① 王向远：《中国现代小诗与日本的和歌俳句》，《中国比较文学》，1997年，第1期，第45-56页。

情感与联想都甚为自然，句后"呀""罢""呵""呢"等切字明显有周作人译诗的影响痕迹。周作人对俳趣参悟得更深，他写下《饮酒》《山居杂诗》和数首《小孩》诗，仅看题目便显出一份淡泊闲适、和平幽远的士大夫情调，文本更具高远清淡的俳境。《山居杂诗·一》)中苦枯的老树、深碧的柏树、新绿的藤萝虽然性质与颜色有别，但都按客观逻辑自然适意地伸展着根须，获取自由与永恒，诗人在同自然事物的精神对话中发现了生命的律动和神秘，宁静而富有禅机。再如"落日斜照到秋柳上，／看哪，／黄叶要在残光中飞舞了"(谢采江《野火·三》)，"一步一步的扶走／半隐青紫的山峰，／怎的这般高远呢？"(冰心《春水·七》)也完全是瞬间感性的直接书写，或心平气和，心为自然所俘获，或隐伏着人和山之间距离的微妙思索。就是以激越豪迈为基调著称的郭沫若，因在俳句趣味中浸淫多年，也写下《白云》那样清丽、淡雅的柔性之诗。在人们的艺术经验中，事物有诗性与非诗性之分，受俳句影响的"小诗"从日常生活中细微、琐屑的事物中发掘诗料，包藏感觉情绪和玄想思理，在庄重或崇高的题材外开辟新的抒唱空间，这种凡俗化追求，一定程度上恢复了世俗生活的真面目，轻松自然，具有十足的人情味和生命活力。

三是充满再造空间的瞬间"写真"。常有人将松尾芭蕉、与谢芜村的俳句和王维的古典诗歌相提并论，阐释其共有的画意美，其实这是一个认识误区。因为俳句与其说像绘画，不如说更像直感的"写真"(日语的摄影、照片之义)，具有一种特别讲究瞬间凝聚的摄影倾向。[1] 从时间长度看，短小的俳句既难像中国诗那样用多重意象表现复杂的情思流动过程，也不比绘画那样注重起承转合、浓淡错落的工笔细描，而往往以一个瞬间、片断或场景的聚焦"写生"，定格瞬间的思绪和感悟，不求升华，有时甚至不求语句、内容的完

---

[1] 蔡宏：《简论中日诗歌的自然美意识》，《华侨大学学报》，2002年，第1期，第126-132页。

整。也就是说，它在很大程度上依靠读者进行审美再造。这种有广阔想象余地的"空白"艺术，正暗合了禅宗思维，灵动而有神韵。禅宗认为，在玄旨面前一切文字都苍白无力，即便非运用文字不可时也该曲折表达，点到为止，其言外之意需对方顿悟。"古池——青蛙跳到水里的声音"，即以美妙瞬间定格永恒，只古池、青蛙、水里的声音三个形、色、音意象，就融虚实、动静、大小于一炉，好似一幅浓淡相宜、幽暄互衬的水墨画，形外之神、画外之音余味无穷。画家的出身使与谢芜村的俳句形象感更强，"我踩了亡妻梳子，感到闺房凉意"，我、亡妻、梳子、闺房几个关键词的连缀，迅捷而真实地道出诗人睹物思人一刹那的凄清与思念，真如一张返璞归真的"写真"，浑然天成，尺短意丰。小林一茶的"我杀死一只蚂蚁，发现三个孩子正看着我"，也是一个细节与场景的聚焦，激发出思想的战栗，小景物里包含着人道怜悯的情怀。难怪郁达夫叹服于俳句"若仔细反刍起来，会经年累月的使你如吃橄榄，越吃越有味"。①

仿效俳句的"写真"倾向，中国"小诗"也纷纷将目光聚焦于情思、景象的瞬间、刹那和片断，以打造诗歌的余韵和"空白"之美。汪静之连意象、句式都日本化的《芭蕉姑娘》，深得俳句的此中三昧和天籁之妙，"芭蕉姑娘呀，／夏夜在此纳凉的那人儿呢？"芭蕉姑娘、夏夜、那人意象和纳凉事态，熨帖地同处于共时性的"场"中，一个镜头的摄取，已把"场"外信息尽收囊中，那人是谁？是男是女？今在何处？和芭蕉姑娘有何关系？芭蕉姑娘又怎样作答？一切都是未然态的疑问，启人寻思，时间的转换对比与结尾的问号更加大了诗的空间张力。冰心的《春水·二〇》提供的阐释空间似乎更大，"山头独立，／宇宙只一个人占有了么？"不过是倏忽意念的一闪，你可以说它委婉批评遗世独立的孤傲，也可以说它是对自立自信的寻找，还可以说

---

① 郁达夫：《日本的文化生活》，《宇宙风》，1936 年，第 9 期，第 25 页。

它昭示了愿望实现后的志得意满。它有很多解儿，对之可做或 A 或 B、亦 A 亦 B 的分析。何植三的《夏日农村杂句》也是风情、心情高度凝聚而又余音缭绕的诗，"清酒一壶／独酌／伴着荷花"，只是画面轮廓一角的摄取，已透出难得的幽雅，是衬托清静，是流露孤独，是揭示满足？需要读者耐心参悟。宗白华的《晨兴》也是诗人瞬间思绪的拼贴，"太阳的光／洗着我早起的灵魂。／天边的月／犹似我昨夜的残梦"，实体意象太阳、月亮和抽象意象早晨、夜晚、灵魂、梦互动，使诗的词语间获得了复义内涵，对其寄寓的人生看法，读者亦可见仁见智。冯雪峰的《山里的小诗》、应修人的《妹妹你是水》等，也都具弦外之音，体现出类似的艺术走向。这种瞬间的"写真"追求，以不说出的方式造成让人说不出的奇效，再次证明：在艺术世界中，说得过多、过满，就会失去咀嚼的可能；越是凝练含蓄，可待驰骋的想象空间也就越大。

四、变易、消隐及启示

雷内·韦勒克说，"艺术品绝不仅仅是来源和影响的总和，它们是一个个整体。从别处获得的原材料在整体中不再是外来的死东西，而已同化于一个新结构之中"。[①]俳句的影响使中国"小诗"出现了许多新质，并在 20 世纪 20 年代晋升为一种独立的审美形态和诗歌体式，风靡一时，其中有不少可圈可点之处。一是"小诗"作者明白，借鉴绝不意味着全盘吸收，面对异质文化系统时应各取所需，决不允许对方反客为主的同化；所以他们接受俳句影响时都做了中国化处理，如摆脱俳句的季语、切字、以名词结尾等规范的限制，更侧重艺术形式和手法的"拿来"等。这些主观的偏重取舍和变易，都

---

① ［美］雷内·韦勒克:《比较文学的危机》，转引自张隆溪:《比较文学译文集》，北京：北京大学出版社，1982 年，第 24 页。

使"小诗"在大多数情境下，只承袭了俳句的外衣，骨子里的意象体系乃至情感构成仍回荡着强劲的中国风，这种移植、借鉴的态度对后来者都不无启迪作用。二是接受渠道、视野和接受个体性格、趣味的差异，使俳句对"小诗"的影响并非整齐划一，而体现出一定的多元性，形成了"小诗"个人化的创作景观，如冰心的纯洁柔美、汪静之的直率真切、宗白华的清瘦理性、周作人的淡泊幽雅和潘漠华的凄婉缠绵，都各臻其态，增加了"小诗"肌体的绚烂美感。三是如把俳句对"小诗"的影响置于当时特定的诗歌语境，它的价值也许更为清晰。"小诗"出现前后，胡适讲究科学精确的经验主义理论大行其道，人的情感、传统的情景交融观被不同程度地忽视，受俳句影响的"小诗"追求天人合一的和谐，"现代绝句"和"意象体操"的简约，即是对诗坛过度散文化、自由化流弊的一种补正、反拨，对诗坛冗赘诗风的一种"消肿"；而"小诗"与哲理自觉而成功的联姻，无疑又超越了初期白话诗中说理诗晶莹透彻但缺少余香和回味的状态，在提升思维层次时，正式开启了新诗知性化的艺术传统。

但客观地说，"小诗"在接受俳句的过程中，也存有不少明显的局限和遗憾。首先，虽然俳句的滋养为"小诗"带来了理趣和禅悟的倾向，却还不够纯粹，也不到位，"小诗"对俳句幽深的余韵并没有很好地吸收，更未从深层获得俳句审美品质的核心——"闲寂的精神"。因为"小诗"作者与日本的俳人有很大的不同：日本的俳人如松尾芭蕉、小林一茶、西行、慈圆等，大多出身于僧侣，有缘在宗教氛围中出入，擅长于宇宙、自然、人生等抽象领域的妙悟，以至于使整个日本俳句的历史始终浸淫了浓郁的禅宗趣味。而中国的"小诗"作者别说没有出家修禅之人，就连虔诚的宗教徒都很少见；并且他们处于纷乱的世道之中，很难完全保持淡泊的姿态，敛心静气地思考那些抽象命题，而总是不由自主地去关注现实和时代风云，这一面带来"小诗"

的优点——强烈的现实关怀，同时也使"小诗"带有先天的不足——难以抵达俳句境界的纵深处。

其次，"小诗"借鉴俳句的创作存在着严重的问题。很多作品因未真正领会俳句"以象写意"方法的要义，没把握俳句颇有禅意的精髓，所以或忽视"瞬间性"的集中凝聚，或弱于意象的选择和组接，经常混淆"小诗体"和"小诗形"的差别，把诗体的要求降格为大小体积的概念，只图"小诗"的方便而丢了它的含蓄。常常不是有感而发、因情成文，而是信手拈来、随便涂抹，这大面积的粗制滥造行为，给一些非诗因素的介入留下可乘之机。譬如，有的诗人对生活不加任何筛选、过滤，将一些琐屑、平庸的日常细节、形象直接搬入诗中，鸡零狗碎、苍白无聊、无病呻吟，严重损害了诗歌的健康和尊严。再如，受当时直抒胸臆的风气影响，不少作品流于一般的说理和抒情，一些零星的感悟未经想象力的转换提升，即以裸露的"格言"状态呈现出来，单调浅露、缺少余韵。连冰心的诗，在晶莹纯美之外也时有理智与情感悖裂的"格言"的枯燥，宗白华的诗集《流云》也存在境界单一的雷同化之嫌，湖畔诗人清新质朴歌唱的另一面即是简单和幼稚，至于大量模仿者的创作成色就更是大打折扣了。还有一点常被人忽视，那就是当初周作人将"以文为诗"作为俳句的翻译导向，仅仅是权宜之计，目的不过是要竭力摆脱旧诗格律的束缚，事实上受之影响的"小诗"的确和"自由诗"一道，是那时最像白话的诗；只是这种导向也是不无偏颇的"误导"，像冰心那些自视为"小杂感"的零碎思想，能在《晨报副刊》不断被以分行"诗"的方式顺利刊出，足以表明周作人的散文化策略未将新诗引向形式建设之路，倒潜伏着走向"歧途"的危机，它让一些人觉得"小诗"仿佛就是任意而为、没有形式的灵活诗体。它影响之下的"小诗"也真的大多重"文法"，轻"诗法"，缺少诗体的自觉意识，诗文混同，忽视了诗的特有节奏，一点规矩都不讲，从而加重了新诗形式的散漫。诗不像诗而像散文，无论怎么说都是诗的一种悲哀，如此说来就难怪有人批评那时的白话诗"注重的是'白话'，不是'诗'"① 了。种种症状的交叉出现，使"小诗"贵凝练、反蔓衍、尚含蓄、忌直说的美学原则被无形地搁置，使周作人希图通过构建中国俳句——"小诗"，以提高新诗表现力的企望日渐落空，这是"小诗"运动的倡导者始料不及的。

最后，随着现实语境的转换，俳句及中国"小诗"的品质愈加不合时宜，自身的缺陷也开始显露出来。进入 1924 年以后，中国革命虽仍处于低谷，但已在酝酿一种新的高潮，特别是次年的"五卅"惨案再度激起了反帝反封建的狂飙巨澜，时代在呼唤着洪钟大吕和杜鹃啼血，在呼唤一种高扬民族精神的战歌突起。面对宏大的历史气象和纷纭复杂的革命情绪，本就过于玄幽、清淡的"小诗"在表现上更加力不从心，也显现出俳句传统本身所固有的视境狭窄和趣味单调的致命伤。必须承认，俳句适应书写对象的幅度是严重不足的，它容量有限，只适合表现刹那的感性和一时一地的情感、景色，而难以承载阔达繁复的生活、深邃复杂的现代意识和恢宏澎湃的灼人激情，而那些刹那的感性和一时一地的情感、景色说穿了，仅仅是生活的一部分甚至极小的部分，是属于个人精神"内生活"的小思想、小情感。正因此，很多"小诗"作者面对失效的创作，或则彻底搁笔，或则改弦易辙，转写"大诗"、散文与小说，"小诗"创作队伍日渐星消云散；同时，俳句传统不适合中国国情的一面也愈加突出，不用说那份禅宗的旨趣在中国找不到生长的理想土壤，就是它闲寂的精神也和亢奋向上的时代精神相背反，当然也只能被残酷的现实挤压得无处落脚了。

正因为接受俳句影响的"小诗"创作弊端重重，才招来文学研究会的朱自清与叶圣陶、创造社的成仿吾与郭沫若、新月社的梁实秋与闻一多等理论

---

① 梁实秋：《新诗的格调及其他》，《诗刊创刊号》，1931 年 1 月 20 日。

家的实质性攻击。他们严厉批评俳句"多是轻浮浅薄的诙谐",是犯不着去模仿的"风格甚低的诗形",受之影响的小诗"用过量的理智来破坏诗歌的效果",流于"浅薄",对于这种诗体,每个有责任感的青年都应该起来"防御";① 他们指认冰心的《繁星》《春水》缺乏想象力,情感匮乏,技术含量低,她所代表的"小诗"是"一种最易偷懒的诗体,一种最不该流为风尚的诗体",② 它到后来已平庸浮泛,"不能把捉那刹那的感受,也不讲字句的经济,只图容易,失却了那曲包的余味",③ "甚者乃类小儿说话","简单的写生,平庸的感想,既不足令人感生兴美趣,复不足令人驰骋玄思,随随便便敷敷衍衍",④ 对之"看的越多,兴味越淡";⑤ 并断定如这类诗继续流行,那只能使本来已空虚纤弱、偏重理智的诗坛"变本加厉,将来定有不可救药的一天"。⑥ 在一浪高过一浪的质疑和声讨面前,"小诗"几乎失却了进一步拓展的可能,连引进俳句最勤的周作人也不得不承认,"俳句之于中国的诗,虽稍有影响之处,可是诗的改革运动并未成功"。⑦

在内在危机和外来批评的夹攻下,1924年后的"小诗"运动即告消退,后来它在中国的命运也基本上走向式微、停滞。需要指出的是,"小诗"运动的消隐并不意味着"小诗"真的消失灭绝,相反,"小诗"自身潜藏着蓬勃光大的可能性,它对同代乃至后来者的影响所及,构成了一脉绵长顽韧、不绝如缕的"小诗"诗学谱系。由于它在艺术上的精湛表演博得过诸多喝彩,合理吸收其内核就成为许多追随者的共同追求,如稍后海音社的"短歌"创作,

① 成仿吾:《诗之防御战》,《创造周报》,1923年5月,第1期,第1页。

② 梁实秋:《繁星与春水》,《创造周报》,1923年7月,第12期,第1页。

③ 朱自清:《中国新文学大系·诗集·导言》,上海:良友图书印刷公司,1935年。

④ 郭沫若:《郭沫若致洪为法信》,《新潮》,1923年3月25日,第1期,第2页。

⑤ 叶圣陶、云菱:《小诗的流行》,《诗》,1922年3月,第1期,第3页。

⑥ 闻一多:《泰戈尔批评》,《时事新报·文学》,1923年12期,第3页。

⑦ 周作人:《闲话日本文学》,《国闻周报》,1934年9月,第11期,第38页。

30年代卞之琳的《断章》、田间的《假如我们不去打仗》等富于鼓动性的街头诗，40年代鲁藜的《泥土》、臧克家的《三代》，新时期诗人韩瀚的《重量》、孔孚的《山水灵音》、顾城的《远和近》与《一代人》等灿若群星的佳构，皆为"小诗"在不同时段里激发的奇妙音响。并且，后来者大都能注意突破"小诗"表现个人感触的局限，拓展视野，在"小诗"的静思、玄想与秀丽气息的基础上，兼容雄浑、硬朗之风，实现了一次又一次的艺术超越，使"小诗"不再是小摆设、小饰物的代名词，80年代初韩瀚、赵朴初、林林、袁水拍、公木、邹荻帆、晓帆、钟敬文等诗人甚至还纷纷学写汉俳，以另一种方式为现代汉诗和俳句的深度融合做出了不懈的尝试和努力，而后因林林翻译的《日本古典俳句选》、彭恩华撰写的《日本俳句史》以及李芒主编、主译的"和歌俳句丛书"等在国内陆续出版，引发的译介、研究俳句热潮刺激，使"小诗"创作异常活跃。另外，新世纪以来的诗歌与新兴传媒结合后的"变体"——手机短信诗歌空前崛起所带来的"小诗"也再度勃兴。同时，"小诗"本身短小简洁的形式、抒情的瞬间性与凝练而不蔓衍的艺术品质，对当下新诗的诗体、精神、传播方式的重建，也饱含着诸多可待发掘的启迪质素。要做到这一点，就必须真正理解中国"小诗"丰富的历史，理解其生成的各种资源，这当然包括它与日本俳句的因缘关系。

（原载《中国社会科学》2010年第1期）

欧化语法与现代汉诗的发展

赵黎明[①]

暨南大学人文学院

摘　要： 欧化语法指因受西洋语法影响及刺激而出现的不同于原有汉语语法特征的语言规则，其与现代汉诗发生关联主要得益于宋诗派"以文为诗"、近代译诗、诗人创作等因素的综合作用。欧化语法对现代汉诗的发生、发展具有重要影响。横向来看，形成了汉语诗歌的异质性，造成了其从"自演诗"到"他演诗"、从单音节奏到音组节奏、从"表现诗"到"表达诗"、从"朦胧"到"明了"等方面的变异；纵向来看，推动了中国诗体从古代向现代形态的转变，具体表现为促进了诗歌体式从文字型向语言型、语言结构从"意象语言"到"推论语言"、意象构造从简单向繁复转化等。欧化语法进入汉语诗歌，不仅改变了诗的语言表象，也改变了诗的思维结构，在中国诗歌从传统到现代转变过程中起到了关键作用，有力地推动了中国诗体现代品

---

① 赵黎明（1968—），男，文学博士，暨南大学人文学院教授、博士生导师。主要从事中国现当代文学、语言诗学、文学社会学、民俗与民间文艺学等研究。近年在《中国社会科学》《文学评论》《中国现代文学研究丛刊》《中国比较文学》《文艺理论研究》等权威学术期刊发表论文百余篇，部分论文被《新华文摘》《中国社会科学文摘》《中国现、当代文学研究》《人大复印资料》全文转载，出版学术专著共 5 部，主持国家社科基金项目、教育部人文社科项目、中国博士后特别资助项目等 8 项。

格的形成。对于这种文学语言现象，应以开放包容的文化态度辩证待之。

关键词：欧化语法；现代汉诗；古今转换；异质性。

一个显而易见的事实是，今日汉语已非纯粹"汉语"，而是包孕诸多异域因子的语言复合物。这些潜入汉语的外来成分，来源与构成十分复杂，既有来自东瀛的，也有来自欧洲的；既包含语音语汇，也包括语法文法。前者姑且不论，单就后者而言，来自印欧语系的语法形式对汉语表达形成的冲击早已到处可见："系词、被动式、使成式、处置式"的大量导入，使现代汉语承受"西洋语言的巨大影响"，[①]一种被称为"欧化语法"的现象随之产生。不过，"欧化"之说稍显笼统，准确讲应是英化或美化，"所谓欧化，大致就是英化，因为中国人懂英语的比懂法德意西等语的人多得多"。[②]据此，本文所称"欧化语法"主要是指"在印欧语言、特别是英语影响下产生或发展起来的语法现象"，[③]既包含在印欧语言影响下通过模仿而产生的新兴语法形式，也包含印欧语言刺激而发展的原有语法形式。不论是"新兴语法"还是"原有语法"，都强调了"形式"因素的转变，即：欧化语法对汉语的影响，主要体现在由重意会向重形式的转向，即从"通过语义和逻辑关系以及语境来体会"，转向"通过介词、连词等形式标志来连接"。[④]这种形式转变已渗透到现代诗歌的语言表达之中，主要体现在主从句的倒装、大量主从句和新兴"是"字结构的出现，以及显性时态词的使用等方面。需要指出，汉语中的欧化语法与白话语法，又常常是联系在一起使用的。之所以出现这种情形，是因

---

① 王力：《汉语语法史》，北京：中华书局，2014 年，第 404 页。
② 王力：《中国现代语法》，北京：商务印书馆，2011 年，第 334 页。
③ 贺阳：《现代汉语欧化语法现象研究》，《世界汉语教学》，2008 年，第 4 期，第 16-31 页。
④ 贺阳：《现代汉语欧化语法现象研究》，《世界汉语教学》，2008 年，第 4 期，第 16-31 页。

为在引进外来语言资源时，新文学先驱就认定白话文与"与西洋文同流"，[①]二者都建立在"我手写我口"的基础上，"白话诗和欧化诗的界限是很难分的"，白话诗"从文言诗的格律中求解放"，正与西洋自由诗（free verse）情形相仿佛，[②] 因此口语诗也与欧化诗常常混同使用。从此意义上讲，本文所用的"欧化语法"与"口语语法"又有一定的交集。另外，本文所说的"现代汉诗"是指以现代汉语为本位的语体诗，包括草创时期的白话诗和由此发展起来的各类自由诗。这个范畴的使用主要用来与以古代汉语为本位的各种文言诗（包括古体、近体等）相对垒，它与当代学者专指的"现代经验""现代语言""现代情感形式"三要素合一的"现代汉诗"[③] 有联系也有区别。联系是都属于不同于"旧诗"的"新诗"，区别在于它是一个包括不同发展阶段、具有不同发展程度的语言共同体。

汉语诗歌在从格律到自由、从文言到白话的演变过程中，欧化语法无疑起了独特作用，但它如何作用、体现在何处，中外学界似乎缺乏充分研究。本文提出欧化语法与汉语诗歌文体变革关系问题，基本意图就是通过西洋文法渗入汉语诗歌语法事实的揭示，探讨其对汉语诗体古今之变以及汉语诗歌"异质性"形成的具体影响，以便对中国新诗的健康发展提供文化镜鉴。

---

① 傅斯年：《怎样做白话文》，《傅斯年全集（1）》，长沙：湖南教育出版社，2003 年，第 131 页。

② 王力：《自由诗》，《现代诗律学》，北京：中国人民大学出版社，2009 年，第 1 页。

③ 王光明：《中国新诗的本体反思》，《中国社会科学》，1998 年，第 4 期，第 153-169 页；王光明：《现代汉诗的百年演变》，石家庄：河北人民出版社，2003 年；荣光启：《"现代汉诗"的发生：晚清到五四》，北京：中国社会科学出版社，2015 年。

一、汉语新诗与欧化语法发生关联的历史机缘

中国新诗与欧化语法发生关联，从语言发生机制看，以下几种因素不容忽视：

一是宋诗派"以文为诗"的桥梁作用。晚清之际，与社会文化一样，旧诗坛也面临大变局，各路诗人将革新目光纷纷指向传统，试图从汉、魏、唐、宋等古典资源中寻找鼎革动力。宋诗一跃而成为各派诗人取法的重要资源，文学史家对此早有观察，胡适说，"这个时代之中，大多数的诗人都属于'宋诗运动'。"[①] 陈子展也说："到了曾国藩的时代，'宋诗运动'更为开展……成为同治、光绪间诗国里的一大潮流直到现在。"[②] 宋诗不仅成为旧诗人效法对象，也成"诗界革命"者的学习对象，如黄遵宪"取材丰富""以作文之法作诗""我手写我口，不避流俗语"等特色，与宋诗就有不小交集，黄遵宪诗因而被文学史家视为"白话文学的先导"。[③] 由于宋诗的特别性质，即不用典、不做拗句、诗如说话、"条理清楚，叙述分明"，[④] 使用了"异于常规的语法结构"，[⑤] 把"散文的一些手法、章法、句法、学法引入诗中"，[⑥] 等等，这样就不仅改变了诗歌的语言结构，而且为欧化语法的进入开启了一扇门窗。

二是近代译诗中"外国语法"的渗入。近现代翻译文学与创作文学同步生长，诗歌自然不能例外。不过早期翻译外国诗，多数采用五七言古体，如戴宗球所译英国高尔斯密《隐士咏》，辜鸿铭所译英国威廉·柯伯《痴汉骑马

---

① 胡适:《五十年来中国之文学》,《胡适全集（2）》,合肥: 安徽教育出版社, 2003 年, 第 295 页。
② 陈子展:《中国近代文学之变迁》,上海: 上海古籍出版社, 2000 年, 第 23-24 页。
③ 陈子展:《中国近代文学之变迁》,上海: 上海古籍出版社, 2000 年, 第 16-19 页。
④ 胡适:《五十年来中国之文学》,《胡适全集（2）》,合肥: 安徽教育出版社, 2003 年, 第 295 页。
⑤ 周裕锴:《宋代诗学通论》,上海: 上海古籍出版社, 2007 年, 第 468 页。
⑥ 王水照:《尊体与破体》,《宋代文学通论》,开封: 河南大学出版社, 1997 年, 第 68 页。

歌》，苏曼殊所译拜伦、雪莱诗，马君武所译拜伦《哀希腊歌》，鲁迅所译海涅的诗等，"都用中国传统诗的形式，或译成五言古体，或译成四言的《诗经》体，或译成《楚辞》体"。① 这些译作对国人了解西方文学有一定帮助，但把异域质料纳入中国固有体制，以中瓶装外酒，形式没有根本改变，对诗体革新并无实质意义。梁启超对此颇有感触。他用白话翻译拜伦《如梦忆桃源》："玛拉顿后啊，山容缥缈，/ 玛拉顿前啊，海门环绕。/ 如此好河山，/ 也应有自由回照。"并加译者案语云："中国调译外国意，填谱选韵，在在窒碍，万不能尽如原意。"② 显然，他已意识到"填谱选韵"的严重局限性。

在诗歌翻译中自觉"实验"白话并将"外国语法"带入汉诗的要数胡适。在译诗《老洛伯》（1918 年）前他有一段"引言"，称此诗为"当日之白话诗也"，并将林德赛与华兹华斯、柯勒律治等看成白话诗先锋，称其"志在实地试验国人日常之俗语是否可以入诗"。③ 整首译诗语言上有很多新因素，不仅语言俗白，而且西方语法也被带了进来："我两人哭着说了许多语言，/ 我让他亲了一个嘴，便打发他走路。/ 我恨不得立刻死了，只是如何死得下去！/ 天啊！我如何这般命苦！"更典型的要数《关不住了》："我说'我把我的心收起，/ 像人家把门关了，/ 叫爱情生生地饿死，/ 也许不再和我为难了'/ 但是五月的湿风，/ 时时地从那屋顶上吹来；/ 还有那街心的琴调 / 一阵阵地飞来。/ 一屋子里都是太阳光，/ 这时候'爱情'有点醉了，/ 他说：'我是关不住的，/ 我要把你的心打碎了！'"这些语句，主格明确，语序自然，逻辑清晰，不

---

① 施蛰存：《导言》，《中国近代文学大系（1840-1919）·翻译文学集（3）》，上海：上海书店出版社，2012 年，第 12 页。

② 梁启超：《端志安》，《中国近代文学大系（1840-1919）·翻译文学集（3）》，上海：上海书店出版社，2012 年，第 139 页。

③ 胡适：《老洛伯·引言》，《中国近代文学大系（1840-1919）·翻译文学集（3）》，上海：上海书店出版社，2012 年，第 119 页。

仅近于自然口语，而且语法上也与汉语诗句大异其趣。梁启超、胡适等诗界先驱所做的探索，对后来诗歌直译风气的形成、欧化语法的进入起到了开路的作用。

三是现代诗人自觉的语言实践。印欧语法进诗文，是白话文学运动的一部分，也是中国新文学先驱的自觉追求。如果说梁启超"杂以俚语韵语及外国语法"的"新文体"是开荒拓殖的初步探索，那么胡适"讲求文法"的"文学改良"则是一种自觉的语言实验。受《马氏文通》启发，早在1913年胡适就撰文指出，中国青年应借鉴"欧西文法"读书作文，振兴中国文学，"在今日吾国青年之通晓欧西文法者，能以西方文法施诸吾国古籍，审思明辨，以成一成文之法，俾后之学子能以文法读书，以文法作文，则神州之古学庶有昌大之一日"。[1]胡适的倡导和实验，引起新文坛的积极反响，人们纷纷将眼光转向西方语言资源。傅斯年说，要想创造"独到的白话文，有创造精神的白话文"，除了寻求口语支持之外，必须"再找出一宗高等凭借物"，[2]这凭借物是什么？欧化语法即是重要部分，"西洋文的款式，文法、词法、句法、章法、词枝……一切修词学上的方法"。[3]

在艺术实践方面，新诗人也把打破五七言整齐句法，恢复诗句自然的散文语法，作为"诗体大解放"的自觉追求。1920年，在《尝试集》初版序言中，胡适这样说："我在美洲做的《尝试集》……实在不过是一些刷洗过的旧诗！这些诗的大缺点就是仍旧用五言七言的句法。若要做真正的白话诗，若要充分采用白话的字，白话的文法和白话的自然音节，非做长短不一的白话诗不可。这种主张，可叫做'诗体的大解放'。"[4]1936年，在新诗经历过"新

---

① 胡适：《诗三百篇言字解》，《胡适全集（1）》，合肥：安徽教育出版社，2003年，第231页。

② 傅斯年：《怎样做白话文》，《傅斯年全集（1）》，长沙：湖南教育出版社，2003年，第131页。

③ 傅斯年：《怎样做白话文》，《傅斯年全集（1）》，长沙：湖南教育出版社，2003年，第132页。

④ 胡适：《尝试集·自序》，《胡适全集（1）》，合肥：安徽教育出版社，2003年，第193页。

格律"化等辩证运动 15 年发展之后，他仍然坚持："我近年爱用这个调子写小诗，因为这个调子最不整齐，颇近于说话的自然。"[①] 可见他把创造诗歌语言的自然，即诗句的"不整齐"，当作"胡适之体"的最大特点和诗体解放的自觉追求。以胡适为代表的新诗人的自觉艺术探索，为以"自然"为特征的欧化语法进入中国新诗做了理论和实践两方面的铺垫。

二、欧化语法与汉语诗歌的古今之变

汉语诗歌的古今变化，不单是节奏的改变，也不仅仅是语汇的变化，还包括语法的递嬗。作为一种语言规则，欧化语法对中国诗歌的古今之变，起到了一定程度的催生作用。

欧化语法推动了中国诗体从文字型到语言型的转变。众所周知，在文言书写系统中，文字是处于核心地位的。"中国古代的书面语言中，字是根本，它与句子的语音、语义、语法的关系是'振本而末从，知一而万毕'。"[②] 而在"字本位"的汉诗表意系统中，每一个字都有音、形、义的特殊要求，每一个字都要瞻前顾后，与其它字密切配合，共同完成集群的艺术功效。据此，法国汉学家程抱一把中国律绝中的单字称为"圣"，"在中国的诗歌传统中，人们很自然地把构成五言绝句的二十个字比喻为二十'圣'（sages）。它们各自的个性和它们之间的相互关系，将诗作转化为一场仪式活动（或者一幕戏剧）。在那里，动作和象征符号激起可以不断更新的'含义'"。[③] 作为无可代替的"字圣"，它不仅要有严格的词性规定，还有苛刻的平仄要求，甚至还讲

---

① 胡适：《谈谈胡适之体的诗》，《胡适全集（12）》，合肥：安徽教育出版社，2003 年，第 339 页。

② 申小龙：《汉字人文性反思》，《字思维与中国现代诗学》，天津：天津社会科学院出版社，2002 年，第 38 页。

③ 程抱一：《中国诗画语言研究》，南京：江苏人民出版社，2006 年，第 10 页。

究空间对称。这类以单字为构成单元的文学，郭绍虞曾把它叫作"文字型文学"。在他看来，此类文学往往具有这样的语法特征："既不适于长的，当然不必注意断句，也就不会注意到标点符号（不是不分句读，但是并不强调）；另一方面，既适于短句，自然便于吟诵，而于吟诵之间，自会体会到语感，也就不很注意到语法问题了。"① 他还认为，不仅律绝有"宜于短句，而不适于长句"的特征，传统文体多少都具有这个特性，"以前的文学，不论骈文古文，总之都是文字型的文学，不过程度深浅而已"。② 有学者干脆将这种诗体称作"文言诗"，其语言特征"受到以字为本位的汉语语系的庇荫，在音节、结构、语法、词汇、象形、修辞等方面得天独厚"，③ 表现在结构方面则显现出晶状的分子排列，"内部的分子结构排列十分匀称密切，有型式、周期性和方向感，相互投射，晶莹剔透，圆润照人"。④

以口语为本位的白话诗则是另外一种情景了。颗粒状的单字凝成团块，单字的音义功能大减，句子的意义作用大增，"字本位"的汉字单兵作战模式，逐步让位于"句本位"的集团作战形式，郭绍虞把这种转型称为"从文字型转变到语言型"。⑤ 在这场文学语言转型让位的隆重仪式中，各种语言要素无疑都扮演着不同的历史角色，但有一个角色的行动特别抢眼，这就是虚词的出场。在传统诗体（尤其是近体）中，虚词入诗乃作诗大忌，"实字多，则意简而句健;虚字多，则意繁而句弱"，⑥ 这句话反映了古典诗人对虚词的普遍看法。新诗则走在相反的路上，白话诗的立足离不开虚词的支撑。与古诗

---

① 郭绍虞:《语义学与文学》,《照隅室语言文字论集》,上海:上海古籍出版社,2009 年,第 344 页。
② 郭绍虞:《语义学与文学》,《照隅室语言文字论集》,上海:上海古籍出版社,2009 年,第 344-345 页。
③ 陈仲义:《现代诗:语言张力论》,武汉:长江文艺出版社,2012 年,第 31 页。
④ 陈仲义:《现代诗:语言张力论》,武汉:长江文艺出版社,2012 年,第 31 页。
⑤ 郭绍虞:《语义学与文学》,《照隅室语言文字论集》,上海:上海古籍出版社,2009 年,第 341 页。
⑥ 谢榛:《四溟诗话》,北京:人民文学出版社,2005 年,第 19 页。

实词单列、义脉断裂不同，新诗擅长的就是用不同的虚词，将这些意象贯串起来，并形成一个意义连续的完整结构。特别是具有欧化色彩的虚词的密集使用，大大地改变了汉语诗歌的意义结构，使粒状的意象连缀成块，也使断续的义脉贯通成篇。很多诗人自觉不自觉地使用了这种连续句法："在你搭好了灶火之后，/在你拍去了围裙上的炭灰之后，/在你尝到饭已煮熟了之后……在你拿起了今天的第一颗鸡蛋之后，/你用你厚大的手掌把我抱在怀里，抚摸我"（艾青《大堰河——我的保姆》），这里显然受到英语"after"句法影响，连用数个"在……之后"，使动作分则成为单个切分镜头，合则变成完整的动态画面；而在虚词的有力牵引之下，诗句宛如波涛相逐的语言洪流，在这种连续的语言洪流中，单字的地位几乎到了可以忽略不计的程度。

欧化语法的使用也促进了语言从"意象语言"到"推论语言"之转变。传统诗强调物象自演，反对外来力量介入，反映在语言上就是要尽量避免议论性、介入性文字。叶维廉曾以王维"空山不见人"之句为例，说明翻译文字"There seems to be no one"如何因加入"分析解说性"而将原诗意味改变。[①]高友工把表达具体事物和分析推论性的文字分别叫作"意象语言"和"推论语言"，典型例子是杜甫的《江汉》诗，谓其尾联"古来存老马，不必取长途"就是一种与意象语言相对的逻辑语言："'不必'二字使推论的力量得到最强烈的表现。月、云、天空和长夜都属于自然现象，而否定和需要则属于逻辑范畴，当一个句子用了'不必'时，它就不再是描绘而是断言；它需要的不再是与意象相对应的想象，而是与断言相关的赞同或否定"。[②]其实，此类句法于宋诗已属常态，在英语诗中更是司空见惯，在以宋诗和西洋诗为双亲（至少是远亲）的汉语新诗里推论句法大量使用也就一点不奇怪了。叶

① 叶维廉：《语法与表现》，《叶维廉文集（1）》，合肥：安徽教育出版社，2002年，第93页。

② 高友工、梅祖麟：《唐诗三论》，北京：商务印书馆，2013年，第49-50页。

维廉指出，"新诗人采用了白话作为诗的表达媒介时，白话里所有的演绎性都带进来了。西方科学、逻辑系统和诗的形式的引进更加深了这个趋向"，[①] 这个判断无疑是准确的。

以付诸理解而非想象为能事，推论语言不仅要求逻辑性，而且要求主客施受的明确性，这样一个轮廓鲜明的主语"我"就出现了："我是月底光，/ 我是日底光，/ 我是一切星球底光，/ 我是 X 光线底光，/ 我是全宇宙底 Energy 底总量！"（郭沫若《天狗》）需要注意的是，主语"我"的出现，在文学上也是一个"现代性事件"，它不仅宣告了个人主体的诞生，还标明了抒情主人公从暧昧到明确的转变。在这一历史性转换中，"我"的出现也是一种推论，因为诗人凸显自我是以隐藏物象为代价的，它表明诗人作为言说者主体力量的强势介入，而这种介入本身也是一种议论。对此，高友工有一段精辟的分析："当诗人用'我'指自己，或用'你'称呼读者时，当诗人给诗注入了明确的主观评价时，他就走得太远了。读者不再是间接欣赏，而是直接呼唤了。所以诗人自己充当主语，是推论语言的又一特点。"[②] 类似的新诗例子还有很多，"天上飘着些微云，/ 地上吹着些微风。/ 啊！/ 微风吹动了我头发，/ 教我如何不想她？"（刘半农《叫我如何不想她》）前面的"微云""微风"等，不再是一个独立的意象，而是"叫我如何不想她"的专用道具。称谓之外，还有表示连接的虚词，也是推论语法的重要表征。当代诗人普遍使用了这种语法，如"终于能按照自己的内心写作了 / 却不能按一个人的内心生活 / 这是我们共同的悲剧 / 你的嘴角更加缄默，那是 // 命运的秘密，你不能说出 / 只是承受、承受，让笔下的刻痕加深 / 为了获得，而放弃 / 为了生，你要求自己去

---

① 叶维廉：《文化错位：中国现代诗的美学议程》，《中国诗学》，北京：人民文学出版社，2006 年，第 279 页。

② 高友工、梅祖麟：《唐诗三论》，北京：商务印书馆，2013 年，第 122 页。

死，彻底地死"（王家新《帕斯捷尔纳克》）诗中大量出现的欧化关联词，如"终于……却""为了……而"等，不仅有联结语词的作用，还有议论的功能，因为它把罗列的意象组织起来，使之成为一个连续运动的意义链。

而在意象演变方面，汉语诗歌从"简单意象"到"繁复意象"的演变，也离不开欧化语法的助推。汉语古诗的虚词禁忌，必然造成连接成分的省略；而连接成分的省略，一个直接的后果就是"简单意象"的并列和语义语脉的阻隔。高友工将这种"以直接的表象方式存在着的"基本形式为"它是如此如此"的诗称为简单意象诗。[①] 他认为，"简单意象"在近体诗中表现得特别突出，如"袅袅城边柳，青青陌上桑"（张仲素《春闺思》），又如"千家山郭静朝晖，日月江楼坐翠微"（杜甫《秋兴》之三）。这类诗的特点是只负责提供几个物象、描述若干动作，至于连缀组织工作全靠读者联想完成。在他看来，这类诗自然不乏优长，但也有致命缺陷，"一首仅由名词意象构成的诗缺乏各种使诗'活'起来的特征：自然界中的生命过程和各个动因之间相互的动态联系"。[②] 由于只是物象罗列，缺乏必要的衔接，因此一旦面对"丰富的材料，精密的观察，高深的理想，复杂的感情"，它就显得力不从心了。胡适当年指出："七言八句的律诗，决不能容丰富的材料，28字的绝句决不能写精密的观察。"[③] 言辞虽然有些绝对，但也道出了近体诗的致命局限。如何拓展诗歌的文体表现力？新文学先驱们采取的策略之一是使用白话并引进欧化文法。对于这一策略，傅斯年写过一篇《怎样做白话文？》，曾有详细说明。在此文中，他罗列中国文"求铺张""只多单句，很少复句""一览无余"等诸多毛病，赞赏章士钊"能学西洋词法，层次极深""一层一层的剥进，一层一层的

---

① 高友工、梅祖麟：《唐诗三论》，北京：商务印书馆，2013年，第121页。

② 高友工、梅祖麟：《唐诗三论》，北京：商务印书馆，2013年，第94页。

③ 胡适：《谈新诗》，《胡适全集（1）》，合肥：安徽教育出版社，2003年，第160页。

露出"的逻辑文试验，断言"精密的思想，非这样复杂的文句组织，不能表现；绝不是一个主词，一个谓词，结连上很少的'用言'，能够圆满传达的"。①散文如此，诗歌亦然，如何用复杂的形式表现复杂的感情成为一代代新诗人的重要使命。在新文学之初，不少诗人就写出过具有"复杂"意绪、"复杂"文句的作品，周作人的《小河》、胡适的《应该》、郭沫若的很多诗作都具有这种品质。如《晨安》："晨安！常动不息的大海呀！／晨安！明迷恍惚的旭光呀！／晨安！诗一样涌着的白云呀！／晨安！平匀明直的丝雨呀！诗语呀！／晨安！情热一样燃着的海山呀！……"诗歌以"晨安"（辅以西洋感叹号）为情感线索，连用惠特曼式的"啊""呀"呼语法，将一种复杂的立体的全景的景象，如遥感镜头般一个一个地层递推出，意象之珠表面看起来也如古诗一样简单陈列，但因为运动镜头的不断叠加，而呈现一种螺旋的、繁复的壮观景象，语脉也由于诗人情感之流的不断推涌而呈现连续性和完整性。

这种表达复杂意象、复杂感情的诗作当然可以排出长长的名单，穆旦、多多等都有出色的作品。这里特别说明一下"是"字结构多带来的复杂意象。当代很多诗人都喜欢用"是"连缀全篇，如北岛的《一束》："在我和世界之间／你是海湾，是帆／是缆绳忠实的两端／你是喷泉，是风／是童年清脆的呼喊"；又如舒婷《祖国啊，我亲爱的祖国》："我是你河边上破旧的老水车／数百年来纺着疲惫的歌／我是你额上熏黑的矿灯／照你在历史的隧洞里蜗行摸索／我是干瘪的稻穗；是失修的路基／是淤滩上的驳船……"最极端的是多多的《依旧是》，全是以"是"为牵引："走在额头飘雪的夜里而依旧是／从一张白纸上走过而依旧是／走进那看不见的田野而依旧是／／走在词间，麦田间，走在／减价的皮鞋间，走到词／望到家乡的时刻，而依旧是……""是"在诗里显然蕴含有多重意义，也承担着多种功能。从词的表面看，首先是一种系动

① 傅斯年：《怎样做白话文》，《傅斯年全集（1）》，长沙：湖南教育出版社，2003年，第133页。

词，"它是大地""它是它"等句中"是"起到了维系主宾的功能；再往深层看，它又体现一种隐喻关系，如"一道秋光""一阵狂笑声"等与"它"之间就有一层隐喻。叶维廉曾非常精辟地指出，这个用法来自西方"是"（to be），既不是用来判断，也不是用来做比喻，而是"一个意象重叠在另一个意象之上，直至意象绕成一个圆为止"，[①]是一个镜头叠加另一个镜头，是使诗更为繁丰更为复杂的艺术手段。

诗文边界的混合，一定程度上也与欧化语法有关。言及"诗"与"文"的不同，一般的认识要么强调在节奏形式，"有韵者为诗，无韵者为文"；[②]要么突出在情趣内容，"夫诗与文异道，诗主情与趣，文主理与意，若徒有理意而无情趣，则不成其诗，而为有韵之文矣"。[③]实际上二者的区别远不止这些。在传统诗歌的语言表达方面，句法语法的不同也是二者区分所在。关于这一点，现代不少学者有清晰的认识。王水照曾以宋诗"以文为诗"为例，指出"文"的含义"主要是指把散文的一些手法、章法、句法、学法引入诗中"；[④]周裕锴进一步指出两种文体的区分，"不仅在于分行、押韵或平仄、对仗，更重要的是异于常规的语法结构"。[⑤]二氏所说的散文句法、语法等，核心部分不外是虚词和语序的使用问题。宋诗"以文为诗"，初步弥合诗与文的文体鸿沟；现代汉诗则更进一步，虚词运用普遍化，语序排列正常化，使诗与文区分的传统文体表征近乎消失。

在诗文两种文体接近的过程中，欧化关联词语的连接之功不可忽视。我们知道，在古代汉诗中，不论是表条件、因果，还是表顺承、转折，都是上

---

① 叶维廉：《中国现代诗的语言问题》，《中国诗学》，北京：人民文学出版社，2006年，第279页。

② 章太炎：《章太炎的国学讲演录》，平民印务局，1924年，第72页。

③ 梁昆：《宋诗派别论》，北京：文化艺术出版社，2018年，第47页。

④ 王水照：《尊体与破体》，《宋代文学通论》，开封：河南大学出版社，1997年，第68页。

⑤ 周裕锴：《宋代诗学通论》，上海：上海古籍出版社，2007年，第468页。

下句自然衔接，很少使用关联词语，如因果句："水静楼阴直，山昏塞日斜"（杜甫《遣怀》）；假设句："遇酒多先醉，逢山爱晚归"（白居易《赠沙鸥》），前后句间何种关系，文字表征全部隐藏，关系判断全靠自由联想，意绪贯通也赖自行组合。但在欧化新诗中，情形就完全不一样，意脉流通重任，全系于关联词语，如"虽然现在他们是死了，/虽然他们从没有活过，/却已留下了不死的记忆，/当我们乞求自己的生活，/在形成我们的一把灰尘里"（穆旦《鼠穴》）；又如"它是琐碎地永远不肯休止的，/除非我凄凄地哭了，或是沉沉地睡了，/但是我永远不讨厌它，/因为它是忠实于我的"（戴望舒《我的记忆》）诗中欧化的关联词、欧化的倒装句法，不仅成为意脉贯联的纽带，而且成为促使诗文边界进一步模糊的文字力量。

三、欧化语法与汉语诗歌的异质性

作为一种异域语文因素，欧化语法对中国诗歌的结构冲击也是亘古未有的，这种冲击不单体现在构词法改变、语词用法变异等表象方面，更表现在艺术呈现、语言结构、文体类型等深层领域。欧化语法给中国诗体带来的新变化、造成的异质性，主要体现在如下几个方面：

首先，从"自演诗"到"他演诗"。众所周知，传统汉诗少用主观语，忌用连缀词，善于突出物象，擅长罗列意象，如"柳色春山映，梨花昔鸟藏"（王维《春日上方即事》）等，以实现消除人为操纵，突出物象自演的艺术效果。最被人称道的例子是马致远的《天净沙·秋思》："枯藤老树昏鸦，小桥流水人家，古道西风瘦马……"，这类作品常被诗论家列为中国诗的典范，如叶维廉称赞其"不但构成了事象的强烈的视觉性，而且亦提高了每一物象的独

立性",① 谓其"强化了物象的演出",② 具有电影"水银灯活动"的视觉效果;③
还说传统中国诗,除了捕捉"视觉事象"之外,不把"自我的观点硬加在存
在现象之上",体现了"中国传统美学中的虚以应物,忘我而万物归怀,融入
万物万化而得道的观物态度"。④

叶维廉对文言诗的把握无疑是准确的,传统中国诗确实是一定意义上的
"自演诗"。在那个自足的世界里,意象自立,物象自主,实词为尊,虚词为
卑,不到万不得已,诗人不会跳出来说三道四。这种任凭客观物象自说自话
的诗,更多体现在唐诗中,因而多少带有一些正统味道。宋诗的出现是一次
改变,新诗的出现是一次更大的改变。宋诗以文字为诗、以议论为诗,虚词
涌入,推论句法频现,作者直接介入,这就大大降低了意象的自演程度;新
诗则更进一步,不仅白话入诗、议论入诗,还将外国语法大量引进,因此带
来的是中国诗体的革命性变化。叶维廉批评五四以后的新诗"疏离传统",
"追求西方现代主义诗人企图消散甚至消灭的严谨限制性语法,鼓励演绎性说
明性,采纳了西方文法中僵化的架构,包括标点符号,作为语法的规范和引
导"。⑤ 抛开是非不论,他观察到的变化是客观存在的。由于受欧化语法影响,
虚词或限定成分大量入诗,传统诗歌的意象自演程度降到了零点。叶氏曾以
孟浩然的"野旷天低树"的翻译为例说明这种变化:"如果翻成'As the plain
is vast, the sky lowers the trees'便立刻丧失其近乎水银灯活动的视觉性,丧
失其物象的演出性。"⑥ 实际上,很多新诗就是这种"翻译诗"的味道,如"我

① 叶维廉:《语法与表现》,《叶维廉文集(1)》,合肥:安徽教育出版社,2002 年,第 91 页。

② 叶维廉:《语法与表现》,《叶维廉文集(1)》,合肥:安徽教育出版社,2002 年,第 99 页。

③ 叶维廉:《中国现代诗的语言问题》,《中国诗学》,北京:人民文学出版社,2006 年,第 333 页。

④ 叶维廉:《语法与表现》,《叶维廉文集(1)》,合肥:安徽教育出版社,2002 年,第 89—90 页。

⑤ 叶维廉:《文化错位:中国现代诗的美学议程》,《中国诗学》,北京:人民文学出版社,2006 年,
第 277 页。

⑥ 叶维廉:《语法与表现》,《叶维廉文集(1)》,合肥:安徽教育出版社,2002 年,第 89 页。

向它神往而又欢呼！／当我听见从阴云压着的雪山的那面／传来了不平的道路上巨轮颠簸的轧响／像那些奔赴婚礼的新郎／——纵然我知道由它所带给我的／并不是节日的狂欢／和什么杂耍场上的哄笑／却是比一千个屠场更残酷的景象，／而我却依然奔向它"（艾青《时代》）例中"当……""纵然……"等用法，很大程度上来自英语 while/even if，它的作用是牵着意象也引导读者带向事物，其艺术效果不是意象的自然呈现，而是知性的分析导引，物象的自主性大大减弱，诗人的介入性大为增强，大量此类诗作的涌现，表明中国诗正实现从"自演性"向"他演性"的转变。

其次，从单音式节奏到音组式节奏。人们知道，新文学发生肇因首在"诗文之辨"，而诗文之辨的核心则首在"音节"。还在美国留学时，胡适与梅光迪就对此反复辩驳。胡适"作诗如作文"的几句随性留言，何以激起梅光迪"颇不以为然"的系列反击？争论点就在对诗之文体特征的不同认识。此后，胡适在《文学改良刍议》中正式提出"不讲对仗"，在《谈新诗》中系统阐述废除格律之论，"推翻词谱曲调的种种束缚；不拘格律，不拘平仄，不拘长短；有什么题目，做什么诗；诗该怎样做，就怎样做"，[1] 在中国诗坛掀起惊涛巨浪，反对者有之，赞成者有之，新诗应否有"音节"以及应有什么样的"音节"，成为新诗存在合法性的首要问题。传统批评者当然认为"诗之有声调格律音韵，古今中外莫不皆然"。[2] 与这种看法相反，新诗坛节奏探索的总趋势，恰恰是如何突破传统藩篱，实现由齐向散、由固定向自由转变。后来的探索者基本沿着这两条轨迹行进，传统派希望在民族语言基础上建立格律，林庚的"半逗律"理论是突出例子；[3] 现实派希望整合中西传统，创造一种偏

---

[1] 胡适：《谈新诗》，《胡适全集（1）》，合肥：安徽教育出版社，2003 年，第 164 页。

[2] 胡先骕：《评〈尝试集〉》，《胡先骕文存（上卷）》，南昌：江西高校出版社，1995 年，第 27 页。

[3] 林庚：《问路集.序》，《新诗格律与语言的诗话》，北京：经济日报出版社，2000 年，第 5 页。

于语言的自然节奏，于是"音尺""音顿论""音组论"等便陆续产生了。实际上这些外国名词，意义跟汉语中"词"或"词组"是很相近的，陆志韦说："白话诗凭着语调的轻重建设节奏……汉语的语调又和英语很相类似，所以我就想利用英国人作诗的经验来推进我们的白话诗。"[1] 卞之琳也说："用汉语白话写诗，基本格律因素，像我国旧体诗或民歌一样，和多数外国语格律诗类似，主要不在于脚韵的安排而在于这个'顿'或称'音组'的处理。"[2] 因此他主张遵循"现代汉语说话的自然规律，以契合意组的音组作为诗行的节奏单位"，以便"音随意转，意以音显，运行自如，进一步达到自由"。[3] 正是在这种向外开放的诗语探索中，欧化的节奏类型随之涌入，欧化的文法形式也随之进入，外来语言形式与白话语文一起，加快了汉诗节奏类型从单音式向音组式转变。

按照汉语传统习惯，句中从属部分一般放在主要部分之前；但受欧化语法影响后，从属部分前置后置全凭自己。这一变化在语法学家那里就是一种欧化语法现象，[4] 如闻一多《收回》："那一天只要命运肯放我们走！／不要怕；虽然得走过一个黑洞，／你大胆的走；让我掇着你的手；／也不问那里来的一阵阴风。"其中第二行就是"虽然（我们）得走过一个黑洞，（但是）不要怕"转折句的倒装。欧化语法对节奏的影响已经渗入血脉，成为新诗语言表达的一部分，以致我们习焉不察、见惯不惊，且以余光中《芝加哥》为例：

文明的｜群兽，摩天大楼｜压我们

以立体的｜冷淡，以阴险的｜几何图形

---

① 陆志韦:《论节奏》,《文学杂志》, 1937 年, 第 1 期, 第 3 页。

② 卞之琳:《雕虫纪历. 自序》,《卞之琳文集（中）》, 合肥: 安徽教育出版社, 2002 年, 第 454 页。

③ 卞之琳:《重探参差均衡律》,《卞之琳文集（中）》, 合肥: 安徽教育出版社, 2002 年, 第 575 页。

④ 王力:《欧化语法理论》,《王力文集（一）》, 济南: 山东教育出版社, 1984 年, 第 494 页。

压我|，以数字后面的|许多零

压我|，压我|，但|压不断

飘逸|于异乡人的|灰目中的|

西望的|地平线。

诗中首先突出主体句"摩天大楼压我们"，然后交代方式"以……"，主谓在前、状语置后，这是一种具有明显欧化迹象的表达法，类似的例子还有，"不能到你的墓地献上一束花／却注定要以一生的倾注，读你的诗／以几千里风雪的穿越／一个节日的破碎，和我灵魂的颤栗"（王家新《帕斯捷尔纳克》）。倒置的"以……"字句法，形成的迂回陌生语言节奏，是单音式古汉语节奏中所没有的。

再次，从"表现诗"到"表达诗"。钱锺书曾就"诗分唐宋"作过分析，指出二者分野非仅"朝代之别"，更为"体性之殊"，前者"以丰神情韵擅长"，后者"以筋骨思理见胜"。[1] 这当然是中肯之言，不过也只点出了部分差异。后世学者更进一步，认为从文体类型讲唐诗是表现性的诗，而宋诗是表达性的诗。表现性诗歌不见主语，语序颠倒，少用虚词，忌用关系词，"你看不到诗人的'我'在那里指手画脚，说东道西，也感觉不到诗人要给'你'指明一个什么'道理'或讲述一个什么'故事'，在诗句里呈现的往往只是诗人感觉世界中的原初本相，在诗句里传递的往往只是一个纯然无我的叠合印象，至于其中的微妙意蕴，要靠读者自己揣摩，而诗歌只是一群意象的组合呈现"。[2] 而与此类表现性诗歌不同，宋诗则是一种表达性诗歌，它不仅要"达理"，凸显意义，还要沟通"你我"，更偏重于告诉"你"某件事情

---

[1] 钱钟书：《谈艺录》，北京：中华书局，1984年，第2页。

[2] 葛兆光：《汉字的魔方》，上海：复旦大学出版社，2008年，第199页。

或某种意义。①

　　按照这种分析框架，从宋诗、外诗混合土壤中生长出来的新诗，就是一种以传递信息为侧重的"表达诗"。叶维廉曾精辟分析过新诗的这种"表达性"特质，"白话负起的使命既然是要把新思潮（暂不提思潮好坏）'传达'给群众，这使命反映在语言上的是'我有话对你说'，所以'我如何如何'，这种语态（一反传统中'无我'的语态）便顿然成为一种风气……郭沫若的《晨安》里的'晨风呀：请你把我当声音传到四方去吧！'就是"。② 既然传递信息在诗中逐渐占据重要位置，那么信息传播的关键要素（说话者、受话者、语境、信息、接触和代码）就不可或缺，"谁、在什么情况下、对谁、以什么方式、说了什么"之交流模式也不可避免。雅克布逊显然只强调了日常语言与诗性语言区分的一面——"纯以话语为目的"的话语才是诗性话语，③ 而忽略了二者共通的一面，即作为话语载体的信息的基本要求——施受关系明晰，内容准确，时空条件具体。

　　在中国古诗中，主语省略是常态，"竹喧归浣女，莲动下渔舟"（王维《山居秋暝》），是"谁"看见的这一幕？没有人知道。但在印欧语系中，这种情况是不容许存在的，"西洋每一个句子里，通常必须有一个主语"。④ 现代诗抛却了古诗作法，向西洋诗靠拢，把主语强势引入，将言语事件的主体充分凸显，"我是一条天狗呀！/我把月来吞了，/我把日来吞了，/我把一切的星球来吞了，/我把全宇宙来吞了。/我便是我了！"（郭沫若《天狗》）这里，谁所做的、谁看的、谁所感受的，感受的是什么信息，一一清晰可辨；"我看

①　葛兆光：《汉字的魔方》，上海：复旦大学出版社，2008 年，第 198 页。

②　叶维廉：《文化错位：中国现代诗的美学议程》，《中国诗学》，北京：人民文学出版社，2006 年，第 279 页。

③　雅克布逊：《语言学与诗学》，《结构－符号文艺学》，北京：文化艺术出版社，1994 年，第 181 页。

④　王力：《欧化的语法》，《中国现代语法》，北京：商务印书馆，2011 年，第 341 页。

一阵向晚的春风／悄悄揉过丰润的青草，／我看它们低首又低首，／也许远水荡起了一片绿潮；／／我看飞鸟平展着翅翼／静静吸入深远的晴空里，／我看流云慢慢地红晕／无意沉醉了凝望它的大地"（穆旦《我看》）。诗作显示的是，"我看见"春风、飞鸟、流云如何，主客对象了然，施受清晰，状态确定，限定具体，无需读者再去猜谜。这些做法显然是欧化语法所赐，"由于数、时态、定冠词和不定冠词、支配关系和一致关系，以及形形色色罗列细节的结构，英语自然倾向于具体对象"。[1]

时态使用也是欧化语法入汉语的典型症候。众所周知，汉语动词缺少时态，中国旧诗中"极少采用'今天''明天'及'昨天'等来指示特定的时间，而每有用及时，都总是为着某种特殊的效果，也就是说，在中文句子里是没有动词时态的变化的"。[2]但欧化白话诗中这类时态大量出现，如柏桦《李后主》："哦，后主／林阴雨昏、落日楼头／你摸过的栏杆／已变成一首诗的细节或珍珠／你用刀割着酒，割着衣袖／还用小窗的灯火／吹燃竹林的风、书生的抱负／同时也吹燃了一个风流的女巫。"此处的"已变成"是英语完成时的汉化形式，而"割着"也是动词"割"的正在进行时。这些都可视为欧化语法的变种。中国新诗大量移植这种语法传统，有意打破"取消指示时间的成分"等暧昧做法，[3]代之以一种显在的时间标志，"当水洼里破碎的夜晚／摇着一片新叶／像摇着自己的孩子睡去"（北岛《雨夜》）。而在空间方面，位置关系也不再模糊，"大堰河，今天我看到雪使我想起了你：／你的被雪压着的草盖的坟墓，／你的关闭的故居檐头的枯死的瓦菲，／你的被典押了的一丈平方的园地，／你的门前的长了青苔的石椅，／大堰河，今天我看到雪使我想起了

---

[1] 高友工、梅祖麟：《唐诗三论》，北京：商务印书馆，2013年，第93页。

[2] 叶维廉：《中国现代诗的语言问题》，《中国诗学》，北京：人民文学出版社，2006年，第330页。

[3] 程抱一：《中国诗画语言研究》，南京：江苏人民出版社，2006年，第41页。

你。"（艾青《大堰河——我的保姆》）；状态上也借用西语"…of…""with"等用法，产生一种层层限定的"的"结构，如"森严的黑暗的深奥的深奥的殿堂之中央／红纱的古灯微明地玲珑地点在午夜之心"（冯乃超《红纱灯》），又如"我愿寂对着一涡一涡的回浪在那里的岩石的窝上／我愿细细的思维着掠在石上的介壳的不住沧桑／朦胧的憧憬着那里那里那里那里的虚无的家乡"（穆木天《我愿》），从而形成一种迥异于传统表达的异质性的包孕结构，这种结构所传递的信息是明确的、具体的。

最后，从"朦胧"到"明了"。"朦胧"是中外诗歌艺术的共同特征，中国素有"诗无达诂"之说，西方不乏诗无定解之论，现代诗人更是把"晦暗"视为荣耀，"（现代）诗歌的言说方式是谜语和晦暗"，[1] 为此，英国诗论家燕卜荪还专门撰写《朦胧的七种类型》，探讨造成诗义含混晦涩的各种原因。以西方诗为直接渊源的现代汉诗，诗义朦胧的作品在所不少。不过比较起来，新诗与旧诗的朦胧，实现形式其实有所不同。传统诗歌往往通过特殊的文字处理方式实现，如颠倒语序、取消限指、抽离时空等，"利用未定位、未定关系或关系模棱的词法语法，使读者获致一种自由观、感、解读的空间，在物象与物象之间作若即若离的指义活动"；[2] 现代汉诗则不然，其朦胧效果的制造似乎放弃了古诗的那一套做法。从文字排列方面来看，主格宾格明确，施受关系清晰，时空状态具体，没有哪一首诗再靠文字歧义制造意义朦胧。这样的例子举不胜举："在你面上我嗅到霉叶的气味，／倒塌的瓦棺的泥砖的气味，／死蛇和腐烂的池沼的气味"（蓬子《在你面上》），诗中"我""嗅"到的"气味"，来源和状态十分确定；"等你在雨中在造虹的雨中／蝉声沉落蛙声升起／一池的红莲如红焰在雨中／／……永恒刹那刹那永恒／等你在时间之外／在时间

---

① ［德］胡戈·弗里德里希：《现代诗歌的结构》，南京：译林出版社，2010年，第1页。

② 叶维廉：《中国古典诗中的传释活动》，《中国诗学》，北京：人民文学出版社，2006年，第18页。

之内等你在刹那在永恒"（余光中《等你在雨中》），就算主语看起来缺席，但也站在具体的时空中，哪怕是幻觉也是施受关系清晰的景象。

现代诗这种"明了"倾向的形成，主要来自内外两方面的影响。从内部发展逻辑来说，宋诗的因素显然起到了推动作用，宋诗"以文为诗"，"文"的要求当然是脉络贯通；宋诗"以议论为诗"，"议论"当然不应该含糊其辞；更重要的是，宋诗传达信息、凸显意义的取向，必然要求语言形式上做到关系清晰、限定明确，"宋诗却使诗歌的表达更为明晰、主体意识的传递更为明确，而且更能曲尽其意，因为层次丰富的意义毕竟要通过因果、时空等关系词来层层递进，而微妙曲折的心理活动毕竟是要由各种各样虚词来细微表述的"。[①] 从外部影响的角度看，西方语言特别是语法形式的引进起到了关键作用，"西方文化传统强调逻辑思维，落实到语言上就是语法结构、词类与句法、标点的明确规定"。[②] 宋诗从内部推动，外诗在外面牵引，当两股力量汇合于白话时，一种新的诗体自然形成了。"当新诗人采用了白话作为诗的表达媒介时，白话里所有的演绎性都带进来了。西方科学、逻辑系统和诗的形式的引进更加深了这个趋向。"[③] 1919 年胡适在《谈新诗》中谈论新诗愿景，说"凡是好诗，都是具体的；越偏向具体的，越有诗意诗味"，[④] 可惜在解释"具体"涵义时只说到意象可感一层，未触及现代新诗语义明了这一重大转变。关于这一变化，傅斯年的一段话倒是一语中的，"今新文学之伟大精神，即在篇篇有明确之思想，句句有明确之义蕴，字字有明确之概念，明确而非含糊，即与骈文根本上不能相容"，[⑤] 他的"新文学"范围显然也包含新诗。

---

① 葛兆光：《汉字的魔方》，上海：复旦大学出版社，2008 年，第 207-208 页。

② 郑敏：《郑敏文集·文论卷（上）》，北京：北京师范大学出版社，2012 年，第 193 页。

③ 叶维廉：《文化错位》，《中国诗学》，北京：人民文学出版社，2006 年，第 18 页。

④ 胡适：《谈新诗》，《胡适全集（1）》，合肥：安徽教育出版社，2003 年，第 174 页。

⑤ 傅斯年：《文化革新申义》，《傅斯年全集（1）》，长沙：湖南教育出版社，2003 年，第 11 页。

四、结语

语法是语言的核心部分，语法改变意味着语言的改变。按照现代语言学观念，语言不单是思维工具，还是思想本身，因此，欧化语法进入汉语诗歌，改变的就不仅是古代诗体的语言表象，更是传统诗歌的思维结构。从这个意义上讲，欧化语法在中国诗歌从传统到现代转变过程中的作用是根本性的，它既促进了中国诗歌异质特性的形成，又推动了中国诗体现代品格的形成，起到了双重作用。对于这些功能，诗学史上称赞者有之，批评者也不乏其人，批评声音主要来自中国各种古典派，如学衡派中的胡先骕、吴宓、吴芳吉等，他们从古典语文视角批评新诗废除格律、采用白话、移植西体等做法，认为其作品不过是一种用中国文字写的"西洋诗"，"我对于现在的白话诗，以为他受的西洋的影响，可说他在诗史上添了一种西洋体"，[1] 新文学阵营中的梁实秋等也持类似立场。

那么，今天该如何看待这种文学语言现象呢？我们认为还是要采取"一分为二"的科学态度：一方面不能否认古体诗独特的美学价值。古人发扬中国象形文字优势，创造了世界上独一无二的诗歌形式，其视觉联想性、空间对称性、文字简洁性、语法灵活性等特点，具有其他文字无可比拟的优越性。作为民族文化瑰宝，我们应该对之倍加珍惜；但另外一方面也要看到，近体诗毕竟是一种文字型文学，面对丰富复杂的现代生活，其语法松散、指向不明、限制不确等优点，一定程度上变成了诗歌表现的缺陷。当年胡适说现代人"丰富的材料，精密的观察，高深的理想，复杂的感情"[2]，是五七言固定体式所无法装下的，判断虽有一些绝对，但也不是毫无道理。就百年新诗人

---

① 吴芳吉:《提倡诗的自然文学》,《吴芳吉集》, 成都: 巴蜀书社, 1994 年, 第 831 页。

② 胡适:《谈新诗》,《胡适全集（1）》, 合肥: 安徽教育出版社, 2003 年, 第 160 页。

的文体实践来看，欧化语法与白话语料的融合调剂，确实产生了意想不到的艺术效果，不仅创造了"新的意境和语感"，[①] 还造就一定的层次感、逻辑感和深度感，对提升汉语诗歌表现力、改良汉语诗歌品种等，都产生过重要意义。当然，使用不当也容易产生副作用，如过于理性的分析成分，也容易扼杀诗歌的感性之美，等等。

汉语新诗自诞生到现今已过一个世纪。在其百年成长年轮中，有民歌化痕迹，有古典化烙印，也有欧化的足迹，成功与失败各占其半。现在正处于总结经验教训、进行新的艺术综合的关键阶段，反思欧化之得失显得尤为必要。"欧化"之语闻之骇然，细究起来不过是语言融合常态。就语言融合一般情形来看，任何外来因素的摄入，一定会遇到受体语言的自动过滤，正如王力先生所言："西洋语法和中国语法相离太远的地方，也不是中国所能勉强迁就的。欧化到了现在的地步，已完成了十分之九的路程；将来即使有人要使中国语法完全欧化，也一定做不到的。"[②] 因此，对于汉语诗歌中的欧化成分，大可不必惊慌失措。相信新诗这个活的机体一定会合理吸收异质语法中的有益成分，自行消化其中的不适切分子，最终形成一种既与外来语言互补共生，又深具民族特色的现代诗意表达系统。

（原载《社会科学》2022 年第 7 期）

---

① 朱自清：《译诗》，《新诗杂话》，桂林：广西师范大学出版社，2004 年，第 50 页。

② 王力：《中国现代语法》，北京：商务印书馆，2011 年，第 334 页。

域外行旅要素与胡适白话诗观念的生成

卢桢[①]

南开大学文学院

摘　要：留美期间，胡适在行旅体验的激发下创作出了一系列抒写异国风景、记录游走经历、表达文化感思的诗歌。他推崇风景的调和之美，强调对现场的真实还原，进而在写作实践中发现了诗语旧格与实景体验之间的矛盾。为此，胡适从诗歌韵律、"诗与真"的关系等角度入手，力求去除陈言套语，用"文的语言"采写流动具体的风景，再现精神主体的视觉经验。这些尝试增强了诗歌的叙事和说理成分，为中国诗歌注入了一种迥异于传统的美学活力。随着风景观念和写作理念的调整，胡适从诸多行旅元素中找到了适用于文学变革的突破点，他将"八事"的主张落到实处，并对套语和影像的

---

① 卢桢（1980—），男，文学博士，南开大学文学院教授，博士生导师，中文系副主任，中国现当代文学教研室主任，入选天津市宣传文化"五个一批"人才，天津市作协签约作家。主要从事中国新诗研究，城市文学研究。曾在荷兰莱顿大学、伦敦大学亚非学院访学。主要学术兼职：中国闻一多研究会副会长，天津市解放区文学研究会副秘书长天津市写作学会理事。在《文学评论》《文艺研究》《中国现代文学研究丛刊》《文艺争鸣》《当代作家评论》《南方文坛》《光明日报》等权威学术报刊发表论文百余篇，出版《现代中国诗歌的城市抒写》《新诗现代性透视》《走向优雅：赵玫论》等学术著作5部，出版文学旅行随笔集《旅行中的文学课》。主持国家社会科学基金项目2项，省部级科研项目多项。曾获第四届全国微课程大赛一等奖、《当代作家评论》年度优秀论文奖、"扬子江"诗学奖等。

关系、新诗表述空间与新语体的联系、风景诗的剪裁力等问题做出持续思考，推动了早期新诗由如实记录风景到诗性表达风景的思维转换。

关键词：胡适；域外行旅；白话诗；风景观。

在胡适白话诗观的生成与演进过程中，域外行旅要素扮演了重要的角色。留美期间（1910—1917年），胡适游历了异国的自然景观，感受到现代的都市风情。全新的观景体验渗透进他的思想空间，与蛰伏在精神传统中的"游"之观念相互融合，锻造出诗人世界性的时空意识，使他对"远方"的认知实现了从概念到现实的深层转变。伴随着想象视域的拓展，胡适开始将行旅行为以及相关风物作为诗歌的语象资源。通过一系列的写作实践，他发现了诗语旧格中存在的问题：无论是传统的述景策略还是古典的审美趣味，都难以精准还原景物的形质变化，也无法贴合旅行者的视觉经验乃至内心感知。为了疏解这种"言文分离"的矛盾，胡适采取了体式创调、视点变换、去除套语、以文入诗等多重手段，试图增强诗歌对现实的表现力，发掘出有益于诗歌观念演进的因子，并在"凯约嘉湖诗波"等行旅事件的激变性影响和推动下，逐渐探索出由文言古体到白话新体的进阶路径。可见，域外行旅文化深刻参与了新诗发生的历史，把它视为一种理论视角，或可串联起新诗发生学研究中的文白交锋、写实倾向、主体建构等线索，形成对早期新诗的精神情调与艺术内质的再认识。本文即以胡适的风景体验和诗观转化为轴心，把握域外行旅要素与作家理念生成之间的动态联系，揭示这一要素在新诗发展中的持续性效应。

一、行旅意识与风景观念

所谓行旅意识，指的是经历地理迁徙和文化漫游的人在行旅中形成的精神观念，尤其是他看待旅行与探索世界的态度，直接影响着精神主体文化感知的方式、体验时空的模式以及观察外物的眼光。就胡适来说，学业的目标与他本人的性情，决定了他的游历不以赏景揽胜为主，而是带有纯粹的目的性指向。从日记、自传等材料中，也可窥见胡适并非像郭沫若、徐志摩那般热衷旅行。他曾自谓"懒于旅行"①之人，就算在北京待了九年，也没去过长城。②虽然说的是自己归国后的体验，但纵观其行旅历程，胡适的确很少自觉追求这类经验。求学期间，他的行旅活动集中在探访朋友和参加聚会，专以观景休闲为旨趣的旅行次数则非常有限。1911年5月20日，胡适受郭守纯之邀泛舟凯约嘉湖（今译为卡尤加湖），他在日记中记述道："余来此几及一年，今日始与湖行相见礼。"③凯约嘉湖是绮色佳（今译为伊萨卡）的自然名胜，往来游客络绎不绝。然而胡适旅居日久，方在朋友的陪同下踏游此地，也许是康奈尔大学的学业压力过重，或者就是源于他自身对旅行的淡漠态度。

胡适留美七年，日记所载见闻甚多，留意其中抒写行旅的文字，可以找到一个共通点，即无论是在康奈尔修业还是远途出行，只要是记录游览当地著名景点的内容，事件起因往往都是友人先发出邀请，他才会参与进来。除了1911年8月20日记载独游卡迪卡迪拉峡谷外，胡适基本上没有主动且单独旅行观光的经历。虽然他从未明确言及自己的行旅观念，但诸多材料陈列出的事实本身便透露出一些信息，也能说明胡适确为"懒于旅行"之人。那

① 胡适：《平绥路旅行小记》，《独立评论》，1935年8月4日，第162页。

② 胡适：《庐山游记》，《新月》，1928年5月10日，第1期，第3页。

③ 季羡林：《留学日记·卷一》，《胡适全集（27）》，合肥：安徽教育出版社，2003年，第141页。

么，在有限的游历中，在自然景色与城市景观之间，诗人更钟情于哪一类风景？何种景物才能激发他的好奇心，进入他的写作视域？这些问题都涉及了胡适的"风景观"。

对一位作家而言，风景观至少应该包含两个方面，首先是什么样的景物属于风景，而且是"美"的风景；其次便是如何欣赏风景，即作家从哪个层面来阅读风景，以及精神主体与风景之间的物我关系，这牵涉到作家介入现实的视角和审美的基调。胡适的留学日记中出现自然风景的频次颇高，对于优美的景致，他的措辞基本都是风景"绝佳""佳绝"或是"极佳"之类。如 1911 年 5 月游峡谷，同年 10 月游瀑布溪，1914 年 9 月游佛兰克林公园，1915 年 2 月游赫贞河，1917 年 5 月游水源湖，1917 年 6 月游加拿大洛基山，返国路上游览神户和长崎等，均可见以上几种说辞。1912 年 8 月 31 日，胡适在给母亲的信中第一次介绍了绮色佳，谈起大学校园和周边的风景，说凯约嘉湖"两岸青山如画，每当夏日，荡舟者无算，儿时亦往焉"。[①] 他把 Ithaca 雅译为绮色佳，把 Cayuga 译成凯约嘉，从字面意义理解，已能感受到诗人与此间风景的精神投合。遥想日后他对任叔永《泛湖即事》的批评乃至由此引出的"诗波"，正与他从一次次游湖中获得的直接体验密切相关。长湖、溪流、飞瀑、奇山……种种自然物构成诗人行旅观看的风景主体，潜移默化地滋养了他的艺术灵性，影响着诗人对行旅生活的感知和表达，特别是在几个点上形成意识的交集——一是抒发"怀乡"之感，在异域景观中找寻故乡的面影。游玩北田时，胡适写此地"有清溪浅水，似吾国乡间，对之有故乡之思焉"；[②] 观赏绮色佳的花田，他也有"惟对此佳景，益念吾故乡不已"[③] 的感

---

① 胡适：《致母亲信》，《胡适全集（23）》，合肥：安徽教育出版社，2003 年，第 43 页。

② 胡适：《致母亲信》，《胡适全集（23）》，合肥：安徽教育出版社，2003 年，第 41 页。

③ 胡适：《致母亲信》，《胡适全集（23）》，合肥：安徽教育出版社，2003 年，第 53 页。

叹。二是探访当地胜景，吐露"叹奇"之情。如 1914 年 7 月胡适游览活铿谷，认为"此地真天地之奇境也"，进而与他不久前游英菲儿山的体验相比较，得出只有像英菲儿山那样，不由人工建设登山辅助步道，而是让探险者凭借才力去探寻秘境，方能达到"极夫游之乐"。① 三是受中国古典美学濡养，推崇风景的调和之美。初游凯约嘉湖，他便发觉此地"景物亦佳，但少点缀"。② 在胡适看来，风景的"如画美"需要不同景物彼此间的搭配与映衬，以自然和谐为旨归，这是其风景观念的重要特质。

相较于对自然景观的偏爱，胡适较少观照和抒写城市人文风景。或许正如他所言："可惜我没有惠特曼的伟大的诗才，不能歌颂这种物质文明的真美术。"③ 游览波士顿时，他竟认为所谓的"不夜城"破坏了海滨的自然风光，显得"俗不可耐"。④ 身处物质文明的中心，胡适并未产生过度的艳羡与震惊，喧嚣紊乱的城市空间，反而一定程度上阻滞了他对诗意的提取和沉淀。在大多数情况下，诗人都保持着与城市的情感距离，即便某些时候有所深入，往往也只是把它看作外在的文化考察对象。1915 年 7 月，他给母亲的信中提到转学去哥伦比亚大学的原因，第一条就是"儿居此已五年，此地乃是小城，居民仅万六千人，所见闻皆村市小景。今儿尚有一年之留，宜改适大城，以观是邦大城市之生活状态，盖亦觇国采风者，所当有事也"。⑤ 可以看出，观察人文生活，采览异邦风物，正是胡适城市旅行的主要目标。他所涉足的城市景观多为历史古迹和艺术展馆，诗人或是考据大型博物馆中的东方藏品，

---

① 胡适：《游活铿谷记》，《留学日记·卷五》，《胡适全集（27）》，合肥：安徽教育出版社，2003 年，第 418-428 页。

② 胡适：《留学日记（卷一）》，《胡适全集（27）》，合肥：安徽教育出版社，2003 年，第 141 页。

③ 胡适：《1925 年 10 月日记》，《胡适全集（30）》，合肥：安徽教育出版社，2003 年，第 208 页。

④ 胡适：《波士顿游记》，《留学日记·卷六》，《胡适全集（27）》，合肥：安徽教育出版社，2003 年，第 509 页。

⑤ 胡适：《致母亲信》，《胡适全集（23）》，合肥：安徽教育出版社，2003 年，第 85 页。

或是记录波士顿与纽约等大城市的交通科技，或是深入"辟克匿克"（野餐）、大学藏书楼和美术馆等文化风尚，从中探索思想学问的方法。总之，以自然审美为主体，以城市文明为参照系，比较异我的"文明／文化"差异，聚合成胡适行旅意识的核心向度，其观念背后也浮现出一个持续追求人文精神与科学理性的现代主体形象。

需要强调的是，域外行旅体验和胡适的自我发现乃至文学想象是一个同质同构的过程。作为偏好自然审美的写作者，"在自然中的活动是养成诗人人格的前提"。[1] 也如里尔克所言，"世界的山水化"过程内蕴着"一个辽远的人的发展"。[2] 越界的行旅更新了诗人对风景的认知体系，催生出现代精神主体特殊的心理机制。此外，行旅要素还在参与诗人内心世界建构的进程中，培养了他的美学感受力，拓宽了他的审美视野。通过新奇的海外观物体验，胡适逐渐认识到亲身经历和实际观察之于文学表达的重要性，他把这种感受不断内化于情感和形式相互磨合的写作实践，一方面丰富了作家的经验类型，为行旅抒写积累了丰赡的素材，储备了鲜活的意象；另一方面为他日后深入探讨诗与经验的联系、主客体空间关系的演变，以及诗歌内在写作机制的现代转化等命题进行了必要的铺垫。

二、行旅抒写中的变革尝试

在美国的七年间，胡适的诗歌创作几近百首，多为以文言古体抒写的游学见闻和风景体验，兼有与任叔永、杨杏佛等友人的唱和之辞。与晚清域外

---

[1] 宗白华：《新诗略谈》，《少年中国》，1920年2月15日，第1期，第8页。

[2] 里尔克：《论"山水"》，转引自冯至、范大灿：《冯至全集（11）》，石家庄：河北教育出版社，1999年，第330页。

纪游诗那种以"旧风格含新意境"①的路数相异，他并不刻意发掘域外风景的"异国感"，而专注于"写此间景物。兼写吾乡思"，②向怀乡的古典母题与即景写情的行旅写作传统靠拢，使得文本空间和现实经验之间贴近与偏离并存。如 1911 年 1 月末所作的两首小诗，有"永夜寒如故，朝来岁已更。层冰埋大道，积雪压孤城"③和"雪压孤城寒澈骨，天涯新得故人书"④的记述。"孤城"意指胡适求学居住的绮色佳，第一次遭遇异国雪景的冷清寂寥，直接放大了诗人的孤独与艰辛感受。即使进入三月初春，绮色佳依旧一派寒气，甚至到了四月，河流中尚有浮冰，早晚温差极大。现实的景色召唤出记忆中的风景，触发诗人忆起家乡的新柳纤桃，而"孤城"则幻化为心像，对应着写作者的羁旅乡愁。此时胡适的风景抒写较少关涉现实语象，异国风景往往充当了他表达情感的提示性要素，文本的"造境"成分多于"写境"。面对绮色佳的自然美景，他的《孟夏》一诗恰能表露心迹："人言此地好，景物佳无伦。信美非吾土，我思王仲宣。"⑤身居异国远地，胡适却生发出与先贤一致的感怀，甚至在诗歌末尾写下"安得双仙凫，飞飞返故园"，足见他思乡情结之重。

或许是南方人的缘故，胡适真的不太适应美国的漫长冬季。随着留学时间的推移，他的诗文才逐渐淡化了初来乍到时的怀乡忧思，诗人愈发领悟到自然风景的美好："吾向不知春之可爱，吾爱秋甚于春也。今年忽爱春日甚笃，觉春亦甚厚我，一景一物，无不怡悦神性，岂吾前此枯寂冷淡之心肠，遂为吾乐观主义所热耶？"⑥"乐观"的自谓，或可看出美国人的乐观精神以及

① 梁启超：《诗话·六十三》，张品兴：《梁启超全集（18）》，北京：北京出版社，1999 年，第 5327 页。

② 胡适：《留学日记·卷一》，《胡适全集（27）》，合肥：安徽教育出版社，2003 年，第 140 页。

③ 胡适：《留学日记·卷一》，《胡适全集（27）》，合肥：安徽教育出版社，2003 年，第 107 页。

④ 胡适：《留学日记·卷一》，《胡适全集（27）》，合肥：安徽教育出版社，2003 年，第 108 页。

⑤ 胡适：《留学日记·卷一》，《胡适全集（27）》，合肥：安徽教育出版社，2003 年，第 140 页。

⑥ 胡适：《〈春朝〉一律并任杨二君》，《留学日记·卷四》，《胡适全集（27）》，合肥：安徽教育出版社，2003 年，第 319 页。

布朗宁乐观主义思想对他的影响，也契合了诗人"爱春日甚笃"的心理状态。从 1914 年中期开始，胡适的书信文章中较少再出现"怀乡"或是"伤春悲秋"的感念。涉及行旅诗文，他的笔力倾向于记录景物的细节样貌，追求描写上的客观形似。多样驳杂的语言成分与情感元素汇入文本，影响了语词和诗体之间的张力平衡，促使诗人主动尝试调整与变革。

　　早年就读中国公学时，胡适便有在代数课本上作纪游诗的经历，并质疑"牺牲诗的意思来迁就诗的韵脚"之创作规范。[①] 这种对"韵律"的反思始终留存在诗人的脑海中，成为他日后创格破体的突破口。1913 年，胡适惊叹于当地十年罕见的风雪天气，他以此为题材叙写寒冬景致，作《久雪后大风寒甚作歌》。诗人有意摆脱精研苛细的律体，而采取了"三句转韵体"，还将由关联词语组接的散文句法植入诗篇，突破了传统格律写景诗感兴对举、物我相融的二元并置结构，增强了诗歌的叙事性特质。1915 年，胡适作《老树行》，也采用了此种创调体式。不过，从频次上看，胡适的变体试验并未持续展开，他把更多的思考放在"诗与真"，即诗歌与现实的关系上。1911 年，胡适首次以全景视角观赏尼格拉瀑布。飞瀑由高岩倾泻而下，生成瑰奇多变的云雾盛景，带给诗人"气象雄极"的惊叹。他不禁联想起唐人诗中刻画瀑布惯用的"一条界破"之语，方觉其实为"语酸可嗤"。[②] 胡适提到的"一条界破"，应指庐山青玉峡瀑布，他在《庐山日记》中曾说："徐凝诗'今古长如白练飞，一条界破青山色'，即是咏瀑布水的。李白《瀑布泉》诗也是指此瀑。《旧志》载瀑布水的诗甚多，但总没有能使人满意的。"[③] 传统的人文化山水关联着古人共性的情感伦理结构，它的表现形式相对稳定，后人很难在这类崇尚神似

---

① 胡适：《在上海——四十自述的第五章》，《新月》，1931 年 12 月 10 日，第 3 期，第 10 页。

② 胡适：《留学日记·卷一》，《胡适全集（27）》，合肥：安徽教育出版社，2003 年，第 156 页。

③ 胡适：《庐山游记》，《新月》，1928 年 5 月 10 日，第 1 期，第 3 页。

美的文字中窥得当时的风景真貌，也无法完整追踪行旅者的视觉轨迹，因此令诗人感到不满。究其内里，源于理性认识和自我表达的需要，胡适希望将自己的视觉经验充分纳入文本的表现视界，其间蕴含的新的风景观念之觉醒，既是"后天的心理和感觉的熏陶的结果"，还是一个"文化建构的过程"，① 作家通过这个过程确立了专属自我的"社会和主体性身份"，② 所以"风景"的发现对应了个体"内心世界"的发现，两者是一体同构的关系。

1914 年夏季，胡适与几位外国朋友同游英菲儿瀑泉山，归后立即以纪实的笔法追叙胜游，写下《游"英菲儿瀑泉山"三十八韵》。尽管自谦地认为"此诗虽不佳"，但胡适也明确指出作品的优点是"不失真"，继而引申出写景诗的两大忌讳为"失真"和"做作"。③ 如他在《诗贵有真》中的认识，诗歌的真"必由于体验"，而非沿袭甚至照搬前人语句。④ 依靠真实的观察所得分辨和描写风景，扬弃传统运思方式所对应的表达策略，构成胡适新诗思维的起点。

回览《游"英菲儿瀑泉山"三十八韵》，传统纪游诗侧重的对"一物一景"的定向观照被行旅者"移步换景"的游动视点所取代，他沿深壑、岩石、藤根、险径逐层探入，终于观到飞瀑"奔流十数折，折折成珠帘。澎湃激崖石，飞沫作雾翻"⑤ 的奇观。诗人视风景为客观认知对象，树立起独立于传统

---

① 吴晓东：《郁达夫与现代风景的发现问题—2016 年 12 月 13 日在上海大学的演讲》，《现代中文学刊》，2017 年，第 2 页。

② ［美］W.J.T. 米切尔：《风景与权力》，杨丽，万信琼译 . 南京：译林出版社，2014 年，第 1 页。

③ 胡适：《游"英菲儿瀑泉山"三十八韵》，《留学日记·卷四》，《胡适全集（27）》，合肥：安徽教育出版社，2003 年，第 332、334 页。

④ 胡适：《诗贵有真》，《留学日记·卷八》，《胡适全集（28）》，合肥：安徽教育出版社，2003 年，第 45 页。

⑤ 胡适：《游"英菲儿瀑泉山"三十八韵》，《留学日记·卷四》，《胡适全集（27）》，合肥：安徽教育出版社，2003 年，第 332、334 页。

风景的现代行旅者形象，也使文化记忆中的固型化风景让位于真实具体的景物抒写。1914 年底，胡适再游尼格拉飞瀑，他从加拿大境内回望冬日瀑景，述其"瀑飞成雾，漫天蔽日"，还特意在"漫天蔽日"后使用括号加注，言"此四字乃真境"，暗含着彼时他对现实主义诗歌的推崇。① 大概是美国瀑布带给胡适的"震惊"感受过大，即使回到国内游览庐山瀑布，他也觉得此间景致平平，无法与美国风景相比，并指出前人如王世懋、方以智诸人对瀑布的惊叹文字"有点不实在"。② 由此可见他对诗要"求真""忌做作"等观念的一以贯之，还有对陈言套语的敏感和警觉。这也在很大程度上印证了柄谷行人的论断："所谓风景乃是一种认识性的装置。"③ 作家通过行旅改变了知觉的形态和观景的方式，才有机会发现深度的风景。以胡适为例，于世界性观景体验中萌发的比较意识，以及科学主义与实证精神的双重浸染，促使他反思传统的山水审美经验。他将人文化山水所对应的精神伦理和美学向度移接至现代诗境，还在古典诗学文化滤镜的外围，寻觅到建立在内心主体意识之上的观景角度与"崇真"的表达方式。诗人以此作为认知转化的"装置"，发掘出风景的异质性特征，从而拓展和更新了自我的想象视域。

在胡适的纪游诗序列中，还应留意他的《夜过纽约港》《今别离》等英文作品。1915 年 7 月，胡适第三次游历纽约，写下英文诗《夜过纽约港》，诗后附有译文。除了取消隔行的押韵外，译文形式和内容几乎与原文一致。抒情者"聆听冬日之风狂暴地怒号，/静听那海浪缓缓地拍击，/纽约这座大都市之海岸"，发现"有一簇光是如此地灿烂、出众"，听到"吾同伴在耳际低

---

① 胡适：《世界学生总会年会杂记》，《留学日记·卷八》，《胡适全集（28）》，合肥：安徽教育出版社，2003 年，第 5 页。

② 胡适：《庐山游记》，《新月》，1928 年 5 月 10 日，第 1 期，第 3 页。

③ ［日］柄谷行人：《日本现代文学的起源》，赵京华译，生活·读书·新知三联书店，2003 年，第 12 页。

语:/此即'自由女神'像也！"①风声与海浪声，构成听觉的层次；夜空和雕像的光晕，构成视觉的层次。多重感觉与物象被观察者的主体意志统摄一体，将文本引入一种面向未来经验的宏阔境界。再看胡适的自译，借助了白话诗语和散文文法，的确增强了诗歌的原创性与表现力。不过，处于"尝试前期"的胡适虽然找到了"反诗歌的'散文化'"与"反文言的'白话化'"两条路径，但他更为偏重对后者的观照，②尚未完全设想出中国诗歌也能借鉴西洋诗的自由体结构，根据需要表现的内容安排诗行长度。因此，对于《夜过纽约港》译文所蕴含的新诗方向性建构的意义，至少当时的胡适还没有产生充分自觉的认知。

回望胡适1911年—1915年间的旅行与纪游诗写作，他的诗文虽未脱离传统的诗格范畴，但已显露出由古典向现代过渡的趋势，进入了新诗诞生的"前史"形态。从多维度的破体试验中，可以窥见域外行旅要素对胡适的启发与引导。比如，精炼纯熟的旧诗体多以套语述景，无法恰如其分地揭示景物背后的深层理致，也无力涵盖鲜活多变的异国经验，因而"失掉达意尤其是抒情底作用"，③导致写景诗的"失真"。胡适则通过亲身的行旅实践，强调观察和体验的当下性，终以"语必由衷，言须有物"④作为消除文学旧弊的根本途径。具体来说，文言诗语在新景物、新现实面前的力不从心，以及作家表达现代人新型情感的自我诉求，使胡适意识到文学发展的关键在于突破"有文而无质"的"无物"状态。只有吸取前人以文为诗的经验，用"文的语言"

---

① 胡适：《夜过纽约港》，《留学日记·卷十》，《胡适全集（28）》，合肥：安徽教育出版社，2003年，第194页。

② 康林：《尝试集的艺术史价值》，《文学评论》，1990年，第4页。

③ 梁宗岱：《新诗的十字路口》，《大公报·文艺》，1935年11月8日，第39版。

④ 胡适：《沁园春·誓诗》，《留学日记·卷十二》，《胡适全集（28）》，合肥：安徽教育出版社，2003年，第355页。

描写景物，才能解放"物"的展现空间，使诗歌走出"以往'兴会神旨'的虚幻"，"像'文'一样拥有具体、充实而自在的内容"，① 进而疏解晚清域外纪游诗"言文失合"的困局。从 1915 年夏季开始，胡适尝试将大量的新名词纳入诗歌，增强文本的说理成分，使之涵载更多的风景民情。这种做法承接诗界革命"融会新知"的要旨，同时践行了诗人追求的"清楚明白"和"传神达意"等理念，推动了他由创作古诗到酝酿新诗的思维转换。

三、"凯约嘉湖诗波"的催化作用

1915 年夏季到 1916 年底，胡适与朋友之间围绕"文学革命"的相关话题展开了多次讨论。后来他坦承白话文学运动绝非个人独力所能完成，而是诸多外在的因子合拢推动的结果，此外还包括一些"个人传记所独有的原因"，比如"从清华留美学生监督处一位书记先生的一张传单，到凯约嘉湖上一只小船的打翻；从进化论和实验主义的哲学，到一个朋友的一首打油诗……"，② 这些因素都对诗人产生了潜在的影响。其中，"凯约嘉湖上一只小船的打翻"很值得细察，从某种程度上说，由这次行旅事件引发的文学风波，竟然彻底把胡适"逼上了决心试做白话诗的路上去"，③ 促成其白话诗观和"活的文学"观的生成，可谓意义重大。

1916 年 7 月 8 日，任叔永同陈衡哲、梅光迪、唐擘黄等泛舟凯约嘉湖上，遇大雨翻船，有感写成了一首四言古体诗《泛湖即事》，并把诗作寄给身

---

① 姜玉琴：《胡适新诗理论中的言物、说理与叙事》，《中国文学研究》，2018 年，第 3 页。

② 胡适：《中国新文学大系·建设理论集·导言》，《中国新文学大系·建设理论集》，上海：上海良友图书印刷公司，1935 年，第 17 页。

③ 胡适：《逼上梁山》，《中国新文学大系·建设理论集》，上海：上海良友图书印刷公司，1935 年，第 14 页。

在纽约的胡适，征求他的意见。凯约嘉湖距康奈尔大学不远，也是胡适非常熟悉且时常踏足的景点，任叔永与之诗词唱和，是两人多年来形成的文学默契。然而胡适对诗文的强烈反应，恐怕又是任叔永始料未及的。正如前文的论述，通过游览飞瀑等当地景观，胡适已经敏感地发现：文人往往要借助古典风景的"拟像"描述眼前的实景，观察者的视觉经验无法经由传统语境这一观看中介准确传达，造成了诗文中的精神主体与现实的疏离。来到纽约之后，急遽变动的都市物象，交错杂糅的现代情思，使胡适对"'我手'不能'写我口'的焦虑聚积到了顶点"，[1]而任叔永的诗则为他释放情绪、表达观念创造了机遇。他立即执笔回复任叔永，坦陈其诗歌弊端，两人书信往来多次，仔细揣度胡适的批评，主要聚焦在以下两点：

首先，任叔永以"鼍掣鲸奔""冯夷所吞"叙写翻船的过程，字面意为鼍龙闪转鲸鱼飞奔，黄河水神吞没小舟。动用这般宏大的气象表现凯约嘉湖的水波，明显是用格调古奥的"大词""套语"言及小事，很难使读者感受到鲜明实际的风景。其次，诗中"言棹轻楫，以涤烦荷""猜谜赌胜，载笑载言"等句，恰好是胡适《诗三百篇中"言"字解》一文曾涉及的问题，这类"陈腐"的"死字"让他顿时感到"有点不舒服"。[2]令胡适意想不到的是，二人的讨论竟然引起了泛舟的另一当事人——梅光迪的激烈回应。梅坚守正统的诗歌观，认为好诗"非白话所能为力者"，[3]白话诗如果缺乏"美术家""诗人"及"文学大家"的锻炼和美化，便很难衡定它的价值。[4]可见，"诗的文

---

① 赵薇：《白话诗与"国语的文学，文学的国语"思想之发生论——以胡适 1910-1917 的探索路径为中心》，《中国现代文学研究丛刊》，2015 年，第 3 页。

② 胡适：《胡适口述自传》，《胡适全集（18）》，合肥：安徽教育出版社，2003 年，第 306 页。

③ 梅铁山：《梅光迪文存》，武汉：华中师范大学出版社，2011 年，第 543 页。

④ 胡适：《答覲庄白话诗之起因》，《留学日记·卷十四》，《胡适全集（28）》，合肥：安徽教育出版社，2003 年，第 420 页。

字"与"文的文字"不能相通，即"诗文分途"，正是梅光迪与胡适在文学观念上的聚讼焦点。为此，胡适对他们一年多以来关于"文之文字"能否充当"诗之文字"，以及"死字"和"活字"孰优孰劣等问题的论争进行了充分反思，并认识到无论是任叔永还是梅光迪，他们其实都不反对白话，也认同务去陈言、革除套语以扫文学旧弊的说法。三人往复辩难的重点，实则集中于白话是否可以成为中国诗歌变革的主流方向，而不是作为诗歌的某一个门类。胡适由此决意不再耽于对这一问题的争论，宣称"自此以后，不更作文言诗词"，① 而将笔力倾注在白话诗的尝试上，以"活字"入诗，践行言之有"物"的构想。

从守旧、彷徨到突破，从"作诗如作文"到"白话作诗"，胡适的新诗观有了相对清晰的起点，它的确立又与行旅元素的推动不无关联。尽管胡适一再说明他的文学革命思想来源于一系列偶然性因素的积累和刺激，但如果把诸多因素条分缕析地加以梳理，或许最重要的一次"偶然"便是他与任、梅二人围绕"凯约嘉湖诗波"的争论。关于事件的经过和彼此观点的推演，胡适在《逼上梁山》一文里已有详细的叙说，他把这次事件整合进文学革命起源史的剧情主线，视之为催化白话诗观生成的激变性力量，以此为契机找到了更新诗歌言说方式的突破口。在日后的写作和文化活动中，胡适曾数次重述这段经历，如 1916 年 7 月 26 日给韦莲司的英文信中，他写道："我与绮色佳的朋友们正在火热地探讨着一些文学话题。"② 待到 8 月 3 日，胡适再次提及："我与绮色佳诸朋友的'笔墨战'现在暂时平息了……我也公开宣告再也不用那些被我称为'死字'的语言去作诗了，接下来的数年我都要对它展开

---

① 胡适：《一首白话诗引起的风波》，《留学日记·卷十四》，《胡适全集（28）》，合肥：安徽教育出版社，2003 年，第 431 页。

② 胡适：《致韦莲司》，《胡适全集（40）》，合肥：安徽教育出版社，2003 年，第 168 页。

'试验'了。"①留学期间，胡适与韦莲司通信频仍，两人多是探讨双方共同关注的话题，很少谈及与此无关的内容。由是观之，胡适在两封信中提到这场文学风波，即便语言非常简洁，也未必能够让韦莲司知晓"笔墨战"的来龙去脉，但两次"提及"本身，已从一个侧面证明了他对此事的重视。

自 1920 年起，胡适先后在国内多所大学和社会机构宣讲他的白话文主张与文学理论，并时常将"凯约嘉湖诗波"列入引证材料。直到 20 世纪 40—50 年代，他在各类讲座中谈起提倡白话文的起因时，依然把任叔永的"翻船"诗案立为重点，且每次讲述各有侧重。如 1947 年 11 月 1 日，胡适在平津铁路局演讲《白话文运动》时，说一位朋友"把小湖写的像大海，用的全是一些古老的成语。这些死的文字，不配用在 20 世纪"。②1952 年 12 月 8 日，胡适又在台北中国文艺协会演讲《提倡白话文的起因》，他把"翻船"事件赋予了一个标志性的、具有文学史演进意味的宏大意义，目之为"中国文学革命、文字改革、提倡白话文字运动的来源"。③1954 年 3 月 15 日，胡适在台北省立女子第一中学演讲《白话文的意义》，他继续强调"翻船"的偶然性已经具备了引导出某种必然的可能。通过多次累加的重述，胡适为事件树立起明确的诗学价值，使得一次微小的行旅写作成为诗人文学观发展中的重要节点，甚至衍化为文学变革的触发点，它被诗人不断"经典化"与"历史化"的过程和意义，也为后人留下了充足的再阐释空间。

① 胡适：《致韦莲司》，《胡适全集（40）》，合肥：安徽教育出版社，2003 年，第 172 页。
② 欧阳哲生：《白话文运动》，《胡适文集（12）》，北京：北京大学出版社，1998 年，第 45 页。
③ 胡适：《提倡白话文的起因》，《胡适文集（12）》，北京：北京大学出版社，1998 年，第 49 页。

四、"风景"之发现的持续性影响

借由"翻船"引发的论争，加上南社创作倾向对胡适的直接触动，他进而提出"八事"的主张，希望涤除套语，言之有物。以这种反对形式主义和拟古主义的文学观为契机，他之后的创作基本遵循了"不更作文言诗词"的宣言。1916 年夏末至 1917 年归国前后，胡适写下一系列韵律自由、白话为主的诗篇，其中颇多行旅观景之作。从体式上看，这些诗歌仍为再构的文言诗，没有脱离旧诗的框架，但它们贯彻了诗人"自己铸词"来描写"人人以其耳目所亲见亲闻所亲身阅历之事物"① 的理念，更适于还原真实的现场感，贴合行旅者的心理节奏。如《早起》和《中秋夜月》两篇，诗中景物都来自诗人直接感知的视觉经验。看《早起》一诗，抒情者先是因奇景而震惊，随即描摹了"天与水争艳，居然水胜天。水色本已碧，更映天蓝色"的景致，最后勘破美景的成因，道出"能受人所长，所以青无敌"的主体感思。② 诗歌的意义结构、时空架构与抒情者的观察视角、情绪层次形成契合，现场感十足。再看《中秋夜月》中的核心景观，依然取自诗人偏爱的水景。抒情者的目光从星空移至水面，仿若摄影机一般，带给读者清晰的镜头推移感。两首诗中的观察者同处静观的角度，"他"通过视线的变化次第锁定了景物，使文本风景由流动的物象组接切换而成，没有过多抽象或想象的"造境"成分。又如写于 1917 年 2 月 19 日的《"赫贞旦"答叔永》，是胡适应和任叔永拟古诗所作。他定格了开窗欣赏湖面朝霞的瞬间，依照在特定时间坐标上观察到的景物构筑画面空间，将风景完全限定在观察者的视域内。不论是"赫贞平似镜，

---

① 胡适：《文学改良刍议》，《新青年》，1917 年 1 月 1 日，第 2 期，第 5 页。

② 胡适：《早起》，《留学日记·卷十四》，《胡适全集（28）》，合肥：安徽教育出版社，2003 年，第 458 页。

红云满江底"抑或"朝霞都散了，剩有青天好"，[①]都是以当下的视觉经验忠实再现风景，尽力呈现自然景物的客观模态。诗中"海鸥奔忙"与"诗人闲散"的对照，也使自然景致氤氲着写作者的精神气息，凝聚了现代人的浪漫情愫。纵览这些清晰翔实、剪裁精巧的文本，能够体会到诗人逐渐摆脱了对修辞惯习的倚重，他的写景观念开始由体验风景趋向于认知风景，这一过渡环节为他的白话诗观成型奠定了坚实的基础。此外，他的《纽约杂诗》等以"作诗如说话"风格介绍美国风俗的打油诗，亦沿用写景诗般朴素白描的方式谋划篇章，既实现了清楚明白的表意初衷，也尽力"传达了一种对社会现象的敏锐感知"，[②]拓宽了诗歌的说理与叙事空间。

1917 年 7 月，胡适学成归国，他与积蓄已久的新文学语境合流，并持续思考着新诗内容与形式的改革方案。彼时诗坛写景纪实的风气正盛，抒写行旅风景体验的文本渐成规模，诸多诗文对风景之"真"的强调，对风景之"动"的呈现，对风景中的"我"之凸显，对应了"五四"时代的科学理性、动感精神和主体意识。诗学路径与时代精神之间的互喻共生联系，使胡适更为关注"风景"的发现对新诗成长方向的影响，他多以此作为写作和批评的焦点，其思考上的延展与完善体现在三个层面：

第一，套语和影像的关系。在"翻船"诗波中，胡适批评任叔永所用的都是前人写风浪的套语，因而把"不用陈套语"列为"八事"之一。需要注意的是，胡适把这一条纳入文学"形式"的范畴，但他很快便觉察到此种分类的片面性：套语的本质不在于其形式，而在于其情味，也就是心理作用，所有套语在兴起之初都是用具体的字引起"'浓厚实在'的意象"，符合当时

---

① 胡适：《"赫贞旦"答叔永》，《留学日记·卷十五》，《胡适全集（28）》，合肥：安徽教育出版社，2003 年，第 518 页。

② 姜涛：《"新诗集"与中国新诗的发生》，北京：北京大学出版社，2005 年，第 140 页。

人们的心理活动状态，但今人对它们的滥用，妨碍其"引起具体的影像"，最终导致"情味"的失去。① 当前去除套语、务去陈言的目的，就是要"时时创造能发生新鲜影像的字句"。② 透过《谈新诗》一文，胡适赓续阐释了具体新鲜的影像之必要，他把诗歌与散文的区别定位在具体和抽象两种趋向上，认为新诗除了诗体的解放以外别无他途，并且"须要用具体的做法，不可用抽象的说法"，"凡是好诗，都是具体的；越偏向具体的，越有诗意诗味。凡是好诗，都能使我们脑子里发生一种——或许多种——明显逼人的影像。这便是诗的具体性"。③ 诚然，以具体或抽象判定诗歌的优劣，其中的褊狭显而易见，但从观念接受的层面考量，为了"令主体感知与客体形质精确相符"，进而在对风景的理性度量中"凸显出主体的力量"，④ 初期白话诗人普遍响应了胡适的主张。他们注重采撷风景的细节，将追求逼真、客观的美学理念纳入诗思，既构成了白话诗写作的基本法则，也切中了"新文学以真为要义"⑤ 的美学旨归。

第二，新诗表述空间与新语体的关系。按照胡适的逻辑，由语言革新到诗体解放的"进境"，也是白话诗最终成为新诗的重要途径。新诗之所以能够将真实具体的风景和众多新事物纳入表述空间，正在于"诗体的大解放"，源于这种变革，"丰富的材料，精密的观察，高深的思想，复杂的感情，方才能跑到诗里去"。⑥ 为了证明自己的观点，胡适特意列举了傅斯年和俞平伯的

---

① 胡适：《读沈尹默的救诗词》，《每周评论》，1919 年 6 月 29 日，第 28 页。

② 胡适：《诗与文的区别》，《胡适全集（12）》，北京：北京大学出版社，1998 年，第 35 页。

③ 胡适：《谈新诗——八年来的一件大事》，《星期评论"双十节纪念号"》，1919 年 10 月 10 日。

④ 万冲：《视觉转向与形似如画——中国早期新诗对风景的发现与书写》，《中国现代文学研究丛刊》，2018 年，第 8 期，第 131-152 页。

⑤ 玄同（钱玄同）：《随感录》，《新青年》，1919 年 3 月 15 日，第 6 期，第 3 页。

⑥ 胡适：《谈新诗——八年来的一件大事》，《星期评论"双十节纪念号"》，1919 年 10 月 10 日。

诗，认为"写景的诗，也须有解放了的诗体，方才可以有写实的描画"。①他以傅斯年的《深秋永定门晚景》为例，其中有一句"忽地里扑喇喇一响，/一个野鸭飞去水塘，/仿佛像大车音浪，漫漫的工—东—当。"依照胡适的看法，此诗若不用新体标点，就无法完全写实，也无法说得如此细腻。再如俞平伯《春水船》之类朴素清新的写景诗，"乃是诗体解放后最足使人乐观的一种现象"。②留美的罗家伦曾写过一首自由体新诗《凯约湖中的雨后》，文中所述风雨袭船的地点和过程，与任叔永的《泛湖纪事》几乎一致。但观其内里，便会发现诗文涵盖了湖景的层次、风浪的起伏、众人的反应、造物的深意。对比两种"泛湖"抒写，显然自由诗体更能拉近经验与表达的距离，创建出内蕴丰富的情思空间。这类写作印证并支撑了胡适关于诗体解放的论断，也生动说明只有从以"字思维"为本位的文言诗体过渡到以词、句思维为本位的现代诗体，才有可能对精神主体表达复合体验的要求应对裕如。

第三，风景诗的剪裁力。后人批评早期新诗的弊端时，大都将锋芒指向胡适倡导的"诗的经验主义"观念。诸多写作者跟随胡适的旁观者视角，采用实录与直写的方法，刻意追求描写的具体明确，导致一些文本诗境单薄、质轻情浅，使读者只见"白话"却不见"诗"。即使如康白情那般"以写景胜"③的诗歌，往往也因单纯"把新诗底作用当作一种描摹"而产生"一览无余"的缺陷，④匮乏自然和人生的共俱与同化。苛求详尽而缺乏提炼，是当时论者批评写景诗的焦点。为此，胡适提出了"剪裁力"的概念，结合他在留学时从印象派诗人那里汲取的"浓缩是诗的核心"等观点，我们可以将"剪

---

① 胡适:《谈新诗——八年来的一件大事》,《星期评论"双十节纪念号"》, 1919 年 10 月 10 日。

② 胡适:《谈新诗——八年来的一件大事》,《星期评论"双十节纪念号"》, 1919 年 10 月 10 日。

③ 朱自清:《中国新文学大系·诗集·导言》,《中国新文学大系·诗集》, 上海: 上海良友图书印刷公司, 1935 年。

④ 俞平伯:《"草儿"俞序》,《康白情·草儿》, 上海: 上海亚东图书馆, 1922 年, 第 2-3 页。

裁力"理解为对景物的精心选择与重点呈现。诗歌是否具有剪裁力,是胡适评价古今诗歌的重要标准。他曾用章炳麟的《东夷诗》比照黄遵宪的《番客篇》,认为前者的剪裁力更强。[①]关于新诗剪裁力的评述,主要集中在胡适对康白情诗集《草儿》的鉴赏。他指出《草儿》的长处在于颜色的表现和自由的实写,而弱点则是写作者机械地理解了"诗的具体性",特别是对景物不加拣选地罗列,如同"记账式的列举",造成当前写景诗"好的甚少"。胡适进一步解释说:好的写景诗"第一须有敏捷而真确的观察力,第二须有聪明的选择力",不然便"只是堆砌而不美"。[②]

与理论创构相对的是,胡适自身对剪裁力的运用并不像他的预设那般完美,纯粹客观的景物罗列或是文辞过于浅白的表述,也能在他的一些诗歌中寻见。比如他写于1918年的《看花》《乐观》等记录行旅见闻的作品,按照胡适自己的理论,的确是打破了旧诗的形式藩篱,描写也堪称具体,但诗歌的诗味和想象的理趣却在繁复的意象堆砌中消散了,难以为新诗树立起普遍有效的标准。怎样从拍摄记录风景到讲述乃至发明风景,从直观感相的外部模写深入物、情、意三境的综合创构,这种思维转换不仅属于早期新诗如何处理现实经验的核心问题,还是新诗发展自身的必要途径。

整体而观,留美行旅体验使胡适切身感受到经验与写实之于文学的意义,以纪游类文本作为主体试验对象,以行旅事件充当创新文学观念的突破口,胡适在行旅要素等一系列因子的触发下不断思考文学的变革之道。如果说白话语体和自由化诗体奠定了新诗的生成基础,那么行旅要素的首要作用在于更新了诗人内心的文化参照物,激活了他用新诗语表达域外风景的吁求,既暗合了新一代作家追求多元文化体验的情感结构,又增强了新诗塑造复杂空

---

① 胡适:《五十年来中国之文学》,《胡适全集(2)》,合肥:安徽教育出版社,2003年,第304页。

② 胡适:《评新诗集(一)》,《读书杂志》,1922年9月3日,第1页。

间场景的能力，探索出现代诗语言说的一条新径。对胡适这代诗人而言，在形式上摆脱与古典格式的周旋、发现独立于文人传统之外的风景后，进一步把诗歌从诗体解放引入诗质建构的层面，打通外在现实景观与内在生命诗情的通道，逐渐衍生为新诗发展中的一个常态化命题，构成了新诗传统的重要组成元素。

（原载《文学评论》2022 第 1 期）

21世纪：诗歌接受的"窘境"

罗麒[①]

天津师范大学文学院

21世纪诗歌已走过"热闹"非凡的15年，一些资深的研究者对它的延展与耕耘已做出比较客观的评价。"正当不少人认为诗坛'萧条冷落'，诗人已经'边缘化'，甚或发出'诗人，你为什么不愤怒'的谴责的时候，一轮不温不火的诗歌热却在中国大陆悄然兴起。"[②]吴思敬对于当下诗歌的基本评价已经成了诗歌研究界的共识，"不温不火的诗歌热"，是对这十几年来诗歌现状最恰切的写照。关注诗歌动态的人不难发现，在短短的十几年间，诗歌搭上了网络传播革命的快车，摆脱了诗歌被边缘化的困境，重新成为最活跃的文体之一，在创作方式和阅读方式也做到了与时俱进，诗歌生态变得更加开放、健康；创作主体的身份认同越发清晰，诗人能够在现代社会中寻找到身

---

① 罗麒（1986—），男，文学博士，现为天津师范大学文学院副教授，硕士生导师，主要从事中国现当代文学与当代新诗研究。出版有《21世纪中国诗歌现象研究》等著作，在《中国现代文学研究丛刊》《光明日报》《当代作家评论》《文艺争鸣》《南方文坛》《扬子江评论》等权威学术报刊上发表论文二十余篇，其中数篇被《中国社会科学文摘》《人大复印资料》全文转载。
② 吴思敬：《仰望天空与俯视大地——新世纪十年中国新诗的一个侧面》，《文艺争鸣》，2010年，第9期，第10-17页。

份定位，同时又能在诗歌创作中自觉地实现身份与艺术的融合，使当下诗歌创作呈现出多元化的样态；诗人们努力地追求诗歌与现实世界的对接，"及物"创作倾向再次兴起，并且有了新的特质和更为成功的创作实践，现实主义诗歌的传统得以延续和发展；艺术层面的创新继续推进和深化，诗歌语言的重要性被提升到前所未有的高度，抛弃了过度的艺术之外的指涉和纠结，当下诗歌呈现出了纯然的艺术特质。这些变化或许算不上多么重大的成就，但确确实实是 21 世纪初整个中国诗歌界通过不懈追求取得的阶段性进步，由此说来，"诗歌热潮"的定性绝不过分。然而诗歌归根结底是写给人看的，要如实地评价一个时代的诗歌创作，首先要考虑的指标则是诗歌文本被接受的情况。

说到"接受"，即便是最热情肯定当下诗歌创作的"乐观派"也必须承认，当下诗歌面临着"无人问津"的窘境。这当然不是说真的没有人读诗或者关心诗歌现状，而是如果有哪位"圈内人"去做一份问卷调查，事实恐怕只能让热爱诗歌的人们心寒。不得不说，不论诗歌界内部有多少热闹的活动，大众的关注重点也根本不是诗歌本身，他们只是把这些"闹剧"当成跟"娱乐八卦"一样的饭后谈资而已；更让人难过的是，作为"谈资"的诗歌活动，在关注度和持续时间上也是可怜的"小众趣味"。这种圈内热闹、圈外冷落的接受现状，或许才是当下诗歌创作中最令人唏嘘的真实本相。面对这样的窘境，当然可以找到很多托词：生活节奏的高速，让人们很难有静下来欣赏诗歌作品的时间；信息爆炸导致信息渠道的多重交错和信息量的巨大庞然，让接受个体应接不暇，诗歌上负载的情感信息已经不是什么"稀罕物件儿"，而且接收成本更大，"性价比"不足；消费社会的形成和经济效益的催逼，令商业化程度不高的诗歌相比于小说更难被"市场"接受，而在"市场"上受了冷遇的诗歌，就难免被扣上廉价无用的帽子；多数阅读者审美水平还停留在"朦胧诗"阶段，无法接受当下诗歌中的后现代艺术和反讽诗学；媒体在中间推波助澜，有意扩大一些不利于诗歌发展的事件影响，故意抹黑当下诗歌……我们诚然可以从理论到实践，陈列出诸多的客观因素，这些因素或多或少地都在阻碍着大众对当下诗歌的接受；但过分纠结于这些客观因素，就未免有些自欺欺人了。圈里圈外的冷热迥异，归根结底还是诗歌创作自身出了问题，当下诗歌本身就存在着一种"娱乐化和道义化，边缘化和深入化，粗鄙化和典雅化，一切都呈现为对立而又互补的态势"。①换句话说，诗歌本身并没有在大众面前呈现出稳定的形态和精神，多数读者根本"看不懂"这些所谓的艺术；然而这些"看不懂"恰恰又成了诗人们普遍追求的东西，套用消费社会的常用语言，就是产品没有对应上消费者的需求。当然，作为艺术的诗歌是需要独立性和自主性的，不可能也没有必要一味迎合大众的欣赏口味。但在文学作品的接受过程中发生了这样大的矛盾和偏差，把责任都推给读者显然也是不负责任的，当下诗歌创作中确实存在不少明显的缺陷，这些缺陷才是导致"接受窘境"的罪魁祸首。

一、诗歌"经典化"焦虑

诗歌经典，是凝聚了人类的美好情感与智慧，能够引起不同时代读者的共鸣，艺术上具有独创性，内容上具有永恒性，能够穿越现实与历史的时空，经受得住历史涤荡的优秀诗歌文本。一方面，诗歌经典本身必须在内容、艺术上质量过硬，那些不严肃、不真实或是在艺术创造性上乏善可陈的诗歌作品，是不可能成为诗歌经典的。另一方面，诗歌经典必须经得起历史的考验或者说具有某种历史性，比如新诗草创时期的一些经典作品，放在今天或许在艺术性上并不出众，但由于其重要的历史意义和在特定历史时期内和条件

---

① 罗振亚:《与先锋对话》，长春：吉林出版集团有限责任公司，2009 年，第 160 页。

下特有的开创性，而具有了无可取代的经典性。也就是说，没有相应的一段比较长时间的艺术沉淀，诗歌经典的生成是不可能的。如果按照这样的标准去考察，当下诗歌因为在时间沉淀的条件上无法满足要求，是不太可能产生诗歌经典的。在时间距离过近的环境下，所谓的"经典性"的生成往往是自封的，也是站不住脚的。就像艾略特说的那样："经典作品只是在事后从历史的视角才被看作是经典作品的"。①

然而奇怪的是，进入 21 世纪以来诗人们过早地陷入了经典化焦虑中，无法自拔。必须澄清，对于诗歌文本经典性的追求本身没有问题，也只有诗人们在创作之初产生这种追求和愿望，才会自觉地去探索诗歌艺术的新高度，才不至于仅仅把诗歌创作当作一种文字游戏或情绪宣泄的工具。那些致力于经典创造的诗人，往往注重创作的严肃性和艺术性，这是诗人内在的历史基因带来的正面激励，有利于诗歌艺术的进步。但这个"激励"的度是极难把握的，"激励"不够，诗人们就会产生虚无感，认为自己的创作毫无意义，不可能走向经典化，从而自暴自弃，主动松懈于文本的严格要求，退而单纯追求写作时的精神快感，容易陷入自说自话、自我封闭的谜团中，最终难以捧出直击心灵的作品。而这种"激励"过度或诗人的"感受过度"，就会产生或轻或重的经典化焦虑，在受到读者或评论者不同层次、不同程度的肯定之后，一些本就自信的诗人们就会天真地认为自己的创作已经超越了历史上的诗歌经典，并且应该也必须成为诗歌经典；却不会静下心来，去分辨得到的肯定究竟是否过多、是否真实，从而使很多完全出于鼓励的夸奖被诗人们当作了一种认可甚至于崇拜，这种情绪滋生的自我迷失使其从此目中无人、自大成狂，不再潜心提高艺术修养和思想深度，而是陷入大师的"自我催眠"，不仅

---

① ［英］T·S·艾略特:《什么是经典作品》,《艾略特诗学文集》, 北京:国际文化出版公司,1989 年,第 189-190 页。

在创作上难更进步，严重地可能无法再融入现实生活，无法正常与他人交流。这种"经典化"焦虑其实在任何一个时代，都是一种客观的存在，但在当下诗坛集中爆发却是有深层的原因的。一是诗歌的边缘化地位，对诗人的心理产生了某种不良影响，相比于"诗人"还是荣誉桂冠的过去，现代社会对于"诗人"的身份已没有任何崇拜可言，甚至缺乏必要的尊重，如今的诗人们想要实现人生价值，就要靠写出出类拔萃的作品，这让一些能力不足的诗人心理失衡，盲目地渴望、追求他人的肯定。二是网络的推动力，让诗歌的权力不断下放，许多从前的"贩夫走卒"现在也可以成为诗人，一些传统的诗人急于跟这些半路出家的诗人划清界限，并且对底层诗歌写作不屑一顾，片面地认为自己处在更高的艺术层次上理应被经典化。三是信息时代让一切事物的节奏都加快了，诗歌也不例外，成名变快了，但销声匿迹也跟着变快了，一些创作持久力不足的诗人被迫急功近利地追求被经典化，以逃避被遗忘的命运。这些都让当下诗歌创作中的经典化焦虑越发明显和严重，其主要表现有以下几点。

首先，诗人们创作的速度和数量都有大幅度的提高。从表面看这似乎体现了诗人们"效率"的提高，单位时间内创作出了更多的诗歌文本；但是诗歌不是一般的工业产品，它是智慧和情感的结晶。即便是现代人掌握了数量更多的信息，情感更丰富，智慧也有所增加，可毕竟每个个体的情感和智慧还是十分有限的，写诗"效率"的过度提高，只能说明每首诗所包含的智慧和情感的缩减。换句话说，写诗本来就不是一件讲究"效率"的事情，数量与速度都不重要，质量上的精益求精才是诗歌创作最根本的要求，就像张若虚一生只写一首《春江花月夜》就已足够。现下的诗人们显然并不太明白这个道理，在微博上甚至能看到所谓的诗人每天写出三到五首诗。当然也不排除这些诗人的人生际遇极其丰富多彩，情感生活极端复杂多变，每天有说不完的感慨情愫；只是每贴出一首诗还要炫耀似的说这是"今天的第五首"，实在是让人啼笑皆非。这种情况的大量出现严重地促成了诗歌文本质量的下降，使文本不仅丝毫没有成为经典的可能，反而很多都更加空泛无聊。而这种企图用诗歌的数量和频度来叩开"经典化"的做法，不但于事无补，反而会加重"经典化"焦虑，形成一种恶性循环。因为这种"赶工"式的创作是对诗人才华的极大浪费，一方面妨碍了那些需要沉潜的具有诗歌经典潜质的优秀文本的出现，另一方面过大的写作强度无形中让诗歌创作成为一种精神负担，创作实绩的苍白无力又加重了这些诗人的"经典化"焦虑。不知就里的他们可能会更"勤奋"地创作，殊不知在错误的方向上越是勤奋就可能离成功越遥远。在这样一种大背景下，很少再有诗人能够守得住寂寞，不断打磨自己的作品和技巧，大多数把写作和发表的过程合二为一，像是在写博客日志一样地创作，大量的作品中缺少诗人必要的反思，艺术上的进步也就很难体现，几乎都是想当然的"鲁莽"创作行为，发布之后也缺乏必要的回顾，这种风气最恶劣的影响就是使具有诗歌经典潜质的优秀文本稀缺，诗歌舞台被"无能之辈"长期占据，读者又不可能细致地探察、寻访那些优秀的文本，对诗坛略一看去就尽是无聊之作，自然会产生当下诗歌没有精品的观感。

其次，诗人圈子中"江湖"气浓重，争做"大师"、拉帮结派、相互倾轧的现象十分严重。纵观当下诗坛，确实是新人辈出，颇具活力，而老一辈诗人也是风采依然，代际众多各具特色，人才储备丰富。但是不论是哪个代际、哪个流派，都缺少能够代表这个时代的"大师"级诗人。正是这种"众望所归"的诗人的缺席，让整个诗坛滋生出了严重的"大师情结"，没人能担负"大师"之名，那就意味着人人都有希望；于是也就有了自吹自擂的自封"大师"，也就有了谄媚无耻的"互相吹捧"，以及那些最惹人讨厌的声色俱厉的相互倾轧和谩骂。遍数十几年来大大小小的诗歌论争就会发现，论争双方罕有解决理论问题的客观态度，短兵相接间弥漫的多是意气、名分之争。无论是"垃圾派"与"下半身"之间的论争，沈浩波与韩东的"沈韩之争"；还是伊沙与沈浩波之间的"伊沈之争"，究其原因，都不乏一种诗歌江湖中的"名分"争夺的因素，诗人地位问题远远大于诗学本身问题，让诗坛论争成了排座次、争山头的"江湖"打斗。最著名也绵延最久的"知识分子写作"与"民间写作"之争，究其实无非也是这种模式，"出于为确立自己在 90 年代诗歌史上位置的文学史焦虑，两个'阵营'在利益驱动下，竞相进行狭隘的派系经营和话语权力争夺，功成名就者希望借此巩固在诗坛的霸主地位，边缘的新贵们欲借此赢得诗坛的确认"。[①] 这就让本该促进诗歌创作反思的诗学论争，失去了最重要的严肃性和客观性，也就失去了意义。这种对于诗歌地位和话语权的争夺根源，说穿了就是"经典化"焦虑；尤其是处在转型期的当下诗坛，喧嚣芜杂是一种常态，很多人以为如果不能在这样的环境中确立自己的诗歌位置，拥有影响诗歌导向的话语权，就会失去"经典化"的机会。这种心理严重地忽略了文本质量的重要性，而片面地强调了历史意义的重要性。同时，诗人们相互的倾轧和谩骂，在圈外的读者看来十分荒谬可笑，当读者偶然了解到诗歌内部的论争原来只是在小圈子间的利益诱惑和排除异己时，失望之情可想而知。遗憾的是，那些在论争中没有占到便宜的诗人，自然不会遵守"闭门切磋"的规矩，而会不遗余力地夸大那些"斗争的丑恶"来掩饰自己的失败，这些在读者看来就更加不堪了。

最后，诗人们的写作心态发生了普遍的偏移。写诗应该是自由的情感表达，而不是跟风行为，如今诗人们在创作心态上普遍具有某种生怕落于人后的毛病，其根源依然是不想失去任何一个可能"快捷经典化"的机会。最明显的例子就是地震诗歌运动中一些诗人的表现。他们热热闹闹地组织诗会，

---

① 罗振亚：《朦胧诗后先锋诗歌研究》，北京：中国社会科学出版社，2005 年，第 229 页。

声泪俱下地发表演说，身先士卒地募集捐款，待到活动过后，则聚在餐馆、酒吧、咖啡屋高谈阔论，这样的"诗人"和创作心态，说他们别有用心或许有些苛刻，但说他们没心没肺显然又是过于宽容了。"因为写诗不是赶浪潮，也不是简单的表态。对于地震时期诗歌的火热炒作，在某种程度上，是对死者的不敬，也是对诗歌的无知。"[1] 王家新这样的总结是一针见血的，面对灾难，真实地表达哀思或是保持缄默虽然是不同的选择，但都是诗人承担社会责任和对艺术负责的表现，用灾难炒热自己的诗歌，再借诗歌活动扩大名气，甚至以此谋取利益就实在令人无法深受。而可悲的是，怀着类似写作心态的人并不少见，即使没有充足的考虑匆匆动笔也是不可取的，我们尊重那些在灾难过后深刻反思并如实用诗歌记录哀思和苦难的诗歌行为；但对于那些出于想"分一杯羹"的心态写作的所谓"地震诗歌"，应该给以全面的否定，这是诗人们在"经典化"焦虑影响下产生的欲望和急躁导致的恶果，往往是那些在创作上水平平庸，但又自以为是的诗人常犯的毛病，对于他们，简单的一句"戒骄戒躁"显然是不够分量，也起不到任何作用的。我们在考量这个时代诗歌水准的时候，或许真的涉及不到这样"不入流"的诗人；但他们的大量存在会拉低诗歌创作的标准，会让创作的功利心成为一种可怕的趋势，最终导致真正有创作力的诗人越发被孤立。

当下诗歌最核心也最难以解决的顽疾，还是经典性文本的匮乏，而好作品的稀少非但没有引起诗人对于诗歌质量的重视，反而造成了大部分诗人患上了严重的"经典化"焦虑症，他们总是想通过文本以外的快速途径，来实现本该属于未来的诗歌经典化愿望，又妨害了优秀文本的生成，形成了围绕诗歌经典的一个"恶性循环"，这恐怕也是读者对于诗歌创作并不买账的根本原因。

---

① 王家新：《"地震时期"的诗歌承担及其困境》，《诗探索（理论卷）》，2009 年，第 1 期，第 1-11 页。

二、大众接受中的诗歌"事件化"

近十几年的诗坛之所以给人以"热闹"的印象，一方面是诗歌文本的数量增多和诗人群体的扩容，让作为虚拟概念的"诗坛"容量扩大；另一方面则是在大众传媒的偶尔关注下，诗歌总是不时地带来一些"爆炸性新闻"。仿佛许多诗人每天不是在写诗，而是在专心"搞事"，相比于佳作不多的尴尬现状，当下诗歌能被大众记住的倒只是一堆鸡零狗碎的"事件"名词连缀了。什么"梨花体""羊羔体""裸体朗诵""诗漂流""诗歌污染城市""诗人假死""极限写作"韩寒与诗人们的"骂战"……不可否认，每一个时代的诗歌界都会有这样那样的掌故、纠葛、恩怨乃至闹剧，只是传播途径的相对封闭让它们统统消失在历史的尘埃中，留下来的只是那些经得住时间考验的作品。本来生活在当下的人，也可以"一厢情愿"地相信在未来的某一天，我们回望现代的时候只会看到那些刻着时代印记的诗歌文本；但网络的出现和渐成主流传播渠道，彻底消灭了这种"一厢情愿"的美好幻想。网络作为一种新型的网状传播媒介，每一个传播节点都可能成为传播主体，而诗歌再从网络传播中找到新的栖息之地的同时，不可避免地也必须为网络提供某些具有"话题性"的信息，这种"利益交换"并不是诗歌本身可以决定的。网络传播的一大特性，就是不断地从各个传播节点上挖掘一些具有"话题性"的信息碎片，然后经过其他传播节点的复杂的再加工而形成新的能够吸引关注的信息。这就好比"你来比划我来猜"的游戏，经过几轮的不完整的信息传递，最初的真实信息早已是"面目全非"。从这样一个角度去看当下诗歌的"事件化"特征，其实倒像是一种开脱了。客观地讲，当下诗歌在大众读者眼中这种"事件化"连缀的存在样态，确有网络传播推波助澜的一部分责任，许多"事件"因为"话题性"的要求在传播过程中已经被篡改和利用，最终接收这些信息的人只看到了"事件"荒诞不经的一面；即便是有一些接收者根据以往的常识或是相关专业知识，产生了对信息可信度的怀疑，也不会为了这些"无关紧要"的事情而花费巨大的时间成本去还原信息的最初真实。这就让当下诗歌面对这些所谓的"话题性"事件的时候百口莫辩。虽然有许多客观因素导致了当下诗歌以"事件化"形态出现在公众面前，但老实地说，这些"事件"的根源还是诗歌创作本身出了问题。

这其中影响较大，也是比较常见的一类事件，是源于诗人在艺术上的"先锋"追求与读者的阅读习惯、审美取向的严重失和。其中最具代表性的，当属沸沸扬扬的"梨花体"事件。事件的始末其实并不复杂，只是诗人赵丽华的几首口语诗被贴在网上流传，诸多网友在并不了解赵丽华创作特点和实际情况的前提下，颇带恶搞和戏谑的意味模仿这几首口语诗，并质疑当代诗人的创作水准，而后诗歌评论界参与其中，并引来"倒赵派"与"挺赵派"之间的激烈论战，霎时间网络中出现一片烽火狂澜的热闹景象，仿佛突然多出了一批深藏不露的"诗歌评论家"。平心而论，赵丽华并非十分出色的诗人，尤其引发争议的这几首口语诗也无法代表其创作的真实水准，诗人本身并没有借机炒作的企图，也不该受到过多的苛责。毕竟艺术上的创新追求是具有一定的个体差异的，哪怕是再专业的评论家也不一定能够完全理解，更何况是并不具备专业知识的普通读者。而那些以"恶搞"态度戏仿"梨花体"作品的网友，在不涉及人身攻击的前提下，是拥有在网络上自由发言和游戏诗歌的权利的，即便有一定的道德责任也不能算是"罪魁祸首"。整个事件其实是多种因素聚合的结果，而其中最重要的原因还是创作群体与接受群体在艺术审美上的发展极度不平衡，读者并不了解当下诗歌发展的最新进展，在读者看来诗歌还应该是 20 世纪 80 年代的模样，这与基础教育中对于当代诗歌的忽视是有关系的，大部分读者并没有对当代诗歌发展有最基础的了解，诗人们又不愿意放下身段主动迎合读者趣味，这就造成了诗人与读者之间的审美"断层"，甚至导致无法相互理解和解释，"梨花体"这样的事件接连出现也就不难理解了。相比之下，"羊羔体"事件本质上与"梨花体"事件相类似，但情况更为复杂，因为"羊羔体"事件中读者的情绪很大程度上是在质疑"鲁迅诗歌奖"评奖的公正性，在诗人得奖之前圈外人鲜有关注，而其创作水准也真的缺少十足的说服力。而在对专业文学奖项评判公正性的质疑过程中，大众在某种程度上说是在享受质疑甚至解构权威的政治快感，其间许多复杂的心理机制，是跟时代政治风向直接相关的，它们不是单单在诗歌或是文学范围内能够解释的问题。总之，这类事件其实是诗歌艺术探索达到一定高度和深度后的自然现象，诗人和读者在事件中也并没有直接责任，双方能够做的无非也就是调和与等待，短时间内，相似事件的再次发生恐怕是不可避免的，这样的事件对整个诗歌艺术的发展也没有本质上的侵害。毕竟从始至终人们的关注点依然还是在诗歌文本上，质疑甚至谩骂也都源于诗歌文本，这甚至可以说一件"好事"，当下诗坛最缺乏的就是这种对文本本身的关注。大众媒体如能长期这样关注时下的诗歌作品，相信总会有诗人和读者相互理解的那一天，只是在这之前可能还需要漫长的大众审美储备期。

少部分别有用心的炒作者，利用诗歌界的"经典化"焦虑大做文章，搞出一些莫明其妙的活动意图牟利。近年来，诗坛频频传出有关诗歌文稿拍卖的消息，如 2007 年苏菲舒在北京论重量叫卖他的长诗《喇嘛庄》，重量足足有一吨，标价"500 克百元"。接着，"首届中国汉语诗歌手稿拍卖会"举行，苏菲舒的《十首关于生活研究的诗》拍得 30 万元，李亚伟的《青春与光头》拍得 11 万元，而《中文系》拍价更是高达 110 万元。正当人们为诗歌能够"一字千金"而惊奇不已时，竟然传出这位"神秘购买者"竟然是诗歌拍卖会的筹划者之一的消息，让人大跌眼镜的同时又有些哭笑不得。诗歌本就不该是"商业化"的东西，即便是"与时俱进"加入市场机制，也不能搞出这样欺骗大众的"闹剧"，这种活动虽然在短时间内似乎博得了眼球，甚至好像赋予了诗歌新的重大意义，那些"天价手稿"仿佛了具备了某些神奇的"经典化"含义；但骗局戳穿之后的难堪，是当下诗坛不能承受的耻辱。类似的想通过"搞怪"来"炒热"诗歌的做法层出不穷，即便暂不考虑这些活动对诗歌严肃性的践踏，即便我们可以宽容地接受这些活动，这些活动又真的有什么作用呢？"闹剧"只会让公众了解真相后，收起鄙夷的笑容，投来厌恶的目光。而对于那些无辜的诗歌作品，其影响也是极坏的，比如李亚伟的《中文系》本来是一篇具有诗歌经典潜质的优秀作品，但"拍卖"事件让这篇有口皆碑的佳作成了炒作的主角，很多不明真相的公众就会把李亚伟和《中文系》当成靠炒作"上位"的小丑，这直接损害了诗人和作品的声誉。更恶劣的影响是，这种行为让诗歌身上沾染了"铜臭"，在某种意义上成了被买卖的商品，对于读者来说，也就毫无神圣感和新鲜感可言，与"爆米花电影"无异，恐怕还更无聊些。

还有一些诗歌事件根本就是"闹剧"，但却被美其名曰"行为艺术"。其中的代表有"诗人假死""裸体朗诵"等事件，这些事件是对诗歌精神的侮辱，毫无意义甚至低俗下贱的行为，更是对社会主义精神文明建设的亵渎。它们不仅不能被纳入到正常诗歌研究的考察范围内，即便是放在社会上，也是有伤风化的"闹剧"。其目的无非是借机炒作，本质上与演艺圈的绯闻不断、狗仔偷拍没有什么区别，都是低级做作的自我炒作和不知廉耻的崇低媚俗。他们所鼓吹的"后现代"，也完全是被曲解的，真正的诗人和有辨别能力的读者自然会对这样的行为嗤之以鼻；当然，也有不少头脑混沌的读者真的相信这就是当下诗歌创作的常态，这无疑对诗歌的接受产生了非常恶劣的影响，越是不了解真相的群众越容易成为这种"文化暴行"的宣传帮凶。对于这些毫无争议的"非诗化"事件，过多的探究和关注完全是浪费研究者的时间，我们也必须接受每个时代、每个领域中都会有个别道德素质低下的渣滓，最好的办法就是不要抱着猎奇的心理去关注他们，而让其自生自灭。

十几年来，诗歌就是在这样的一场场事件和活动的此起彼伏中消磨着时光，诗人们总是在诗歌事件中疲于奔命，反而无暇潜心创作。应该说，要求每个诗人都能放下争名逐利的念头是不现实的，毕竟不少人写诗的初衷就是青春期的炫耀心理和表演欲望的发泄需要，指望他们能成为成熟的具有诗歌精神的诗人，无异于"非分之想"。面对这些事件创造出来的"热闹"甚至"诗歌复兴"的幻象，我们能做的也只有两件事：一是坚持相信诗人们总能普遍地成熟起来，二是把注意力集中在那些优秀的诗歌作品上。

三、对诗歌精神的不同理解

诗歌的出现首先是情感表达的需要，但是如果仅仅把诗歌作为表达情感的一种方式，就显然没有触摸到诗歌的本义。表达情感的方式有许多，最简单的无非是大哭大笑，但无论是开怀大笑还是梨花带雨，都没有成为一种艺术形式存在于人类文化序列中，这说明诗歌中除了情感还有其他的要素。相应地，诗歌是一门语言文字艺术，它具有文字上的美感和语言上的可朗诵性，但这并不是说有了情感和语言艺术就能组合成诗歌的本真，很多优秀的流行歌曲既有内在的情感抒发，也有可以朗诵吟唱的语言载体，但我们仍然无法把它们归类在诗歌中，就能说明一定的问题。作为一首诗，它除了真实的情感和优美的语言载体之外，显然还有其他独有的特质。

诗歌精神或许就是对这些特质的一种总结与统摄，在诗歌创作中它往往表现为对于某种超越个人情感的类群责任的承担。这种承担不仅仅是时代环境对于诗歌创作的影响作用力，更是诗歌在精神维度上与时代、与文明、与人类对话的基础。就像新诗的历史上既有《再别康桥》《沙扬娜拉》这样的"纯美"文本，也会有闻一多的《死水》《红烛》，戴望舒的《狱中题壁》和《我用残损的手掌》，艾青的《大堰河——我的保姆》，袁可嘉的《上海》，以及北岛的《履历》，舒婷的《祖国啊，我亲爱的祖国》，梁小斌《中国，我的钥匙丢了》等。这些经典文本的共同点是，在具有艺术性的语言载体和真实存在的个人情感、体验背后，承载着诗人们对于时代的某种诉求和回应。换言之，经典诗歌往往能够完成承担非个人化情感和思想表达的任务，这种承担又没有妨碍其艺术性的生成，甚至让文本在艺术上得到某种更高层次的锤炼。

然而令人唏嘘不已的是，在当下诗歌创作中，我们似乎很难再寻觅到拥有这种承担精神的蛛丝马迹，似乎诗人们突然忘记了自己的"历史使命"，许多诗歌成了单纯的情感抒发和艺术炫技，它们极大地降低了诗歌艺术在读者心目中的形象。这当然不是说我们的诗歌创作必须无条件、无节制地关注那些所谓的"重大题材"；恰恰相反，一味关注这些"重大题材"而不顾及情感的真诚，本质上就是对诗歌艺术的背叛。更确切地说，当下诗歌缺少的并不是对"大事件"的关注，而是在精神层面对现实世界观照不够，虽然"及物"写作倾向在世纪初的十几年间重新兴起并有了新的发展；但不得不遗憾地承认，诗歌与世界的桥接或者说关联，始终没有被真正构建出来，诗歌精神的散落事实上应该对这样一个结果负主要责任，这种散落主要表现在两个方面。

大多数诗人深受商业化语境的影响，见"利"而忘"义"，他们"趋之若鹜般投身于花样百出的诗歌活动之中，失却诗歌沉潜写作的耐心与意志……无意深入现实的'重大题材'，以一种'明哲保身'的态度刻意回避，自我压抑和屏蔽介入现实、处理现实题材的冲动，完全丧失作为知识分子的社会责任感"。① 宋宝伟所提到的这种"知识分子的责任感"，并不是狭义上从事科学研究的知识分子，而是广义的从事精神文明建设的范围更大的"知识分子群体"，诗人作为这个群体中的特殊的一员，是必须要承担一定的社会责任的，就如同爱德华·萨义德曾主张的那样："知识分子代表的不是塑像般的偶像，而是一项个人的行业，一种能量，一股顽强的力量，以语言和社会中明确、献身的声音针对诸多议题加以讨论。"② 作为诗人，除了情感与技艺，精神上的"自觉"显然更为可贵。虽然站在人类文明的高度写作是一个过分"拔高"的要求；但诗人们至少要有这样的胸怀和志向，或者说从创作中表现出来自某些更宏观、更广阔的精神维度的痕迹。如果诗人的精神世界跟芸芸众生完全相同，而且丝毫"不以为耻，反以为荣"的话，即便这是艺术创作出发点选择的自由，也是不值得宣扬的。当然，诗歌作为艺术，考察它时不能像研究"大航海时代"历史那样，遵从"出发选择决定论"③的"金科玉律"，以艺术创作的出发点的高尚与否来框定一个诗人所能达到的艺术成就的高低。可如果创作的出发点都不包含丝毫的"高尚"成分，那么这种创作也就很难在审美情趣层面有什么高等级的可能。即便许多诗人在尽力排斥这种"崇高"以求诗歌创作的纯粹；但起码不应该让诗歌转向另一个"崇低"的极端，出发点上诗歌精神的缺席或许并不会完全决定诗人创作的水准高低，但却是增加了诗歌走向平庸、走向低俗的危险。这种"低开低走"的现象对于诗人本身或许只会导致创作失败，算不得什么大危害。毕竟在写诗之外，诗人还有丰富

---

① 宋宝伟:《喧嚣诗坛下的隐忧——论新世纪诗歌的负面效应》,《北方论丛》, 2014 年, 第 1 期, 第 63-66 页。

② ［美］爱德华·萨义德:《知识分子论》, 单德兴译, 三联书店, 2002 年, 第 65 页。

③ 近年来, 在"大航海时代"历史研究领域最为流行的学说, 主要观点是"大航海时代"的洲际移民在从欧洲出发时, 所选择的移民目的地事实上遵循着某种特有的民族性和文化规律, 同时这种选择也决定了所移民地区在之后的开发和民族形成中可能形成的国家样态。

的个人生活，那些把诗歌本身作为生命基本诉求甚至是唯一诉求的"本质型"的诗人，是值得钦佩的；但不能要求所有人达到这样的标准。只是如果那些"娱乐型"的诗人渐渐地多起来，诗歌精神就会在漫长的沉潜中失去光彩，最终无处寻觅。对于这样的诗歌创作风尚的形成，完全归咎于诗人们的思想境界是不客观的，这与社会风气、文化思潮、经济发展等因素都有密不可分的关系，消费文化的侵袭也已经渗透在社会生活的方方面面，信贷的精神世界是否要保持崇高的姿态，已经是个个人自由选择的问题，任何人、任何文化都不应该强迫他人拥有某种样态的精神世界。但是，正如爱德华·萨义德所说的那样，诗人并不仅仅是普通人，在享有作为人的自由平等权利的同时，诗人必须有所承担，即便不是每个诗人都必须选择"承担"，但在总体上诗歌必须有"承担"的精神。

一小部分诗人及他们的作品与主流话语靠得过近，没有拉开必要的审美距离，在读者接受时难免引起反感。诗歌网络传播的普及和相对宽松的政治环境，已经使"当代贺敬之"越来越少了；但依然有不少身居高职的体制内"票友诗人"热衷于歌颂体诗歌的创作，这在互联网时代几乎是天然的网民嘲笑对象。在这一点上，相比那些思维较为正常的诗歌作品，这些歌颂体诗歌或许还有些优势，它们有意无意地承担了某些网络娱乐的职能，形成了"一本正经地搞笑"的喜剧效果，也算是一种"成就"。对于这类作品的评价和警惕，在网络上和社会中已经达成了基本的一致，"歌功颂德"在当今时代尤其在知识阶层中基本上已经没有了市场，这类作品所造成的不良影响也就十分有限。而且不能不完全忽略的是，这些作品中还是有个别诗作在艺术上略有创新的，也在客观上增强了当下诗歌创作的丰富性。然而一种十分具有隐蔽性的"赞歌"是不得不警惕的。它们并不是以赞歌的传统形式存在，而是在诗歌运动或创作风潮中自觉充当某种迎合主流话语的充满导向性的作品。

这些作品在艺术上一般具有一定的水准，在情感上也足够煽情催泪，比如在2008年汶川地震后，许多地方作协就"要求"诗人们集中创作"地震诗歌"，所谓的"立意"必须符合主流话语的宣传导向。"大批文人作家不假思索、大言不惭的抒情文字、诗歌的出笼证明了我的担心。此刻他们倒腾着'二手死亡'……除了说明他们还活着，活得很积极、很职业甚至专业，又有什么意义呢？"①这种倾向的危害就像一颗定时炸弹，在灾难之初读者们沉浸在悲伤的气氛中无法自拔，也不可能对"地震诗歌"产生反思情绪；但在时过境迁后，一些敏锐的读者再次看到这样的诗歌，就会怀疑诗歌承担社会责任的诚意和初衷。

对于当下诗歌的接受窘境以及其中难以解决的弊端和症候，诗人们是没有太多办法的。既不能勉强诗人们主动迎合读者，更不可能在短期内提高读者的艺术鉴赏能力，对于处在转型期或者说质变准备期的诗歌，过度地干预和纠错都是不明智的。诗人们能够做到的，就是立足于优秀文本的创作，心无旁骛，努力克服"经典化"焦虑，适当降低对各种诗歌活动的热情度，无须刻意拔高、但也绝不主动贬损诗歌精神，剩下的，就是在潜心创作中静静地等待新的诗歌时代的到来。而对于评论者，情况则有所不同，在诗歌的接受窘境中他们也必须承担相当一部分的责任，并且做出相应的改变，才配得上一个诗歌评论者的身份，诗歌创作的质变准备期事实上应该成为诗歌评论的"发力期"。

（原载《文艺争鸣》2016年第1期）

---

① 韩东:《地震日记》,《5·12汶川地震诗歌专号》,《诗歌与人》, 2008年, 第5期, 第19页。

02

第二部分：传统与现代的视域研究

对古代与西方诗学文化的双重超越
——百年新诗传统之我见

吴思敬①

首都师范大学中国诗歌研究中心

摘　要： 百年中国新诗致力于形式革新与思想革命，在精神层面追求自由精神，在艺术层面追求现代品质，在古代诗学传统和西方诗学文化的冲撞与融合中实现了双重超越，产生了新的诗学文化，形成了新的自身传统。

关键词： 新诗传统；古代诗学；西方诗学；双重超越。

---

① 吴思敬（1942—），男，中共党员。著名诗歌评论家、理论家。首都师范大学教授，博士生导师，首都师范大学中国诗歌研究中心副主任，《诗探索》主编，中国作家协会会员，北京作家协会第四届理事，中国诗歌学会副会长、校园文学委员会会长。2001 年 8 月获得中华人民共和国国务院颁发的"政府特殊津贴"。2001 年 9 月获得中华人民共和国教育部授予的"全国优秀教师"称号。2022 年，担任首届谢灵运诗歌（双年）奖终评审。长期从事诗歌理论研究和中国当代诗歌批评工作。已出版《自由的精灵与沉重的翅膀》《中国当代诗人论》《20 世纪中国新诗理论史》等著作，其中《写作心理能力的培养》于 1987 年获"北京市高等学校哲学社会科学中青年优秀成果奖"，《诗歌基本原理》于 1992 年获"北京市高等学校第二届哲学社会科学中青年优秀成果奖"，《心理诗学》于 1998 年获北京市第五届哲学社会科学优秀成果一等奖。在《文学评论》《中国现代文学研究丛刊》《文艺争鸣》《当代作家评论》等权威学术期刊发表论文百余篇。

中国新诗诞生已有一百年了。百年来，新诗的开创者及其后继者们在新旧文化的剧烈冲撞中，艰难跋涉，除旧布新，走过了一条坎坷而又辉煌的路。尽管与有着三千年辉煌历史的古代诗歌相比，有着百年历史的新诗只能说是步履蹒跚的小孩子，但是新诗形成了不同于古代诗歌的自身传统则是确定无疑的。

传统作为某一民族或人类群体沿传而来的精神文化现象，有两重性：一方面是稳定的、连续的和持久的，传统可以持续一个相当长的历史时期，对当下或未来发生着潜移默化的影响。对于某种传统浸润下成长起来的人来说，这种传统已深入骨髓，不是谁说一声断裂就断裂得了的。另一方面，传统不是一潭死水，它是动态的、发展的、不断增生的，可以随着社会的发展与时代的变化而丰富。传统像一条河，每个诗人、每个时代的思想者的成果自然地汇进了这条河，本身就成了传统的一部分。

已经形成的新诗传统，内涵是十分丰富的，概略而言，我觉得可以从两个层面上来讨论。

从精神层面上说，新诗诞生伊始，就充满了一种蓬蓬勃勃的自由精神。最初的新诗被称为"白话诗"，在文言统治文坛几千年的背景下，新诗人主张废除旧的格律、已死的典故，用白话写诗，这不单是个媒介的选择问题，更深层次说，体现了一种对自由的渴望。新诗的诞生，是以"诗体大解放"为突破口的。正如胡适所说："新文学的语言是白话的，新文学的文体是自由的，是不拘格律的。初看起来，这都是'文的形式'一方面的问题，算不得重要。却不知道形式和内容有密切的关系。形式上的束缚，使精神不能自由发展，使良好的内容不能充分表现，若想有一种新内容和新精神，不能不先打破那些束缚精神的枷锁镣铐。因此，中国近年的新诗运动可算得一种'诗体大解放'。因为有了这一层诗体的解放，所以丰富的材料，精密的观察，高深的理想，复杂的感情，方才能跑到诗里去。"①胡适提出的"诗体大解放"的主张充分体现了"五四"时代的精神特征。在新诗的倡导者看来，"五四"新文化运动与欧洲的文艺复兴有着很大的相似之处，那就是对人的解放的呼唤。郁达夫也曾说过，"五四"运动的最大成功，第一要算"个人"的发现。从前的人，是为君而存在，为道而存在，为父母而存在，现在的人才晓得为自我而存在了——实际上，诗体的解放，正是人的觉醒的思想在文学变革中的一种反映。郭沫若讲："诗的创造是要创造'人'……他人已成的形式是不可因袭的东西。他人已成的形式只是自己的镣铐。形式方面我主张绝端的自由，绝端的自在。"②正由于"诗体大解放"的主张与"五四"时代人的解放的要求相合拍，才会迅速引起新诗人的共鸣，并掀起了声势浩大的新诗运动。很明显，新诗的出现，决不仅仅是形式的革新，同时也是一场深刻的思想革命。新诗人们怀着极大的勇气，向陈旧的诗学观念挑战，他们反叛、冲击、创造，他们带给诗坛的不仅有新的语言、新的形式、新的表现手法，而且有着前代诗歌中从未出现过的新的思想、新的道德、新的美学原则、新的人性的闪光。"五四"时期燃起的呼唤精神自由的薪火，经过一代代诗人传承下来。正是这种对精神自由的追求，贯穿了我们的新诗发展史。而新诗在艺术上的多样化与不定性，其实也正是这种精神自由传统的派生结果。

从艺术层面上说，新诗与古典诗歌相比，根本上讲体现出一种现代品质，包括对诗歌的审美本质的思考、对诗歌把握世界的独特方式的探讨、对以审美为中心的诗歌多元价值观的理解等。诗歌的现代性相当突出地表现在诗的语言方面。诗歌形态的变革，往往反映在诗歌语言的变化之中。诗歌现代化首当其冲的便是诗歌语言的现代化。而"五四"时代的新诗革命，就正是以

---

① 胡适：《谈新诗》，《星期评论》，1919 "双十节纪念号"第五张。

② 郭沫若：《论诗三札》，《文艺论集》，北京：人民文学出版社，1979 年，第 216-217 页。

用白话写诗为突破口的。随着社会的推进，为适应表现现代社会的生活节奏和现代人思想的深刻、情绪的复杂和心灵世界的微妙，诗歌的语言系统还在发生不断的变化，并成为衡量诗歌现代化进程的一个重要标志。诗歌现代化进程还涉及诗歌创作过程中作为内容实现方式的一系列的创作方法、艺术技巧等。这里既有对中国古典诗歌某些手法与技术的新开掘，又包括对西方诗歌的借鉴。郭沫若早在新诗诞生的初期就曾说过："古人用他们的言辞表示他们的情怀，已成为古诗，今人用我们的言辞表示我们的生趣，便是新诗。再隔些年代，更会有新新诗出现了。"① 这"新新诗"的提法，很值得我们玩味。它表明新诗不是一成不变的，是没有固定模式可循的，是要不断出新的。

在百年新诗自身传统形成的过程中，有两个影响因子是不能忽视的。一个是中国古代诗学文化的传统，另一个是西方诗学文化的传统。这两个传统绵延时间之长，内涵积淀之深，是新诗百年形成的自身传统无法比拟的。实际上，新诗自身传统的形成与发展，也始终受着这两大传统的制约，是在这两大传统的冲撞与融合中形成的。

中国古代诗歌有悠久的历史，有丰富的诗学形态，有光耀古今的诗歌大师，有令人百读不厌的名篇。这既是新诗写作者的宝贵的精神财富，同时又构成创新与突破的沉重压力。中国古代的诗学文化是按本民族诗学文化自身发展的内在逻辑而变迁，即在拓展、深化、推进自己固有的东西中，诞生新的因子。诸如中国的诗歌由诗经的四言到骚体，再到五七言，再到词曲，主要是循中国诗歌内在发展规律而进行的。值得注意的是这种变迁，有时却打着"复古"的旗号，比如唐代韩愈、柳宗元倡导的"古文运动"是在复兴先秦两汉古文传统的旗号下，对齐梁以来绮靡文风的革新。新中国成立后影响甚大的"在民歌和古典诗歌基础上发展新诗"的主张，便是强调沿着本民族

---

① 郭沫若：《论诗三札》，《文艺论集》，北京：人民文学出版社，1979 年，第 215 页。

诗学文化的内在逻辑和发展规律而行进的。此外，形形色色的建立现代格律诗的主张，也主要是从本民族诗歌语言的内在发展规律而考虑的。而从新诗发展的历程来看，新诗的草创阶段，那些拓荒者们首先着眼的是西方诗歌资源的引进，但是当新诗的阵地已巩固，便更多地回过头来考虑中国现代诗学与古代诗学的衔接了。卞之琳说："在白话新体诗获得了一个巩固的立足点以后，它是无所顾虑地有意接通我国诗的长期传统，来利用年深月久、经过不断体裁变化而传下来的艺术遗产。"[①]20世纪90年代以来，有更多的学者就如何继承中国古代诗歌资源问题进行了认真的思考，李怡的《中国现代新诗与古典诗歌传统》、蓝棣之的《论新诗对于古典诗歌的传承》、陈仲义的《遍野散见却有待深掘的高品位富矿——新古典诗学论》等，均在这方面提出了有价值的见解。

百年新诗自身传统的形成除去对古代诗学文化的批判性汲取外，更重要的是从异域文学中借来火种，以点燃自己的诗学革命之火。在这种情况下，外来的诗学文化不仅仅以其新的内容、新的形态进入了本民族诗学文化，更重要的还在于起了一种酵母和催化的作用，促使本民族诗学文化在内容、格局与形式上都产生前所未有的变异。"五四"时代的新诗缔造者们，以一种不容置辩的态度揭竿而起，为了冲破中国传统诗学的沉重压力，他们选择的是面向西方诗学文化寻找助力。郭沫若坦诚地宣称："欧西的艺术经过中世纪一场悠久的迷梦之后，他们的觉醒比我们早了四五世纪。我们应该把窗户打开，收纳些温暖的阳光进来。如今不是我们闭关自主的时候了，输入欧西先觉诸邦的艺术也正是我们的意图。我们要宏加研究、介绍、收集、宣传，借石他山，以资我们的攻错。"[②]朱自清也指出："新诗不取法于歌谣，最主要的原因

---

① 卞之琳：《戴望舒诗集序》，《戴望舒诗集》，成都：四川人民出版社，1981年，第3页。

② 郭沫若：《一个宣言》，《文艺论集》，北京：人民文学出版社，1979年，第105-106页。

还是外国的影响；别的原因都只在这一个影响之下发生作用。外国的影响使我国文学向一条新路发展，诗也不能够是例外。"① 郭沫若与朱自清的看法，实际上已成为那一阶段诗坛先进的共识：为了使诗歌适应现代生活的需要，当务之急就是冲破封闭的、陈旧的诗歌传统的拘囿，汲取西方的新的思想和美学观念，借他山之石以攻错，从而使我国的诗歌现代化。当然，中国新诗受外国影响，除去新诗人希望"迎头赶上"西方的急迫感外，更深一层说，是由于现今世界上始终存在着一系列困扰并激动着各民族哲人的共同问题。尽管各民族有其各自的历史、文化传统和民族特性，但是人类共同的文化心理结构依然在起着作用。实际上文学的世界性与民族性的矛盾运动便构成了人类的文学发展史。

外国诗学文化的引进，必然会同中国固有的传统诗学文化产生冲突。这是由于人们在本民族诗学文化形成的过程中，不知不觉地接受了传统文化氛围中的许多观念，这些观念被师长父兄所信奉，自出生以来便盘旋在自己周围，因而被认为是天经地义的。一旦这天经地义的文化信念受到异域外来文化的冲击，其第一个反应往往是保护性的，而把异域外来文化视为"反文化"的因素。于是传统的诗学文化与外来的诗学文化之间的剧烈冲撞便不可避免地发生了。

不过，同一民族不同历史时期的诗学文化之间，不同民族的诗学文化之间，不仅有冲撞的一面，而且有融合的一面。自称与刘半农"是《新青年》上作诗的老朋友"的周作人，在为刘半农《扬鞭集》写的序中提到："我觉得新诗的成就上有一种趋势恐怕很是重要，这便是一种融化。不瞒大家说，新诗本来也是从模仿来的，它的进化是在于模仿与独创之消长，近来中国的诗似乎有渐近于独创的模样，这就是我所谓的融化。自由之中自有节制，豪华

---

① 朱自清:《真诗》,《新诗杂话》, 作家书屋, 1947 年。

之中实含青涩，把中国文学固有的特质因了外来影响而益美化，不可只披上一件呢外套就了事。"①周作人说的"融化"，也正是我们所说的"融合"，主要指不同诗学文化间的相互吸收。

诗学文化的冲撞与融合看似是对立的两极，其实彼此又是互相渗透、互为因果的。诗学文化的冲撞虽以不同文化的排斥为主，但排斥中有吸收。诗学文化的融合虽以不同文化的互相吸收为主，但吸收中有排斥。二者随着当时文化发展的大趋势互相推移，我们很难把它们泾渭分明地区分开来。这是因为任何一种诗学文化都是由诸多子系统组成的，而每一种子系统，乃至每一种文化元素，又都是在与其它成分相联系的状态中发挥作用的。各种系统构成的复杂性，各种诗学文化成分的互相联系与渗透，决定了诗学文化冲撞与融合的交叉状态。由于各民族作为人类有其共性的一面，因此彻底的诗学文化排斥是行不通的；又由于每个民族又有其个性的一面，因此不加选择地全盘吸收也是做不到的。

诗学文化的冲撞与融合，既是各民族诗学文化发展的必由之路，又是在这种发展中呈现的共同景观。但冲撞与融合不是目的，冲撞和融合的结果导致一种新的诗学文化的诞生。这种新的诗学文化来自于传统的母体又不同于传统，受外来诗学文化的触发又并非外来文化的翻版；它植根于过去的回忆，更立足于现代的追求；作为一种全新的创造，体现了文化建设主体对传统诗学文化和外来诗学文化的双重超越，百年中国新诗正是在这样一种文化格局下形成了自己的传统。

当然，与历史悠久的中国古代诗歌传统与西方诗歌传统相比，百年新诗自身传统其时间还不够漫长，影响还不够深远，内涵还有待于丰富。如今，又一个百年开始了，新诗还在行进中，路漫漫而修远。如何在融会贯通前代

---

① 周作人：《扬鞭集·序》，《语丝》，第 82 期。

诗学遗产的基础上不断创新，以自己的艰苦卓绝的探寻与创作实绩汇入新诗自身的传统中，丰富它，发扬它，光大它，这是今天和未来诗人们的光荣使命。

（原载《当代文坛》2017 第 5 期）

中国诗教传统的现代转化及其当代传承

方长安[①]

武汉大学文学院

摘　要： 自"五四"新文化运动始，"诗教"作为儒教传统失去了昔日的正统位置，在意识形态和话语系统中隐身。但它并没有消失，现代诗人传承了其政治伦理情怀和精神，以新文化启蒙和社会革命动员为诉求，解构《诗经》的经学本质，使古代诗教失去赖以进行的底本，为新文化启蒙和新诗出场清理场地，从而建构具有现代诗教特点的诗学体系。然而，在反传统语境中，现代诗教只能以现代文化启蒙、社会革命动员这种间接身份参与新诗建构，致使现代诗人未能处理好民族传统与西方诗歌经验、新诗创作与民族历

① 方长安（1963—），男，文学博士，湖北红安人，文学博士，武汉大学二级教授、博士生导师。教育部特聘教授，国家社科基金重大招标项目首席专家，享受国务院政府特殊津贴。《长江学术》《写作》主编，湖北省高等学校人文社会科学重点研究基地"湖北现代人文资源调查与研究中心"执行主任，武汉大学中国新诗研究中心主任；中国写作学会会长、湖北省中国现代文学学会副会长、中国现代文学研究会理事。教育部新世纪优秀人才支持计划入选者，湖北省"七个一百"（哲学社会科学类）人才工程入选者。主要从事新诗研究、新中国"十七年"中外文学关系研究、近现代中日文学关系研究。出版学术著作 9 部；在《中国社会科学》《文学评论》《文艺研究》等权威学术期刊发表论文 180 余篇，其中 40 余篇被《新华文摘》《中国社会科学文摘》《高等学校文科学术文摘》和人大报刊复印资料等转载。主持完成和在研国家社科基金重大项目、重点项目、一般项目以及教育部人文社科项目等省部级以上课题 10 余项。

史书写等关系，压缩了现代新诗参与人格培养和文化建设的空间。今天，我们应站在民族文化自信的立场，重新研究诗教传统，发掘其精髓，阐释其价值，处理好传承与创新的关系，以历史担当意识探索并建构当代的诗教文化。

关键词：诗教传统；现代转化；新诗建构；当代诗教文化。

中国新诗发生于"五四"前后，其生成、发展与现代文化传播、开启民智、社会革命动员等始终联系在一起。新诗的传播教育与其自身发展密切相关，而诗歌的传播教育问题，就是传统意义的诗教问题。由于"诗教"作为一种诗学传统、教育传统，自"五四"开始就遭受质疑和否定，因此诗教传统与新诗发展的关系长期以来一直处于被遮蔽状态。两千多年的诗教传统在现代诗歌发展史中的命运如何，现代新诗建构究竟承续哪些具体的中国传统诗教观，以《诗经》为底本的中国古代诗教传统在当下是否仍具有积极意义，对之该如何进行传承和创新，这些问题在以往多被忽略，值得展开深入研讨。

一、诗教传统及其现代转化

"诗教"是中国传统文化中一个核心概念，"孔子曰：入其国，其教可知也。其为人也，温柔敦厚，《诗》教也。"[①] 这表明"诗教"概念出自孔子，其核心是"温柔敦厚"。历史地看，诗教是他为中华民族开创的一种诗歌教育传统，并深刻影响中国诗歌的发展走向。

诗教由"诗"和"教"组合而成，其意是以"诗"为"教"。

在孔子看来，《诗经》所书写的内容、表达的情感和思想可以通过阐释而传播，以规范人们的思想与行为，通过人们的广泛参与实现对社会政治、伦

---

① 郑玄注，孔颖达正义，吕友仁整理：《礼记正义》，上海：上海古籍出版社，2008年，第141页。

理的建构。"小子何莫学夫诗？诗，可以兴，可以观，可以群，可以怨。迩之事父，远之事君；多识于鸟兽草木之名。"《诗经》虽是情感表达的结晶，却具有"兴""观""群""怨"等特点，能"事父""事君"，具有维系人际秩序的政治功能。不仅如此，在《论语·为政》里，孔子称《诗经》"思无邪"；①在《论语·八佾》中认为《关雎》"乐而不淫，哀而不伤"，②谓《韶》"尽美矣，又尽善也"；③在《论语·雍也》里，认为"质胜文则野，文胜质则史。文质彬彬，然后君子"，④所以，"不学诗，无以言。"⑤这些是孔子的《诗经》观，也是其诗教观。孔子之后的儒者，诸如孟子、荀子、郑玄、孔颖达、朱熹等，不断注疏、阐述并践行这些理念，在中国诗歌教育史、文化史上形成"诗教"这一源远流长的传统。

所谓诗教传统，简言之，就是孔子以降，以《诗经》为底本，以孔子的《诗经》思想为原则，延续两千多年的教诗、传诗以言志的文化传播、生产机制，是在中国古代社会以儒家思想为正统、维系社会结构稳定的文化传统，其内容包括诗教实施主体、诗教原则、诗教方式、诗教目的，以及诗教性质等。诗教实施主体，由春秋战国以降两千多年里以儒者为主体的不同阶层成员构成，多数人默默无闻，也包括赫赫有名的经学大儒，诸如孔门弟子、孟子、荀子、孔安国、董仲舒、司马迁、毛苌、卫宏、郑玄、孔颖达、程颐、程颢、朱熹、王阳明、顾炎武、黄宗羲、王夫之、戴震、康有为，等等。他们既是接受者，又是阐释者、传播者，其人生和思想构成了两千多年来诗教的重要内容。《毛诗大序》承袭了孔子的诗教思想，认为"风，风也，教也；

---

① 杨伯峻：《论语译注》，北京：中华书局，1980年，第11页。

② 杨伯峻：《论语译注》，北京：中华书局，1980年，第30页。

③ 杨伯峻：《论语译注》，北京：中华书局，1980年，第33页。

④ 杨伯峻：《论语译注》，北京：中华书局，1980年，第64页。

⑤ 杨伯峻：《论语译注》，北京：中华书局，1980年，第178页。

风以动之，教以化之"，"上以风化下，下以风刺上"，突出《诗经》的讽谏教化作用，但应"发乎情，止乎礼义"，① 即以"礼义"为其限度。郑玄注释《周礼》《仪礼》《礼记》，将"礼"引入诗教，在《诗谱序》中认为"论功颂德，所以将顺其美；刺过讥失，所以匡救其恶"，② 将《毛诗大序》的讽谏说发展成美刺讽谏说。唐孔颖达领衔编纂《毛诗正义》，突出"温柔敦厚"思想，指出"温，谓颜色温润。柔，谓情性和柔。《诗》依违讽谏，不指切事情，故云温柔敦厚是《诗》教也"。③《礼记·经解》曰："温柔敦厚，《诗》教也。""此一经以《诗》化民，虽用敦厚，能以义节之，欲使民虽敦厚不至于愚。则是在上深达于《诗》之义理，能以《诗》教民也。故云'深于《诗》者也'。"④ 将"温柔敦厚"定位为诗教核心，要求以"义理"教化民众，一定程度上规范了中国社会的人格建构和诗歌发展。朱熹虽然也倡导温柔敦厚之教，但重点则在"思无邪"。朱自清认为："朱子可似乎是第一个人，明白地以'思无邪'为《诗》教。""《诗》虽有参差，而为教则一。经过这样补充和解释，《诗》教的理论便圆成了。"⑤ 孔国安、朱熹等人对"兴观群怨"等也有特别的理解："兴"，孔安国注为"引譬连类"，朱熹概括为"感发志意"；⑥ "观"，郑玄注为"观风俗之盛衰"，即"观"的对象是风俗，它"不只是单纯理智上的冷静观察，而是带有情感好恶特征的"；⑦ "群"，则指《诗经》具有组织社会、"使群

① 毛公传，郑玄笺，孔颖达等正义：《毛诗正义》，上海：上海古籍出版社，1990 年，第 14-19 页。

② 毛公传，郑玄笺，孔颖达等正义：《毛诗正义》，上海：上海古籍出版社，1990 年，第 3 页。

③ 郑玄注，孔颖达正义，吕友仁整理：《礼记正义》北京：北京大学出版社，1999 年，第 1904 页。

④ 郑玄注，孔颖达正义，吕友仁整理：《礼记正义》，北京：北京大学出版社，1999 年，第 1903-1905 页。

⑤ 朱自清：《诗言志辨》，桂林：广西师范大学出版社，2004 年，第 114-115 页。

⑥ 李泽厚、刘纲纪：《中国美学史》第 1 卷，北京：中国社会科学出版社，1984 年，第 122 页。

⑦ 李泽厚、刘纲纪：《中国美学史》第 1 卷，北京：中国社会科学出版社，1984 年，第 125-126 页。

体生活和谐协调"①的功能，强调艺术通过情感抒写以感染人群的特点；"怨"，孔安国注为"刺上政也"，就是在仁的前提下，对不良社会现象，"发牢骚"。②显然，"温柔敦厚""思无邪""兴观群怨""止乎礼义"、美刺讽谏等，是被历代儒者反复倡导的最重要的诗教原则。

诗教是借《诗经》言志，其方式是赋诗、教诗和引诗。按萧华荣的解释，赋诗偶为新作，多为吟诵《诗经》中的篇章；教诗就是教授《诗经》，阐述《诗经》之义；引诗基本上是引用《诗经》中的诗句。③赋诗、教诗、引诗就是以《诗经》为底本言说己志。孔子在《论语·泰伯》中曾说："兴于《诗》，立于礼，成于乐。"④在《论语·季氏》中说"不学诗，无以言"，"不学礼，无以立。"⑤在《论语·子路》中说："诵《诗》三百，授之以政，不达；使于四方，不能专对；虽多，亦奚以为？"⑥可见，从起源上说，诗教就是要以礼义教人，规范人的言说，培育君子人格。诗教的本质就是政教。在先秦的政治外交生活中，人们往往以赋诗述政治目的，这在《诗大序》中表述得很清楚："故正得失，动天地，感鬼神，莫近于诗。先王以是经夫妇，成孝敬，厚人伦，美教化，移风俗。"⑦诗教旨在维系社会伦理秩序，具有政治道德教化功能。张少康概括说："孔子的文学思想以'诗教'为核心，强调文学要为政治教化服务，认为文学是以仁义礼乐教化百姓的最好手段。"⑧这种思想贯穿中国诗教

① 李泽厚、刘纲纪：《中国美学史》第1卷，北京：中国社会科学出版社，1984年，第128页。

② 李泽厚、刘纲纪：《中国美学史》第1卷，北京：中国社会科学出版社，1984年，第130-133页。

③ 参见徐中玉主编，萧华荣著：《中国古典诗学理论史》（修订版），上海：华东师范大学出版社，2005年，第4-6页。

④ 朱熹：《四书章句集注》，北京：中华书局，1983年，第104-105页。

⑤ 朱熹：《四书章句集注》，北京：中华书局，1983年，第173-174页。

⑥ 朱熹：《四书章句集注》，北京：中华书局，1983年，第143页。

⑦ 毛公传，郑玄笺，孔颖达等正义：《毛诗正义》，第16-17页。

⑧ 张少康：《中国文学理论批评史》上卷，北京：北京大学出版社，2005年，第22页。

史，不只是对《诗经》的阐释，其他种类的文学也渗透这种政教思想。特别是宋代以后，"温柔敦厚"说也用于文之教，杨时在《龟山集》中认为"为文要有温柔敦厚之气"，[①]"文以载道"应运而生，朱自清甚至认为宋以后"'文以载道'说不但代替了《诗》教，而且代替了六艺之教。"[②]这种观点在某种程度上夸大了"文以载道"的覆盖面。不过，宋以后，诗教的含义确实泛化了，其"诗"不再仅仅指《诗经》，而是指包括《诗经》在内的所有诗歌作品，诗教的外延更为广大，凡是以诗歌作品为底本对人进行教育，传扬"温柔敦厚""思无邪"等观念，以礼义规范人的言行维护政治伦理秩序，使社会机体得以有序运行的行为，都属于诗教。在漫长的历史长河中，诗教不断演变成为中国诗歌创作与传播的一大特点，并最终沉淀成为中国诗歌和教育的重要传统。

然而，"五四"前后，绵延的诗教传统遭遇"三千年未有之大变局"，开始失去传延的固有土壤。在"五四"激进反传统的语境里，孔孟之道被认为是妨碍中国社会转型、进步的深层文化原因，吴虞、鲁迅、陈独秀、李大钊、钱玄同、郭沫若等无不撰文批判儒家文化；[③]鲁迅甚至说中国书"多是僵尸的乐观"，劝告青年人"要少——或者竟不——看中国书"。[④]然而，诗教观念经一代又一代人的文化实践，却被沉淀、铭刻在中国历史深处，融化在中国人的血液里，成为一种文化传统，"形成为民族的集体意识和集体无意识"。[⑤]所

---

① 朱自清：《诗言志辨》，第 115 页。

② 朱自清：《诗言志辨》，第 115 页。

③ 当时报刊发表了大量批判儒家文化的文章，如守常的《自然的伦理观与孔子》(《甲寅》1917-12-6 "社论栏目")、吴虞的《吃人与礼教》(《新青年》1919(6-6))、易白沙的《孔子平议（上、下）》(分别刊于《青年杂志》第 1919(1-6)；《新青年》1919(2-1))、陈独秀的《旧思想与国体问题》(《新青年》1917 年（1-3）)等。

④ 鲁迅：《青年必读书》，《鲁迅全集》(3)，北京：人民文学出版社，2005 年，第 12 页。

⑤ 庞朴：《文化传统与传统文化》，《庞朴文集（3）》，济南：山东大学出版社，2005 年，第 265 页。

有这些构成中国文化教育最深沉的精神形式，且与诗歌创作密切相关，深刻影响中国的君子人格构造和审美谱系。这些不是轻易就能推翻的。

晚清以前，诗教传统以儒家文化重要组成部分的身份参与文化和诗歌建设，作为君子人格培育、诗歌创作和批评的核心原则而存在。"五四"以后，传统文化被批判与否定，失去正统的文化身份和位置。诗教从一代人的显在意识中消失，然而这"并不蕴涵他们已经与中国社会与文化的遗产隔绝"，[①] 以鲁迅为代表的知识分子，"对于在传统构架崩溃以后尚能生存、游离的、中国传统的一些价值之意义的承认与欣赏，是在未明言的意识层次（implicit level of consciousness）中进行的"。[②] 这表明诗教传统在向西方学习的整体性反传统语境里虽未被明言，但在主体意识活动深处还是得到承认与欣赏——诗教隐身于诗人意识系统深处，完成身份转变，不再以原来正统、显在的方式直接发声。被迫隐身但并未退场，作为"不死的民族魂"，[③] 诗教精神仍隐性存在，并一直产生不可忽略的重要影响。

传统诗教"强调诗歌与政治教化之间的联系"，[④] 具有强烈的政治伦理教化功能，这使得读诗、写诗和吟诗与天下安危始终联系在一起，这是中国诗歌长期以来在文学谱系居中心位置的原因。两千多年的诗教历史可谓是治国平天下观念的阐释构建史，或者说经一代又一代人阐释、践行，治国平天下的政治抱负成为传统士大夫意识深处挥之不去的情结，甚至是他们文化心理结构的核心部分。"五四"前后，历史进程发生了根本改变：随着西学东渐，人们在观念层不再认为，通过古典诗歌学习能培养出理想的人格结构；不再相

---

① 林毓生：《中国传统的创造性转化》，北京：三联书店，1988年，第150页。

② 林毓生：《中国传统的创造性转化》，北京：三联书店，1988年，第151页。

③ 庞朴：《文化传统与传统文化》，《庞朴文集（3）》，济南：山东大学出版社，2005年，第265页。

④ 张少康：《中国文学理论批评史（上卷）》，第25页。

信,《诗经》是救国救民的圣经,① 读诗、吟诗不再是修身、齐家、治国、平天下的有效途径;甚至完全相反,他们开始大力声讨儒家文化,"对'文以载道'和儒家诗教大加鞭笞。"② 于是,西方经典取代了中国的四书五经,新式学堂取代了私塾,现代纸媒传播取代了歌楼酒肆的吟唱——传统诗教赖以展开的底本被解构,诗教实施的旧式通道被堵塞,这无疑是文化的大变革、大变局。然而,两千年来诗教的核心——政治伦理文化、入世治世的政治情怀——早已内化为中国读书人的文化精血,其精神并未因新文化运动而改变。有学者说过:任何精神传统,"绝对不是一个静态的结构,而一定是一个动态的过程;只是这个动态的过程受到冲击以后,它可能变成潜流;有的时候在思想界被边缘化,但它总是在发展的过程中;甚至有的时候断绝了,但它的影响力在各个不同的社会层级中是存在的。"③ "'重教化'所包含的实用功能观念仍存留于现代诗人的意识之中,而赋予了新的时代内涵。"④ 吴虞、李大钊、陈独秀、鲁迅、胡适、郭沫若等激烈地反对儒家正统文化,但在他们内心深处,却始终激荡着诗教传统所置重的"治国""平天下"等政治情怀。鲁迅激烈反传统,其动力是"我以我血荐轩辕";⑤ 郭沫若为"五四"新文化运动所激荡,"个人的郁积,民族的郁积"化而为诗,⑥ 民族之忧是其创作爆发的驱动力;闻一多无论写诗还是论诗,其心始终在国运民生;戴望舒抗战后不再写《雨巷》《我的记忆》之类的作品,而是另起炉灶写下《狱中题壁》;穆旦为民族解放弃文从军,写下《森林之魅——祭胡康河上的白骨》;艾青奔赴延安,将诗

---

① 钱玄同曾在《论〈诗〉真相书》中认为《诗经》"与什么'圣经'是风马牛不相及的",胡适也在《谈谈诗经》中直言"《诗经》并不是一部《圣经》"。

② 龙泉明:《中国新诗流变论》,北京:人民文学出版社,1999 年,第 630 页。

③ 杜维明:《对话与创新》,桂林:广西师范大学出版社,2005 年,第 125 页。

④ 龙泉明:《中国新诗流变论》,北京:人民文学出版社,1999 年,第 630 页。

⑤ 鲁迅:《自题小像》,《鲁迅全集(7)》,北京:人民文学出版社,2005 年,第 447 页。

⑥ 郭沫若:《序我的诗》,《沫若文集(13)》,北京:人民文学出版社,1961 年,第 121 页。

歌与抗战救亡直接联在一起；袁水拍的《马凡陀的山歌》以诗歌介入现实政治……现代诗人身上炽烈的救国情怀与两千多年来儒家诗教传统所主张的入世观念、政治理想无法分开，或者说这就是传统诗教之政治伦理情怀在现代新文化语境中的全新表现。

人们也许会问，现代诗人是接受西方思想熏陶的一代，他们入世的政治情怀为何被认为来自诗教传统而不是西方思想？诚然，西方现代科学民主思想、民族国家观念等对他们影响甚大，是其从事新文化运动、新诗创造时重要的思想武器；但思想是观念层面的，新思想可迅速置换旧思想，成为主体外在行为的一种观念基础；而情怀则是一种与更深层的文化结构相关的心理现象，思想可以很快发生变化，情怀则是相当稳定的文化心理。正是在此意义上，我认为，现代诗人的政治伦理情怀主要来自绵延两千年且已沉淀于民族文化心理结构深处的诗教文化，由西方输入的现代理念是其实现深层政治伦理文化情怀的思想方法。不仅如此，现代诗人之所以能接受西方思想，也与其入世救国的政治情怀分不开。正因此，有人认为，"现代'启蒙文学'与古代'教化文学'具有深刻的精神联系"，"现代启蒙传统是古代教化传统的继承和发展"。①

二、现代诗教与新诗建构

长期以来，我们习惯于孤立评价白话新诗运动，其实中国新诗是中国诗史发展的最后一个阶段，只有将它纳入中国文化新旧转型进程中考察，置于中国几千年来诗教大传统中评判，才能更深入认识其价值与意义。现代诗教

---

① 何锡章：《中国现代文学"启蒙"传统与古代"教化"文学》，《中国现代文学传统》，北京：人民文学出版社，2002年，第116页。

的主体是新文化启蒙者、社会革命者，他们传承了诗教传统修身、齐家、治国、平天下的政治伦理情怀和精神，不断更新文化观念，表现出自觉的担当意识和历史责任感，以新文化启蒙或者现代社会革命动员为诉求，逐步建构起中国现代新诗体系。

首先，现代诗人釜底抽薪式解构了《诗经》的经学本质，使古代诗教失去赖以进行的底本，在此基础上倡导白话新诗运动，为新文化启蒙清理场地。20世纪初，梁启超、胡适、钱玄同、俞平伯、吴虞、傅斯年、鲁迅、郭沫若、闻一多、郑振铎、顾颉刚等深刻认识到中国旧式教育对人自然天性的戕害，认为以《诗经》为代表的儒家经典已无力塑造现代新人。鲁迅早年就在《摩罗诗力说》中指出，"盖诗人者，撄人心者也"，"污浊之平和，以之将破。平和之破，人道蒸也"，"如中国之诗，舜云言志；而后贤立说，乃云持人性情，三百之旨，无邪所蔽。夫既言志矣，何持之云？强以无邪，即非人志。许自繇于鞭策羁縻之下，殆此事乎？"[1] 这是对孔子关于《诗经》"思无邪"学说的质疑，是对"温柔敦厚"诗教观的批判。梁启超曾说："治诗者宜以全诗作文学品读，专从其抒写情感处注意而赏玩之，则诗之真价乃见也。"[2] 认为《诗经》只是抒写真情的诗歌作品集，其价值体现在文学审美上。而在钱玄同眼中，"《诗经》只是一部最古的《总集》，与《文选》《花间集》《太平乐府》等书性质全同"。[3] 胡适在倡导白话新诗时，认为孔子并未删订《诗经》，《诗经》"确实是一部古代歌谣的总集，可以做社会史的材料，可以做政治史的材料，可以做文化史的材料。万不可说它是一部神圣经典"。[4] 郭沫若是"五四"

---

① 鲁迅：《摩罗诗力说》，《鲁迅全集（1）卷》，北京：人民文学出版社，2005年，第70页。

② 梁启超：《要籍解题及其读法》，北京：清华周刊丛书社，1925年，第155页。

③ 钱玄同：《论〈诗经〉真相书》，顾颉刚编著：《古史辨（1）》，上海：上海古籍出版社，1982年，第46页。

④ 胡适：《谈谈诗经》，顾颉刚编著：《古史辨（3）》，上海：上海古籍出版社，1982年，第577页。

最重要的诗人之一，他就认为《诗经》不过是古代优美的平民文学集。20 世纪 20 年代初期，郭沫若以新诗体翻译《诗经》，还原其民间文学性。顾颉刚、鲁迅、傅斯年、闻一多等均将《诗经》视为古代的歌谣集。[①] 将《诗经》定位成古代歌谣总集，定位成文学性作品，也就是"批倒了封建经学思想，恢复了《诗经》的本来面目"，还原其"文学艺术价值"和"历史学史料价值"。[②] 俞平伯、闻一多、鲁迅、郭沫若等是在传统熏陶中成长起来的现代知识分子，《诗经》等经典是他们文化生活与审美活动的依托，是他们文化情感所系，对《诗经》等经典的质疑，也就是对自己审美生活的颠覆。在他们的构想中，新诗同样需要具有"兴观群怨"的品格，但绝对不等于"思无邪""温柔敦厚""存天理、灭人欲"等封建性质。现代诗人期望通过新作品的创作与传播，开启民智，重振国人精神，重塑民族性格，在此意义上，他们的志向与面临的困难，与中国古代诗人相比，不可同日而语。古代诗人只是沿着孔子所定的诗教思路，诠释、讲述、传播《诗经》，他们的话语路径和修辞方式是给定的，有范本可依；而现代诗人则要重造全新的诗歌，以之重塑中国形象，这是天翻地覆的政治、文化事业。所以，解构《诗经》的经学性，倡导白话新诗运动，是一种空前的历史担当行为，其内在的心理支撑力和驱动力，在很大程度上都源于诗教传统的政治伦理情怀。

其次，现代诗人以文化启蒙、现代社会革命为诉求，思考现代新诗发展问题，建构现代诗学观念，积极创作具有现代诗教功能的作品。文化启蒙是传播现代新文化，启民众之蒙；现代社会革命是宣传革命理念，促进社会解放。传播现代文化，宣传社会革命思想，是现代诗教观念重要的体现，它规

---

① 他们那时均写了相关文章和著作，如顾颉刚的《〈诗经〉在春秋战国间的地位》、鲁迅的《选本》、傅斯年的《〈诗经〉讲义稿》、闻一多的《诗经的性欲观》。

② 夏传才：《现代诗经学的发展与展望》，《文学遗产》1997 年，第 3 期，第 98-107 页。

约了现代诗学和现代诗歌的历史走向，并不断赋予后者以现代诗教的品格。

从内容层面看，现代诗教要求以个性解放、劳工神圣、爱国主义、婚姻自由、阶级解放等现代思想，取代传统诗教所主张的温柔敦厚、思无邪、止乎礼义等观念，使新诗作品参与现代人的解放和社会革命。郭沫若说："诗是人格创造的表现"，"个性最彻底的文艺便是最有普遍性的文艺，民众的文艺"。[①] 将人格创造、个性解放与民众的文艺联系起来，就是要培育民众的独立人格。宗白华在《新诗略谈》中提出："新诗人的养成，是由'新诗人人格'的创造，新艺术的练习，造出健全的、活泼的，代表人性国民性的新诗。"[②] 邓中夏在 20 世纪 20 年代初就要求，诗人"须多做能表现民族伟大精神的作品"，[③] 康白情也认为，"'平民的诗'是理想，是主义"。[④] 中国诗歌会则直接要求诗人站在阶级立场反映现实，"捉住现实"，"歌唱新世纪的意识"。[⑤] 总体而言，"五四"以降各种现代思想涌入中国，诗人秉持不同的立场，认同不同的现代思想，现代 30 年里各种文艺思想的论争，某种程度上就是不同的现代诗教观念之间的论争，出发点都是希望借助新诗传扬各自不同的现代理念，以达到教化民众的目的。现代诗教观念影响了新诗创作，《教我如何不想她》《凤凰涅槃》《天狗》《孩儿塔》《别了，哥哥》《新梦》《哀中国》《大堰河——我的保姆》《赶车传》等作品，都传播了不同的现代思想，具有文化启蒙或社会革命动员的功能。它们填补了《诗经》等传统经典缺席后留下的历史空白，

---

① 郭沫若：《论诗三札》，杨匡汉、刘福春编：《中国现代诗论（上）》，广州：花城出版社，1985 年，第 52 页。

② 宗白华：《新诗略谈》，杨匡汉、刘福春编：《中国现代诗论（上）》，广州：花城出版社，1985 年，第 31 页。

③ 邓中夏：《贡献于新诗人面前》，《中国青年（上海 1923）》，1923 年 1 月 10 日。

④ 康白情：《新诗的我见》，杨匡汉、刘福春编：《中国现代诗论（上）》，广州：花城出版社，1985 年，第 44 页。

⑤ 同人等：《〈新诗歌〉发刊诗》，《新诗歌（1）》，1933 年 2 月 11 日。

为读者提供了新的解读、吟诵材料，为阐释现代启蒙、社会革命理想提供了新的诗教底本。

从形式层面看，白话新诗自出现起，走的主要是一条大众化之路。孔子主张"有教无类"，[①]认为平民享有与贵族一样受教育的权利，主张诗教对象是包括平民在内的所有人。所以随着历史的演进，中国诗体不断解放，从三言、四言向五言、七言以及长短句演进，目的就是让诗能被更广大的民众记诵，寓教于乐。自"五四"开始，胡适、陈独秀、李大钊、刘半农、沈尹默等提出以白话替代文言、以自由体替代格律体，创作全新的白话自由诗，向平民大众传播现代思想，目的是让广大民众能读懂新诗，接受新诗所承载的思想。"五四"以降至20世纪40年代，大众化一直都是新诗形式探索、建构的基本走向。[②]郑伯奇曾说："启蒙运动的本身，不用说，蒙着很大的不利。于是大众化的口号自然提出了。""中国目下所要求的大众文学是真正的启蒙文学。"[③]郑伯奇的观点揭示出大众文学兴起的原因，以及大众文学与五四启蒙文学的传承关系——为了启蒙民众。郭沫若的表述更直接，他说，之所以倡导文学大众化，是因为五四文学、五四新诗是"新式的'子曰诗云'"，大众看不懂，失去了教育大众的功能；而大众文艺就是"教导大众的文艺"，大众文艺作者是"先生""导师"，"老实不客气的是教导大众，教导他怎样去履行未来社会的主人的使命"。[④]

在坚持白话书写和自由体这两大原则的基础上，不断看取中国诗歌的小

---

① 杨伯峻:《论语译注》，第170页。

② 白话新诗自发生时起，选择的是一条大众化之路，但以白话创作自由诗这一大众化之路所导致的非诗性现象，使其内部演绎出一条纯诗化探索之路，自20年代中后期至40年代绵延不绝，在客观上弥补了大众化的不足。关于二者关系，值得研究，但因逸出本文主题，按下不表。

③ 郑伯奇:《关于文学大众化的问题》，《大众文艺》，1930年3月1日，第2期，第5页。

④ 郭沫若:《新兴大众文艺的认识》，《大众文艺》，1930年3月1日，第2期，第5页。

传统，向民间歌谣学习，是新诗大众化的基本路径与方法。1920 年北大成立歌谣研究会，"开始了现代新诗'歌谣化'的努力"，[①] 刘半农、刘大白等还专门创作了歌谣体新诗。20 世纪 30 年代，中国新诗会承续五四新诗歌谣化传统，要求"诗歌成为大众歌调"，[②] 希望吸纳歌谣"普及、通俗、朗读、讽诵的长处，引渡到未来的诗歌"。[③] 抗战爆发直到 40 年代后期，解放区、国统区不少诗人借助民间歌谣形式创作新诗，为抗战宣传服务。值得特别注意的是，闻一多提出新格律诗主张，其实就是希望改造中国诗歌格律这一中心传统，使中国诗歌固有的音乐美、建筑美、绘画美实现现代转化，在自由中实现大众化。但遗憾的是，这类探索太少，也少有成功案例。不过，诗人血液里流淌的诗教意识，没有因"五四"时期"打倒孔家店"的口号而消失，而是与现代启蒙理念和革命思想相融合，成为他们倡导、践行现代启蒙思想和革命理念的先在文化心理。

从实践形式来看，古代诗教以"诗"为教，读者吟诗、解诗是传播诗之思想的基本途径与方式。与之相对应，现代诗教的实践形式则主要表现在以下两个方面：一是以新诗为阐释对象的批评活动。新诗发生不久，新诗批评就出现了，其主要目的是解读新诗、敞开新诗的文化精神和诗性。现代文学 30 年里，围绕《蕙的风》《女神》《尝试集》《草儿》《冬夜》《泥土之歌》《叹息三章》《王贵与李香香》《马凡陀的山歌》等开展的批评活动，对李大钊、郭沫若、李金发、殷夫、蒋光慈、戴望舒、徐志摩、闻一多、田间、艾青、何其芳、蒲风、穆旦等人诗歌创作的文化和诗学评论，在不同层面发挥了类似传统诗教的教诗、解诗的功能。汪静之的《蕙的风》出版后，遭到胡

① 钱理群等：《中国现代文学三十年》，北京：北京大学出版社，1998 年，第 124 页。

② 同人等：《〈新诗歌〉发刊诗》，《新诗歌》，1933 年 2 月 11 日，第 1 页。

③ 《我们底话》，《新诗歌》第 2 卷第 1 期，1934 年 6 月 1 日，第 2 卷，第 1 页。

梦华等人攻击，认为其伤风败俗，[①] 不久，鲁迅、周作人、章洪熙等撰文予以回击；[②] 李金发的《微雨》《为幸福而歌》《食客与凶年》出版后引起多方讨论和批评，甚至一度被喻为"笨谜"，[③] 林宪章则套用孔子诗教话语，称李金发的诗"尽美矣，又尽善也"；[④] 艾青的诗集《大堰河》出版后，茅盾发文《论初期白话诗》，肯定其以沉郁的笔调对底层妇女的描写。[⑤] 与古代诗教不同的是，这些以新诗为对象的批评是在公共空间即报刊杂志上进行的，不是三朋四友小范围的诗歌活动，在客观上起到了向广大陌生民众阐述现代理念与价值观的功效。这种"现代诗教"不是为了塑造"思无邪"的臣民，而是期望通过新诗批评启蒙大众，将他们从封建蒙昧中解放出来，成为具有现代理性精神的新人。新诗是发生不久的一种新型诗歌，关于它的批评，最初主要集中于创作技术方法讨论，重点是论证新诗取代旧诗的历史合法性问题。将新诗的合法性讨论与其内在思想的发掘阐释结合在一起，将启蒙大众与引领创作同步进行，这是与古代诗教解诗、传诗不同的突出特点。这种以新诗为底本的"现代诗教"实践，不断发掘新诗内在的思想价值，张扬其艺术精神，使新诗形成了相应的审美品格，深刻影响了现代新诗的历史建构。[⑥]

现代诗教的第二种实践形式是新诗书面作品的广场化、声音化趋向，以及由此出现的街头诗、朗诵诗等现象。抗战时期，救亡代替了启蒙，新诗的

① 胡梦华：《读了〈蕙的风〉以后》，《时事新报·学灯》，1922 年 10 月 24 日。

② 鲁迅：《反对"含泪"的批评家》，《晨报副刊》1922 年 11 月 17 日；周作人：《什么是不道德的文学》，《晨报副刊》1922 年 11 月 1 日；章洪熙：《〈蕙的风〉与道德问题》，《湖畔诗社评论资料选》，上海：华东师范大学出版社，1986 年，第 113-115 页。

③ 胡适：《谈谈"胡适之体"的诗》，《自由评论》，1936 年 2 月 21 日，第 12 页。

④ 林宪章：《爱的图圊·"致李金发信"》，《美育》，1929 年，第 3 页。

⑤ 参见茅盾：《论初期白话诗》，《文学》，1937 年，第 8 期，第 1 页。

⑥ 参见方长安：《中国新诗（1917—1949）接受史研究》，北京：中国社会科学出版社，2017 年，第 3-5 页。

主题与形式都发生了变化，一个突出现象就是诗歌走向田间地头，走向街头民众，出现了目的更为明确的诗歌传播与教育活动，这可被看作一种更为直接的"现代诗教"实践。抗日民主根据地、国统区都掀起了大规模的朗诵诗、街头诗运动，高兰、沈从文、穆木天、光未然、锡金、冯乃超、梁宗岱、朱自清等积极参与朗诵诗运动；田间、柯仲平、林山、艾青等参与领导了街头诗运动，延安的文学青年几乎都参与过街头诗活动，重庆、桂林等地的街头诗也声势浩大。朗诵诗、街头诗都是以诗鼓舞民众投入抗战，诗歌的抗战教育功能成为首位，诗被要求直接作用于现实，由此形成空前的盛况。高兰是朗诵诗的代表诗人，在《诗的朗诵与朗诵的诗》中，他说："所以在我们中国古诗，诗和诵，不但在意义上不可分，即使外形上也是可以通用的。例如《诗经》上的'家父作诵，穆如清风'，楚辞上的'道思作诵，聊以自救兮'，直以诵字代替诗字，认为诗是诵的，能诵的语言才是诗。"[1]"诵"是中国古诗的重要特征，可惜"五四"以后这一传统基本消失。朗诵诗、街头诗固然是抗战使命要求的结果，但从中国诗歌传统看，它们与"诵"这一诗教传统特征有着深层的历史关联，或者说抗战现实照亮了诗教传统，使它找到了新的表现空间与形式。

古代诗歌、音乐、舞蹈往往三位一体，诗歌是一种听觉艺术，格律、押韵是其能够有效传播、完成教化使命的有效保障。然而，新诗从发生那天起，就明确提出不刻意追求押韵，有韵无韵不是衡量诗歌的标准，诗歌由视觉加听觉的艺术变为单纯的视觉艺术，这既不利于新诗传播，也窄化了新诗诗性的营造空间。朗诵诗运动使诗人们开始重新思考诗歌之歌吟性，高兰说："朗诵的诗，为了容易上口，容易记忆，是特别需要韵律的。"[2]沈从文的《谈朗诵

---

① 高兰：《诗的朗诵与朗诵的诗》，《时与潮文艺》，1945年2月15日，第4期，第6页。

② 高兰：《诗的朗诵与朗诵的诗》，《时与潮文艺》，1945年2月15日，第4期，第6页。

诗》批评当时的朗诵诗不尊重汉语自身特点，抽象空洞，或照搬外国押韵方式，未能利用汉语自身优势，认为新诗要在朗诵上成功，"至少作者必须弄明白语言文字的惯性"，"想要从听觉上成功，那就得牺牲一点'自由'，在辞藻与形式上多点注意，得到诵读时传达的便利"。[①] 朱自清是新诗人和新诗史家，也是新诗理论家，他主张"为己的朗读和为人的朗读却该同时并进，诗才能有独立的圆满的进展"，[②] 认为朗诵诗是"一种听的诗，是新诗中的新诗"，[③] 赋予朗诵诗极高的地位。街头诗运动作为"现代诗教"的一种实践形式，同样推进了新诗艺术的发展。《街头诗歌运动宣言》指出，街头诗可以"使诗歌走到真正的大众化的道路上去"。[④] 艾青在《开展街头诗运动——为〈街头诗〉创刊而写》中认为："诗必须成为大众的精神教育工具。"要求将诗从颓废主义、神秘主义、色情主义里解救出来，使之真正接地气，用"群众日常的口语写诗"，反对"弱不禁风的文体"，使诗保持"粗犷和野生的力量"，[⑤] 成为人民的艺术。在此意义上，街头诗可谓是"五四"以来新诗大众化的新发展，是大众化新的表现形式。遗憾的是，当时关于自由与韵律、辞藻与形式、口语与诗性、阴柔与阳刚等新诗艺术发展的多方面探索未能深入下去，尤其是未能在创作上体现出来。今天，我们应将它们置于诗教传统中进行综合研究，才能使其被遮蔽的诗学价值与意义得以充分显现。

---

① 沈从文：《谈朗诵诗》，《沈从文文集（11）》，广州：花城出版社，1984年，第250-252页。

② 朱自清：《朗诵与诗》，《朱自清全集（2）》，南京：江苏教育出版社，1988年，第395页。

③ 朱自清：《论朗诵诗》，《朱自清全集（3）》，南京：江苏教育出版社，1988年，第255页。

④ 边区文协战歌社、西北战地服务团战地社：《街头诗歌运动宣言》，《新中华报》，1938年8月10日。

⑤ 艾青：《开展街头诗运动——为〈街头诗〉创刊而写》，《解放日报》1942年9月27日。

三、现代诗教理念的历史局限

诗教传统的现代转化是在学习西方和反传统语境下发生的。百年后，回望历史，我们发现，诗教传统的这一转化处境与方式难免存有局限。

首先，"五四"反传统观念使现代诗人未能心平气和地审视诗教传统。现代新诗之所以发生，与近代以来中国被动挨打的现实直接相关。胡适、刘半农、刘大白、李大钊、郭沫若等人当时孜孜不倦从事新诗试验，就是为了以新诗开启民智，而传统诗教之目的也是以诗育人，这意味着近代以来的启蒙在路径上与传统诗教有相通之处，是可与后者相衔接的，或者说可发掘传统诗教的某些有效途径、方式，为现代启蒙事业服务。新诗倡导者主张以白话代替文言进行写作，并身体力行地艰难试验，就是为了利于新诗被普通大众接受。然而，在全面反传统的思潮下，新诗人未能自觉研究民族传统中的诗歌教育理念，未能思考诗教形式与现代启蒙方式对接的可能性，未能在现代语境下重新审视并开掘传统诗歌"兴观群怨"的重要矿藏，更没有继承传统诗歌教育体系中有助于开发民智的某些原则与方法。即便是鲁迅"也没能更进一步探讨在他底隐示的、未明言的意识层次中，他所'发现'至今尚存的传统文化中一些成分的理知与道德价值的意义"。[①] 现代诗人一味强调向西方学习，人为地将西方文化与民族传统相隔绝，甚至对立起来，因此难以有效培育和民族诗歌精神相统一的新生命。

其次，现代诗人将眼光转向海外，西方诗歌成为效仿的主要对象。西方文艺复兴后不同流派的诗歌经验一下子进入新诗人视野，使他们眼花缭乱很难消化，而重视个体自我书写的思想又特别能满足其破除封建压迫的心理，一些诗人将诗歌创作看成是自我心理释放的个体行为，不知不觉背离新诗大

---

① 林毓生:《中国传统的创造性转化》，第 158 页。

众化这一启蒙初衷。李金发曾说："我作诗的时候，从没有预备怕人家难懂，只求发泄尽胸中的诗意就是。""我的诗是个人灵感的纪录表，是个人陶醉后引吭的高歌，我不能希望人人能了解。"① 在他看来，别人不理解是一种正常现象。诗歌创作不断个人化、小众化。在一些诗人那里，诗与外在社会现实的关系日益疏远。于是，传统诗教所主张的"兴观群怨"理念相当程度上被边缘化，诗教空间被大大压缩。

最后，如果说以诗启蒙、以诗从事社会革命动员是现代诗教理念，那么这种现代诗教理念建构是在弃置以《诗经》为代表的古代经典前提下，以白话新诗作品为阐释对象而展开的。白话新诗只是"五四"前后才出现的新型诗歌，整个现代时期优秀的白话新诗作品并不多，现代诗教理念建构所依托的阐释对象并不厚实，这在一定程度上制约了现代诗教理念的建构，许多问题未能被实践有效检验，因此并未形成相对完整的现代诗教理念。

另外，进入 20 世纪 30 年代后，民族危机加深，诗歌的教育功能虽受到重视，但急迫的救亡任务使诗人来不及深入研究如何以"诗"教育人的问题。街头诗、朗诵诗在一定程度上改变了新诗不重视诗教的状况，但由于现实太严峻，诗人无暇顾及诗歌本身的问题，更多时候只是简单以诗歌口号去动员民众，如何实现诗教传统的转化同样被搁置。所以，现代诗人虽大多继承了中国读书人的入世精神，却没有自觉研究现代新诗的传播问题，诗教意识更是相对淡薄。

诗教传统的现代转化的局限，致使新诗创作出现一些不足，主要体现在新诗的格局、境界方面。格局有大小，境界有高低。我们必须将现代新诗置于其发生、存在的具体情境中，以历史的眼光考察它与历史主题的关系，才能辨析其格局大小，论述其境界高低。鸦片战争后，中国逐步进入半封建半

---

① 李金发：《是个人灵感的纪录表》，《文艺大路》，1935 年 11 月 29 日，第 2 期，第 1 页。

殖民地社会，启蒙与救亡成为时代的核心主题，或者说是最大的政治，这是新诗发生发展的社会情境和面临的时代主题。诗人置身其中，只有感同身受，将中国与世界、自我与社会、个人与国家等结合起来观察、思考与书写，才能创作出格局阔大、境界高远的作品。郭沫若、李大钊、闻一多、朱自清、殷夫、蒋光慈、戴望舒、田间、艾青、蒲风、李季等诗人的创作，无不以现代世界与中国关系为背景抒情言志，将自己的诗歌创作与民族国家命运相结合，思想解放、启蒙救亡、抗战建国等成为重要主题，《凤凰涅槃》《死水》《发现》《狱中题壁》《大堰河——我的保姆》《王贵与李香香》《黄河颂》等，无不是民族启蒙救亡中的伟大乐章。然而，如果以诗教为视野，从诗歌教育维度进行更深入具体的考察分析，则不难发现现代新诗格局和境界上存在的问题。现代诗人未能处理好民族传统与西方资源关系，一味压制中国诗歌传统，即便是将眼光转向传统，强调的也是边缘小传统，诸如歌谣、民谣等，在一定程度上窄化了新诗的资源空间，影响了中国现代诗歌的发展。与之相关，在现代诗教建构过程中，对民族传统资源发掘和利用不够，中国历史尤其是文学史上具有原型意义的核心意象、形象没被照亮，史诗性作品缺乏，史诗性英雄人物缺失。一些诗作虽然宣传、表达抗战精神，但多停留于表面，格局有限，境界不高。与此同时，因缺乏厚实的民族传统作支撑，一些作品对西方文化、文学精神的理解存在局促、急迫等不足，误读错读现象明显，与中国现实问题脱节，与中国读者的阅读期待、审美习性冲突，西方文学精神与经验在多数时候未能被创造性地转化为符合中国新诗创作需要的资源，导致作品格局小，缺乏历史的大格局和大气象。此外，多数诗人对中国苦难现实的认识不深，历史动向把握欠缺，更多时候停留于个人喜怒哀乐的书写，对民族遭受的苦难缺乏刻骨铭心的体验，只有闻一多、艾青、穆旦等个别诗人创作出深刻表现中国苦难现实的伟大作品。换言之，现代诗坛少有与民族灾难相匹配的伟大作品。再者，"思无邪"和"兴观群怨"是一对辩证关系，绝大多数诗人未能深入认识二者关系，未能开掘二者对于现代诗教建构的可能性价值，更谈不上创造性转换和利用，以致现代时期既少有深刻的批判现实主义诗作，又缺乏正面想象、书写未来中国理想图景的伟大作品，将自我意识和国家观念有机结合，并进行理想人格塑造的作品更少。

诗教传统现代转化的另一不足表现为现代新诗的文质相分离。孔子曰："质胜文则野，文胜质则史。文质彬彬，然后君子。"[①] 质与文是一对矛盾关系，二者相统一的理想状态，构成孔子诗教思想体系中理想的君子人格结构和文本创造原则。孔子之后，人们用文质关系来评说文学艺术，文质相统一是文人墨客追求的理想境界，文质相分离的作品不符合诗教要求，不属于理想的作品。现代新诗主张以白话口语写诗，以自由体承载诗思，其重要前提就是认为传统文言格律诗文质分离，文胜质，虚浮不实，所以要以俗语抒情言志，改变文质之分离现象，使所言之情志能被一般民众接受。但"五四"的反传统语境使现代诗人将注意力大多集中在国外诗歌经验上，新诗创作基本上是另起炉灶。五四新诗之"质"主要表现为缘于西方的现代理念、诗人历史转型过程中的情感阵痛，以及诗中之社会现象的反映等。虽出现一些优秀诗歌，诸如《教我如何不想她》《我是一条小河》《再别康桥》《雨巷》《赞美》等，但更多作品未能做到"文质彬彬"。加上为启蒙宣传和动员大众，现代诗人往往直接套用民间歌谣，未能以白话营造诗意诗性。于是出现下述几种情况，加剧了新诗的文质分离。

第一，初期白话新诗潮中出现的状物写景之作，以朴实无华的白描和具体的写实为特点，诸如胡适的《人力车夫》、刘大白的《卖布谣》、刘半农的《学徒苦》和《铁匠》等，客观场景、具体细节突出。在这些作品中，诗人本

---

① 杨伯峻：《论语译注》，第 61 页。

望以"具体的写法"去暗示"抽象的材料",[①]但事实上很多作品正如沈雁冰所言"病在说尽,少回味","明快有余而深刻不足",[②]内容过于琐碎化,匍匐于地,缺乏诗歌想象之灵动,质大于文,未给读者留下阅读想象空间。

第二,"五四"时期相当多的诗歌作品以西方的科学民主、个性解放等理念为依据,过度书写主观理念,常出现口号式宣讲,未能实现以诗的方式言情达意,抽象说理多。例如胡适的《威权》、周作人的《中国人的悲哀》、郭沫若的《天狗》和《我是一个偶像崇拜者》等诗作,多为呐喊呼告,缺乏必要的节制,在一定程度上表现为质胜文,即观念大于"诗"。

第三,象征派、新格律派诗歌,都与检讨初期新诗过于直白、散文化有关,虽均有一些为人称道的诗作,但也都存在文胜质的情况。例如李金发的诗歌受西方象征主义影响,重视暗示、隐喻、象征的运用,有意追求"远取譬",[③]并喜欢夹用文言语词,而由于汉语本身就具有象征、暗示功能,这样,诗之"质"时常被掩埋在一堆象征文字里,"文"的经营过度,令读者阅读受阻,于是出现文胜质的情况。20世纪30年代,卞之琳、何其芳、废名的诗歌也有这种倾向,如卞之琳的《鱼化石》、废名的《十二月十九夜》等。正如有人说:"一部分诗人的作品内容的过分狭窄,有一些诗本身思想苍白,艺术表达也肤浅,水平很不平衡。"[④]闻一多倡导新格律诗,实质上是想延续旧诗创作经验,在传统艺术范畴里开掘、创造新诗艺术形式。但是,所谓音乐美、绘画美、建筑美比旧格律的平仄等要求更为复杂,即对"文"的要求更为苛刻,所以新格律诗的优秀作品很少。

---

① 胡适:《谈新诗——八年来一件大事》,《星期评论》纪念号,1919年10月10日。

② 茅盾:《论初期白话诗》,《文学》,1937年1月1日,第8期,第1页。

③ 朱自清:《新诗的进步》,《新诗杂话》,上海:作家书屋,1947年,第10页。

④ 孙玉石:《20世纪中国新诗:1917—1949》,《中国现代诗学丛论》,北京:北京大学出版社,2010年,第270页。

第四，抗战初期的一些朗诵诗、街头诗，多为质胜文之作。诗歌由文字视觉艺术回归声音听觉艺术，由书斋走向街头巷尾，这一大众化现象不是诗歌本身建构逻辑使然，也非抽象的理论推理使然，而是由民族抗战需要所决定。新诗传播方式的改变，为新诗解决脱离大众的问题提供了历史机遇。然而，诗歌越是过于粘连现实，功利性越强，其诗性的生成空间就越发逼仄，与诗歌的凝练、含蓄特性存在冲突，所以属于质胜文的作品。正如有人所言，抗战初期，"由于一些诗人'创造力的贫弱'与'感情'和'思想力'的'不够深沉'，肤浅的作品里面多是'一些伪装的情感，和仅只是一些流行的概念的思想'；创作时间的仓促，使得一些诗人尚来不及把自己的热情转化为艺术形象；大众化文艺的提倡，诗歌大众化运动的推行，又使得诗的创作受到接受者的水平的制约；新诗因此出现了以空泛的政治口号的叫喊代替丰厚的艺术创造的普遍现象。"①

四、探索建构当代诗教文化

从中国文化新旧转型的历史看，五四时期对儒家诗教传统的质疑和否定是可以理解的，当时的文化态度与选择有利于中国文化全面更新与现代化。但这并不意味着诗教传统在今天仍只能隐身其后。我认为，置换旧的封建内容，剔除其在历史沿传中所沉积的糟粕，古代诗教对当代文化建设、新诗发展而言，依然具有积极意义。

诗教传统的正面价值，不是体现在"教"的内容上，而是体现在其重视诗歌对个体人格培养、诗歌对家国情怀培育的精神向度上，体现在它所创造的"文本阐释—阐释原则—阐释目的—作品再创造"这一诗歌教育、生产的

---

① 孙玉石：《20 世纪中国新诗：1917—1949》，《中国现代诗学丛论》，第 272 页。

结构模式上，这是当代需要充分发掘与创新转化的优秀传统文化遗产。今天，我们已经形成共识："中华文化积淀着中华民族最深沉的精神追求，包含着中华民族最根本的精神基因，代表着中华民族独特的精神标识。""中华传统文化是我们民族的'根'和'魂'。"① 诗教是中国历史上形成的在文明创造史上具有核心地位的文化传统，是中国诗歌教育传统之"根"与"魂"。今天，我们应站在民族文化自信的立场，重新研究并发掘诗教传统精髓，阐释诗教传统中的正面价值，使之得以传承与创新，并积极探索建构具有现代意识的当代诗教文化。

所谓当代诗教文化，与传统诗教是一种血亲关系。它将创造性转化传统诗教与现代诗教在教育途径和方式上的成功经验，重视诗歌精神维度建设，强调以诗化人的理念，突出作品的审美教育性。但是，当代诗教在本质上不同于传统诗教和现代诗教，它将以社会主义核心价值观为原则，以古今中外那些彰显人类文明、具有现代意识的优秀诗歌作品为阐释对象，以培养放眼世界、立足中国、关注人类命运和中国问题的时代新人为目标，旨在推进当代新诗创作发展。作为"文学中的文学"，诗歌相较于其他文体篇幅更加短小精悍，语言格外凝练深邃，意象更为灵动精妙，便于传唱的同时更能深入人心，对人的精神、灵魂具有更强的穿透力。因此，当代诗教虽注重"以诗为教"，但其精神也可以拓展并灌注到小说、散文、戏剧等文体的创作和教育中，与广义的"文教"并行发展。

大体而言，当代诗教文化由传诗之维和创作之维两方面构成。传诗之维，就是阐释、传播既有的优秀诗作，发掘其现代文化精神，以审美教育方式，参与现代人格建构与文化建设。当代资讯文本泛滥，不断干扰人们的认知与

---

① 中共中央宣传部：《习近平总书记系列重要讲话读本》，北京：学习出版社、人民出版社，2014年，第100页。

判断。鉴于此，我们可以积极思考"思无邪""温柔敦厚"等传统诗教精神的当代传承，将古代经典诗歌和现当代诗歌精品引入民众生活，将现代文化精神注入传统诗教理念之中，使之融入当代诗教文化体系。例如可以在不同媒体播放解诗、吟诗节目；在街道、小区设置经典诗作墙；将诗人塑像、诗歌作品作为元素置于公园景点；在地铁通道镶嵌经典诗歌作品；在小区播放舒缓的诗作等。我们还应该以现代理念重新阐释《蒹葭》《击鼓》《子衿》等诗歌经典，以现代视角解读《蜀道难》《春望》《念奴娇·赤壁怀古》《示儿》《永遇乐·京口北固亭怀古》等表达古代人民忠贞、爱国等美好情感的伟大诗篇，照亮其固有的诗性空间，使其有效参与当代文化建设。鲁迅的《自题小像》、刘半农的《教我如何不想她》、闻一多的《发现》、徐志摩的《雪花的快乐》、艾青的《我爱这土地》、余光中的《乡愁》、舒婷的《致橡树》、海子的《面朝大海，春暖花开》等优秀新诗作品张扬了现代家国情怀和人文精神，我们同样可以立足新语境，将其与新时代主题相融合，转化成当代文化建设、人格培养的底本。

创作之维，就是当代新诗创作。当代诗教文化要求诗人树立当代诗教意识。诗教意识的重要内容是读者意识，即为谁而写的问题，这是中国百年诗歌史上一个重要命题。20世纪30年代，中国诗歌会曾针对新月派、象征派、现代派的创作进行批评，要求诗歌反映伟大的时代："一般人在闹着洋化，一般人又还只是沉醉在风花雪月里。""把诗歌写得和大众距离十万八千里，是不能适应这伟大的时代的。"[1]艾青曾说："诗人的'我'，很少场合是指他自己的。大多数的场合，诗人应该借'我'来传达一个时代的感情与愿望。"[2]别林斯基坚信："任何一个伟大诗人所以伟大，是因为他的痛苦和幸福深深扎根于

---

[1] 任均：《关于中国诗歌会》，《月刊》，1946年，第1期，第4页。

[2] 艾青：《诗论》，《艾青全集（3）》，石家庄：花山文艺出版社，1991年，第40页。

社会和历史的土壤之中，因此，他成为社会、时代、人类的喉舌和代表。"① 然而，20 世纪 90 年代以来，中国诗坛盛行个人化写作、私人化写作，只写个人一己的私密空间、私人生活，写个体生理性欲望、潜意识中恋父恋母情结等，完全无关他人、无关社会，更无关民族国家，将"小我"极端化，这是当代诗教文化应该警惕的。"小我"可以写，但必须以"小我"表现"大我"。诗人要将写什么和如何写与人民阅读接受结合起来思考：当代诗歌要重点书写广大人民的现实生活，反映人民的喜怒哀乐，表现他们的精神世界与理想愿望；要以诗歌提高人民的审美能力，满足人民对于艺术的渴望，这是新时代诗人应该有的创作态度与理想抱负。

当代诗教文化要求诗人具有现代文化胸襟，以历史为背景，与世界不同文明对话，思考中国社会发展问题，描写中国波澜壮阔的历史画卷，表现中国的现实人生，创作出大格局、高境界、厚情怀的作品。中国是一个文化传统深厚的国家，历史上出现过无数伟大的人物，如尧、舜、禹、屈原、杜甫、岳飞、文天祥、林则徐等，他们是中国文化的关键词；有许多家喻户晓的故事，从精卫填海、大禹治水、女娲补天，到岳飞精忠报国，再到鲁迅弃医从文，等等。新时代的诗人应站在国家文化战略高度，以当代文化照亮历史，激发家国情怀，向世界自信地讲述中国历史故事，塑造中国文明形象。改革开放以来，中国社会发生了惊天动地的变化，作家应深入火热的现实生活中，聆听生活，观察人生，反映社会大变革、大发展，张扬爱国主义、理想主义、英雄主义，将诗歌创作与国家文化建设结合起来，以"小我"表现"大我"，创作出体现中国当代文化精神的、能作为当代诗教底本的杰出作品。

传统诗教重视诗歌的传播性，重视其审美愉悦功能。当代诗教文化同样

---

① ［俄］别林斯基：《杰尔查文作品集》，《别林斯基选集（5）》，辛未艾译，上海：上海译文出版社，2005 年，第 166 页。

要求诗人重视诗美创造，追求思与诗的统一。古代诗人多从诗歌传播教育的维度思考诗歌的艺术创造与审美经营。现代诗歌从发生之日起，就面临思与美如何统一的问题。因此，当代诗人在新诗创造过程中，不仅要继续开掘民间歌谣等文学资源，开掘"五四"以来的新诗资源，还应以前所未有的民族文化自信心，去研究中国诗歌艺术的大传统，反思性地发掘、阐释格律诗歌诗美创造的经验，对之进行创新性转化，以创作出诗与思、诗美与传播相统一的优秀作品。

当然，在发掘、传承民族诗歌艺术传统的同时，还应以开放的胸襟自觉研究和吸纳其他民族国家的优秀诗歌艺术。现代新诗与外国诗歌关系非常密切，外国诗歌资源推进了中国新诗现代性的建构。但长期以来新诗对西方现代文化的表现多停留在抽象理念层面，西方文化几乎未能转化为承担中国现实问题的诗歌形象，与中国文化的融合不够，甚至与中国文化之间形成某种冲突关系，这也是当代诗人应警惕的。总之，剔除诗教传统的封建糟粕，发掘并阐释其正面价值，以提高国家文化软实力为目标，探索建构当代诗教文化，推进当代新诗健康发展，无疑是新时代的重要课题。

（原载《中国社会科学》2019 年第 6 期）

探寻"与传统有关"的"现代化"
——朱自清的中国现代新诗论

李怡①

四川大学文学与新闻学院

摘　要：在中国新诗史上，首创"新诗现代化"之说的朱自清居于这样一个关键性的位置：前有近代以来走出传统模式的种种实践探索，后有 20 世纪 40 年代中后期以西方现代主义诗歌为样板的"现代化"诗学。朱自清的论述几乎奠定了这一诗学思想的基本框架。与 40 年代中国新诗派立足西方现代诗歌资源的"现代化"论述不同，朱自清将新诗置于中国诗歌史的漫长历史中加以考察，其"新诗现代化"理论与中国诗歌传统"长时段"的自我演变

---

① 李怡（1966—），男，文学博士，现为四川大学文学与新闻传播学院院长，教授、博士生导师，中国现代文学研究会副会长、中国闻一多研究会副会长、中国鲁迅研究会基础教育分会会长、中国郭沫若研究会学术委员会主任、四川鲁迅研究会会长、四川省作家协会副主席、四川省政协委员，学术丛刊《现代中国文化与文学》《大文学评论》主编。主持有教育部哲学社会科学研究重大课题攻关项目、国家社科基金重点项目等多项国家级科研项目，在《中国社会科学》《文学评论》《中国现代文学研究丛刊》《文艺争鸣》等权威学术期刊发表论文数百篇，出版过学术专著《中国现代新诗与古典诗歌传统》《现代四川文学的巴蜀文化阐释》《七月派作家评传》《现代：繁复的中国旋律》《大西南文化与新时期诗歌》《阅读现代——论鲁迅与中国现代文学》《为了现代的人生——鲁迅阅读笔记》《中国现代诗歌欣赏》《日本体验与中国现代文学的发生》《作为方法的民国》《文史对话与大文学史观》等。

关系密切，是中国诗歌内在机制在现代辗转演化的表现。这种"与传统有关"的"新诗现代化"理论，在现代中国的学术思想中具有独特的价值。

作为新诗批评家，朱自清有关新诗的全部文字只有《新诗杂话》和其他几篇不多的评论，加起来不过六七万字，论数量不及他的古典文学研究，[①] 论声名不及他的散文创作，论在当时的影响可能还不一定超过他的语文研究。但在今天，朱自清评论中国新诗的视角、立场与方法却越发彰显出一种独特的、极具建设性的价值。尤其是对"新诗现代化"这个百年来争讼纷纭的诗学难题，他的讨论方式与提问过程，都与习见的徘徊于古今中西的"焦虑型"求索不同，洋溢着理性、宽厚却又不失立场的从容，历来搅扰人心的文化选择的困境，因为他富有耐性的观察、考辨最终化为乌有，在许多诗人眼中与传统对立的现代化问题获得了来自传统的助力，内在的支撑代替了自我的冲突，中外的融通化解了文化的隔膜，现代化敞开了其更为坚实、自信的面相。这样的理论阐述在"选择的焦虑"极具普遍性的现代诗歌界弥足珍贵，其历史意义值得我们认真总结。

一

冯雪峰在《悼念朱自清先生》一文中用"时代的前进"和"文艺的进步性"来概括朱自清的文学批评。[②] 在朱自清的新诗批评中，这种对"前进"和"进步"的追求主要体现在他对"现代化"这个主导方向的集中阐述上。

① 朱自清的古典文学研究获得较高评价，例如《诗言志辨》就被李广田视作"是朱先生历时最久、工力最深的一部书"（李广田：《朱自清先生的道路》，朱金顺编：《朱自清研究资料》，北京：北京师范大学出版社，1981年，第15页。）

② 冯雪峰：《悼念朱自清先生》，《朱自清研究资料》，北京：北京师范大学出版社，1981年，第238页。

一般认为，中国新诗史上的现代化追求由来已久，到 20 世纪 40 年代的中国新诗派那里逐渐成熟，而系统阐述"新诗现代化"理论的则是 40 年代后期的袁可嘉。其实，第一个明确提出"新诗现代化"问题并反复论述的是朱自清。1942 年，他在《诗与建国》一文中首先提及了"中国诗的现代化"诉求，比袁可嘉的《新诗现代化》（1947）一文早了五年。在朱自清的新诗评论中，到处都留下了对现代化问题的分析和判断。关于现代生活与现代诗歌的关系，他说："我们需要促进中国现代化的诗。有了歌咏现代化的诗，便表示我们一般生活也在现代化；那么，现代化才是一个谐和，才可加速的进展。另一方面，我们也需要中国诗的现代化，新诗的现代化；这将使新诗更富厚些。"[1] 关于民族形式问题，他指出："新诗的语言不是民间的语言，而是欧化的或现代化的语言。"[2] "这是欧化，但不如说是现代化。'民族形式讨论'的结论不错，现代化是不可避免的。"[3] 论及白话、口语与现代化的关系，他认为："新诗的白话，跟白话文的白话一样，并不全合于口语，而且多少趋向欧化或现代化。"[4] 他还将这种变化与新文学发展联系在一起："新文学运动和新文化运动以来，中国语在加速的变化。这种变化，一般称为欧化，但称为现代化也许更确切些。"[5] 在概念的使用上，朱自清的"现代化"表述经常与"欧化"混用，多少令人想到梁实秋的著名判断："新诗，实际就是中文写的外国

---

[1]　朱自清：《新诗杂话·诗与建国》，《朱自清全集（2）》，江苏：江苏教育出版社，1996 年，第 351-352 页。

[2]　朱自清：《新诗杂话·朗读与诗》，《朱自清全集（2）》，江苏：江苏教育出版社，1996 年，第 392 页。

[3]　朱自清：《新诗杂话·真诗》，《朱自清全集（2）》，江苏：江苏教育出版社，1996 年，第 386 页。

[4]　朱自清：《新诗杂话·诗的形式》，《朱自清全集（2）》，江苏：江苏教育出版社，1996 年，第 400 页。

[5]　朱自清：《中国语的特征在那里——序王力〈中国现代语法〉》，《朱自清全集（3）》，江苏：江苏教育出版社，1996 年，第 64 页。

诗。"① 就如同梁实秋"外国诗"这一用语一样,"欧化"一词大约最鲜明地标示出朱自清对新诗与新文学不应因循守旧,而要以求新、求变为使命的坚定主张。

回顾编选《中国新文学大系·诗集》的原则时,朱自清说自己选诗只是由于"历史的兴趣":"我们要看看我们启蒙期诗人努力的痕迹。他们怎样从旧镣铐里解放出来,怎样学习新语言,怎样寻找新世界。"② 也就是说,挣脱传统的束缚,传达时代的新变是他观察中国新诗发展的重心。所谓"现代化"是一种反映时代要求的、区别于中国历史传统的社会形态、生活形态和艺术形态。毋庸置疑,中国新诗需要在追求现代化的过程中区隔于自身的传统。朱自清就是以"重新估定价值"的态度定位这个时代的:"这是一个重新估定价值的时代,对于一切传统,我们要重新加以分析和综合,用这时代的语言表现出来。"③ 因此,频繁使用"现代化""欧化"概念的朱自清一度被某些学者视为反传统的"断裂论"者。④ 这种断裂主要表现在朱自清认识到西方诗歌之于中国新诗创生的重大意义。他特别强调外来的异质文化对新诗的特殊价值,指出新诗"不出于音乐,不起于民间,跟过去各种诗体全异",⑤ "最主要的原因还是外国的影响","外国的影响使我国文学向一条新路发展,诗也不能够

---

① 梁实秋:《新诗的格调及其他》,杨匡汉、刘福春编:《中国现代诗论(上编)》,广东:花城出版社,1985年,第141页。

② 朱自清:《选诗杂记》,《朱自清全集(4)》,江苏:江苏教育出版社,1996年,第382页。

③ 朱自清:《日常生活的诗——萧望卿〈陶渊明批评〉序》,《朱自清全集(3)》,江苏:江苏教育出版社,1996年,第212页。

④ 正如有学者分析的那样,在新诗的"现代化想象"史上,朱自清和卞之琳、戴望舒、穆旦等人"基本上被纳入现代主义或现代化的诗歌进化史",而承认"新诗在新与旧的对抗中产生,意味着对传统诗歌的排斥,无疑属于'断裂'的结果"(龙扬志:《新诗现代化想象与重构》,《南京师范大学文学院学报》2015年,第4期)。

⑤ 朱自清:《新诗杂话·朗读与诗》,《朱自清全集(2)》,江苏:江苏教育出版社,1996年,第391页。

是例外"。①"在历史上外国对于中国的影响自然不断地有，但力量之大，怕以近代为最。这并不就是奴隶根性；他们进步得快，而我们一向是落后的，要上前去，只有先从效法他们入手。文学也是如此。这种情形之下，外国的影响是不可抵抗的，它的力量超过本国的传统。"②

当然，肯定新诗发展的现代化或欧化方向，在朱自清那里并非一种知识性的运用，而是出于对新的生活方式的尊重。所有这些艺术判断都根植于他对诗歌艺术应该把握当下生活的确信：现代生活必然孕育出现代的诗。他宣称："国学是我的职业，文学是我的娱乐。"③在这里，将"文学"作为"娱乐"就意味着这种表现当下精神生活的追求与貌似神圣的职业（知识的继承与建构）具有同等重要的地位。而且，朱自清进一步指出，职业性的知识建构也应当服务于当下精神生活的需要，主张把研究旧文学的成果用于创造新文学。据吴组缃回忆，朱自清主持清华大学中文系时，为该系确定的方针，就是"用新的观点研究旧时代文学，创造新时代文学"。④虽然长期从事古典文学教学工作，但与当代人对国学的推崇不同的是，他旗帜鲜明地批判那些沉湎于复古的国学："所以为一般研究者计，我们现在非打破'正统国学'的观念不可。我们得走两条路：一是认识经史以外的材料（即使是弓鞋和俗曲）的学术价值，二就是认识现代生活的学术价值。""据我所知，现存的国家没有一国有'国学'这个名称，除了中国是例外。但这只是'国学'这个笼统的名字存废的问题，事实上中国学问应包含现代的材料，则是无（毋）庸置疑的。因为我们是现代的人，即使研究古史料，也还脱不了现代的立场；我们既要

---

① 朱自清：《新诗杂话·朗读与诗》，《朱自清全集（2）》，江苏：江苏教育出版社，1996年，第386页。

② 朱自清：《论中国诗的出路》，《朱自清全集（4）》，江苏：江苏教育出版社，1996年，第288页。

③ 朱自清：《那里走》，《朱自清全集（4）》，江苏：江苏教育出版社，1996年，第243页。

④ 吴组缃：《敬悼佩弦先生》，《朱自清研究资料》，第277页。

做现代的人，又怎能全然抹杀了现代，任其茫昧不可知呢？"① 在这里，基于"现代生活价值"的现代化是朱自清理解中国学术（包括传统学术）的一把标尺，将学术与"现代生活"联系起来是他清醒而独特的思想立场。

二

朱自清是"新诗现代化"概念的创立者和最早的讨论者，这当然不是要抹杀现代化理想之于中国新诗史由来已久的事实，不过，我们却可以透过中国新诗追求现代化的过程，见出朱自清诗学论述的独特之处。

当代西方学者倾向于将现代性视作"几乎是本世纪所有诗人的经历"，"现代性曾是一股世界性的热情"，② 而反叛传统则被视为现代性的特征之一。③ 如果大体上认可这一判断的合理性，那么新诗的现代化进程并不如袁可嘉在 1947 年所言，仅仅是"40 年代以来出现"的现象，④ 它的理想早就萌生在近代的文学变革冲动中。而胡适等人的"诗体大解放""文学革命"主张，当然更是现代化追求的正式登场。郭沫若的诗集《女神》的出版，可以说是对传统诗歌最成功的挑战，其价值如闻一多总结的那样："不独艺术上他的作品与旧诗词相去最远，最要紧的是他的精神完全是时代的精神——20 世纪底时代的

---

① 朱自清：《现代生活的学术价值》，《朱自清全集（4）》，江苏：江苏教育出版社，1996 年，第 196、199 页。

② ［墨］奥克塔维奥·帕斯：《受奖演说：对现时的寻求》，朱景冬译：《太阳石》，广西：漓江出版社，1992 年，第 337 页。

③ 哈贝马斯曾断言："现代性依靠的是反叛所有标准的东西的经验。"（［德］尤尔根·哈贝马斯：《论现代性》，严平译，王岳川、尚水编：《后现代主义文化与美学》，北京：北京大学出版社，1992 版，第 12 页。）

④ 袁可嘉：《新诗现代化——新传统的寻求》，《论新诗现代化》，上海：生活·读书·新知三联书店，1988 年，第 3 页。

精神"。① "与旧诗词相去最远""20 世纪底时代的精神",无疑体现了新诗创作的现代化取向。《女神》之后的中国新诗先后沿着象征诗派的陌生化与左翼诗歌的现实反抗之路,与传统艺术拉开距离,可以说继续走在现代化的道路上。到 20 世纪 30 年代《现代》创刊、现代诗派成型,"现代"一词第一次成为诗歌艺术高举的旗帜:"《现代》中的诗是诗,而且是纯然的现代诗。它们是现代人在现代生活中所感受的现代的情绪,用现代的词藻排列成的现代的诗形。"②20 世纪 30—40 年代,戴望舒、废名、卞之琳、冯至、李广田及中国新诗派也都分别在创作或理论上,揭示出新诗承担时代命题可能的途径,而袁可嘉最后将"新诗现代化"归结为以戏剧化为特征的现实、象征与玄学等因素的结合,则进一步打通了中国新诗与西方现代主义诗歌的精神联系。

在这样一条现代化路径中,首创"新诗现代化"之说的朱自清居于这样一个关键性的位置:前有近代以来走出传统模式的种种探索,后有以西方现代主义诗歌为样板的"现代化"诗学。需要朱自清解决的问题是,如何认真总结此前中国新诗左冲右突的经验与教训,进一步提炼出更能反映时代精神的历史主题。施蛰存将现代诗理解为"现代人在现代生活中所感受的现代的情绪,用现代的词藻排列成的现代的诗形"。这里已经触及几个关键词,如"现代生活""现代的情绪""现代的词藻""现代的诗形"等,其中"现代生活"概念在朱自清的"现代生活价值"那里有所呼应。但是施蛰存的定义缺少具体细节,只是几个概念的连缀,与其说是理性的概括,不如说是感性的描述。而朱自清的《新诗杂话》通过讨论诗歌的精神与形式、诗歌的发展规律、诗歌的感性与理性追求、诗歌的国家民族价值、诗歌的接受和释读、诗

---

① 闻一多:《〈女神〉之时代精神》,《闻一多全集(2)》,湖北:湖北人民出版社,1993 年,第 110 页。
② 施蛰存:《关于本刊中的诗》,《施蛰存全集(4)》,上海:华东师范大学出版社,2011 年,第 1228 页。

歌的翻译等，论述了"新诗现代化"问题，事实上奠定了未来进一步讨论的诗学轮廓，搭建起"新诗现代化"理论的基本框架。对读五年后袁可嘉的《新诗现代化》一文，我们不难通过表格梳理出两者在一系列诗学主题上的连贯性：

诗学主题	朱自清	袁可嘉
诗歌的精神与形式	诗与感觉、诗与哲理、诗与幽默、真诗、诗的形式、诗韵、朗读与诗	新诗现代化的再分析、新诗戏剧化、谈戏剧主义、诗与主题、诗与意义、诗与晦涩、论诗境的扩展与结晶、论现代诗中的政治感伤性、漫谈感伤等
诗歌的发展	新诗的进步、诗的趋势	新诗现代化、"人的文学"与"人民的文学"、诗与新方向
诗歌的国家民族价值	抗战与诗、诗与建国、爱国诗	诗与民主、批评与民主
诗的接受与释读	解诗	诗与意义、诗与晦涩、批评相对论、批评的艺术
对当代西方诗学的借鉴	诗与公众世界（涉及与政治、大众的关系）	从分析到综合、综合与混合、《托·史·艾略特研究》（书评）、《新写作》（书评）

从上表可以看出，袁可嘉在朱自清论述的基础上，大大地深化和发展了"新诗现代化"理论的若干细节，他的核心话题"诗歌与民主"，其实早已出现在朱自清的诗论中。此外，两人分享着共同的西方诗学资源（如西方的语义学以及英国批评家瑞恰慈、燕卜荪等人的诗学理论），也都倾向于从西方诗论中获取思想资源。在"新诗现代化"的诗学理论史上，朱自清完成了关键性的理论筑基，为这一理论在40年代后期的发展确立了基本思路。

朱自清不仅处在理论演变史上的关键位置，而且其讨论问题的方式也有值得注意的特点。中国现代诗人对新诗发展、对现代化问题的关注都面对一个不容忽视的问题：在相当长的时间中，新诗创作势单力薄，遭遇来自传统诗歌的巨大压力，这包括诗歌史、文化史意义上的"经典"的压力，也包括这些辉煌历史所形成的欣赏接受习惯、氛围和读者需求的干扰和阻挠。朱自清就指出："诗的传统力量比文的传统大得多，特别在形式上。新诗起初得从破坏旧形式下手，直到民国十四年，新形式才渐渐建设起来，但一般人还是怀疑着。"① 也就是说，中国诗的现代化道路在一开始就是一条荆棘丛生的小径，现代诗人也就不得不竭力通过证明西方诗歌的价值来确立自己的地位，并在引进外来诗学资源的同时批判和反抗古典诗歌传统。当然，问题也会随之而来，当刻意的反叛姿态并不能保证创作质量时，就会激发人们重新寻找和强调"传统"的价值，将创作的失败当作借鉴西方诗歌或现代化的恶果。这无疑加强了传统／现代、中国／西方的二元对立。在中国新诗发展史上，这种二元对立格外严重，几乎就是中国诗人的基本思维模式。平心而论，从胡适开始，实践中的中国新诗难以回避将外来的诗歌资源与古典传统相互融合的现实，但在相当多的诗学宣言、诗歌批评中，中外古今的资源还是处于彼此对立的状态，并常常通过批判对方来彰显自己的价值。当批判、对立的话语成了人们思维的某种出发点时，甚至对这种对立的怀疑也照样不能摆脱对立与焦虑的阴影，以致试图超越对立的努力也还是在对立的基础上立论。

例如，胡适在"五四"时期发表的著名宣言："中国这二千年只有些死文学，只有些没有价值的死文学。""我们有志造新文学的人，都该发誓不用文言作文：无论通信，作诗，译书，做笔记，做报馆文章，编学堂讲义，替死人作墓志，替活人上条陈……都该用白话来做。"② 真可谓是"新旧二者，绝对不能相容，折衷之说，非但不知新，并且不知旧，非直为新界之罪人，抑亦为旧界之蟊贼"。③ 新世纪到来之际，郑敏对"五四"白话诗运动大加批评，指出"英国的浪漫主义大诗人华兹华斯虽然也在 19 世纪初抛出他的《抒情歌

---

① 朱自清：《新诗杂话·朗读与诗》，《朱自清全集（2）》，江苏：江苏教育出版社，1996 年，第 392 页。

② 胡适：《建设的文学革命论》，《胡适全集（1）》，安徽：安徽教育出版社，2003 年，第 54、60 页。

③ 汪叔潜：《新旧问题》，《青年杂志》，1915 年 9 月，第 1 期，第 1 页。

谣序》,对新古典主义诗语进行了类似的抨击,开现代化英美诗语之风,铺平了18世纪新古典主义宫庭(廷)诗歌与现代英语诗歌之间的语言坎坎。但却没有像《逼上梁山》这类争论那种咬紧牙根决一死战的紧张与激动。从五四起中国的每一次文化运动都带着这种不平凡的紧张"。[①] 有意思的是,郑敏虽然一针见血地批判了"五四"诗歌宣言中的"二元对立",反思了"每一次文化运动"背后的紧张心态,但是她对"五四"新诗创立时的苦衷缺乏体谅,对隐藏在极端宣言背后的实践层面的复杂性也没有足够的理解,所以批判本身依然充满中国式的焦虑,二元对立思维清晰可见。另外一个典型的案例是闻一多。他是"中西艺术交融"最早的提出者之一,其理想是"他不要做纯粹的本地诗,但还要保存本地的色彩,他不要做纯粹的外洋诗,但又要尽量地吸收外洋诗底长处;他要做中西艺术结婚后产生的宁馨儿"。[②] 不过,当闻一多怀有"宁馨儿"的梦想面对郭沫若的《女神》时,却陷入了肯定/否定的尖锐对立中,他以极大的热情盛赞《女神》的时代精神:"若讲新诗,郭沫若君底诗才配称新呢,不独艺术上他的作品与旧诗词相去最远,最要紧的是他的精神完全是时代的精神——20世纪底时代的精神。有人讲文艺作品是时代底产儿。《女神》真不愧为时代底一个肖子。"[③] 可以读出,闻一多对《女神》能够冲破传统束缚感到由衷的喜悦和激动,在这样的逻辑中,"旧诗词"理所当然站在了郭沫若诗歌的反面。但是,一周后发表的《〈女神〉之地方色彩》却对《女神》失去"地方色彩"的欧化倾向提出了尖锐的批评:"现在的一般新诗人——新是作时髦解的新——似乎有一种欧化底狂癖,他们的创造中国新诗底鹄的,原来就是要把新诗做成完全的西文诗。"《女神》不独形式十分

---

① 郑敏:《世纪末的回顾:汉语语言变革与中国新诗创作》,《文学评论》,1993年,第3期,第5-20页。

② 闻一多:《〈女神〉之地方色彩》,《闻一多全集(2)》,湖北:湖北人民出版社,1993年,第118页。

③ 闻一多:《〈女神〉之地方色彩》,《闻一多全集(2)》,湖北:湖北人民出版社,1993年,第110页。

欧化，而且精神也十分欧化的了。"如何改变这一弊端呢？闻一多提出："当恢复我们对于旧文学底信仰，因为我们不能开天辟地（事实与理论上是万不可能的），我们只能够并且应当在旧的基石上建设新的房屋。"①"旧文学"似乎又成了纠正欧化弊端的重要资源。显然，旧诗词及其背后的传统文学与文化究竟在"新诗现代化"进程中发挥什么作用，对1923年的闻一多来说充满了不少矛盾和困惑。

在今天批判那个时代的诗人头脑中存在二元对立逻辑是很容易的，但发现和批评他者的二元对立其实并不意味着自我思想中不存在同样的逻辑。真正的宽容应该是考察研究对象的实际情况（包括理论宣言与实践选择、历史的特殊处境等），体谅和理解中国新诗初创期面对的历史困境。在这方面，朱自清的诗学观点为我们做出了表率。"新诗现代化"是朱自清诗学追求的核心主张，但这一明确的诗歌理想却并不妨碍他对各种诗歌实践的深刻理解和同情。西方诗学理论是他借镜的资源，古典文学塑造了他的诗学素养，古今中外的诗学资源在他的观察和陈述中往往是并置的，它们主要不是尖锐对立的存在，而是经常相互说明。对于身处现代学术体制中的研究者来说，朱自清这样的诗学批评是典型的跨学科研究，跨越了中国文学与外国文学、古典文学与现代文学，这很自然地在思维上打破和消解了文化的对立与隔膜。

朱自清对西方的语义学、新批评理论有过持续的关注，其"现代解诗学"就是对新批评理论的改造、转化。②不过，这些外来的理论在朱自清那里，并不只是用来研究新诗或证明新诗的合法性，他同时还将新批评理论运用到古典诗歌的解读中。1934年，他在致叶圣陶的信中说："弟现颇信瑞恰慈之说，

---

① 闻一多：《〈女神〉之地方色彩》，《闻一多全集（2）》，湖北：湖北人民出版社，1993年，第123页。
② 较早剖析朱自清解诗学与新批评之关联的是孙玉石，参见孙玉石：《朱自清现代解诗学思想的理论资源——四谈重建中国现代解诗学思想》，《中国现代文学研究丛刊》，2005年，第2期，第1-36页。

冀从中国诗论中加以分析研究。"① 从 1935 年的《诗多义举例》、1936 年的《王安石〈明妃曲〉》、1937 年的《中国叙事诗的隐喻与引喻》，到 1941 年的《古诗十九首释》，朱自清的解诗之路一直在古典诗歌的世界中蜿蜒伸展。同样，他的新诗阐释，也不时借助古典诗歌的历史经验，摆脱了诗歌发展的历史羁绊。正如有学者归纳的那样："朱自清一方面引进现代的（西方的）批评方法，以分析中国传统和现代的文学；另一方面，在这过程中他又发觉有必要以现代的眼光去理解古人的批评观念，认识中国的文学批评传统。"②

今天重读朱自清的诗论，让人不时感叹那份娓娓道来的自然与从容。的确，较之于现代文学研究中习见的现代化论述，朱自清的诗论让人感到举重若轻，而较少所谓"现代性焦虑"。他自由地往返于古今中外之间，能够在一种富有张力的历史考察中把握艺术发展的脉搏。无论在什么意义上，朱自清都不可能是诗歌历史的"断裂论"者，因为种种诗学资源在他的理解中本身就不是断裂的。

三

朱自清的诗论能够自如、从容地游走于中外古今，但我们却不能将这份从容视为没有原则的理论杂糅，将他看作丧失了独立认知的"和事佬"。朱自清评价新诗的原则是：新诗必须以反映现代生活的现代化方向为主导。这就决定了他的诗歌理想本身不会随着西方理论的引力或古典诗学的魅力左右摇摆，最终走上一条没有立场也没有方向的折中主义道路（犹如一些中西诗学融会论者那样）。

---

① 朱自清：《致叶圣陶》，《朱自清全集（11）》，江苏：江苏教育出版社，1996 年，第 96 页。

② 陈国球：《从现代到传统：朱自清的中国文学批评研究》，《华南师范大学学报》，2015 年，第 5 期，第 9-17 页。

那么，是什么让朱自清的诗学实践如此独特呢？那就是他作为一位清醒的文学史家所具有的历史意识。他认为："西方文化的输入改变了我们的'史'的意念，也改变了我们的'文学'的意念。"① 对中国诗歌的发展，他有着远比一般新诗写作者更加自觉的历史意识，能够在历史发展的脉络中观察局部的变化。因此，朱自清对中国新诗的讨论，总能将其放置在诗歌发展的历史进程中，这使得他的研究能够跳出中外文化冲突造成的种种焦虑，以更加冷静、从容的姿态判断新诗的成就和问题。新诗作为中国诗歌的"局部"似乎已经不足以轻易左右诗家的情绪，一种更大的关怀充盈着他的心胸，使他能够超越一般的现实焦虑，自如地应对历史的难题。自然，这里体现出朱自清的理性和智慧。以此为基础，他的诗歌史判断也就是有原则和立场的，"现代化"依然是笃定的发展方向。用李广田后来的概括，就是"有一个史的观点"："朱先生并不是历史家，然而近年来所写的文字中却大都有一个史的观点，不论是谈语文的，谈文学思潮的，或是谈一般文化的，大半是先作一历史的演述，从简要的演述中，揭发出历史的真相，然后就自然地得出结论，指出方向，也就肯定了当前的任务。"②

用历史的眼光考察中国新诗的位置和价值，得益于朱自清深厚的古典诗歌修养和他对中国诗歌史的深刻认知。王瑶说过："朱先生是诗人，中国诗，从《诗经》到现代，他都有深湛的研究。"③ 这不是一位学生对授业恩师的简单赞颂，而是一位优秀的文学史家对另外一位同道的精准定位。这里有三个关键词：一是"诗人"，它赋予朱自清特殊的艺术感知能力，使之能够在艺术的"内部"描述体验而非隔岸观火地猜测；二是"中国诗"，这里没有古今之别，共

---

① 朱自清：《〈诗言志辨〉序》，《朱自清全集（6）》，江苏：江苏教育出版社，1996年，第127页。

② 李广田：《最完整的人格》，《朱自清研究资料》，第257页。

③ 王瑶：《念朱自清先生》，《王瑶全集（5）》，河北：河北教育出版社，2000年，第599页。

同以"中国"作为身份的标识，对于单纯的新诗而言，这是一种视野的扩大，也构成了一种新的艺术空间，它有助于将当下诗坛的矛盾与焦虑收缩为局部的遭遇，而不再遮蔽人们对整个中国诗歌史的长时段分析；三是"从《诗经》到现代"，这表明朱自清关注的是中国诗歌漫长的历史兴衰与转折演变，长时段提供了足够丰富的艺术经验，使研究者能更加自如地应对新诗遇到的新问题。

《诗经》是以研究国学为"职业"的朱自清的学术起点，他带着对千年诗史的独到认知考察新诗，将其视作这一历史脉络延伸向前的表现。长时段的历史考察，使得朱自清的新诗研究没有常见的戾气。因为从长时段来看，外来文化对中国传统的冲击古已有之，并不值得让人大悲大喜、错愕莫名。于是，在毫不掩饰地高度评价西方诗歌对中国新诗的影响的基础上，朱自清明确宣布新诗诞生"最主要的原因还是外国的影响"。① 但同时，他也敏锐地捕捉到中国古典诗歌对新诗的隐性影响。如何发掘出这些隐性影响与外来因素的微妙配合，才真正体现着一位研究"中国诗"的史家深远、精准的观察力和思想力。在肯定新诗发生主要来源于西方启示的同时，朱自清梳理了中国诗歌演变更幽微的内在规律，即民间音乐、民间歌谣的作用：

中国诗体的变迁，大抵以民间音乐为枢纽。四言变为乐府，诗变为词，词变为曲，都源于民间乐曲……按照上述的传统，我们的新体诗应该从现在民间流行的，曲调词嬗变出来；如大鼓等似乎就有变为新体诗的资格。②

按照诗词发展的旧路，新诗该出于歌谣。山歌七言四句，变化太少；新诗的形式也许该出于童谣和唱本。像《赵老伯出口》倒可以算是照旧路发展出来新诗的雏形。但我们的新诗早就超过这种雏形了。这就因为我们接受了

---

① 朱自清：《新诗杂话·真诗》，《朱自清全集（2）》，江苏：江苏教育出版社，1996年，第386页。

② 朱自清：《论中国诗的出路》，《朱自清全集（4）》，江苏：江苏教育出版社，1996年，第288页。

外国的影响,"迎头赶上"的缘故。①

总结、发现中国诗歌演变的内在机制,可以说是朱自清的重要贡献。将中国诗歌的内部演变基础与近现代异质因素介入的"突变"事实相结合,中国新诗诞生的必然性与偶然性都得到了有说服力的解释。

在中国新诗史上,有胡适的宋元白话复兴说,有梁实秋的"中文书写外国诗"说,也有闻一多"时代精神"与"地方色彩"的断裂论,却很少有哪位诗家如朱自清一般,清晰地描述过中外诗歌资源究竟是如何交替生长、此伏彼起的。朱自清不仅发现了中外诗歌资源在实践中交替生长的复杂过程,而且对一些细微的中外诗学因素的生长、发展都有着耐心、诚恳的态度,拒绝先入为主的主观判断,为历史的发展预留下足够的空间,这也是朱自清历史意识的深刻体现。在对中国新诗各种尝试的观察中,朱自清都尽量做到了理解和等待,并及时地把握其可能的合理性,对每一分成就都给予及时、充分的肯定。例如,对于已经不再被取法的歌谣,他提出:"新诗虽然不必取法于歌谣,却也不妨取法于歌谣,山歌长于譬喻,并且巧于复沓,都可学。童谣虽然不必尊为'真诗',但那'自然流利',有些诗也可斟酌的学;新诗虽说认真,却也不妨有不认真的时候。历来的新诗似乎太严肃了,不免单调些。"②"在外国影响之下,本国的传统被阻遏了,如上文所说;但这传统是不是就中断或永断了呢?现在我们不敢确言。但我们若有自觉的努力,要接续这个传统,其势也甚顺的。"③

关于其他传统诗歌体式,他也指出:"五七言古近体诗乃至词曲是不是还有存在的理由呢?换句话,这些诗体能不能表达我们这时代的思想呢?这问

---

① 朱自清:《新诗杂话·真诗》,《朱自清全集(2)》,江苏:江苏教育出版社,1996年,第386页。

② 朱自清:《新诗杂话·真诗》,《朱自清全集(2)》,江苏:江苏教育出版社,1996年,第386-387页。

③ 朱自清:《论中国诗的出路》,《朱自清全集(4)》,江苏:江苏教育出版社,1996年,第292页。

题可以引起许多的辩论。胡适之先生一定是否定的；许多人却徘徊着不能就下断语。这不一定由于迷恋骸骨，他们不信这经过多少时代多少作家锤炼过的诗体完全是塚中枯骨一般。"①

具体到诗人的创作探索，朱自清也独具慧眼、善于发现。他这样讨论俞平伯的诗："平伯用韵，所以这样自然，因为他不以韵为音律底唯一要素，而能于韵以外求得全部词句底顺调。平伯这种音律底艺术，大概从旧诗和词曲中得来，他在北京大学时看旧诗，词，曲很多；后来便就他们的腔调去短取长，重以己意熔铸一番，成了他自己的独特的音律。我们现在要建设新诗底音律，固然应该参考外国诗歌，却更不能丢了旧诗，词，曲。旧诗，词，曲底音律底美妙处，易为我们领解，采用；而外国诗歌因为语言底睽异，就艰难得多了。这层道理，我们读了平伯底诗，当更了然。"②

此外，朱自清不仅能够发现传统诗韵在新诗创作中的微妙存在，而且能以开放的心态观察外来诗体在现代中国的实践，尽管自己未必立即认同。例如，他在评论冯至的十四行诗创作时指出："十四行是外国诗体，从前总觉得这诗体太严密，恐怕不适于中国语言。但近年读了些十四行，觉得似乎已经渐渐圆熟；这诗体还是值得尝试的。"③ 这样的诗歌批评，充满了批评家自我反思、自我总结的精神。他没有预设历史，而是随时准备迎接未来的可能性，不断完善自己对历史的观察。

深远的历史意识不仅让朱自清能够超越对立，将借镜西方思想、文学资源与对接中国历史脉络较为完善地结合在一起，其文学批评观也极具启发性。1934 年，朱自清在为清华大学撰写的《中国文学系概况》中提出，文学鉴赏

---

① 朱自清:《论中国诗的出路》,《朱自清全集（4）》, 江苏: 江苏教育出版社, 1996 年, 第 292-293 页。

② 朱自清:《〈冬夜〉序》,《朱自清全集（4）》, 江苏: 江苏教育出版社, 1996 年, 第 50 页。

③ 朱自清:《新诗杂话·诗与哲理》,《朱自清全集（2）》, 江苏: 江苏教育出版社, 1996 年, 第 334 页。

与批评研究"自当借镜于西方，只不要忘记自己本来面目"。① 这是他探索已久的批评观，即注意辨析外来的批评话语、思维方式如何与中国历史现象的对接，包括"文学批评"这一外来概念本身也需要参照传统的"诗文评"："'文学批评'原是外来的意念，我们的诗文评虽与文学批评相当，却有它自己的发展……写中国文学批评史，就难在将这两样比较得恰到好处，教我们能以靠了文学批评这把明镜，照清楚诗文评的面目。诗文评里有一部分与文学批评无干，得清算出去；这是将文学批评还给文学批评，是第一步。还得将中国还给中国，一时代还给一时代。按这方向走，才能将我们的材料跟那外来意念打成一片，才能处处抓住要领；抓住要领以后，才值得详细探索起去。"② 在这里，朱自清绝不排斥外来的思想文化，但坚持认定"得将中国还给中国"，意识到传统中国依然有着顽强的生命力，"外来意念"最终必然与中国问题"打成一片"，中国文学研究者应时刻为此做好准备，迎接诗歌和文学史的无限可能。朱自清的诗学观念不仅内涵丰富，而且为诗歌的发展预留了极大的展开空间。

　　文学研究者大多认为"新诗现代化"的推动者是 20 世纪 40 年代的中国新诗派，穆旦是实践者，而袁可嘉做了理论总结。应当说，中国新诗派主要接受欧美诗学的影响，对现代诗歌如何把握"时代经验"有着深刻的理解。而朱自清的新诗理论探索了如何以中国诗歌的自我演变为出发点，最终走上现代化道路。他结合中外诗歌资源的更迭、对接与交错影响的丰富过程，剖析了这一机制如何生成，又如何因为固有道路的受阻而另择新路的曲折过程。在这里，古体诗、近体诗至词曲的演变路径、传统歌谣的特殊价值、文人传统与民间传统的互动关系等都成为观察对象，中国诗歌自我展开和蜕变的面相轮廓分明，新的因素、外来因素在哪一节点上对接生长也都清晰准确。朱自清的探索表明，

---

① 朱自清：《中国文学系概况》，《朱自清全集（8）》，江苏：江苏教育出版社，1996 年，第 413 页。

② 朱自清：《诗文评的发展》，《朱自清全集（3）》，江苏：江苏教育出版社，1996 年，第 25 页。

中国新诗的现代化问题不能通过对西方现代化或现代性理论简单的移植与模仿来解决，只有扎根于中国文学深厚的传统才能创造出新诗。在这个意义上，朱自清探索的是中国人"自己的"现代化之路。在关于中国新诗的论述中，朱自清总是一方面挖掘新的作品如何突破前人而有贡献，另一方面又不断将这种新的创造，特别是借鉴外来诗体的尝试纳入中国诗歌史的脉络，研究它们如何变成中国诗"自己"的一部分。他分析陆志韦、徐志摩、闻一多、梁宗岱、卞之琳以及冯至等人学习外国诗体的写作试验，考察种种尝试如何让中国诗歌的大河改道，最终又渐渐融化在中国诗歌的历史进程中。他告诉我们，新的元素为什么"可以在中国诗里活下去"，以及"这是摹仿，同时是创造，到了头都会变成我们自己的"①等耐人寻味的现象。他的研究让我们相信："大概文学的标准和尺度的变换，都与生活配合着，采用外国的标准也如此。表面上好像只是求新，其实求新是为了生活的高度深度或广度。"②正是在这个意义上，借镜异域的"求新"才完全成为自我发展的一部分，或者说，现代化才成了中国传统不断展开和延伸过程中的一个组成部分。

如果说中国新诗派的现代化开启的是以现代西方经验激活现代中国问题的可能，那么朱自清则提醒我们，中国新诗的现代化也最终必须"还给中国"，观察中国自身的传统在如何演变、转化，这可以看作是一种"与传统有关"的"现代化诗论"。朱自清极具独创性的探索向我们证明，谈论传统，并不就是保守，也不意味着无原则的折中，正如推动现代化并非我们常常担忧的那种与历史的无情决裂一样。

（原载《文艺研究》2021 第 2 期）

---

① 朱自清：《新诗杂话·诗的形式》，《朱自清全集（2）》，江苏：江苏教育出版社，1996 年，第 398 页。

② 朱自清：《新诗杂话·诗的形式》，《朱自清全集（2）》，江苏：江苏教育出版社，1996 年，第 136-137 页。

"新诗能向古典诗歌学些什么？"
——也谈郑敏晚年强调"传统"的逻辑与意义

张洁宇[①]

中国人民大学文学院

一

2022 年 1 月 3 日，102 岁的诗人郑敏溘然长逝，在新年到来的喜庆氛围中奏出了一个悲肃的哀音。按常情，百岁老人仙逝已属"喜丧"，也并不特别令人意外，但是，由于郑敏特殊的文学史地位（作为 20 世纪中国诗坛上当之无愧的"常青树"和"九叶"的最后一片"叶子"），于是她的离去带有了某种象征的意味，似乎宣告了新诗史上某个阶段的"终结"，并促使其读者和研

---

① 张洁宇（1972—），女，文学博士，现为中国人民大学文学院教授、中国现代文学学会会员，北京大学新诗研究所特聘研究员，中国语言文学"全国高校黄大年式教师团队"主要成员之一，兼任中国闻一多研究会副会长、中国鲁迅研究会常务理事、中国现代文学研究会理事。代表性学术著作有《荒原上的丁香——20 世纪 30 年代北平"前线诗人"诗歌研究》《独醒者与他的灯——鲁迅〈野草〉细读与研究》等。在《中国现代文学研究丛刊》《文艺研究》《文艺争鸣》《鲁迅研究月刊》《新文学史料》等权威学术期刊发表论文数十篇，主要代表作如：《走出学院：一种反省与自觉——论广州时期鲁迅的思想轨迹及其意义》《诗与真——〈野草〉与鲁迅的"写作观"》《革命时代的"人的文学"——重评"京派"》《审视，并被审视——作为鲁迅"自画像"的〈野草〉》等。

究者及早地进行严肃的历史回望。

还在郑敏生前，对她本人以及整个"九叶派"的研究都已相当活跃和充分，《郑敏文集》六卷本也于 2012 年整理出版。由于她在耄耋之年仍思路清晰、创造力旺盛，所以，她一面作为"现代诗人"成为文学史研究的重要对象，另一面作为一位"当代诗人"，从 1980 年直至世纪之交，活跃于诗坛和评论界，提出若干重要话题，积极参与论争，发挥着持续的影响。

郑敏集诗人、译者、理论家的身份于一身，她的哲学专业和外语背景造就了其独特的诗学思想和美学风格。正如吴思敬教授所说："对郑敏来说，诗歌的创作与理论的探寻，是一个硬币的两面。她的诗歌有浓郁的哲学底蕴，她的论文又不同于普通的哲学著述，有明显的诗化色彩。"[①] 诗人自己也曾说过："正因为哲学对我是和诗歌艺术三位一体的，而三者又都是生命树上的果子，我觉得我对理论的研究并不妨碍写诗，在读哲学时我经常看到它背后的诗，而读诗时我意识到作者的哲学高度。因为我并不认为应当将哲学甚至科学理论锁在知性的王国中，也不应将诗限在感性的花园内。而高于知性和感性，使哲学和诗、艺术同样成为文化的塔尖的是那对生命的悟性，而这方面东方人是有着丰富的源流的。"[②] 正因为这样的思想和认识，郑敏成就了自己独特的诗歌观念与艺术风格。她的诗既是情感的抒发，又是智性的沉思；她的视野面向宇宙、自然、生命和内心；她的思考力求兼顾深厚的民族文化与复杂的现代意识。她深深认同海德格尔所说的"诗歌与哲学是近邻"，坚信"哲学需要诗歌来去其涩味，诗歌也需要哲学才能达到'意永'。"同时，她也多次强调"以人文的感情为诗歌的经纬"，"宇宙也好，自然也好，说到底艺术

---

① 吴思敬：《郑敏文集·总序》，《郑敏文集·文论卷（上）》，北京：北京师范大学出版社，2012 年，第 9 页。

② 郑敏：《诗歌自传》，《诗歌与哲学是近邻——结构—解构诗论》，北京：北京大学出版社，1999 年，第 480 页。

是人的创造和体悟，所以核心还是在'人'。"① 可以说，这个"三位一体"和"以人为本"构成了郑敏诗学的基本结构。

评论界对郑敏诗歌讨论最多的，莫过于其诗学与哲学的结合与互通。从最早的 1947 年李瑛盛赞她的诗中的"智慧的世界"和"赤裸的童真与高贵的热情"，② 到 1949 年唐湜在评论中称她"仿佛是朵开放在暴风雨前历史性的宁静里的时间之花，时时在微小里倾听那在她心头流过的思想的音乐，时时任自己的生命化入一幅画面、一个雕像或一个意象，让思想之流里涌现出一个图案，一种默思的象征，一种观念的辩证法，丰富、跳荡，却又显现了一种玄秘的凝静"。③ 这些早期评论为后来几十年间的研究奠定了基础和主调。袁可嘉在《〈九叶集〉序》中说："深受德国诗人里尔克的影响，和西方音乐、绘画熏陶的郑敏，善于从客观事物引起深思，通过生动丰富的形象，展开浮想联翩的画幅，把读者引入深沉的境界。"④ 蓝棣之认为："郑敏的诗有现代哲学的沉思，而这个沉思是借助丰富的想象和新鲜的意象来表现的……把抒情和现代派的手法结合起来，这是郑敏诗作的一大特色。"⑤ 类似的判断已成为文学史定评，这里不再重复讨论。但是，让我多少有些难以满足的是，对郑敏诗歌中的诗学与哲学关系的讨论，似乎长期停留在这样一个相对简单的层面上：人们一说起她，就会想到她用作书名的海德格尔的名言——"诗歌与哲学是近邻"；说到她的代表作，多半就是《金黄的稻束》那样的哲理抒情诗。这也就成为对其诗学的某种直观的理解和固化的共识。但是，这个共识难以解释

① 张洁宇：《诗学为叶，哲学为根——郑敏教授访谈录》，《文艺研究》，2014 年，第 8 期，第 80-86 页。

② 李瑛：《读郑敏的诗》，《益世报·文学周刊》，1947 年 3 月 22 日。

③ 唐湜：《郑敏静夜里的祈祷》，《新意度集》，上海：三联书店，1990 年，第 143 页。

④ 袁可嘉：《〈九叶集〉序》，《"九叶诗人"评论资料选》，上海：华东师范大学出版社，1996 年，第 80 页。

⑤ 蓝棣之：《论四十年代的"现代派"诗》，《"九叶诗人"评论资料选》，上海：华东师范大学出版社，1996 年，第 100 页。

的是,为什么郑敏在 20 世纪 90 年代之后多次对中国新诗提出尖锐的批评,并一再提出"新诗能向古典诗歌学些什么"的问题。她这样一位以"现代派"风格起家,后留学美国,研究西方诗学,回国后在外语系教书,20 世纪 80 年代开始在理论上译介"后现代",谈"解构"、谈"无意识",都是当时文艺思潮中很新很"洋"的东西。这些著译实践都使人相信,郑敏始终是一位"西化"的、"现代"的、"先锋"的诗人。但为什么恰恰是她,在 20 世纪 90 年代之后显得如此"保守"?对此,姜涛曾有专门的分析,他说:"引入传统的维度,郑先生不厌其烦地谈古典诗歌的境界、格律、辞藻、结构,看似常识的重申,处处聚焦于当代的'纠正',或者说以传统为论说的场域,目的在于打破新诗现代性的迷思,指向了一种新诗发展前景的热烈期待。""郑先生谈新诗与传统,同时也谈诗的文化责任、历史位置……她对于后现代与后工业社会带来诸多弊病,对于高新科技、全球化导向的新的战争与奴役以及以诗为代表人文思想往何处去的困惑,表达了深深的忧虑。由诗及文化、及历史、及人类的整体处境,对诗之文化使命、历史意识的重申,在我看来,这是郑先生这一代诗人、学人浓郁人文情怀的一种表达,也是她经由'传统'反思'当代'更为深层的要义。"我很赞同姜涛的看法。同时,我也认为,理解郑敏思想的内在逻辑,追索其观念与实践中的某些变化,整体性地看待其思想与写作在不同时期之间的关联,是至关重要的。并且我相信,追问这些问题,也有助于更深入地理解郑敏对于诗学与哲学关系的特殊认识。

二

对这个问题的理解,我受启发于诗人自己的阐述。2013 年 11 月 28 日,我曾对郑敏先生进行过一次长达五个小时的访谈,访谈录发表于《文艺研究》2014 年第 8 期,题为《诗学为叶,哲学为根——郑敏教授访谈录》。在这次访谈中，诗人亲口谈道：

……我后来才慢慢意识到，我对于中国古典哲学与文学还是了解得太少了。我从青少年起接触的就是"五四"运动之后以西方文化为中心的教育，很少读古籍，上大学时虽然有冯友兰先生这样的名师开设"中国哲学史"课，也很深地影响了我，但我因为古文不好，所以没有读古籍，因此对于中国的文史哲都是只有一些二手的、破碎不全的印象。后来又经过文革，更让古典文化的传统受到了破坏。因此我其实是到了晚年才开始意识到中华文化传统的重要意义的，——当然我说的这个传统必须是洗净了封建专制渣滓的民族文化的传统。所以后来我一直在呼吁当代诗人重视传统。这不仅仅是在文学的角度、语言的角度去重视和继承，更重要的是在哲学的角度上去重视和继承。

……其实人文主义发展到后期也暴露了自己的问题，就是人类自身的骄傲，出现了理性万能的幻觉，甚至唯理性主义的狂妄，这在现实中已经被证明是有问题的了。我觉得今天的人文主义应该抛弃中世纪之后对人类的浮夸的幻想，要强调人类应该彼此相爱，彼此互助，强调人在自然面前应该谦虚，认识到人曾在自我膨胀的时候伤害过自然，现在应该用谦虚地理解和保护的态度与自然相处。其实在中国文化传统中是有这样的观念的，所以我后来一直说要继承民族文化的传统。在西方都已开始反思物质至上和科学主义的弊端的时候，我们更要从自己的文化传统里寻找为人之道。[①] 类似的观点，诗人在以往的文章中也不无零星地涉及，但集中的表达并不多见。这次相对清晰集中的表述，说明了一个核心问题，那就是：她强调的其实不仅仅是从语言和艺术的角度去学习传统，更重要的一点是要从中国古典哲学的角度去开掘

---

① 张洁宇：《诗学为叶，哲学为根——郑敏教授访谈录》，《文艺研究》，2014 年，第 8 期，第 80-86 页。

和激活传统，用以应对现代社会的现实问题。换句话说，郑敏并不是以文学史的标准来评判新诗与旧诗的优劣，而是借由诗歌的角度，强调对于中国古典哲学与智慧的重视，希望通过重新激活中国古典文史哲传统，加入世界范围内的现代反思之中，寻求一条不同于西方现代意识的道路。同时，因其借由诗学角度进行思考，所以语言问题也必然成为她关注的要素。

事实上，这样的思路与逻辑，早在"九叶诗人"重返诗坛之际，在郑敏文中就已经得到了体现。1984 年，她在题为《从〈荒原〉看艾略特的诗艺》的论文中，从整个西方社会和哲学演进的角度上为《荒原》带来了新的阐释，显示了与众不同的视角与方法。她强调："艾略特所面对的 20 世纪的西方社会早已走出了古典时期与浪漫主义时期。古典主义所歌颂的秩序和浪漫主义所向往的神奇幻想世界都不是经历了工业革命和两次世界大战的 20 世纪的西方世界的真实。为了表现这样一个充满各种矛盾的现代西方社会所给诗人的刺激和感受，艾略特和他的一些同时代者采取了……一些新的艺术手法进行创作。"[①] 她在文中归纳了艾略特诗艺的重要特点，包括："客观关联物""时空的错位""对现实进行分解—再组成—再创造的创造程序""合成角色与群像""拼贴法""矛盾统一的结构的多层性"等。在分析了这些"新的艺术手法"产生的现实原因与哲学背景的基础上，她指出：《荒原》体现了西方资本主义社会的人们对于"世界的秩序、宇宙的结构、道德的标准、美的准则等"多方面的"新的思考和新的认识"。在比较了《荒原》与毕加索的"时空压缩"与"错位法"之后，郑敏提出："我们有理由相信，这种同时发生在艺术与文学领域中的时空错位手法是有它特定的时代背景的。而它的背景在很大程度上就是多维时空概念在科学界的发现和它在哲学界引起的回响。20 世

---

① 郑敏：《从〈荒原〉看艾略特的诗艺》，《郑敏文集·文论卷（中）》，北京：北京师范大学出版社，2012 年，第 340 页。

纪相对论的产生，和柏格森的一切在流动中的哲学思想的流传使得时——空
（time-space）的概念得到普及。艺术家、文学家逐渐倾向于在时空的动态中，
而不是静态中表现现实。"①郑敏思路的独特之处在于，她对诗歌艺术的认识
是紧密结合哲学思想和时代现实的。也就是说，她不是就诗论诗、为艺术而
艺术，她是将诗艺置于现代社会的文化与思潮背景中，探讨其与哲学及其他
艺术门类之间的精神联系。她在文中还屡次提出比如："将柏格森的政治关于
人们的意识与记忆的理论与艾略特关于'历史感'的理论相比较，就清楚地
看到二者的血缘关系"；"拼贴艺术""正是西方艺术家、诗人对宇宙和世界的
认识。这和古典主义所希望表达的和谐的宇宙、完整的秩序有着很大的美学
上的差异"等观点，都遵循的是这一思路和逻辑，即通过科学、哲学、社会
文化的发展变化去理解诗歌艺术的新手法。她称赞"艾略特履行着他的诺言，
用诗探索诗歌的内在矛盾，以加深对世界的认识"，就是在从哲学的角度去理
解艾略特和他的诗歌。

这种理解的方式与角度，虽非郑敏所独有，但也确与大多中国诗人和批
评家有所不同。比如，《荒原》最早的汉语译者赵萝蕤更为注意的就是另外一
些方面，类似于："艾略特的诗和他以前写诗的人不同，而和他接近得最近的
前人和若干同时期的人尤其不同。他所用的语言的节律、风格的技巧、所表
现的内容都和别人不同。"赵萝蕤强调艾略特的"恳切、透彻、热烈与诚实"，
指出他"由紧张的对衬而达到的非常尖锐的讽刺的意义"。她说："往往我们感
觉到内容的晦涩，其实只是未能了解诗人他自己的独特的有个性的记述。一
件特殊的经验必有一特殊的表现方法，一个性灵聪慧，天资超绝的诗人往往
有他特殊的表现。""所以艾略特的晦涩并不足以使我们畏惧他，贬降他的价

---

① 郑敏：《从〈荒原〉看艾略特的诗艺》，《郑敏文集·文论卷（中）》，北京：北京师范大学出版社，
2012年，第333页。

值，同样亦不必因他的晦涩，因好诡秘造作而崇拜他"，她认为应该"经过虚心的研读与分析"，对艾略特做出真正的了解和公正的评价。①

另一位英美文学专家、赵萝蕤译《荒原》的序言作者叶公超也是偏重于从思想和艺术的角度去阐释艾略特的。他认为："'等候着雨'可以说是他《荒原》前最 serious 的思想，也就是《荒原》本身的题目。"《荒原》是他成熟的伟作，这时他已彻底地看穿了自己，同时也领悟到人类的苦痛，简单地说，他已得着相当的题目了，这题目就是'死'与'复活'。"叶公超提出，"《荒原》是大战后欧洲全部荒芜的景象"，而艾略特不仅揭示这种荒芜，更是表达出他自己的"悔悟自责"和追求的幻灭，而这正体现了艾略特的"现代"性。"这些诗的后面却都闪着一副庄严沉默的面孔，它给我们的印象不像个冷讥热嘲的俏皮青年，更不像个倨傲轻世的古典者，乃是一个受着现代社会的酷刑的、清醒的、虔诚的自白者。""他是一位现代的形而上学派的诗人"。在诗歌技巧方面，叶公超注重艾略特在语言方面的"刺激性"和"膨胀的知觉"，强调他对隐喻（metaphor）和客观对应物（objective correlative）的应用，认识到"《荒原》是艾略特'诗中最伟大的试验'"，"他的诗其实已打破了文学习惯上所谓的浪漫主义与古典主义的区别"，是现代主义的发端。因此，叶公超说："爱略特的诗学以令人注意者，不在他的宗教信仰，而在他有进一步的深刻表现法，有扩大错综的意识，有为整个人类文明前途设想的情绪"。②

通过对比可以看出，与叶公超、赵萝蕤等前辈诗人不同，郑敏对艾略特和《荒原》的理解的侧重点不局限于主题思想与艺术手法，她更善于追踪新的艺术背后的新现实和哲学新思潮的发动力与推进力。在她的认识中，诗歌

---

① 赵萝蕤：《艾略特与〈荒原〉》，《我的读书生涯》，北京：北京大学出版社，1996年，第18页。

② 叶公超：《爱略特的诗》，《清华学报》，1934年4月，第9期，第2版。

在某种程度上是哲学的艺术化呈现方式，也是诗人的一种特殊的认识世界、应对现实的方式。

类似的例子还有很多。比如她在讨论美国 20 世纪三位杰出诗人——庞德、艾略特和威廉斯——的时候，就不是从诗学艺术的传承上来观察，而是采用哲学思想发展的角度。她说："在 20 世纪 50 年代以后西方文史哲思潮发生了重大转变，从强调结构到强调拆解结构，从一个中心或数个中心的思维心态到无中心论，从传统的逻辑中心体系到反逻辑中心，从承认先验存在的本体论，到否认先验存在，从崇尚客观外在到强调主观世界的重要，从强调真理客观标准到强调现象和怀疑真理标准，从尊重传统到反叛传统。在这种思潮的影响下，人们发现了威廉斯。"她指出，艾略特的历史感和传统观是"欧洲文化中心观"，而威廉斯的新年则是"反欧洲中心论和反回锅欧洲诗传统"，后者开创了美国诗歌的新传统，"进入了反形而上学的后现代主义、后结构主义阶段"。①

从这些论文中可以非常清楚地看到郑敏由哲学入诗学的特殊角度和思路。准确地说，她不是一个爱好哲学的诗人，而是一位写诗的哲学学者。对她而言，哲学是第一位的，是她一切思考的根基。表面看来，郑敏与废名、卞之琳、冯至等诗人类似，喜欢在诗中表达某种哲思和智性，但如果深入分析她的论文（而不是诗作）就会发现，她是以哲学——某种严格意义上的哲学思想体系，而不是带有哲理意味的思想或感悟——为方法，进入诗学与艺术世界的。当年访谈时我曾问她是否同意穆木天所说的"诗要有大的哲学"的问题，她回答说："我主要讲的还是思维上的问题，就是说，诗歌要有哲学思维。但不一定每首诗里都要有那么一个哲学的命题。有哲学思维的诗人写出

---

① 参见郑敏：《威廉斯与诗歌后现代主义》，《郑敏文集·文论卷（中）》，北京：北京师范大学出版社，2012 年，第 347-350 页。

来的诗，本身就是富含哲理的。我说好诗人都是哲学家，其实在中国古典文化中本来就是这样的，孔子、老子、庄子，哪个不是又是诗人又是哲学家？他们的文学与哲学就是一体的。"①

三

明白这一思路后，我们就可以来重新看待郑敏在世纪之交提出的"传统"问题了。事实上，她仍不是从文学史的角度去肯定旧诗和否定新诗，也不是出于某种"保守"或"复古"的立场重提传统。就像她自己所说的："我并不想复古，我们也绝不会复古的"。②"没有人要回归，也没有回归的可能，流水瞬变，哪有凝固的传统等我们去回归？"③但是，她又确实在数年之内反复撰文，呼吁新诗要向古典学习，甚至以较为激烈的言辞批评20世纪80年代以来的某些诗坛现象，不仅招致了争论，甚至被批为"新保守主义"。在她这些观点的背后，究竟是怎样的逻辑呢？

首先，郑敏反复强调和肯定古典传统，批评"五四"白话文运动，其实重点在于强调一种思维方式，即用多元共存的思维打破二元对抗的思维。她曾经非常直率地坦言：很多批评者对于她那篇引起争议的《世纪末的回顾：汉语语言变革与中国新诗创作》一文的阅读"没有涉及它的潜文本"，所以她"只好自己进行一次揭露。该文的潜文本是揭示胡、陈在领导'五四'白话文运动时所运用的二元对抗（binary oppositions）的、僵化的、形而上学思维方

---

① 张洁宇：《诗学为叶，哲学为根——郑敏教授访谈录》，《文艺研究》，2014年，第8期，第80-86页。
② 郑敏：《诗歌与文化——诗歌·文化·语言（上）》，《郑敏文集·文论卷（中）》，北京：北京师范大学出版社，2012年，第429页。
③ 郑敏：《中国诗歌的古典与现代》，《郑敏文集·文论卷（中）》，北京：北京师范大学出版社，2012年，第494页。

式。"① 也就是说，她针对的不是"白话文学"或"新诗"本身，而是"白话文运动"中破旧出新的"革命性"方式。在她看来，这是一种简单的二元对抗的方式，用"新"代替"旧"，用"西"取代"中"。她的核心观点是："珍视本民族的语言文化的古老传统，不必将古今绝对对立。"客观地说，她以陈独秀、胡适为批评的靶子，未必是准确的，但就像前文所说，我们不必用文学史的眼光去评判她的观点，而应考察她独特的逻辑和思路。事实上，她不是在讲文学史，而是在讲思维方式；她不是在肯定旧诗、否定新诗，而是在通过为"旧"辩护而呼吁一种"新""旧"兼容、多元共生的文化生态。她讲传统，但如她所说，"并非是'回归'传统，因为'回归'二字的含义是退回原处，意味着对某种'凝固的不朽'怀着依恋的形而上情怀，实不符合我的宇宙观。恋旧是一种对幻象的依赖，没有什么不变的往昔等着我们回归，传统意识是不停的水，总得流下去，不能截断它的源头，也不能污染它的下游"。② 所以，从根本上说，郑敏的重提传统是对 20 世纪 80 年代以来某种"唯新"的"现代性迷思"的反省。这不是文学史的判断，而是带有一些借题发挥性质的、针对社会文化及思维方式的发言。

其次，也是更为重要的，就是郑敏所谓的向古典学习，最核心的是学习古典哲学。她在多篇文章中强调的都是中国古代"文史哲"，而不是古代文学。这既是有意的强调，也是她本人思想的自然流露。在她看来，"文史哲"是互通的，文学艺术是哲学思想的体现，而哲学思想则常常是古今中外互相融通的。比如她说：胡适的《梦与诗》"这种对人生中人际关系的不可磨灭的

---

① 郑敏：《关于〈如何评价"五四"白话文运动〉之商榷》，《郑敏文集·文论卷（上）》，北京：北京师范大学出版社，2012 年，第 223 页。

② 郑敏：《文化·政治·语言三者关系之我见》，《郑敏文集·文论卷（上）》，北京：北京师范大学出版社，2012 年，第 304 页。

距离感所暗含的哲理与'子非鱼安知鱼之乐'是丝缕相连的"①，看似摆脱传统的新诗中其实也有古典哲学的踪影。她更多次提到古诗中"悟"的哲学，比如"飞鸟相与还"所暗示的"人与自然的神交"，而"从欲辨到忘言是从正常的理性状态进入遗忘世间一切、超然无我的最高境界，在其中人已经和神秘的自然合一"。同样，王维的诗中也多有"人和自然的神交，刹那间的心灵的顿悟，如一扇启开的窗扉，朝向宇宙的浩渺。"② 郑敏格外关注这类作品，特别看重古诗中将"精神境界"视为衡量一首诗的"深度与高度的一项重要标准"，体现了与其他诗人不同的思考角度。此外，她对艺术理论的认识也有类似倾向。比如她说，"借用李商隐咏'高松'的一句诗来比喻德里达和海德格尔关于语言的无声的境界：'客散初晴后，僧来不语时。'喧嚣的是那有声的，寂然无语才是那真正的语言。语言的实质不是它的喧嚣的表层，而是那深处的无声，这深处在弗洛伊德和结构语言学认为的混沌的无意识中，在'前语言'阶段，在'无'（absence）中。"③ 这种打通古今中西的文学与哲学的做法，的确是具有启发意义的。所以说，理解郑敏对于诗与哲学关系的认识，也需要结合她的理论文章与诗歌创作两个方面，方能获得对她较为完整的理解。

郑敏是非常重视诗学理论的，尤其重视中西诗学的比较。在比较中，她更坚定地认为，建立在中国古典哲学基础之上的中国古典诗论有其独特而重要的价值，需要在今天被重新激活。她说：

---

① 郑敏：《世纪末的回顾：汉语语言变革与中国新诗创作》，《郑敏文集·文论卷（上）》，北京：北京师范大学出版社，2012 年，第 208 页。

② 郑敏：《新诗与传统》，《郑敏文集·文论卷（下）》，北京：北京师范大学出版社，2012 年，第739 页。

③ 郑敏：《世纪末的回顾：汉语语言变革与中国新诗创作》，《郑敏文集·文论卷（上）》，北京：北京师范大学出版社，2012 年，第 222 页。

中国古典诗论在研究方法上与西方文论的方法也有很大的不同。西方文论强调逻辑剖析，优点是落在文本实处和抽象概括的清晰。但其弊病是容易刻板、枯燥、概念化、解剖刀往往伤及神经，概念又有失去生命的变幻色彩的毛病。而中国古典文论虽体系不十分清晰，却能以准确、富内涵及想象力的诗样的语言传给读者审美的智慧和哲理。不致有水涸石露的窘境，而其中人文的情致、暖意、活力，丝毫没有实验室处理后的褪色失鲜之感。读古典文论后意识到西方的科学分析，逻辑推理，抽象名词杜撰等虽不失为一家之法，却并非唯一的方法。而中国古典文论的风格与中国古典哲学的灵活、深邃、玄远相匹配。对于诗歌这样内涵深、变幻多的文学品种，中国传统的文艺理论的途径有其突出的优点，能在模糊中闪着智慧的光芒。古典文论由于其本身的语言就是诗歌语言，其暗喻隐含的能量极大，因此它的内容有弹性，能容纳多种阐释。篇幅比西式理论短小，但内容却更密集，充分地发挥了汉语文论的语言特点。①

类似的例子也有很多，这里不再列举。我想强调的是，统观而非割裂地看待郑敏的相关论文，就能明白她的思路、理解她的忧虑。从她早期阐释艾略特、威廉斯等西方现代诗人的方法中可以看到，她注重诗中的精神内涵和哲学思考，也看重相关的哲学与时代现实的互动关系。所以，她之所以会在21世纪即将到来之际，在全球化的思潮与现代性的反思的大背景下，重提中国古典文史哲，恰恰是有其独特思考的。正如她所说："20世纪初在对理性作为人类思维的核心这个前提反省之后，我们才产生了现代和当代的艺术。在西方，现代艺术史对现代化的、科学统治的西方世界的一种哀叹，现代主义充满了焦虑，彷徨和对原来人文主义的许多美好幻想的破灭的惋惜。它没有

---

① 郑敏：《新诗百年探索与后新诗潮》，《郑敏文集·文论卷（中）》，北京：北京师范大学出版社，2012年，第501页。

摆脱人文主义对于人性的幻想，即一切都是和谐的、美好的，人类作为万物之灵的幻想。""科学又往前发展，到了 20 世纪 70—80 年代，西方提出对用人的设想控制世界、控制自然的质疑。事实上，像模糊数学、测不准论、相对论等很多都发现，有很多宇宙的无限的东西，不是人类的智力和理性思维所能解决的，能够下结论的。在这个时候，出现了一种对人本身的完整性的反思。在后现代主义的美学中，不再谈论和谐、完整、追求对整体的掌握等；而是转变成人要和自然融合，不强调提出人要征服自然那种口号，至少现在几乎很少听到人定胜天这种口号。而是反过来，地球是养育我们的母亲，我们要更多地迁就和顺应自然。这就是人类文化的一个大转变。"① "西方在工业造成对自然与社会生活大面积的破坏以后，非常向往我们东方的一些东西，特别是我们古代哲学传统中的某些东西，甚至希望走到那里去，这也是为了维系人类的理想。我们的'道'这个字，现在在西方最新的思想中占很重的位置，后结构主义讲了许多关于踪迹无形，常变的道理，实际上跟我们讲的常变的'道'是非常接近的。"② 因此，她提出，应该重新发掘中国古典文史哲中的宝贵遗产，尤其在人类面临新的问题和困境的世纪之交。"不然我们会重复西方的路子，如果认识不到其中的危险性，我们的现代化终归要再经历一次西方所经历的一切，那是很可怕的。譬如，环境污染，不顾一切地开放，拼命地'改造'自然，也许眼前不会有什么危险，但从长远看，自然是要对人类进行报复的，人类终将要受到惩罚。"③

---

① 郑敏：《诗歌与文化——诗歌·文化·语言（上）》，《郑敏文集·文论卷（中）》，北京：北京师范大学出版社，2012 年，第 425 页。

② 郑敏：《诗歌与文化——诗歌·文化·语言（上）》，《郑敏文集·文论卷（中）》，北京：北京师范大学出版社，2012 年，第 428 页。

③ 郑敏：《诗歌与文化——诗歌·文化·语言（上）》，《郑敏文集·文论卷（中）》，北京：北京师范大学出版社，2012 年，第 426 页。

当然，我们可以说诗人的想法是有些简单和天真的，但是至少，我们应该正确理解她的忧虑和她的期望。其实，她并不是要否定新诗的道路，也绝非想将新诗拖入保守或复古的轨道，她其实是站在现实与哲学的角度，希望通过重释古诗传统，将中国古典哲学的某些精髓激活，用以应对当今的现代社会和现实问题。在我看来，最能体现她的思想的是以下这段话：

自汉唐以来中国哲学进入儒道释三流交融汇流，正如海德格尔所说诗歌和哲学是近邻，所以古典诗歌中的境界与儒家养浩然之气、老庄对"无"的强调、佛家的禅学有着精神上的传承，成了古典诗歌中宝贵的汉语文化积淀。中国新诗应当将这种宝贵的诗学遗产带入新诗的建设内，延续汉语文化这一天人合一的可贵的自然观，在自然界遭受极大的破坏和凌辱的今天，世界正在重新寻找自然深处的智慧，恢复人与自然间的和谐共存，用这种精神境界提高人的素质，是完全有必要的。[①]

这段话非常明确地体现了郑敏的哲学思考与现实关怀，这里也包含了她对文学之"用"的某种理解。她呼吁新诗继承中国古典哲学中的自然观等精神智慧，对今天的世界做出不限于文学自身领域的更大的贡献。

最后，简略谈谈语言和诗艺方面的问题。郑敏多次重提古典语言文字的积极影响，呼吁恢复繁体字教育，提出新诗应该学习古诗词的"节奏感""意象""境界"，也借鉴某些"格律""用字""对偶"等艺术方式。在这些方面，她有时言辞过激，也遭受过不少批评，但她的态度始终是坚持甚至是倔强的。对此，我认为仍然需要通过一种哲学的框架去理解。她的基本出发点就在于把语言作为文化和思维的体现。她说："语言就是文化的化身，当然此处所谓的语言并非只指文字、口语，而是广指艺术及各种学科的符号系统，语言则

---

① 郑敏：《新诗与传统》，《郑敏文集·文论卷（下）》，北京：北京师范大学出版社，2012年，第740页。

是整个民族参与的、最广泛使用的交流符号系统。"① "语言之根在无意识中。语言的外化存在（口语与狭义的书写文字）带有无数历史的、文化的、传统的、民俗的痕迹"，② 所以，语言问题归根结底还是文化问题、思维方式问题，乃至于哲学问题。就像她经常说的："汉语诗的传统艺术特点，很多是与中华哲学及汉语语言的特点有紧密的关系的。其中如简洁凝练、曲而不妄，音乐性、意象、境界、道都是新诗可以参考加以继承和发挥的，对偶这种诗艺从狭义来讲是不易与语体相融合，但对偶的思维或许仍可以作为一种诗歌结构在新诗中得到新的发展。"③ 也就是说，包括格律、对偶等看起来是诗艺技巧层面上的问题，在她的眼中都是"思维"表现的一种，都可以在"新／旧"的框架之外，被新诗拿来为我所用。这就是她所谓的中华哲学及汉语语言特点的关系，重视并善用这个关系，正是她对新诗的期待与建议。

客观的说，郑敏的期待与建议都还有值得商榷之处，但无论同意与否，我们都应先理解她的思路与逻辑，并看到其独特的意义。笔者认为，这意义在于，她提供了对于"诗歌与哲学是近邻"这一命题的独特而具体的阐释方式。她不是把哲学视为诗人趣味爱好的表达，也不是把哲学作为诗歌主题风格的点缀和装饰，她是真正将哲学视为一切思想与艺术的根源，并以哲学为透镜去看待和评判诗歌与历史、理解世界与生命。这或许是郑敏思想最独特的地方，她也由此成为中国新诗及诗论史上的一道独特风景。

（原载《文艺争鸣》2022 第 3 期）

---

① 郑敏：《世纪末的回顾：汉语语言变革与中国新诗创作》，《郑敏文集·文论卷（上）》，北京：北京师范大学出版社，2012 年，第 208 页。

② 郑敏：《文化·政治·语言三者关系之我见》，《郑敏文集·文论卷（上）》，北京：北京师范大学出版社，2012 年，第 302 页。

③ 郑敏：《试论汉诗的某些传统艺术特点——新诗能向古典诗歌学些什么？》，《郑敏文集·文论卷（中）》，北京：北京师范大学出版社，2012 年，第 518 页。

03

第三部分：经典诗人诗作研究

李金发诗歌成败论

龙泉明　　罗振亚[①]

（武汉大学中文系，湖北武汉430072）

摘　要：李金发最大的功绩是最早寻路问津，将法国象征新诗歌的美学原则和表现方法移植、引入中国诗坛，虽然他在现代主义诗途上走得不远，但却为中国新诗开拓了新景，指明了方向，他的"成功"有种无心插柳的偶然，由于缺乏充分的诗的准备注定了其诗的不成熟，因而他终未成为一代显赫的大诗人。但李金发对象征新诗的艺术所做的探索与实验及其成败得失，

---

① 龙泉明（1951.8—2004.1），四川武胜人，文学博士，曾任武汉大学文学院院长、教授、博士生导师。

罗振亚（1963— ），男，文学博士，现为南开大学文学院教授、博士生导师，系教育部"新世纪优秀人才"，享受国务院政府特殊津贴，南开大学中国现当代文学学科负责人，南开大学穆旦诗歌研究中心主任，国家社科基金通讯评审专家，鲁迅文学奖评委，国家级精品课"现代中国文学"负责人，国家级资源共享课"现代中国文学"负责人。主要学术兼职：中国作家协会会员、中国作家协会诗歌委员会委员、中国新文学学会副会长、中国写作学会副会长、天津市中国现当代文学学会会长、《文学评论》《中国当代文学研究》《当代作家评论》《文学与文化》《现代中国文学与文化》《文艺评论》等刊编委。出版有《中国现代主义诗歌流派史》《与先锋对话》等著作十余种。在《中国社会科学》《文学评论》《文艺研究》《中国现代文学研究丛刊》《文艺理论研究》等权威学术期刊发表论文三百余篇，其中数篇被《新华文摘》《中国社会科学文摘》等全文转载。曾获黑龙江省优秀社科成果一等奖、天津市优秀社科成果一等奖、星星年度诗评家奖、扬子江诗学奖、建安文学奖评论奖、草堂诗评家奖与金青藤国际诗歌奖等多种奖励。

都对中国现代新诗歌的发展具有十分重要的启示意义。

关键词：象征主义；诗歌；实验；成功；失败。

　　驻足于李金发构筑的诗歌艺术殿堂前，人们心中会滋生出一种奇特的感觉：李金发算不上天才的大诗人，但却重要得无法回避；他的诗存在不少缺憾，但它的历史却无法一翻而过。是他把象征主义诗歌引进中国，开启了中国现代主义诗歌源头，以独特的诗歌思维方式与朦胧美创造，矫正当时诗坛流弊，给予后来者以丰富的启迪。

　　遗憾的是自李金发崛起至今已有七十余年历史；但他的诗学价值却始终未得到学界的切实定位，其诗的命运——直在否定和赞誉之间起伏、徘徊着。肯定论者称它"是诗界中别开生面之作"，[1] "李金发确给五四运动后彷徨歧途的诗坛开拓了一条新路"，[2] 是"中国抒情诗的第一人"；[3] 否定论者则贬斥它堕落的文学风气"使得新诗走上一条窘迫的路上去"，[4] 是"笨谜"，"新诗一到李金发的手里可说全成为魔书的玩艺"，[5] 种种观点见仁见智，各执一端。事实上，作为矛盾综合体，李诗的成就与缺憾如硬币的两面，相生相长难以割裂，所以它面世后才出现"许多人抱怨看不懂，许多人却在模仿着"的局面，并且李诗的成就与缺憾同样特殊而显在，同样留给了人们许多启示。

---

① 周作人：《语丝》，1925 年 12 月 23 日，第 45 页。

② 覃子豪：《论象征派与中国新诗———兼致苏雪林先生》，中国台湾《自由青年》，1959 年 8 月 1 日，第 22 期，第 3 页。

③ 曾小逸主编：《走向世界文学》，湖南：湖南文艺出版社，1986 年，第 384 页。

④ 梁实秋：《我也谈〈胡适之诗体〉》，《自由评论》，第 12 期。

⑤ 屈轶：《新诗的踪迹与其出路》，《文学》，1937 年 1 月，第 8 期，第 1 页。

一、开拓新路的先锋

许多事物都是因为非尽善尽美才拥有生命活力。李诗虽有不无可挑剔处，但它却对传统诗艺构成了强力挑战与美学哗变，通过充满启迪意义的艰难探索，为新诗发展开辟了不失生命力的途径。

李金发的最大功绩是最早寻路问津，将法国象征主义诗歌的美学原则和表现方法移植、引入中国，使中国诗坛真正开始了象征主义诗歌类型的实验，宣告中国新诗进入了现代主义发展的新阶段。这是赞誉派与否定派共同认可的事实。李金发是第一个把象征诗"介绍到中国诗里"的"一支异军"，[①]"近代中国象征派的诗至李诗而始有，在新诗界中不能说他没有相当的贡献"，[②]他是中国现代主义的诗宗。

李金发引进法国象征主义诗歌有偶然因素，也反映了历史发展的必然。进入 20 世纪后，象征主义运动逐渐超越国界，扩大演化为全球性艺术潮流。在拥有吐旧纳新的开放气度、西风东渐的五四时期，它理所当然地涌入了中国。刘半农、田汉、周无、周作人等新诗艺术的先觉者，就曾尝试着对它进行理论输入与艺术实验，催生出《鸽子》（胡适）、《桃花》（鲁迅）、《月夜》（沈尹默）、《小河》（周作人）等技巧情趣全新的象征主义诗花，郭沫若甚至悟到"真正的文艺是极丰富的生活由纯粹的精神作用升华过的一个象征的世界"，[③]把象征作为诗的精义。但新诗发难期的理论输入与艺术实验尚属浅层尝试，理论评介皮相零碎，创作数量少品位低，其象征也多为不自觉的情绪感应、"类比"方式的模仿，远未走出传统诗借景抒情模式的笼罩。只是它透露

---

① 朱自清：《中国新文学大系·诗集导言》，上海良友图书公司，1935 年。

② 苏雪林：《论李金发的诗》，《现代》，第 3 卷，第 3 期。

③ 郭沫若：《批评与梦》，《创造季刊》，1923 年 7 月，第 2 卷，第 1 期。

出一种审美信息：摆脱喷泻式的抒情羁绊，寻求诗感传达的现代化已成不可遏止的趋向；并为真正的象征主义诗人脱颖而出提供了必要契机。

李金发诗感并不十分优秀，诗人气质也显不足，历史为何选择他而不是别人引进象征主义诗歌？这实在是众多因素合力作用的结果。李金发少年时期就耽于鸳鸯蝴蝶小说，养成了徐枕亚式的多愁善感性情，留学法国后漂泊他乡所受的民族歧视污辱、爱情屡遭不测的煎熬折磨，使他日益颓废，滋养成厌世远人的心理心态；他当时置身象征主义诗艺大本营巴黎"腐水朽城"的情调中，对直接领受象征主义的艺术熏香有"近水楼台"、得天独厚的优裕条件；他留学时主攻雕塑专业，而20世纪初绘画和雕塑中流行着反古典主义、浪漫主义的现代意识，雕塑王国中新潮艺术的冷静态度、怪异技法与对都市文明阴森苦痛的展现，使他对丑怪美充满神往，最欣赏卞米那墓上那个骨瘦如柴、冷森可怖的尸体铜像和罗丹创作的丑陋"老妓"。艺术门类间的内在精神是相通的，李金发艺术趣味的现代性与孤寂的心理、便利的地域条件聚合，使他极易对颓废感伤又朦胧隐秘的象征主义诗歌产生共鸣，所以他一头钻进象征主义艺术天地，认魏尔仑为"名誉老师"，对《恶之花》"爱不释手"，[1] 为自己忧郁隐蔽灵魂的外化找到了理想的表现方式。于是他听命于心灵与艺术的双重呼唤，借波德莱尔、魏尔仑等制作的象征主义艺术芦笛吹奏出了心灵的音响，以其飘忽的诗意、朦胧的情绪、奇迷的想象与晦涩的语言，为中国诗坛带来了"新的颤栗"。

李金发是在毫无心理准备的前提下被诗界匆匆推出的，，他的"成功"有种无心插柳的偶然。由于缺乏充分的诗的准备，因而注定了其诗的不成熟，但他毕竟填补了诗史空白，缩短了新诗与世界现代艺术潮流之间的距离，这份拓荒之功谁也无法抹杀。应和现代诗意"向内转"原则，李金发认为写诗

---

① 黄参岛：《〈微雨〉及其作者》，《美育》，1929年1月，第2期。

这种精神作业必须向人的灵魂深处掘进，"艺术家唯一的工作，就是忠实表现自己的世界"。①这规定他的诗形成了内向聚敛的感知方式，同现实生活保持距离，而向心理体验的内宇宙趋赴，诗成了个人情绪与灵感的记录。而诗人的人生际遇与象征主义诗歌精神的辐射，使他的诗充满分裂紊乱的黑色情绪。

人生的孤寂、爱情的苦痛、噩梦似的幻景、畸变的心态是其主要内容，感伤忧郁是其基本情感特征。但李诗中并非皆是浊世的哀音，不少作品都是个人与民族情绪的郁结，曲折透露着对时事的忧愤与忧思之情；尤其是真善美统摄下的家园感、情爱美、异国的情调表现更积极明朗。如《故乡》《给母亲》抒写了由空间距离位移与民族歧视刺激而产生的对故国家园的亲和爱恋；某些情诗给人的是暖的享受和美的愉悦，《记取我们简单的故事》无海誓山盟的缠绵与卿卿我我的狂热，只摄取"蚂蚁缘到臂上"与"雕塑的珍品"两个细节，便把初恋男女的交往渲染得羞涩含蓄，纯洁无比。还有那种对人生价值的迷惘沉思，对畸形世态的揶揄不平，对物质文明与精神颓败间不协调的关注，都可以看出诗人心灵为解决生活"失调"所做出的紧张而有意义的努力。即使对李诗中的忧伤苦痛也应辩证分析。其苦味儿的诗学主题，在某种程度上也是不合理社会的产物，也是现代人被残酷现实扭曲压抑的心理变形。他设置的一扇扇病态精神窗口，实则是病态社会风貌的碎片；因此说他是苦味的歌者不如说他是苦味时代的歌者更恰当。另外，从心理学意义上说忧郁幽暗也许是更深刻的清醒，感伤或许由绝望不幸酿成但可能会孕育更大意义的抗争，李诗对此岸世界的否定恰好反衬出对彼岸世界的神往。在现实、浪漫诗人们突入时代与现实前沿而对人的心灵有所忽视，或重视心灵中的昂扬乐观的"明朗"面而轻视悲苦低沉的"阴暗"面时，李诗的苦味歌唱无疑构成了对"五四"落潮后时代心灵与历史风貌的必要反映与修补，把当时人的

---

① 李金发：《烈火》，《美育》，1928 年 10 月。

精神深层揭示得更绵密细腻的同时，以心灵袒露的方式，使众多处于类似心灵状态的读者在阅读中获得了一种心理补偿，在更高层次上开掘出了诗与现实的联系。这种对人类心灵的关注与重视，对当下的生活与艺术也不无启迪意义。

李金发诗歌成功的第三点，是起用象征与暗示为支撑的诗歌思维方式，创造了一种轻纱遮水、淡雾罩山般的朦胧美，既强化了诗歌本体意识，又矫正了新诗偏离含蓄传统的困窘状态，推动了新诗从描摹表象到表现本质的进程。

对法国象征派诗风的推崇，使李金发反对诗的主题与语言的明确性，认为诗是"你向我说一个'你'，我了解只有'我'的意思"，[1] 视朦胧为"不尽之美"，"美是蕴藏在想象中、象征中、抽象的推敲中"。[2] 至于怎样走向朦胧美，他提出"象征派诗，是中国诗坛的独生子"，并把新诗的希望寄托在"这个独子的命运上"，[3] 在诗中用象征与暗示方法，并以不同常规的方式对意象进行组合，营造朦胧之美。诗人寻找情思的客观对应物抒情以达朦胧境界。法国象征主义诗派认为万事万物之表象，皆为隐秘的象征符号，是与人类心灵对应的"象征的森林"。步先师们后尘，李金发认为"诗之需要 image（形象、象征）犹人身之需要血液"，[4] 在诗中以此岸世界象征彼岸世界，在客观景物中注入诗人的感兴与情绪流变。象征已成李诗的本体性内容，既是自身又富于自身以外的无限含义，有了功能的多层性多义性，含蓄异常。与戴望舒的情调象征不同，李金发诗多意念象征，用朦胧的意象暗示缥缈不定的意念，所以更加朦胧。

---

① 李金发:《艺术之本质与其命运》,《美育》, 1929 年 10 月, 第 3 期。

② 李金发:《序林英强〈凄凉之街〉》,《橄榄月刊》, 1933 年 8 月, 第 35 期。

③ 李金发:《卢森著〈疗〉序》, 转引自《李金发的生平及其创作》,《新文学史料》1985 年, 第 3 页。

④ 李金发:《序林英强〈凄凉之街〉》,《橄榄月刊》, 1933 年 8 月, 第 35 期。

李诗还用暗示效应的张扬造成朦胧效果。法国象征主义诗人主张对情感不直接表现，而应隐喻暗示，波德莱尔说诗是"富于启发的巫术"，魏尔仑说诗应像"面纱后面美丽的眼睛"。受其启迪，李诗"虽用文字，却朦胧了文字的意义，用暗示来表现情调"。[1]常凭直觉力在瞬间即把握住自然万物与人类性灵间固有的神秘联系点，使把握外物的本质属性表现外物的过程成了赋予诗以暗示力的过程；因此李诗常是一个个情思暗示场，穿过意象林莽就会出现通往心灵的小路。《有感》以颓废的观念审视人类的生命价值，但没用直陈方式，而是用连串的暗示性意象和意义朦胧的语言表达痛苦的思考，在"死神"和"生命"间寻找联系，创造了"死神唇边的笑"这一新奇意象，以此暗示颓废的彻悟：人生短促，时光不再，只能在爱与酒的享乐中消除痛苦。

为寻求朦胧暗示效应，李诗还力图凭艺术品类间的交融与音、色、形的系统调动，敦促诗向绘画、音乐靠近，在音乐美、画意美中收回诗的价值。《里昂车中》巧妙地捕捉车厢内外色彩、声音、光亮的瞬间变化与印象，呈现为光、影、音闪烁不定的朦胧美，与自我漂泊时光流逝的叹息融为一体，深得印象派绘画之真髓。

读李金发的诗常会遇到挑战。花鸟虫鱼、山川草物不再是异己的死物，由它们组构的诗更贮蓄着极大暗示能，有弦外之音又难于破译。众所周知，20世纪20年代中叶后新诗步入了困窘与停滞，现实主义诗歌浅白粗糙，浪漫主义诗疲软得平淡浅露，都无力传达"五四"落潮后滋生的苦闷忧郁情绪；并且形式也趋于散文化。整个诗坛可用"单调"二字概括，"一切作品都像个玻璃球，晶莹透明得太厉害了，没有一点朦胧"，"缺少了一种余香和回味"。[2]李金发这种去明显而就幽微、轻说明而重暗示的艺术选择，无疑反拨

---

[1]　朱自清:《抗战与诗》,《新诗杂话》,作家书屋,1949年,第56页。

[2]　周作人:《〈扬鞭集〉序》,《语丝》,1926年5月,第82期。

了"五四"以来新诗把话说尽的毛病，加强了情思宽度与内隐韵味。从此以后不但意象与象征的操作更受重视，而且文本价值也日益凸现。

李金发诗歌成功的第四点，是以意象奇接、远取譬、通感等方面的语言、技法探险，为诗歌带来了一种陌生感新鲜感，掀起了一次重构诗歌逻辑学的革命。

被誉为语言学时代的 20 世纪，传统语言陷入无法指称象征意义与真实的危机，于是现代主义诗人开始从"语言"中探险。承续先师们遗风，李金发强调追求语言的陌生化和技巧的新奇化，不讲语言的畅达和谐和技法的平易圆熟，而求诗歌句法的复杂、

语义的多重和词语搭配的错位，以及技巧的变异和怪诞，因而破坏了常规的逻辑、时空、语法，强化了诗的暗示能。他的探索主要从三个向度上展开。一是意象奇接。诗人意念感觉的迷茫闪烁、飘忽不定与对意境明确性的否定，规定李诗意象组合时很少围绕一个或几个中心意象深入拓展，而总去攫取其它联想轴上相近或无关意象，构成链条间距陌生悠长的无序空间，想象转换奇幻随意。二是远取譬。李金发少在人们熟知的领地游弋诗思，总是凭借超常的想象力重组经验感觉，在普通人以为不同的事物中看出同来，即朱自清说的"不将那些比喻放在明白的间架里"的远取譬。毫无关联的事物常被硬拷一处，想象的距离十分遥远，喻体甚至已从美好事物转入丑恶意象，对庄严典雅的反动诡语得难以捉摸。这种远取譬打破了传统比喻以物比物的想象路线，大胆而有刺激性。朱自清说"至于有的讲究用比喻，怕要到李金发氏的时候"，[①] 确有见地。"新诗尝试之初多数诗人都有一种极沉涸的通病，那就是弱于或竟完全乏想象力，因此他们诗中很少丽繁富而且具体的意象"，[②]

---

① 朱自清：《中国新文学大系·诗集导言》，上海：良友图书公司，1935 年。

② 闻一多：《〈冬夜〉评论》，《闻一多全集（3）》，上海：三联书店，1980 年。

因此李金发以想象比喻为诗之命脉的探索就有了特殊的意义与贡献。三是通感。为实现暗示内信息的主旨，李金发认同诗是全官感或超官感的观念，刻意将观念、联络不同的词按非正常秩序重新组合，使各种官感交错挪移，让颜色有温暖、声音有象、气味有锋芒。通感造成的间离感，超出了正常想象力轨道，荒诞而合理，陌生而简隽。

李诗意象奇接、通感、远取譬构成的观念联络奇特的表现方式，发掘了语言潜能，加大了诗美的暗示力、朦胧性与内涵量，以其鲜活超群的反传统姿态，冲击了语言的惯性平板模式，给人留下了广阔的想象空间，使人在阅读时因美感刺激产生哥伦布发现新大陆似的兴奋与喜悦。我们认为美的全部意义就在于创造，李金发诗的语言探索又一次证明了这一法则的不可抗拒。

二、未完成的探索

仿佛是个悖论。为何李金发诗歌具有诸多优长而他却终未成为一代显赫的大诗人，而他的诗只在当时诗坛生长几年光景，开放的同时就透露出凋萎的信息？为何与对他的褒扬同步，批评的浪潮几十年不绝于耳持续升温？他的诗被贬斥为糊涂体，"近半数的诗与读者之间，像有一道不可逾越的高墙，读者只好望诗兴叹"，[①] 甚或 "没有一首可以教人了解"，[②] "过分浓厚的法国象征派诗人的气息，渐渐的为人厌弃"，[③] 以至诗人也被人称为 "假洋鬼子"。我们认为最关键的症结是由于文化的隔膜和李金发中西文化文学素养的贫乏，使他没有真正得到象征主义艺术的精髓，没有完全消化象征主义诗歌艺术，只

---

① 陆耀东：《二十年代中国各派诗人论》，北京：中国社会科学出版社，1985 年，第 290 页。

② 苏雪林：《论李金发的诗》，《现代》，第 3 卷，第 3 期。

③ 刘西渭：《鱼目集——卞之琳先生》，《李健吾文学评论选》，宁夏：宁夏人民出版社，1983 年，第 84 页。

得了象征主义皮相，而未楔入象征主义实质；因此在术操作中产生了许多不可逆转的遗憾或倾斜。

首先是诗歌内质贫弱，具体说就是理性批判精神的淡薄和哲理意识的匮乏。李金发从未把诗当成经国之大业，将歌唱"建设在社会上"，这在血泪与战火交织的 20 世纪 20 年代自然无法很好地履行诗人的崇高天职，所以他的诗曲折透露了"五四"落潮后感伤的时代氛围，也多属个人的牢骚与慨叹。"忠实表现自己的世界"的诗学立场，注定了它情思天地的狭小、声音的纤弱，充满悲观厌世情调，"诗里有谜"的美学情趣又为之披上了神秘与颓废的外衣。《风》《雨》《心游》《希望与怜悯》《琴的哀》等都是这种格调不同向度的覆盖，其悲观绝望使人"读他的诗，总感觉到好像是在抚拭一具僵尸，或走进一座冰窟"。① 如果说他的感伤、颓废与神秘情调是对法国象征主义诗歌情思的认同与皈依；但又与后者存在着明显差距。波德莱尔等人的诗有绝望与颓废，便更有"透过天堂"挖掘出地狱的反叛精神与批判锋芒；而李金发只学到了人家的虚无消极一面，却失去了人家直面惨淡人生的勇者气魄和透过天堂洞察地狱的犀利目光，这是他的致命弱点。

诗质孱弱还表现为哲理意识的缺乏。西方象征主义诗人对人性、人道精神、人类意识的表现大都饱具哲理内涵，常从个人的生理心理层次的开掘进入到形而上的哲学层面，有超验的深刻。李金发对法国象征主义诗的移植主要体现在诗艺范畴，对诗的内质挖掘与开拓用力不够，想发掘心理深处的东西却缺乏情感体验的深度。由于李诗哲理意识不够深厚，难以把握日常生活与事物的内在底蕴，而诗之肌体失去理性筋骨自然也就失去了深刻度与穿透力，这也注定了李诗中产生不了举世公认的杰作。事实上李金发的诗远逊于现代主义色彩同样浓郁的卞之琳、戴望舒、穆旦，关键主要不在艺术技巧的

---

① 周敬、鲁阳:《现代派文学在中国》，辽宁:辽宁大学出版社，1986 年，第 24 页。

好坏，而在诗本身所包含的哲学意识强弱上。因为诗的提高应是情绪与思想、具象与智慧双向的丰富和延伸。

李金发诗歌的缺陷还表现在过分强调朦胧神秘美，把晦涩提高到美学原则的高度加以推崇，使诗歌堕入了难以索解的晦涩渊薮。朦胧美给李金发带来了荣誉也带来了麻烦。李诗象征暗示方法用得好的可以让人理解，起曲线表达的效果，如《弃妇》；但过分标举朦胧美，则使朦胧美走向了反面。刘西渭说李诗"有一点可贵，就是意象的创造"；可惜它在进行意象组合时，未注意对传统意境的领悟与撷取，注意肌理的整体效应，而是过分趋新；注意感觉意象的跳跃奇接，而忽视内在"情绪线"的支配作用，超出了思维和想象的限度，使一些诗缺少内在逻辑关联，一些诗意象的无序陈列与抒情视点的转换未取得内在的协调，所以支离破碎，阅读障碍较大。想象力解放有助于李诗朦胧美形成，但它另一方面的结果是使诗结构呈现为主观想象的自由飞跃，而飞跃链条间的痕迹有时却被完全省略，有时一节一句即一个想象单元，节与节、句与句间一片空白，转换的奇峭突兀类乎小说中的意识流，它所造成的诗意断裂、空缺方式难免令诗莫名其妙，令人难以理清诗意的来龙去脉，企及作品欲表现的境界，"没有可靠的章法，一部分一部分可以懂，合起来却没有意思"。[①] 如《晨间不定的想象》简直就是诗人精神的"逍遥游"，众多物象心象的拼贴，几乎一二句一个视点，忽儿岩穴忽儿烦闷忽儿脑汁忽儿上帝之手，想象路线唐突怪异，想象视点相互矛盾，读者除了能感受到一点感伤情绪外很难说清它的具体内涵。

另外，李诗的经验世界本来多是情绪的，可诗人有时硬要诉诸理性表现的暗示，要在本来说不清楚的感受和体验中挖掘人生的微言大意并想暗示给读者，所以它的朦胧就把读者彻底"朦胧"了。《秋兴》《我认识风与雨》都

---

① 朱自清：《中国新文学大系·诗集导言》，上海：良友图书公司，1935年。

表现出了这种弊端。李金发诗歌失败的第三点是在语言探险上走进了一些误区。谢洛夫斯基说诗就是"把语言翻新",语言对诗至关重要;但诗的语言革命该以能令人接受为前提。李金发从语言切入加强诗的本体意识与朦胧美感,不失为一种明智的选择,也确实为读者提供了一定的新鲜感;可惜他的探索有时走过了头儿,因此也带来了一些负效应。他"不知是创造新语言的心太切,还是母语太生疏,句法过分欧化,教人像读着翻译;又夹杂着些文言里的叹词语助词,更加不像",[1]"败坏语言,他是罪魁祸首。"[2]李诗至少存在几个语言误区。

通感手段运用时有脱离意味、为技巧而技巧的游戏之嫌。通感本是走向含蓄的有效途径,可在李诗中却常忽视蕴于其中的体验,因此在很大程度上破坏了意象的真实性和完整性,产生混乱迷离的结果。"你的杂乱之小径 / 与随风之小磨 / 在深谷之底 / 如黑夜寡妇之孤儿"(《联之秋》),诗中的意象未能将感觉混合起来,反而给人拼凑的印象。

以"不固执文法原则"造成观念联络奇特的语言强刺激时,有时不是源于生命的振荡,而是从字眼上硬性加入的,因而缺少内在感染力。李诗突破语言常规的努力有一定新鲜感,但在语言的有形与无形、显与隐关系上存在偏误。真正的好诗是在有形语言中渗透无形语言,使文本充满丰厚的内涵与弹性,在隐显之间产生诗美。可诗人的《春思》《心为宿愿》等诗大多以非正统语言传达晦涩的非正统感受,常在语言上硬扭或粗暴地追求怪异以达强刺激,而不是让生命力活动的经验进入有形的文字,让人读后能接受或能感觉到。

洋文与文言的混杂、句式的欧化与僵化、词汇的生造,使语言不伦不类,

---

① 朱自清:《中国新文学大系·诗集导言》,上海:良友图书公司,1935 年。

② 孙席珍语:转引自周良沛编:《李金发诗集·序》,四川:四川文艺出版社,1987 年。

破坏了语言的纯洁性。也许是身在异域的语言不自觉流露，也许纯粹为趋新，李诗大量夹杂洋文，并和文言拷合，欧化、拟古的异质语素调配，就如穿西装戴瓜皮帽一样别扭滑稽，不堪卒读。而"专断的祈使句、漠然的疑问句与生硬的陈述句结合"^①的基本句式过于僵化，又助长了诗的残破无序。最令人无法忍受的是由于语汇贫乏，诗人竟生造词汇，如"生强"（《戏与魏尔仑谈》）、"磊翠"（《你少妇》）、"句客"（《无依的灵魂》），都含混不清，不可理喻。看来人们批评他的诗"好像是外国人写的，但却爱用文言写自由体诗，甚至比中国古诗更难懂"，^②他"对于本国语言几乎没有一点感受力"，^③并没有冤枉他。

李金发诗歌失败的第四点是在融汇中西艺术经验时力不从心，模仿大于创造，背离了传统审美欣赏习惯。1923年李金发在《食客与凶年》的序文中提出，要把中西作家的思想、气息、眼光和取材"两家所有，试为沟通"，应该说这是他看准"五四"后诗坛病症之后开出的良方；可惜他没有找到解决问题的具体途径，沟通一直停留在愿望之中。究其原因是李金发中外文化文学修养不足，甚至连中西诗歌的根本处尚不甚清楚，缺少融汇的本领。何况当时新诗尚处于不成熟时期，在综合中西艺术经验问题上无可承继与借鉴，他自然难承重任。他曾自谦地说自己写诗乃"半路出家"，"十九岁就离开中国学校，以后就没有机会读中国书籍"，^④所以古典文学根基浅薄，相对而言对西方现代艺术熟悉、感受深些，因对西方文化的隔膜也仅仅得到了法国象征诗的皮相，这样在汲取艺术营养时往往难于兼顾东西两家，而是过于向外采辑、偏倚法国象征诗的情调与技巧，结果又消化不良，模仿力大于创造力，

① 张同道：《探险的风旗》，安徽：安徽教育出版社，1998年，第128页。

② 艾青：《中国新诗六十年》，《文艺研究》，1980年，第5期。

③ 卞之琳：《新诗和西方诗》，《诗探索》，1981年，第4期。

④ 李金发：《异国情调·仰天堂随笔》，北京：商务印书馆，1942年。

借鉴只停留在赤裸的复制上，成为头重脚轻的"墙头芦苇"，华而不实，有明显的斧凿痕迹与生涩味，作品自然也难以达到完满和成熟境地。

李诗对古典诗艺的吸收充其量只是在诗中镶嵌了一些文言虚词，虽然引用了"梦儿使人消瘦，冷风专向单衫开处"（《闺情》）、"愁里无春来，又空愁催春去"（《初春》）等一些古词古诗名句；但并未做到古诗词意象、词汇与意境的翻新，并且它们固有的意境与现代诗情相互游离，好像只是尚未与篇章浑融的硬性插入的附加物。而对西方象征诗的吸收呢？只能说是对其一知半解状态下在"象征的森林"中的漫游摸索，模仿痕迹更重一些。且不说在颓废情调上与波德莱尔等人如出一辙，多沉迷于酒、美人、腐尸等人世的暗影；单是意象的照搬雷同就令人吃惊，翻开李金发的三部诗集，坟墓、枯骨、乌鸦、枯叶、尸体、寒夜、死亡、梦幻等语汇满目充盈，有种大批量生产痕迹，并且这些意象仅承袭了法国象征主义诗的外壳而摈弃了原有的文化心理内涵，少深刻的体验，弱化了象征功能。有些意象的牵强因袭还背离了民族文化传统，如《下午》的一些意象源于法国象征诗，但脱离了民族语言和文化母体，难以形成统一的境界。

这种无休止的模仿重复，自然酿成了创造力的萎顿乃至丧失。若把李金发的诗置于20世纪20年代的特定时代语境分析，我们就会发现：从社会影响角度看，李金发难与传递"五四"动人向上音响的郭沫若比肩；从艺术影响视点看，李金发无法同倡导新格律诗飘逸婉约的徐志摩抗衡。但我们认为决不能仅仅以成败论英雄，对一种艺术现象萌生的价值不能只从它对传统因素完善的程度估衡，而要以它提供新因素的多少去审定。从这个向度上说，一个遍体鳞伤的失败的探索者，远比那些廉价的英雄与胜利者更令人钦敬。李金发出现于诗坛的主要意义不在他有多少建树，而在他艰难的尝试本身所包含的启迪性上。他的探索使诗从传统到现代跨越架起了一道不可或缺的桥梁，昭示了现代诗歌艺术发展的某种可能性，启迪缪斯的后继者去继续探索和追求。那种对现代诗歌艺术的敏感与钟情，那种对诗歌技艺的苦心追索与经营，那种不受流俗干扰的偏执精神，以及他所留下的艺术经验与教训，在其身后的诗歌历史中都有相当的回响与延伸，没有他的拓荒揭幕，绝不会有象征诗派、现代诗派、九叶诗派、台湾现代诗派、朦胧诗派扮演的现代主义诗的连台好戏。也就是说，李金发在现代主义诗途上虽然走得不远，但却为中国新诗开拓了新景，指明了路向，这既表明了他的功绩，也注定了后来者对他的积极超越。

（原载《中州学刊》2001 第 5 期）

"生命也跳动在严酷的冬天"——重读诗人穆旦

王家新[①]

中国人民大学文学院

无论怎么看，"现代性"都是"五四"以来中国现代文学和诗歌的最主要命题（当然，它同时也是一个艰难的命题），而这也正是诗人穆旦被"重新发现"以来被人们所看重并被不断谈论和争论的一个原因。

这是一种不断受挫、遭受到多种误读和审视，看上去也永不完成的"现代性"。在今天，穆旦已被视为最杰出的现代诗人之一，被视为"中国诗歌现代化历程中一个带有标志性的诗人"（见钱理群等人《中国现代文学三十年》）；穆旦已多少被"经典化"，对穆旦的研究也有多方面的拓展。但是，质

---

① 王家新（1957—），男，汉族，中国人民大学文学院教授、博士生导师。当代诗人、批评家、译者。著有诗集《游动悬崖》《王家新的诗》《塔可夫斯基的树》《未来的记忆》等，诗论集《人与世界的相遇》《为凤凰找寻栖所》《在你的晚脸前》《以歌的桅杆驶向大地》等；译有《带着来自塔露萨的书》《新年问候：茨维塔耶娃诗选》《我的世纪，我的野兽：曼德尔施塔姆诗选》《死于黎明：洛尔迦诗选》《灰烬的光辉：保罗·策兰诗选》等。王家新的创作贯穿了中国当代诗歌四十年来的历程，其创作、诗学批评、诗歌翻译均产生广泛影响。作品被译成多种文字出版，其中包括德文诗选《哥特兰的黄昏》《晚来的献诗》、英文诗选《变暗的镜子》、克罗地亚文诗选《夜行火车》、荷兰文诗选《黎明的灰烬》。曾获多种国内外诗歌奖、批评奖和翻译奖，包括首届袁可嘉诗学奖、韩国第四届 KC 国际诗文学奖、首届屈原诗歌奖、第三届李杜诗歌奖成就奖、第三届昌耀诗歌奖、2022 年花地文学榜年度诗歌奖、首届艾青诗歌奖。

疑声仍在，穆旦一生的创作世界中也还有很多有待厘清、有待重新认识的东西。更重要的，我们在今天怎样看穆旦？这样一位诗人对我们现在和未来的意义又何在？

穆旦"崛起"在一个民族危亡、但又充满了思想和精神激荡的年代（"七七抗战使整个中国跳出了一个沉滞的泥沼，一洼'死水'"，见穆旦评《慰劳信集》书评[①]）。如果说穆旦代表了新诗对"现代性"的追求，他的"探险"几乎从一开始就突入到它的中心和前沿地带。他于1945年出版的诗集《探险队》的第一首诗为《野兽》（1937）："那是一团猛烈的火焰……它是以如星的锐利的眼睛，/射出那可怕的复仇的光芒。"这种充满生命锐气和能量的诗，不同于20世纪20—30年代诗坛那种感伤、沉闷、颓废的调子，也有力地突破了早期"象征派"或"现代派"的范围。说实话，穆旦对诗的追求，和当时也和今天的很多人仅仅把"现代主义"视同为某种"纯诗"的狭隘理解并不是一回事。

这当然首先体现在语言的锐意革新上。"要排除传统的陈词滥调和模糊不清的浪漫诗意，给诗以 hard and clear front"（"给诗以坚实而清澈的面向"），这是穆旦晚年给杜运燮的信，可视为当年他们共同的追求。《春》（1942）一诗一开始就是"绿色的火焰在草上摇曳"，意象新奇，富有动感和活力；"如果你是醒了，推开窗子，/看这满园的欲望是多么美丽"，奇异而又强烈，恰如袁可嘉所说"肉感中有思辨，抽象中有具体"，两者之间有一种极大的张力；"啊，光，影，声，色，都已经赤裸"，又以其敏锐的知觉，特意把光影声色分开，不仅突出了每一个意象独立的质地性，而且有一种锋利有力的现代主义式的语言质感。

---

① 本文所引穆旦所有诗文及通信均出自《穆旦诗文集（增订版）（1）、（2）》，北京：人民文学出版社，2018年。

至于诗人同年写下的《诗八首》，如放在新诗发展的脉络上看，其新奇、纯粹和玄奥更是令人惊异。王佐良就曾引证该诗的第一节"静静地，我们拥抱在／用言语所能照明的世界里，／而那未成形的黑暗是可怕的，／那可能和不可能的使我们沉迷"，然后这样说："一种玄学式的思辨进来了，语言是一般口语和大学谈吐的混合。十年之隔，白话诗更自信了，更无取旧的韵律和词藻。"①

更令人感到陌异的，是这种诗歌语言并不是从传统诗意中蜕变而来的，却是用"钢铁编织起亚洲的海棠"（见穆旦《合唱二章》）。像奥登一样，穆旦有意要把一些现代工业文明社会和战争时期的语言材料转化为诗。他吸收了大量"非诗"的、与传统诗意相异的词汇，其句法也具有一种更复杂的整合性。这就让有些人兴奋而有些人感到不适。好在这不是炫技或拼凑，而是从"善感的心灵"出发，而且还往往像王佐良所说的那样"用身体思想"："他的五官锐利如刀。"②

这样的语言文体，已被视为新诗"现代性"的一个标记（当然，它也成为争论的一个焦点），与此相关，是穆旦在写法和诗歌样式上的多种尝试。他的一些作品，如《防空洞里的抒情诗》《从空虚到充实》《蛇的诱惑——小资产阶级的手势之一》《五月》《赞美》《神魔之争》《小镇一日》《隐现》《森林之魅——祭胡康河上的白骨》，都突破了所谓"纯抒情诗"的限制，而把叙事、戏剧、文本拼贴、多声部对白和合唱等因素纳入到诗的表现方式和结构中来。如在《五月》中，穆旦就采用了一种别出心裁的"正文"与"副歌"的对照："副歌"由五首旧体诗的仿作构成，"正文"则是一种穆旦式的诗，语

---

① 王佐良：《谈诗人译诗》，《论诗的翻译》，江西：江西教育出版社，1992年，第4页。

② 王佐良：《一个中国诗人》，英文稿原载伦敦 Life and Letters 1946-6，中文稿载《文学杂志》，第2期，第2页。《穆旦诗集（1939-1945）》出版时被收为"附录"。

言富有现代肌理和内在张力，高度浓缩到要爆开的程度，甚至有意识地用了一些充满暴力的军事用语和工业性比喻，极尽现实痛感和战争的残酷荒谬。这样，在"正文"与"副歌"之间，正好形成一种对照，并产生了强烈的思想艺术张力。

而这，就很难说是在简单模仿叶芝的"迭句"或艾略特的《荒原》了，而且也不是在"玩形式"，而是透出了自觉的写作意识和历史洞察力（因而我不同意诗人西川关于"穆旦的复杂（只）是修辞的复杂"[①]这样的判断）。就《五月》来看，穆旦不仅要找到有效地切入现实的写作方式，还要讽刺那种"你一杯来我一盅"式的对现实的逃避。《五月》这种辛辣的对"旧体诗"的戏仿以及"一个封建社会搁浅在资本主义的历史里"的诗句，透出的正是对新诗创作出路的清醒认识，并且和鲁迅的摆脱"瞒和骗""睁开眼看"的精神一脉相承。他正是以这种方式开始了一种更为艰巨的现代艺术历程。

穆旦的艺术探索，总的来看，给新诗带来了一种更强烈、陌生、奇异、复杂的语言。这不仅和他对英语现代诗的接受有关，更和他执意走一条陌生化、异质性的语言道路有关。可以说，他一生都在探索一种更适合他自己和现代知识分子的说话方式（"有时产生了怀疑……有时又觉得这正是我所要的"见穆旦晚年给杜运燮的信），因而也不断招来了非议。我自己曾对此做过多次"辩护"，我愿在这里再次重复："诚然，穆旦的语言探索也留下了诸多生硬、不成熟的痕迹，但是，如果说他的语言尚不成熟，那也是一种充满了生机的不成熟。他的不成熟，那是因为他在经历着一种语言降临时的剧痛和混乱。"[②]

---

① 西川：《穆旦问题》，刘东主编：《艺术与跨界》，《〈中国学术〉十年精选》，北京：商务印书馆，2014年。

② 见王家新：《翻译与中国新诗的语言》，《文艺研究》，2011年，第10期，第24-34页。

不仅是创作，穆旦的翻译也是一种力求存异、求异的翻译，他以此抗拒着本土主流语言文化、审美习惯和文化趣味的"同化"。作家王小波在《我的师承》中就谈到查良铮（穆旦）所译的《青铜骑士》"是雍容华贵的英雄体诗，是最好的文字"，相比之下，另一位译者的译文就有点像"二人转"。而就我们这代人来说，更受益于穆旦在晚年所翻译的英国现代诗选，它不仅精确地再现了一种现代诗的质地、难度和异质性，而且给中国诗人带来了真正能够提升其语言品质的东西。如穆旦译《荒原》的这几句："我说不出话来，两眼看不见，我／不生也不死，什么都不知道，／看进光的中心，那一片沉寂。／荒凉而空虚是那大海"。这最后两句，其倒装的句法，西化的表达，就让我们想起了鲁迅所主张的"宁信而不顺"的"硬译"，而且把它推进到一个更为纯熟的语言境界。如果有人嫌其"不顺"，一定要把它顺成"大海荒凉而空虚"会怎么样？它会一下子失去其语言的重心和力量！

那种不加深入、具体的分析，动辄以"欧化""翻译体""伪奥登风"甚至"伪汉语"来指责穆旦的论者，恐怕连鲁迅的《野草》也会一概否定！

穆旦并非没有中国古典的学养，但他却是个有着语言的历史意识的诗人。在《玫瑰之歌》中他就曾痛感："我长大在古诗词的山水里，我们的太阳也是太古老了。"这就是他为什么会刻意"求异"。我想不仅在中国，当任何一种古老的传统经受严重的内在危机，语言的生命变得衰竭和僵硬，这种变革就需要借助于外来刺激和翻译。英籍德语作家、诺贝尔奖获得者卡内蒂就曾这样说："语言发现它的青春源泉，在另一种语言中。"①

而那些指责甚至全盘否定穆旦的语言文体的论者，不仅缺乏语言发展的历史意识，其实也并不能把我们引向对诗歌的真正认识。什么是诗的语言？我在这里愿再次引用德勒兹的话，因为它一语道出了文学创造的奥秘："作家

---

① ［英］伊利亚斯·卡内蒂：《钟的秘密心脏》，王家新译，《延河》，2011年，第4期。

在语言中创造了一种新的语言，从某种意义上说类似一门外语的语言，令新的语法或句法力量得以诞生。他将语言拽出惯常的路径，令它开始发狂。"①

我想，这就是分歧所在。近一二十年来，伴随着国内的某种文化氛围，在诗坛上对"翻译体"的嘲笑似乎已成风气，当年以异端面貌出现的一些诗人（如北岛等人），近些年也做起了"回归"的姿态。但是在我看来，如果说对"现代性"的追求曾构成了新诗向前发展最内在的驱力，我们今天依然需要保持诗歌的异质性和陌生化力量，以不断拓展和刷新我们的语言。我们为穆旦辩护，在很大意义上就是坚持这种语言探索的权利和历史必要性。

与穆旦的所谓"欧化文体""外来影响"相关，是有些人对他的文化身份的质疑。穆旦的确深受英国现代诗人的影响，但是他并不盲目。从整体上看，他在20世纪40年代的两部诗集已远远超出了一个年轻诗人的"模仿"或"学步"阶段；更重要的是，穆旦的创作置于现代世界的开阔视野和文学的"血液循环"中，但又始终是一种"面对中国"的写作。他的全部写作都在印证这一点。王佐良当然也看到了那时诗坛上对西方文学的一些"抄袭"现象，但他却这样指出："最好的英国诗人就在穆旦的手指尖上，但他没有模仿，而且从来不借别人的声音唱歌。他的焦灼是真实的。"（《一个中国诗人》）

当然，也有人不断引用王佐良在论穆旦时所说的"非中国性"，来为他们的责难作证，那就让我们再看看他在《一个中国诗人》中的原话："但是穆旦的真正的谜却是：他一方面最善于表达中国知识分子的受折磨而又折磨人的心情，另一方面他的最好的品质却全然是非中国的。"王佐良是真正有洞察力的。他抓住了一个悖论，而只有懂得精神、艺术的超越和辩证的人才可以领会。其实这里的"非中国"是有限定的，是指非传统中国的品质，这其实正

---

① ［法］吉尔·德勒兹：《批评与临床》，刘云虹、曹丹红译，江苏：南京大学出版社，2012年，第212页。

是中国现代知识分子想要通过"凤凰涅槃"达到精神重生的一个结果。且不说穆旦，离开了这种"非（传统）中国性"，离开了巴黎留学期间所接受的精神和艺术洗礼，艾青能否写出他的《大堰河——我的保姆》并把它呈献给一个"黄土下紫色的灵魂"？而在他描写抗战游行的名诗《火把》中，居然还跳出有"那耶稣似的脸"这一句，这又怎么解释？当然，一切都需要反思，但是很显然，如果不跳出那个"自古以来便如此"的"紧箍咒"，"五四"新文学和新诗就不可能产生。如果说有"文化身份"这回事，那也是通过批判性的继承、转化、创造和改变而达成的重新肯定。

而我对穆旦的"现代性"的艺术追求进行辩护，还因为穆旦的探索远不止于此。在中国新诗史上，穆旦被视为最具有现代主义性质的诗人，但他同时又是深具民族忧患和时代批判性的诗人。从上南开中学起，他对现实、时代和民族的命运就有一种深切的痛感和参与的热情。他需要找到进入现实的方式。他并不是那种为艺术而艺术的诗人。他也只有找到某种类似于奥登的更"现代"的方式，才能把强烈尖锐、矛盾复杂的现实经验带入到诗中，使写作成为一种对现代生活的艺术承担。

我曾多次指出新诗历史上的"二元对立话语"，把中与西、传统与现代、现实与艺术的关系视为（或发展成）一种对立的、不相容的关系，就形成了这种话语逻辑。而穆旦的艺术追求，几乎从一开始就突破了诗与现实关系上的二元对立。他所受到的现代主义艺术洗礼，没有使他偏于"纯诗修练"的一端，而是帮他获得了一种面对现实的敏感和处理当下经验的能力。在评艾青诗集《他死在第二次》的书评（1940）中，他为艾青的诗拓展开一个更广大的世界而欣悦："我们终于在枯涩呆板的标语口号和贫血的堆砌的辞藻当中，看到了第三条路创试的成功。"因而不难理解，像穆旦这样一个充满了"对语言的爱"的纯粹诗人，会同时是一个最关注"公众世界"的诗人，或者干脆说，最具有"政治性"的诗人。在《五月》中，他就曾颇耐人寻味地写到现实"教了我鲁迅的杂文"，这使他的诗带上了政治嘲讽的笔触和强烈的社会批判意义。他没有因其"现代性"追求而淡忘苦难、矛盾的时代人生，他的写作向现实的全部领域敞开，举凡战争诗、时事诗、政治诗，甚至通货膨胀诗，他都能写来。也可以说，他使诗真正获得了对现实问题"发言"的能力。

这就再次涉及对"现代主义"的理解。一论及"现代主义"，在我们这里就有人只把它和文学的自觉性、新奇性、纯粹性、超越性等等联系起来。但是，这种现代主义和"政治性"就没有关联吗？恰恰相反。且不说叶芝、奥登这样的诗人，我们来看曼德尔施塔姆这位被布罗茨基称为"文明之子"的"最高意义上的形式主义者"，他中后期的诗，就处处充满了对政治、权力关系和"历史必然性"的洞见，也正因此，就像雷菲尔德所指出："从那时起，这种洞见就使他成为最具有当代性的诗人，从更深的层次上说，也即俄罗斯最具有政治性的诗人。"

穆旦的创作，也需要扩展到这样的层面读解。忧国、强烈的现实关注、民主政治、社会批判、对时代有形和无形的"谋害者"的控诉（"而谋害者……/ 紧握一切无形电力的总枢纽"《五月》），这构成了穆旦许多诗作尖锐而噬心的主题，只不过穆旦又是超越和独立的，正如王佐良所指出："穆旦并不依附任何政治意识。一开头，自然，人家把他当作左派，正同每一个有为的中国作家多少总是一个左派。但是他已经超越过这个阶段……"（《一个中国诗人》）。我们所看到的，是他始终坚持从一个独立的知识分子诗人角度来看世界，比如，他以身许国投入抗战，其牺牲精神令人动容，但他却从不写"服务于抗战"之类的东西，相反，我们在他的《旗》中却读到这样的诗句"你渺小的身体是战争的动力，/ 战争过后，而你是唯一的完整，/ 我们化成灰，光荣由你留存"！

穆旦和他同时代诗人的这种创作实践，在袁可嘉于 1946 年—1948 年间发表的一系列评论中得到有力的总结（这些评论后来结集为《论新诗现代化》，三联书店 1988 年出版）。袁可嘉的诗学阐发，正是以穆旦的诗为主要例证的。在《论新诗现代化——新传统的寻求》中，他开篇即提出 20 世纪 40 年代以来"现代化的新诗"和政治的关系："绝对肯定诗与政治的平行密切联系，但绝对否定二者之间有任何从属关系。"袁可嘉这样说是有"背景"的，因为在那时正如女诗人陈敬容所说，新诗史上已有了"两个传统"："一个尽唱的是'爱呀，玫瑰呀，眼泪呀'，一个尽吼的是'愤怒呀，热血呀，光明呀'，结果是前者走出了人生，后者走出了艺术。"这就是为什么袁可嘉在坚持艺术独立性的同时强调诗歌"来自广大深沉的生活经验领域"。他要着力于建立的，是一种富有张力的诗学。在《诗的新方向》中，他就以穆旦为例，称赞穆旦"在现实与艺术间求得平衡，不让艺术逃避现实，也不让现实扼死艺术，从而使诗运迈前一步。"

而穆旦自己在那时倡导的"新的抒情"，也具有与此相通的意义。他的评卞之琳的书评《慰劳信集——从〈鱼目集〉谈起》（1940），就是一篇重要的诗论。20 世纪 30 年代，可以说是中国新诗"去浪漫化"而转向"现代主义"的阶段，穆旦认为在徐迟提出"抒情的放逐"之前，卞之琳就"以机智（wit）写诗"，并且以《鱼目集》"立了一块碑石"。但是他对卞先生后来的《慰劳信集》并不满足："这些'机智'仅仅停留在'脑神经的运用'的范围里是不够的，它更应该跳出来，再指向一条感情的洪流里，激荡起人们的血液来"。为此他提出"新的抒情"：而"'新的抒情'应该遵守的，不是几个意象的范围，而是诗人生活所给的范围"。

穆旦的"新的抒情"，让我想起了叶芝的"血、理智、想象"相互交融的诗观，当然，更让人想起了袁可嘉的"有机综合论"。袁可嘉力图消解"二元对立"，对于新诗论争中的种种"对立项"，诸如反映论和表现论，社会性与个人性，政治性和艺术性，以及创作中的种种矛盾悖论，不仅有透彻的分析，也给出了诗学解决方案。他提倡"从机械的反映到有机的创造"，坚持认为诗是"有机综合的整体"，而20世纪40年代诗的"新倾向""最后必然是现实、象征、玄学的综合传统"（《新诗现代化——新传统的寻求》）。对这种"综合传统"，他在《谈戏剧主义——四论新诗现代化》中也引用了瑞恰慈"包含的诗"与"排斥的诗"的说法，他当然倾向于"包含的诗"，因为"它们都包含冲突、矛盾，而像悲剧一样地终止于更高的调和。它们都有从矛盾中求统一的辨证性格"。

穆旦的创作，显然正属于这种"包含的诗"或"综合传统"。"在穆旦身上有几种因素在聚合"，王佐良当年就这样指出。有哪些因素在聚合？深沉的民族忧患与复杂的自我意识，现代的敏感性与历史的负重，抒情、叙述、象征与形而上的思辨，等等，通过这种更具有包容性的整合，穆旦展现了他作为一位诗人的深广潜力，也使他和新诗史上的许多诗人区别开来。他和同时代"七月派"诗人的区别已很明显，与闻一多、艾青、卞之琳、冯至等前辈诗人相比，他也显示了如袁可嘉所说的"新倾向"。比如他称赞艾青《出发》一诗"那种清新的爱慕的歌唱"，但艾青的单线条式的表达，肯定不会使他满足，他自己怀着报国热情赴缅甸作战所写下的同题《出发》一诗，也和"浪漫的歌唱"没有一点关系："告诉我们和平又必需杀戮，/……知道了'人'不够……，我们再学习/蹂躏它的方法……/智力体力蠕动着像一群野兽……"他称赞艾青描写抗战的《他死在第二次》一诗，而他自己的《森林之魅——祭胡康河上的白骨》，不仅有"你们的身体还挣扎着想要回返，/而无名的野花已在头上开满"这样的祭奠，还充满了对自然、历史、战争、人的生命意义的思索，他满怀悲痛，但又能把惨烈的牺牲纳入到一个更高、更广大的视野中来观照。

总的来看，穆旦在创作上的锐意突进，不仅是广度上的，也是深度上和高度上的。他深入到自身的内在世界中，充分揭示了一个现代心灵的全部敏感性和矛盾复杂性，他还能跳出来，拥抱一个更广大的苦难世界；他不仅"用身体思考"（或者说"给语言一副新的身体"），还把反讽的心智与形而上的观照结合起来；他投身于现实而又不屈服于它的重力，他一直在他的诗中追问着，而且一直追问到那纠缠着他的"神魔之辩"……他就像叶芝在一首《雪岭上的修行人》（杨宪益译）中所写的："追求着，狂索着，摧毁着，他要／最后能来到那现实的荒野。"

正因为如此，他的同代诗人袁可嘉在《诗的新方向》中称他"是这一代的诗人中最有能量的、可能走得最远的人才之一。"

而这一切在今天呢？我想穆旦等诗人的创作探求和"现实、象征、玄学的综合传统"，不仅在那时提升了新诗的诗学品格和艺术表现力，对我们现在的诗学锻造仍深具意义。我甚至想，我们在今天不会像艾青那样写诗了，也不会再像卞之琳那样写诗（纵然有些人把他的诗作为新诗艺术的唯一标高），当然，我们也不可能再次回到北岛等人早期的"朦胧诗"，但是我们却可以一次次"重返穆旦"——那里并不完美，但却足够荒凉，那里，正昭示着一个诗人要抵达的"现实的荒野"！

然而命运却是，后来连穆旦自己也"回不去"了！我们知道的是，自1953年初归国后，除了几首给自己招来麻烦的诗，穆旦基本上停止了创作，他只能在翻译中"幸存"，直到多少年后，诗人的一颗诗心从漫长的痛苦和沉默中醒来，从一只"半饥半饱"、飞来"歌唱夏季"的苍蝇那里又开始了艰难的诗的"碰撞"或者说是"飞翔"（见《苍蝇》一诗，1975）。这就是我们看到的诗人在生命的最后一两年里（1975-1976）写下的近30首诗。这些诗作水准不一，风格多样，但其中的一些杰作，如《智慧之歌》《冬》等，则让我们不能不惊异于一颗诗心的迸放和一个受难的中国知识分子在那个年代所能达到的成熟。

但是纵然如此，对于穆旦晚期诗歌的评价，还是有着一些分歧。原因是可能有部分诗作显得生涩（这和诗人刚刚恢复写作也有关），或是在整体上已不同于早年那个在诗艺上锐意进取的穆旦。黄灿然在《穆旦：赞美之后的失望》中就这样说："杰出的穆旦仍然是40年代的穆旦，青年的穆旦。50年代以后的穆旦已不是穆旦，而是查良铮或梁真，一个杰出的翻译家。"①

黄灿然这样评价，大概是出于"现代诗艺"的标准，或能否"保留住技巧的香火"的标准（他反复强调这一点）。因而他未能留意并接受穆旦晚期所发生的变化。的确有很多变化，如果说早期受到艾略特、奥登、叶芝等诗人影响，穆旦后来则也受到拜伦的重要影响，而这不仅体现在他晚期诗作的格律形式上，在晚年致巫宁坤的信中他就这样说："关于拜伦，我有了比较清楚的认识。他的辉煌之作不在于那些缠绵悱恻的心灵细腻的多情之作，……而是在于他那粗犷的对现世的嘲讽，那无情而俏皮的，和技巧多种多样的手笔，一句话，惊人，而且和20世纪的读者非常合拍，今日读《唐璜》，很多片断犹如现代写出一般……称之为现实主义的诗歌无愧，而且写得多有意思！这里面的艺术很值得学习。"

这起码提示了晚年的穆旦已不为什么"现代派"或"纯诗"所限。从《苍蝇》这首他称之为"戏作"、实则感人至深的诗，到《退稿信》那样的荒谬、嘲讽之作（德国汉学家顾彬说他在翻译它时居然"哭了"，那么，他为什么会哭？）他什么都写，无所顾忌。从与杜运燮等人的通信来看，穆旦对当

---

① 黄灿然：《穆旦：赞美之后的失望》，《必要的角度》，辽宁：辽宁教育出版社，2001年，第350页。

时的假大空诗歌嗤之以鼻，当他重新写作，在某些方面，他仍坚持或者说恢复了早年对"现代性"的追求，如"非诗意的辞句""发现底惊异""诗思的深度""冲破旧套的新表现方式"，等等。但同时，他也超越了任何"主义"，超越了那种对"新奇"的表面追求，风格也变得更为质朴。王佐良就指出穆旦的晚期诗融入了"古典的品质"。它所体现的，乃是穆旦对那些具有永恒价值、贯通古今的诗歌精神的领悟。

诗人黄灿然是在多年前写那篇文章的，如果他重读穆旦，看法也许会发生改变。要评价穆旦这样的诗人，我们最好不只是挑出几首诗和一些段落句子，还要把这一切放在他一生的精神和艺术历程中来看。如果这样，我们的感受就可能很不一样，如《智慧之歌》的首句"我已走到了幻想底尽头"，看似平淡直白，但结合到诗人痛苦追寻的一生来读，就可能会暗自惊心。艾略特在论叶芝时就曾引用叶芝这样"两行伟大的诗"："原谅它吧，为了光秃秃的痴情／虽然我已年近49岁了"，然后这样评论："诗中讲出了他的年龄，这很重要。花了大半生的时间才得以如此坦率地说话。这是一个了不起的胜利。"①

而穆旦也在走向他自己的成熟，在付出了那么多代价后，他也学会了"得以如此坦率地说话"！就他那些质量上乘的晚期诗作来看，它们不像早年的诗那样刻意求新求奇，而是更为率性、质朴和悲怆，也更深切地触及一个受难的诗人对人生、岁月的体验，如那首《冥想》，在对人生的"冷眼回顾"中，就充满了前后对照："把生命的突泉捧在我手里，／我只觉得它来得新鲜……""生命的突泉"这一意象十分动人，使诗人在生命中所曾领受的神奇赐予重现眼前，有一种历历在目之感，然而又怎样呢？"但如今，突然面对着坟墓"（穆旦式的"突兀"！），"只见它曲折灌溉的悲喜／都消失在一片亘

---

① 见艾略特：《叶芝的诗与诗剧》，《叶芝文集》第一卷《朝圣者的灵魂：诗与诗剧（附录）》，王恩衷译，王家新编选，上海：东方出版社，1996年。

古的荒漠"。"曲折灌溉的悲喜"，这真是穆旦式的诗句，既具体又抽象，既悲又喜，既可见又不可见，但不管怎么说，它们都消失在一片荒漠——而它才是一种"亘古"的存在。

这真是感慨万千的领悟，是一个人晚年才能写出的诗，它不仅把"随时间而来的智慧"与一种反讽的艺术结合在一起，也与一种悲剧的力量结合在了一起。使读者无不受到震动的，更是诗的最后两句："这才知道我的全部努力 / 不过完成了普通的生活"！这是一种怎样的"冥想"？它不仅出乎意外，有一种难言的苦涩，它也带出了一种更高的觉悟。

"人的一生从没有彻底完成过"（奥登《在战争时期》第 21 首，穆旦译），但这也是一种完成，而且是那个年代很少有诗人能够达到的"完成"。

因此，我更赞同陈思和在《中国当代文学史教程》中的评价：穆旦晚年的诗为那些年代"潜在写作"最优秀的作品。不仅优秀，甚至可以说是那个年代的一个"奇迹"。它们不仅体现了一种少见的独立和清醒，也真正体现了一种诗的回归。不管怎么说，有了这一批诗，一个诗人没有辜负苦难命运对他的造就了。

而从诗人的一生来看，不同于新诗史上一些"徒有早期"的诗人，穆旦后期的这一批诗，虽然水准不一，却使他拥有了对一个诗人至关重要的"晚期"。这样的"晚期"既可以和"早期"相互映照和呼应，也使他作为一个诗人的一生有了更根本的保证。我们看到，穆旦晚期在诗风上当然有很大变化，但是他又保持了前后期某种艺术上的可辨识性，更重要的，是保持了来自自身的生长力、蜕变力和再生力。奥登在《19 世纪英国次要诗人选集》一书的序中提出"成为大诗人"的五个条件，而最后一条是"持续到老的成熟过程"，是在创作的不同阶段包括最后阶段，"总能写出不同于以往的好诗"。而这正是大诗人和一般优秀诗人的区别。我们不一定说穆旦就是奥登所说的

"大诗人"，但有了这一批晚期诗作，他成了整个新诗史上最少见的一位能够在自己选定的艺术道路上贯彻到底、在艰难条件下依然生长（虽然也不无曲折），并达到难得成熟的诗人。

而这样的"成熟"，在那个年代看似不可思议，对穆旦来说却是一种必然。这是一个终生献身于诗歌的诗人经历了长期磨难而又被命运所造就的结果。穆旦译过普希金的一首重要诗作《寄西伯利亚》，在 1957 年还曾写出《普希金的〈寄西伯利亚〉》一文：

> 在西伯利亚的矿坑深处，
> 请坚持你们高傲的容忍：
> 这辛酸的劳苦并非徒然，
> 你们崇高的理想不会落空。

可以说，穆旦的一生，尤其是自 1958 年—1977 年初逝世前，他自己就一直生活在"西伯利亚的矿坑深处"！这就是为什么在晚年那样的日子里，他在与人通信时会再次附上该译诗的修订稿。"请坚持你们高傲的容忍"，他就这样一直忍受着、坚持着、劳作着！至于"辛酸的劳苦"，我不懂俄语，但我想在俄语原文或在任何外语中都不会有这样的表达，这样的翻译，融入了穆旦自己多么辛酸的身世！

这就是为什么在今天会有那么多人"默念"着这样一位诗人（"于是我感激地把它拿开，/默念这可敬的小小坟场"，《停电之后》，1976）。从穆旦晚后期的全部创作、翻译和身世中所产生的那种悲剧性的但也是近乎圣徒般的精神力量，我真的很难想象在其他任何同代作家和诗人那里感到！

王佐良是异常敏感的，在《一个中国诗人》中，他从穆旦当年从缅甸撤退"从事自杀性的殿后战"，到对其诗作的解读，就曾指出穆旦有一种难得的"受难的品质"。可以说，这注定了是一位悲剧性诗人。悲剧不仅在于其实际遭遇，更在于他对人生价值和意义的追寻和坚守，在于他那圣徒般的受难、奉献和牺牲。诗人西川从某种文化身份问题出发，在《穆旦问题》中对穆旦在早期诗中言说"上帝"感到不适："奇怪，他为什么不说'玉皇大帝'？"但我还是更认同王佐良对这个问题的看法："穆旦对于中国新写作的最大贡献，照我看，还是在他的创造了一个上帝。他自然并不为任何普通的宗教或教会而打神学的仗，但诗人的皮肉和精神有着那样的一种饥饿，以至喊叫着要求一点人身以外的东西来支持和安慰……"

而穆旦的晚期诗作之所以让我们深受感动，就在于他在经历了艰苦、真诚而荒谬的"知识分子自我改造"后（见他的日记），在几乎看透了一切并付出了一生代价后（见他那首对乌托邦理想进行审视的《妖女之歌》，1975），仍怀着王佐良所说的"那样的一种饥饿"！作为一个一生都在追求着并"自甘其苦"的诗人，他穿过时代的癫狂和愚昧，一直把他的痛苦追问带入了生命的暮年。他的这一批晚期诗，不仅对他个人的一生是一种"交代"，具有墓志铭般的意义，它们的意义更为深广，那就是显现了一代知识分子漫长、曲折的心路历程。

诗人1976年12月在严重腿伤和大地震后的荒凉中所写下的《冬》，分为四部分，以下为第一部分的前两节：

> 我爱在淡淡的太阳短命的日子，
> 临窗把喜爱的工作静静做完；
> 才到下午四点，便又冷又昏黄，
> 我将用一杯酒灌溉我的心田。

多么快，人生已到严酷的冬天。

我爱在枯草的山坡，死寂的原野，

独自凭吊已埋葬的火热一年，

看着冰冻的小河还在冰下面流，

不只低语着什么，只是听不见。

呵，生命也跳动在严酷的冬天。

面对这样的诗，我们还能说什么呢。这是穆旦一生的最后一首诗，也是一个人最终所能抵达的生命境界。这里有对人生的慨叹，但也有知天命的坦然，有逼人的孤寂和寒气，但也有更凝神的倾听。"多么快，人生已到严酷的冬天"（那时穆旦在通信时还曾抄寄过杜甫的《赠卫八处士》，这也是他惊叹命运和时间力量的一种方式？）但他不仅到达了他的"现实的荒野"，也听到了小河还在冰下面流（"不只低语着什么，只是听不见"！）；他本来是来凭吊埋葬的岁月，但却同时听到了"生命也跳动在严酷的冬天"！这才是一个诗人抛开一切虚妄后所达到的"在场"，是更真实的自我回归——被寒冬里的一杯热酒所灌溉！

这种对自我的辨认、返归，对语言生命的进入，对穆旦来说，也在翻译中进行。翻译本来就是穆旦一生创作生命不可分割的重要一部分（他的十卷作品，翻译占有八卷），而诗人于 1973 年—1976 年间翻译的"英国现代诗选"，不仅把他的翻译生涯推向一个高峰，也与他晚年的创作构成了"对位"。这种"对位"，才共同构成了一个诗人令人惊异的"晚期"。

对于穆旦的翻译，我已在《穆旦，翻译作为幸存》一文中做过论述。如果说在 20 世纪 50 年代他是作为一个"职业性译者"（即根据政治许可、出版和职业需要进行翻译），那么，到了生命最后几年翻译英国现代诗选时，又完全回到"作为诗人的译者"。1973 年，他得到一本周珏良转赠的从美国带回的英国现代诗选，在多年的迷惘、甚或自我怀疑后，他又听到了生命的呼唤，他又回到了"早年的爱"。可以说，这是对自我的重新辨认，是一种历经了漫长的一生并付出巨大代价后所达到的"回归"。

因此，他在翻译时完全撇开了接受上的考虑。它们在那时不可能出版，甚至也没有了读者，他的读者只是他的翻译对象本身。这完全是一场黑暗中的生命对话。也正因为如此，他在翻译时展现的，完全是他作为一个现代主义诗人翻译家的"本来面貌"。他也无须再照顾本土读者的接受习惯了，他不仅有意选择理解和翻译难度最大、也最具有美学挑战性的文本来译，也完全是在用一种现代主义式的语言文体在翻译。《英国现代诗选》共收入译作 80 首，其中艾略特 11 首，并附译有布鲁克斯和华伦对《荒原》的长篇读解，由此可见所下的功夫；奥登 55 首，基本上囊括了奥登早期的主要诗作；叶芝虽然只有《一九一六年复活节》和《驶向拜占庭》这两首，但都是翻译难度很大的名篇。

正因此，这部英国现代诗选的翻译，无论对穆旦本人还是对中国现代诗歌，都显示了它无比的重要性。他的倾心翻译，深深体现了他对他一生所认定的诗歌价值的高度认同和心血浇铸（这就是为什么他在后来会忍受着严重腿伤投入翻译）。从译文来看，纵然在很多的时候他也力不从心，但在那些出神入化的时刻，他已同语言的神秘的力量结合为一体，如对叶芝《驶向拜占庭》的翻译，其理解之深刻，功力之精湛，都令人惊叹，它成为穆旦晚期一颗诗心最深刻、优异的体现，"除非灵魂拍手作歌，为了它的 / 皮囊的每个裂绽唱得更响亮"，正是在穆旦艰苦卓绝的劳作中，一个诗魂得以分娩、再生，当语言皮囊的每个裂绽唱得更响亮，用本雅明的话来表述，也是原作的生命得到"新的更茂盛的绽放"的时刻。

　　一颗苦难的灵魂并没有沉沦，他不仅通过翻译远渡重洋来到拜占庭那"神圣的城堡"里，也通过翻译达到了对苦难一生的某种救赎。如果说卞之琳先生晚年通过对叶芝《在学童中间》等诗的翻译（"辛劳本身也就是开花、舞蹈"），帮他摆脱了那种偏于智性和雕琢的诗风，穆旦晚年对奥登、叶芝等诗人的翻译，也找到了一种提升他、解放他、照亮他的力量。他在翻译《一九一六年复活节》时，不仅以有如神助的韵律节奏，深刻传达出来自汉语世界的共鸣（尤其是对那节"副歌"的翻译），他对这篇带有巨大悲悯和"招魂"意味的纪念碑式的作品的翻译，也比其他任何译本都饱含了一种让人泪涌的力量，或者说，他也把翻译本身带入了一个令人惊异、也更具有悲剧和牺牲意味的境地。阿赫玛托娃大概说过"翻译是两个天才之间的合作"的话，我想放在这里也正合适。穆旦的译文并不完美，甚至也有一些"硬伤"，但是我们去读吧，去比较不同的译本吧，我们终会知道：也只有穆旦这样的译者，才可以担当起对叶芝、奥登这样的伟大诗人和伟大作品的翻译。

　　这里不能不再次提及的，是穆旦对奥登《悼念叶芝》一诗的翻译，这真是一篇不朽的译作（虽然它并不完美）：从"他在严寒的冬天消失了"到"积雪模糊了露天的塑像"，译文一步步深入到悲痛言辞的中心，而到了"水银柱跌进垂死一天的口腔"，一个惊人的"跌进"（原文"sank"，下沉，沉入），不仅比原文更强烈，也给我们带来巨大的寒意和"死亡的绝对性"！"啊，所有的仪表都同意／他死的那天是寒冷而又阴暗"，也只有如此精确并饱含情感的译文，才能把这里的"仪表"变成带着我们内心震颤的语言的仪器！

　　而穆旦的这篇译作之所以影响了众多中国诗人和读者，不仅在于其深刻的感受力和语言创造力，还在于它出自一个诗人对自身命运的艰难辨认。正是在苦难的命运中，穆旦把这首诗的翻译，作为了一种对诗歌精神的寻求、发掘和塑造。从开头的悲痛哀悼，到最后他所译出的这样的名句"靠耕耘一

片诗田 / 把诅咒变为葡萄园",穆旦最终完成了、也献上了一首他自己迟来的伟大挽歌。这样的译句,真可以作为穆旦本人的墓志铭了!

"英国现代诗选"为穆旦的遗作,它在诗人逝世后才被整理出版。如果诗人活着,我想他还会对之进行修订和完善的。但是,仅就目前我们看到的样子,仅就其中那些优异的、至今看来仍不可超越的译作,诗人已完全对得起他那被赋予的"才赋",也对得起他所长久经受的磨难。他以这些心血浇铸的译作(还包括他在那时对《唐璜》译稿的整理,对普希金诗译稿的修订和补译),和他的创作一起,构成了一个诗人有着足够分量的"晚期"。

而这一切,如放回到那个特定时代,就显得更为难得和珍贵。在那个年代,绝大多数作家和诗人都基本停止了写作,而穆旦在那时的创作和翻译,不仅显现了莫大的精神勇气,也显现了一种罕见的"把诅咒变为葡萄园"的诗歌创造力。这使他的一生不仅是悲剧的一生,也是承担和不断奉献的一生。他在那种极其艰难和沮丧的境遇下对诗人自身职责的坚守,他对艺术独立和诗歌自身尊严的维护,他那在苦难中迸发的语言创造才赋,在很大程度上,都可以与流放时期的曼德尔施塔姆相比。他本来可以写得更多、更好,但却因心脏病突发离世。他留给我们的,只是无尽的苦涩和巨大的怅惜。

当然,由于一些超出个人的历史原因,如同他那一代一些中国作家和知识分子,穆旦做出了自己最好的,但也显现了自身的某种局限或者说是宿命。在评价这样的前辈时,我们不仅要持审美尺度,还得持历史尺度,或者说,要有历史眼光和同情心。对穆旦的争论不会停息,对他的评价也会超出他本人,但是,这样一位诗人,在其早期充分体现了新诗对"现代性"的追求和成就,在其晚期又以这种创作和翻译,向我们显现了这种"现代传统"中最根本、也最珍贵的东西。他之所以"重要",不仅因为在他身上体现了百年新诗和中国现代知识分子的全部历史,更因为他就处在那样一个核心位置上。

"你给我们丰富，和丰富的痛苦"，这是《出发》一诗中的名句，现在我们真可以对穆旦本人这样说了。

说来也是，虽然在当下诗坛"大诗人"的称号满天飞，但人们却很少用它来称颂穆旦。庞德在一首致惠特曼的诗中说"你砍下的大树，现在是我们用来雕刻的时候了"，穆旦呢，当然不可能和惠特曼那样的具有世界影响的诗人相比，但他不仅留下了丰富多样的遗产和资源，也留下了即使在严酷的冬天也会永久跳动的生命——在通向未来的艰难途中，他仍会对我们时时产生激励。

在 1945 年写下的《甘地》一诗中，穆旦有这样令人难忘的诗句："甘地以自己铺路，印度有了旅程，再也不能安息。"而穆旦自己和其他一些文学、诗歌前辈之于我们、之于面向未来的中国现代诗歌，可能也正具有了这样的意义。

由于生命猝然中断，也由于创作本身的某种不足，穆旦还被一些人视为"未完成的诗人"。但是，他对我们的意义也就在于"未完成"。我想，在历史上也只有为数不多的重要诗人可以为后人留下这种"未完成性"。正因为如此，穆旦不仅属于 20 世纪 40 年代，也不会永远停止在 70 年代中后期。在文学史上，有些诗人过去就过去了，但是穆旦却会不断地成为我们的"同时代人"。的确，对今天的我们来说，似乎没有其他任何中国现代诗人像穆旦那样深具"现实意义"了，比如他在《五月》中的那句"是你们教了我鲁迅的杂文"，在今天仍不断地被人们所引用。那么，这里的"你们"指的是谁？"鲁迅的杂文"又意味着什么？更重要的，是谁在发问？是穆旦吗，还是一位处在残酷而荒谬的 40 年代的诗人在提前为我们发问？总之，我们在今天面对穆旦，如用阿甘本在《何为同时代人》中的话来表述，那就是："这种考古学不向历史的过去退却，而是向当下我们绝对无力经历的那个部分的回归。"

（原载《文艺争鸣》2018 第 11 期）

郑敏先生二三事

张清华①

北京师范大学文学院

一

2021 年末的一天，我正在去南京的高铁上，忽然接到郑敏先生的女儿——诗人童蔚的电话，她告诉我说，老太太可能就是这一两天的事情了，让我与师大文学院说一下。我闻之愕然，虽说有数年没有见到老人家，但一直听说她身体尚好，怎么忽地就有了这样一个消息呢。

---

① 张清华（1963— ），男，山东博兴县人，文学博士，教育部长江学者特聘教授，现为北京师范大学文学院教授、博士生导师，北京师范大学国际写作中心执行主任，中国当代文学研究会会长，中国作协诗歌委员会副主任。出版《中国当代先锋文学思潮论》《天堂的哀歌》《文学的减法》《中国当代文学中的历史叙事》《存在之镜与智慧之灯》《猜测上帝的诗学》《窄门里的风景》《狂欢或悲戚》《像一场最高虚构的雪》等十五部学术著作，在《中国社会科学》《文学评论》《文艺研究》等权威学术期刊发表论文数百篇。曾获省部级社科成果一等奖、北京市教育教学成果一等奖、北师大教学名师奖、北师大最受本科生欢迎十佳教师奖、华语文学传媒大奖等，兼任茅盾文学奖、鲁迅文学奖、骏马奖等评委。同时涉猎诗歌散文写作，出版散文随笔集《海德堡笔记》《隐秘的狂欢》《春梦六解》《怀念一匹羞涩的狼》等，诗集《形式主义的花园》《一只上个时代的夜莺》《镜中记》等，曾讲学德国海德堡大学、瑞士苏黎世大学等。

心中掠过一阵悲伤。我知道，102 岁的生命已足称得上圆满，但毕竟她的离场，标志着新文学彻底成为历史，最后一位仅存的新文学的硕果，也将走入先贤和古人的行列。她的离去，将会让这个曾经璀璨而浩繁的星空，这曾名角云集的舞台，最终完全空寂下来。

一时不知道说什么。我马上与单位取得了联系，把可能要做的事情做了建议。

然后，在新年开始后的第三天，我听到了她离去的噩耗。

天气也倏然开始寒冷起来，那一刻，我的脑海里出现了里尔克的一句诗："精疲力竭的自然，却把爱者收回到自身……"

这是《杜伊诺哀歌》中的诗句。仿佛时间也会疲倦，大自然也会有她不能持续柔韧与刚强、慈悲与大爱的一天，也会躺平。

这一天终于来了。

而她正是受到里尔克、奥登等诗人影响的一代人，属于黄金的一代。到她这里，新诗似乎已渐渐找到了一种恰如其分的写法，一种前所未有的深沉而清晰、内在且安静的表达。当她在 1942 年秋季的某个时刻穿越昆明郊外的稻田的时候，我确信中国的新诗，经历了一个关键性的、值得纪念的片刻。

而 80 年过去，到现在这一刻，曾经足以称得上繁华的"九叶"，已经凋谢干净——最后一片叶子不但穿越了世纪，也穿越了那些几乎不可能穿越的苦难与迷障，直抵新一个百年的二零年代，几近乎成了一个传奇。某种意义上，他们这个群体，正是上承了新诗变革探索并不厚实的家底，外接了由里尔克、叶芝和奥登们所创造的智性与思想之诗的启悟，经由 20 世纪 40 年代的艰难时事，以及西南联大那样特殊的精神温床的繁育与呵护，才有了他们更趋智慧和知性的写作，这标志着刚刚经过一个青春期的新诗，终于有了一个正果，一个成熟的明证。

当然，这里还有许多历史的细节，比如他们的前辈冯至的引领，还有她所学专业，哲学的支撑，等等。

天空仿佛有雪花飘落，寒风呼啸着席卷过去，仿佛在刻意地提醒，一个时代就要在这岁尾的寥落中结束。

但那是属于另外一些人的工作。那些与历史有关的大词，围绕这一代知识分子，这一代诗人的恩怨纠结、是非沉浮的评价，可能不是我能够完成的，甚至也无须再行梳理，它们已早有定论。而另一些属于个人记忆的细节，却在片刻中渐渐清晰起来。

我的脑海中，浮现出了几帧岁月的剪影，与郑敏先生相识20多年的几个微小的私人场景。

二

我与郑敏先生之间，虽没有任何直接和间接的师承关系，但认识她却非常早，是在20世纪90年代，具体是哪次会议上，记不得了。那一次，在会后的饭桌上，大家兴致很高，便开始读诗。有人点我，我便背诵了她的那首《金黄的稻束》。此诗我在读书时就很喜欢，自然背得纯熟，也得了掌声，她对我便有了印象。记得她是用纯正的北京腔说："张清华，你的声音很好啊，你适合学美声。"

我说，我一直敬仰会用美声歌唱的人，想学而未有机会呢。她便说，等一会儿，我来教你。

以为她老人家就是开玩笑。那样的会上，她哪有时间教我呢。后来便把这一节搁下了，年深日久，也早淡忘了。

大概是2015年秋，老太太过95岁生日，我随几位师友去她在清华园的家里看望她，大概早已错过了生日的正点儿，但是老太太依然很高兴，那时她头脑还算好，精神头很足，也很健谈，就是爱忘事儿。她女儿童蔚告诉我们，她已有点"老年性痴呆"了，专业一点的说法，便是得上了"阿尔茨海默病"。我初时不信，说，老太太这么有精气神，怎么会有那病呢。话音未落，她便问我，哎，你叫什么名字来着？我说，我是张清华呀。她便说，对对，你看我这脑子，你是在北师大工作吗？我说是啊，老太太，您不是很多次来学校参加活动么，我一直负责接待您呀。她马上说，呵哦，想起来了，你不错。

于是就又谈笑，说了些别的事情。过了五六分钟，她又问，哎，你叫什么名字来着？

我说，我是张清华呀，您一会儿就不记得了？她马上道歉，说，啊，对不起，我现在的脑子坏掉了，不记事儿啦。张清华，我们认识有很多年了吧？我说是啊，怎么也有 20 多年了。

她忽然说，张清华，你声音不错，应该学美声，我教你唱美声吧。我说好呀，郑敏先生，您 20 年前就说过这话呀。她说，你过来，我便随着她来到另一个房间。这时，好逗的刘福春也过来了，他说，老太太您不能偏心眼儿，您也得教我啊。老太太被逗乐了，便说，一起教。刘福春，你先开口唱一句我听，刘福春唱了一句，她说，不行，你不适合学美声。

她转头又看向我，说，哎，你叫什么名字来着？大家便都笑了，知道老太太这忘事儿已经是没办法了。她说，你把刘福春唱的这一句再唱一下，我便随口唱了一句，"在那遥远的地方……"老太太马上说，你适合，我来教你。

老太太便从音阶上开始教我唱"啊—啊—啊—啊—啊"，由低到高，再由高到低，反复了几下。说，发音的部位应该是颅腔，要掌握气息，用气息上行来发音……

我就在那儿装模作样地学着，老太太一会儿也没多少精神了，加上刘福春在那儿不断插科打诨，也就歇了。非常奇怪的是，老太太一共问了我不下十次"你叫什么来着"，却一次也没有问过刘福春。我们便逗老太太，说，您这叫选择性遗忘啊。

遂大笑。

吃饭的时候，老太太的胃口很好，也很开心。就是每过十分钟，就会再问我一次叫什么，而且她完全不记得刚刚问过一遍，每次问都像是初次。这让童蔚有些尴尬，对她说，人家来看你，还请你吃饭，你就不能记住这仨字儿吗？问了十几遍不止了。

末了，告辞的时候，老太太又问，你叫——对，你是张清华。我记住了，你声音条件不错，抽空来，我教你美声唱法啊。

这次是我最后一次见老太太。

三

更早先的时候，大概是 1998 年春，北京文联和《诗探索》编辑部，召开了一次关于"当代诗歌的现状与展望"的研讨会，史称"北苑会议"。我那时才 30 冒头，还在外省工作，有幸忝列此会，自然印象很深。那次会是在北苑的某个地方，那时这一带还是典型的郊区景象，没有一座像样的建筑，"北苑会议中心"还远未建成，街上流着污水，乱得一塌糊涂。但会开得却非常热闹。

那一次，郑敏先生是与会者中最老的一位，坐在那儿，好像一位慈祥的祖母。但奈何她精气神儿足，所以主持人让她第一个发言。老太太发言的内容，是略述了她之前发表的几篇文章中的意思，大意是反思新诗的道路，语言和形式上的问题，还引述了德里达的哲学。她的发言，明显与她一直以来的身份和形象不一样，因为在大家的眼里，她是老一代诗人中十分"前卫"的探索者，现在居然反过来了。她认为新诗的写作，因为只强调了"言语"而忽视了语言，故而把汉语——甚至汉字中原有的那些丰富含义都慢慢丢失了，写作者也因此丢失了原有的文化身份，变成了双重人格……这些反思当然都很有启示性，只是如此总结近一个世纪的新诗历史，也许又显得有些过于苛刻了。

照理说，郑敏先生的这个发言非常书面化，理论上，也因为涉及了结构与解构主义的方法，而显得很"玄"，所以实际上是很难回应的。主持人评点完之后，会议好像陷入了一个停顿。隔了几秒钟，上海来的李劼突然说，我来说几句吧。

这个李劼，说话向来是语不惊人死不休的。他开口第一句话就是，"郑敏先生发言一开始说自己不懂诗，我以为她是谦虚呢，听完以后才知道，她是真的不懂"。这话让所有的人都愣住了，现场空气仿佛僵了五秒钟。我注意到，郑敏先生虽然有点错愕，但还是一直笑眯眯地盯着李劼，并没有不高兴。

李劼接下来讲的，其实与"当代诗歌的现状"并没有多大关系，他的兴趣好像也不在诗歌方面，而是对解构主义的"虚构"理论的阐发。他兴致勃勃谈论的是前南斯拉夫的著名导演库斯图里卡的一部电影，叫作《地下》。

随后发言的是欧阳江河，他回应了李劼的发言，主要关键词也是"虚构"，他那时大概也刚刚写下了《市场时代的虚构笔记》，认为人类社会的所有问题，都与虚构有关——股票、资本、经济、日常生活，乃至文本本身，文学或诗歌的"态势""趋势"都是虚构出来的。如果说李劼只是提出了一个哲学命题，而江河便是从阐释学的角度，给予了完整系统的解释。

两个人的发言，都有叫人拍案惊奇的效果。但会间休息的时候，陈超起身对李劼说，李劼啊，你刚才可有点过分了，你说别人不懂诗也就算了，说郑敏先生不懂诗，可是有点儿大逆不道。

李劼笑笑，完全不当回事，他也不去向老太太道声抱歉，而是径直出门，吸烟上厕所去了。

这时还沉浸于疑惑中的老太太，叫住了从她身边走过的欧阳江河，说："江河，石油也是虚构的吗？"江河说，石油本身不是虚构，但它的价值是虚构出来的。"那么，母亲呢，母亲也是虚构的吗？"

老太太终于有点急了。可是欧阳江河不假思索地说，"是的，母亲也是虚构"——随后他大概又解释了一句，说，"关于母亲的理解，这个文化是虚构的"。

老太太摇摇头，再没有说话。

这是我第一次对老太太有深刻的印象，也对她产生了一点点的歉意，虽然冒犯她的不是我。毕竟我们这些与老太太坐在一起的人，年龄都不大，她比我们所有人的母亲都要大，更不要说他在 20 世纪 40 年代初就写下了传世之作。

四

但不管怎样，我与郑敏先生的交集，还是有一点可以提及的，就是2015年我编选了一套"北师大诗群书系"，其中有一本《郑敏的诗》。当然，编选的过程中，我基本都是与童蔚联系，并没有敢多打扰到老太太。这套诗集，是考虑到要把北师大的"文脉"做一些梳理，从鲁迅的《野草》开始，北师大校园的诗歌传统，当然也离不开在这里执教 40 余年的郑敏先生。

这个编选的过程，是学习的过程，我心中关于她的诗歌写作，似乎生成了一个有岁月痕迹、有时间链条的印象，也让我清晰地看到了她与历史之间的对应。

这非常关键，一个人在历史中，也许不一定能够发挥什么作用，但他或她，究竟怎么认识、以什么样的文字与这历史对话，则显得至关重要。从中我们会看清楚一个写作者的灵魂，它是否足够坚韧和独立，是否与真实和正义站在一起。在这一点上，郑敏先生是值得尊敬的。

还有一次，是在北师大。在主楼七层，文学院的会议室里，记不清是一次什么主题的会了。那次郑敏先生依然是讲诗歌的语言和形式问题，印象中应该是 2013 年，或者稍晚。她讲着讲着，声音忽然越来越高，显然是兴奋了。她忽然说："我现在其实非常愿意讲点课——张清华，你不请我来讲点课呀？"我当然听出了其中的一点幽默的意思，连忙说："好啊好啊，郑敏先生，我们可求之不得，您要来讲课，那还不得爆满呀。"

又是童蔚打断她："您说什么呀，人家这是学校，讲课都是按课表计划来的，怎么就要请您来讲课啊。"

老太太便捂嘴笑笑："说，我也就这么一说，算了算了，说多了。"

一不小心，这一场景成了永久的遗憾。确实安排一个偌大年纪的老先生讲课，也是一件麻烦事，学校如今的管理制度，也确有难以逾越的僵硬处，但至少做一点讲座，哪怕是系列讲座，还是能够安排的。可毕竟老人家年龄太大了，出行需要专人陪护，稍有点闪失便很难应付，所以就迁延了下来，以至于成了她的一个再未能实现的遗愿……

五

几天后，是八宝山告别的一刻。

一月的寒意，围困着每一个前来的告别者，在大厅外的广场上，大家哈着热气，互相打着招呼。或许与时令和天气有关，我注意到，原来期望中黑压压的送别人群，其实并不多，不到百人的样子。起先我很诧异，郑先生如此深刻地影响了现代新诗，更影响了当代，一生也是闻名遐迩的学者和教育家，为何居然堪称寥落，身后的哀荣亦未有我想象中那样盛大？

思之良久，我忽然意识到，这实在是太正常不过了，因为先生活得太久，不止她的同代人早已作古，就连她早年的那些学生，也几乎都到了耄耋之年，或许有许多也早已不在人世。人生至此，实在是繁华阅尽只剩凋零了。在告别人群中，我看到了年近八旬的吴思敬教授，便和他说起自己的感受，他也感叹道，是啊。即使比郑敏先生晚一辈的人，也所剩不多了。

没有想象中的那种强烈的悲伤和哀戚。因为确乎她的一生，她的终点，已是一座高出人世的雪山，常人的体察力和情感，在这样一座冰峰面前，已经显得过于渺小，没有悲伤的资格。倒是与她同时代的那些英年早逝的人，那些历史中的落英，更让人感叹唏嘘。这一代人，经历得太多了，而她则是真正见证了该见证的一切。

沉缓的哀乐，仿佛在低声讲述她漫长的一生，在朗诵她那些充满睿智与思想的坚定的诗句。仿佛那田野的稻束在黄昏的光线中，还依稀述说着一位少女，对一切衰败的母亲的哀悯，对那不朽的劳动、苦难和生存的赞美。她在 22 岁时，就写下了那样不朽的感人诗句。

如今，她静静地安卧在鲜花丛中，走入了那永恒的光线，终于也成为一尊雕塑。

我随手写下了一首小诗，题为《悼郑敏》，也录在这里——

九片叶子中的最后一片，最后

于今晨凋零。像先前所有的飘落

一样安详，静谧，悄无声息

就像世纪冰山的下陷，岁月的末尾

带着无边的凉意。几近静谧的塌陷声

哦，这世纪的凋零，仿佛慢镜回放

已经历太多风雪，太多波澜泥泞

一百年，田野里横躺的稻束仍照耀着黄昏

一个母亲的疲倦已带走了无数另一个

她坚持了那思的姿势，朝向，还有

遥远的历史。告诉我们，站立本身

是多么重要，还要再经历多少？多少

岁尾的悲哀，多少落雪后的空旷，多少

比死还要深、比沉默还要虚无的寂静？

当一月的风想用寒意测量这叶子的分量

你已从雪花的高度，无声地落下

这汉语因此，而一片肃穆的洁白……

谨以此志念。

2022 年 1 月 20 日，北京清河居

（原载《文艺争鸣》2022 第 5 期）

在20世纪90年代的双向延长线上：《奇迹》与韩东诗歌创作的世纪地形图

刘波①

三峡大学文学与传媒学院

摘　要： 作为"第三代"诗人，韩东在20世纪80年代的诗歌创作已经经典化了。新世纪以来他的写作处于被"遮蔽"状态，未引起评论界多少关注。在此背景下，韩东新诗集《奇迹》出版后虽获好评，但也引发诸多思考：新诗集与之前的写作相比，一方面表现为从潜意识到有意识进行主题书写的变化，另一方面则一直保持着探索写作与真理之关系的热情，这是生产机制上变与不变的辩证法。而在诗学精神的延续性上，《奇迹》回到韩东90年代的写作，体现为对80年代"未完成"状态的补充与超越。新世纪以来，韩东

---

① 刘波（1978—），男，文学博士，三峡大学文学与传媒学院院长、教授、博士生导师，湖北省文艺评论家协会副主席，中国作家协会诗歌专门委员会委员，中国现代文学馆第五届客座研究员，中国作家协会会员，中国当代文学研究会会员，湖北省宣传文化人才培养工程"七个一百"人选，湖北省作协首届签约评论家。在《人民日报》《光明日报》《中国现代文学研究丛刊》《当代作家评论》《文艺理论与批评》等权威学术报刊发表论文百余篇，出版专著《"第三代"诗歌研究》《当代诗坛"刀锋"透视》《诗人在他自己的时代》《重绘诗歌的精神光谱》等共5部，主持国家社科基金一般项目1项和湖北省教育厅社科基金重点项目等5项。曾获湖北省社会科学优秀成果奖、红岩文学奖文学评论奖、草堂诗歌奖年度诗评家奖、"后天"双年度批评奖、星星年度诗评家奖等。

在语言朝向真理性的实践中引入"世界意识",这种诗学观也可能激活当代诗歌的另一种潜能。围绕《奇迹》回望韩东40余年的诗歌,他的创作历程呈现为一幅跨世纪的诗歌地形图,其写作正迈向澄明之境,这也是一代诗人在新时代语境下的整体折射。

关键词:《奇迹》;韩东;1990年代;当代诗歌;世界意识。

韩东作为诗人这一角色,是通过40多年的写作逐步建构的。目前对他的定位是"第三代"诗人和新生代小说家这两重身份,至于其作品的文学史地位和其文学写作的完整性,并没有得到系统化梳理与评价。韩东的写作也如新诗这一文体不断趋于边缘化,继而变得小众化,在读者接受上容易被忽视。[①]置身于当下语境,小众化或许意味着诗歌写作的专业性越来越强,这对于评论家和文学史家的挑战性也就越来越大。

此外,如果在纵向的时代背景下来考察韩东,我们可能会发现他的诗歌创作相对纯粹,与很多跟随时代风向变化的写作格格不入,这缘于韩东对诗坛名利的自我疏离与不妥协。不妥协的结果是他最终让自己成了"一壶总也煮不开的水","不能在成功的指标上沸腾"。[②]世俗的成功也许不是韩东的终极目标,而他书写日常凡俗经验的作品是否可以重塑当代诗歌的另一种可能?《奇迹》[③]是韩东近六年诗歌创作的一次结集,站在当下时间节点上反观这部诗集,我们会发现,韩东在不动声色的坚守中也发生了一些微妙的变化。他以40多年的写作绘制了一幅跨世纪的诗歌地形图:从早期对朦胧诗的反叛、

---

① 学者张元珂对于韩东2000年以来的诗歌写作没有得到更多学院派研究者的关注和评论做过详细分析,参见张元珂:《韩东论》,北京:作家出版社,2019年,第204-211页。

② 韩东:《我的确是一个"青年作家"》,《青年作家》,2021年,第1期,第1页。

③ 韩东:《奇迹》,江苏:江苏凤凰文艺出版社,2021年。本文所引诗歌大都出自这本诗集,故不再——标明页码。

解构到 20 世纪 90 年代以民间形式的"冒犯",到新世纪之交在网络上的极致化口语实践,再到近些年来赤诚书写的回归,他并未走一条可循环的圆形轨迹,而是立足"诗与思"的清晰表述迈向了澄明之境。在这幅诗歌地形图中,韩东的变化并非跌宕起伏,他从一开始就选择了以语言对接生活经验作为写作的逻辑起点,后来也没有极端地进行颠覆式转向,而是保持了匠人式的劳作心态,这正是韩东的风格具有一致性的体现。

正因为这种人生与诗学逻辑上的一致性,《奇迹》作为韩东诗歌写作延长线上的一个"产品",是一种"历史的必然"。从《奇迹》回望韩东的写作乃至中国当代诗歌的整体路径,且延展到新世纪及其未来的写作面向,到底会呈现出什么样的蛛丝马迹?本文以此问题切入点,试图梳理韩东所表征的中国当代诗歌的演变脉络,从而赋予一代诗人以相对完整的形象。

一、诗学生产的内在机制: 变与不变的辩证法

诗集《奇迹》在 2021 年出版之后,江苏省作协为韩东召开了作品研讨会,①这对于花甲之年的诗人来说是人生"第一次"。这次研讨会以《奇迹》的出版为契机,是对韩东 40 余年诗歌创作整体成就的回望与审视,带有阶段性总结的意味。有批评者曾对韩东 20 世纪 80 年代至新世纪的写作进行过评判:"对于整个文学史、诗歌史而言,韩东及其作品的经典化在新世纪前后也已经基本完成,此后他的成功或失败都委身于这一经典化的光环或阴影之下。"②《奇迹》正是这一"经典化的光环或阴影之下"的产物,到底是光环还是阴

---

① 2021 年 10 月 21 日,由江苏省作家协会主办的"韩东诗歌创作研讨会"在南京举行。

② 何同彬:《文学的深梦与反抗者的悖谬——韩东论》,《文艺争鸣》,2016 年,第 11 期,第 134-140 页。

影，对于韩东来说似乎不重要了，重要的在于这部新诗集是否为其经典化加持了某种内在抵抗的力量——《奇迹》没有过多地延续韩东曾有的孤傲，而是变得相对平和，在延续之前冷峻的风格中有着人生的温润。韩东通过《奇迹》改变了自己的形象，而《奇迹》也作为文化出版现象重新塑造了韩东，让他在获得更多的生命体验后，越发趋于通透和世事洞明的沉静。

由此来看，《奇迹》的出版折射出了"第三代"诗人经过泥沙俱下的写作后所练就的综合能力——那种对于人生经验的总体把握，不再局限于青春期的反叛和解构，而是有了更为强大的吞吐力与消化力。在这一维度上谈论《奇迹》，除了技艺越发纯熟外，我们能看到一个通透的诗人是如何处理自我与时代的紧张关系的。"在他的诗里没有家人。/ 有朋友，有爱人，也有路人。/ 他喜欢去很遥远的地方旅行 / 写偶尔见到的男人、女人 / 或者越过人类的界限 / 写一匹马、一只狐狸。// 我们可以给进入他诗作的角色排序 / 由远及近：野兽、家畜、异乡人 / 书里的人物和他爱过的女性。/ 越是难以眺望就越是频繁提及。/ 他最经常写的是'我' / 可见他对自己有多么陌生。"（《诗人》）韩东在为诗人作传，也在为自己画像，一个冷静的生活观察者，自律、内省，且有着极强的反思意识。在如此清晰地书写一个诗人的人生与写作过程之后，韩东的写作到底还有没有通向诗意的可能？如果说《诗人》是他对当下诗人形象所下的一个定义，那么，《奇迹》这本诗集就可能有着新的诗歌发生学意义，既折射出"第三代"诗人在当下的境遇，也表征了韩东这一脉所呈现出的坚守与写作的可持续性。因此，我们切入《奇迹》这本新诗集，似有必要从韩东40余年诗歌创作历程中的变与不变这两条线索来进行双向观察，以辨析出《奇迹》在诗学生产层面上的线索，这不仅对于梳理韩东的写作历程有价值，而且对于当下诗人的写作也富有启示作用。

《奇迹》的"变"在于，韩东从过去的反叛中逐渐回到了生活本身，相应地，他也从专注于潜意识的书写，逐渐转向了有意识的书写。如果说之前的诗集多为按时间线性顺序来呈现纵向的写作历程，新诗集则按明确的主题归类，表现为横向的结构美学展示。他集中于写动物，写朋友，写亲人，写亡者，写时间，写行旅……与韩东过去棱角分明的冷静表达不同的是，这些主题书写聚焦于一种洞明世事后的生活和解，不乏柔软与温和的风度，且有着"认命和领命"的达观之意。韩东一向喜欢小动物，有时靠直觉随意写来，并无多少体系性，而《奇迹》第一辑"白色的他"即专写动物，且形成了规模效应，以此来检视自己的觉悟。"生命常给我一握之感。/ 握住某人的小胳膊 / 或者皮蛋的小身体 / 结结实实的。// 有时候生命的体积太大 / 我的手握不住，那就打开手掌 / 拍打或抚摩。"（《生命常给我一握之感》）韩东很多时候是从微观角度去打量那些弱小的身体，但小而有力的体验感又呼应着他对生命的理解，诗人只是如实地记录，并转化为对于爱意的诗性建构。韩东写作变化的有效性正是基于他对爱的理解融入了切实的生命感，将过去标签化或符号化的冷酷稀释掉，换上了温和的面孔。

在《奇迹》中，有一辑诗名为"悼念"，这是追忆和凭吊亡者的一组作品，韩东有意将其放在一起，也可能是出于某种特殊心理：看过诸多生死之后，他没有变得内心坚硬，反而是回到温情与暖意来看待生命的消逝，从而领略"爱与死"[①]的美学。爱是消解了怨恨的，"诗何以伟大，因为其中容不下怨恨。怨恨会极大地败坏一首诗，至少在我这里这是真理"。[②]消解怨恨对于诗人来说不仅是一种美德，也是写诗之策略。《悲伤或永生》这首诗或许能代表他从日常角度打开自我内心的风格，字里行间暗藏着诗人对生死的理解：

---

① 韩东曾总结过他的写作主题："其实几十年来我所写的不过是爱与死，这是我的两大主题。"参见"江苏凤凰文艺出版社"公众号 2021 年 5 月 6 日"文学现场"专题对韩东的访谈。

② 韩东：《诗何以伟大》，《五万言》，四川：四川文艺出版社，2020 年，第 63 页。

"有人死了，但豆瓣还在 / 仿佛在网上可以永生。// 有人活着，却消失了 / 微博里最后的留言是：/'无论你是谁，在什么花期 / 都要活得如此蓬勃呀！'/ 配图是一张枫叶火红的快照。"死亡所指涉的悲伤，已经通过豆瓣和微博等网络载体转化成了永生，时代改写了我们对于"死亡或永生"的认知。"我的猫在现实中获得了永生 / 土丘之上立着一排垂柳。/ 柳丝拂地，风景绝佳 / 埋她的地方古意盎然并且特别。// 我企图在我的作品中永生 / 打开，其中有一段记述：/ 生产队长摩挲着床上垫的狗皮褥子对老陶说：/'这是你们家小白的皮，暖和着呢！'"① 现实中死亡的猫是否获得了永生，对于诗人来说并不是一个难题，其终极思考仍然回到了他的作品，这是永生能得以落实的根本：他们家叫小白的狗虽然死了，但是在韩东的小说叙述中被铭记下来，这也是另一种意义上的"永生"。韩东在诗歌中倾注的温情，渗透到了变化中的日常生活，这种状态回应的正是诗人在人生感受中不断强调的爱，即从形而上的雄辩回到有温度的体验，这是一种更具现实感的变化与转向。

《奇迹》的"不变"在于，韩东一直坚持探索写作与真理之关系的姿态，"我的根本问题，简言之就是：写作与真理的关系"。② 这让他的诗歌写作专注于处理语言"自然呈现"的生活经验，无限朝向一种"真理性"。③ 无论是从过去面对语言问题而提出"诗到语言为止"，还是到近年提出的"语言到诗为止"，都围绕着阐释写作与真理之关系而展开具体实践，最终通向无限诗意与有限创造之间的辩证法。在有限创造与无限诗意之间，韩东置入的是其写作的坐标感，这一坐标不会随着时代与认知的变化而变化。"没有良好的坐标感只凭冲动和天分的写作值得怀疑"，④ 他指出了写作状态的稳定性在于某种内在

---

① 狗皮褥子的情节见韩东长篇小说《扎根》。

② 韩东：《我的中篇小说（序）》，《我的柏拉图》，陕西：陕西师范大学出版社，2000年，第3页。

③ 朵渔：《面向真理的姿势——重论韩东》，《上海文化》，2010年，第3期，第41-47页。

④ 韩东：《我们身处一个语言的现实》，《五万言》，四川：四川文艺出版社，2020年，第41页。

的永恒美学，它是个体的审美趣味，也是文学相对稳定的审美标准。

《奇迹》中的很多诗作都印证了韩东提出的从"诗到语言为止"至"语言到诗为止"的对话观念，语言和诗的关系对应着诗人如何将日常经验转化为更精确的修辞表达，而这种表达又扎根于"人性的觉醒"。这是他探索写作与真理之关系的方向，如同用哲思来丈量诗和语言之间的距离。在《一个寓言》中，韩东书写了一个人进山的过程，虽然一直在行走，但他像卡夫卡笔下的K 一样永远无法走进山里，其实他已经身在山的内部，与山的零距离却让他觉得遥远，这种纠缠于现场困境的语言表达，反映出的是诗人在面临表达的有限性时所意识到的困难。"越是在山里了，他越是想念这座山。""就像他爱那个人 / 越是进入她就越是思念不已。"这是非常典型的韩东式语风，决绝又矛盾，既远又近的距离呈现出了他在有限与无限之间挣扎的状态，既富有个体的戏剧性，又有着普遍的寓言性。韩东这些年坚守的"真理性"，就是在这种不变里获得了诗的内涵。他还有一首诗名为《有限》："我们读过他写得最好的诗 / 对他写得不怎么样的诗就没有兴趣。/ 见过他能量充沛的样子 / 对他的衰弱就不能原谅。/ 我们对他的感悟是一种崇拜，但不是爱。"这是诗人对另一位熟悉的诗人的客观评判，但这种客观里又有着强烈的主观性，立足于过去的成就来审视他当下的退守，也就无法接受一个人的衰弱和局限了，这种矛盾心绪传递出了诗人处理有限与无限之关系的辩证色彩，强化的正是"词与物"的组合所溢出的思辨性。

从内容上看，《奇迹》是一部变化之书，也是一部不变之书，韩东围绕日常见闻、朋友、亲人、亡者与时空变幻，写出了生活中的变化和差异，也道出了经年不变的价值观。变化的是他拥抱生活的心态，而不变的则是他对于艺术观念的坚守。在这种时代之变与自我守成的"对抗式"语境中，韩东坚守的是一种"以文学为志业"的理念，而他相对保守的生活方式更在于其内在的精神定力，相应地，他也由此确立了具有辩证法色彩的诗学教养。这是作为"同时代人"的韩东不同于那些一直随时间逻辑往前追赶的同代写作者的独异之处，他一直在凝视时代，但又隐忍地抵抗时代，回到情感与诗艺的交汇处，这正是诗人在《奇迹》中的用力之处。

总之，《奇迹》所延展出来的变与不变，均涉及韩东从20世纪80年代至90年代文学创作在解构与建构上的微妙转型。尤其是90年代，韩东同时进行小说、诗歌和随笔等几种文体的创作，这对其诗歌写作在形式上的多元化带来了影响。而他90年代的写作如何延伸到新世纪？在精神轨迹的扩展上又对《奇迹》的生产起到了什么样的推动作用？这些回溯性问题对于韩东本人的写作和当代诗歌回归对话质地都有着见证性意义。

二、在20世纪90年代的转折点上：从"未完成"到超越性

20世纪80年代初，以反叛者形象登上诗歌舞台的韩东写了《你见过大海》《有关大雁塔》，被认为是他的"代表作"。[①] 在四十年后的今天来审视，我们不难发现，这几首诗与胡适当年写作《两只蝴蝶》（原题《朋友》）颇有相似之处，在诗歌表达形式上强化对传统的反叛，是确立新风向的一种策略，从生产机制来说，仍然是集体主义时代的产物；而从诗歌本体而言，它们并不具有多么高的文学性。可见其诗歌史价值大于诗歌本身的价值。年轻的韩东也由此作为"第三代"诗歌代表性诗人进入了诗歌史。

再次回到韩东诗歌写作的起点，我们会发现他是在80年代基于对朦胧诗

---

① 对于这几首"代表作"，韩东曾说："当年《有关大雁塔》发表以后，我的诗歌写作似乎再无意义。尽管我自认为诗越写越好，别人却不买账。由此我知道所谓'代表作'的有力和可怕。"（韩东：《我的中篇小说（序）》，《我的柏拉图》，陕西：陕西师范大学出版社，2000年，第1页。）

诗学理念的反叛而走上诗坛的，而在受朦胧诗影响且又将朦胧诗作为"对手"之后，他到底在诗歌文本上解决了什么问题？韩东早期的解构之诗，强调的是单纯的事实还原，很大程度上处于"未完成"状态，这种"未完成"一方面体现为只有过程而没有结果，另一方面则是在整体诗意的落实上过于强调破坏性，而缺少建构性。从某种意义上说，80 年代是韩东诗歌写作的起点和成名期，而远非他诗学建构的完成期。到了 90 年代，韩东才在"立人"的意义上开始真正的个人化写作。韩东同时进行小说和诗歌创作，且主要精力放在了中短篇小说上。他认为小说写作有着"谋生"的意味，诗歌虽然写得不多，但还是其主要的精神生活方式。尤其是他 90 年代前期的写作，相比于 80 年代的"张扬"，在审美上表现为高度的抑制性，与其小说创作形成了某种互文性。在这一阶段，韩东书写了个人经验对接时代的变化，突出了个人化写作的抒情性，暗含着他对于诗歌边缘化的应对策略。从《机场的黑暗》《甲乙》到《在深圳》《这些年》，韩东的写作渗透了叙事性和在场感，契合了日常生活美学的转向。而 90 年代后期，处于边缘化的诗坛不断掀起波澜，这体现为一系列争议事件的产生——从断裂行为到盘峰论争——韩东作为组织者和参与者，强调的是个体的、自足的民间立场，[①] 归到了民间写作的阵营。基于其民间诗人的身份，韩东在 90 年代前期到后期的变化，依然遵循的是实验精神和探索意识，只是那种清晰的感觉时而转化为一种神秘感，又不时地在绝对化的表达里显现出自我言说的悖论性。

韩东正是在 90 年代诗歌的边缘化时代放慢了写作的步伐，这一背景对于他是一个重要的提示和警醒：诗人的写作虽然内在于大的文化环境，但又要与时代保持必要的疏离。90 年代面临的是一种整体结构上的社会转型，社会转型作用于思想，才构成了文学内部的"倒逼"机制，"时代的转换使得诗歌

---

① 韩东:《论民间》,《芙蓉》, 2000 年, 第 1 期, 第 8 页。

必须做好长期处于边缘的思想准备，否则必然加剧自身的失落感"。① 王岳川的总结不仅指涉了 90 年代的诗歌现场，同时也让人们看待诗歌的视角不再像 80 年代那样刻意放大，而是回归常态。"90 年代的先锋诗虽然被新兴的消费文化、新兴的文化与知识体制挤到了一边，但恰恰是'边缘'位置上的调整，带来了内在的紧张和针对性，也带来突破自身限制、直面共同精神困境的联动可能。"② 90 年代的诗歌显得更为复杂，且内部很难获得一致性，这也是 90 年代末诗坛分化为"知识分子写作"与"民间立场写作"的原因之一。

所以，立足于当下经验来看待 90 年代诗歌，一方面，我们要将其充分历史化，另一方面就是将其问题化，"与 80 年代的诗歌相比，90 年代的诗歌处理了更为广阔而丰富的经验，技艺逐渐趋向稳定，但是确也比 80 年代的诗歌少了些许锋芒，如果不说创造力的减退的话"。③ 就像孙文波称 90 年代诗歌是"'世俗的'诗歌"，④ 虽然这只是一个权宜性的说法，但世俗作为 90 年代的标签也透出了那个时代文化的整体精神。我们更为关注个体的生活，在处理文化经验上则是向内转，这给诗人写作和思想带来了深度冲击。"在 80 年代，第三代诗歌所呼唤的日常、平民、口语写作的确显示了一种屡遭压抑的世俗生活的呼声，而当这一价值吁求在 90 年代美梦成真时，继续平面化地固守这一立场非但丧失了其初始的革命意义反而有碍于诗歌的生长……"⑤ 姜涛指出的世俗化转向在 90 年代虽然代表了一部分诗人的立场，但是世俗化并不是最终目的，而只是作为审美的一个面向，让诗歌回到对人与生活之内在价值的

---

① 王岳川：《中国镜像：90 年代文化研究》，北京：中央编译出版社，2001 年，第 244 页。

② 姜涛：《个人化历史想象力：在当代精神史的构造中》，《从催眠的世界中不断醒来：当代诗的限度及可能》，上海：华东师范大学出版社，2020 年，第 83 页。

③ 西渡：《重提"修远"》，《郑州大学学报（哲学社会科学版）》，1998 年，第 1 期，第 73-74 页。

④ 孙文波：《我理解的 90 年代：个人写作、叙事及其他》，《诗探索》，1999 年，第 2 期，第 26-37 页。

⑤ 姜涛：《可疑的反思及反思话语的可能性》，王家新、孙文波：《中国诗歌九十年代备忘录》，北京：人民文学出版社，2000 年，第 143 页。

观照，它并不承担更多宏大的功能。

随着日常生活的消费主义盛行，文学生产版图也被改写。"90 年代的文化机制中偏重实证化、经验化、理论化以及并行不悖的娱乐化、消费化、'去政治化'的表象方式，使得当代诗这个异类在民刊、自费出版、网络发表、诗歌节等形式形成的小圈子里自我循环，而无法进入文化机制的生产模式中，也就无法发挥其在 80 年代的那种影响。"[①]韩东写于 90 年代的重要诗歌，在当时没有引起反响，是整个时代诗歌边缘化的结果，它既失去了 80 年代的总体影响力，又无法在文本经典化的层面唤起大面积的关注。这也是韩东作品迟至新世纪之后才被重新发现的原因，这些诗歌与他在 80 年代的作品有着密切的关联性，它们一起构成了韩东作为更立体的"第三代"诗人的形象。

很多研究者认为韩东 90 年代的诗歌写作并不具有多少价值，"与韩东旗帜辉煌的诗歌宣言理论相比，他的 90 年代诗歌创作则相当疲软"，[②]尤其是 1998 年韩东和朱文一同发起"断裂"事件，其过于强烈的姿态性也消解了诗歌文本的价值。实际上，相比于 80 年代，韩东 90 年代的诗歌，"语义转换更加迅疾，那种绝对的虚无感也更加锐利，同时，诗歌情境的包容性也有进一步的加强"。[③]这种建设性和包容性的写作是立足于 90 年代更多元的文化整体氛围，同时也伴随着诗人对时代转型的敏锐感知，在一种切身的体验中考量诗歌写作的创新问题。"我们这代诗人所经历的，既有个人表达的特殊问题，亦有外在于个人的语言再造的问题，以及在此新的语言之上的寻求

---

① 张伟栋：《修辞镜像中的历史诗学：1990 年以来当代诗的历史意识》，上海：华东师范大学出版社，2017 年，第 30-31 页。

② 刘继林：《在话语的反叛与突围中断裂——韩东诗歌行为的回顾性考察》，《学术探索》，2005 年，第 5 期，第 135-139 页。

③ 贾鉴：《雾中的陌生人：90 年代先锋派的一个侧面——以韩东为例》，《南方文坛》，2011 年，第 1 期，第 51-53 页。

诗歌创造极限的探索和挑战。"① 韩东的诸多文学行为都有着极端性，但是他的写作本身并未显出过多形式上的实验色彩。如果说 90 年代他强调诗歌的"立人"，那么这种建构恰恰意味着他可能放弃了姿态性，从而回到了诗歌写作的内部。可以说，90 年代是韩东新世纪诗歌写作的一个过渡期，他在这一时期确立了向内回归人生和人性的方向感。《奇迹》对 90 年代诗歌写作的接续，正是在未完成的意义上去完成从现场到人生的体悟，是对 90 年代的呼应与超越。

三、回到新世纪：诗歌、语言与世界意识

经过了 90 年代的建构式书写，再到新世纪初的"再造"，韩东的《奇迹》与之前诗歌写作的延续性并未中断，但很重要的一个支点就是越来越倾向于"成为自己"。与诗人朱朱"成为他人"② 的诗歌理念相比，韩东在走向内心的途中更加坚定了向内转的决心，最终达到的是还原一个客观的自我。如果说韩东之前的诗歌和言论里还有着尖锐的一面，③《奇迹》这部诗集则显出了一种"外冷内热"的平和气质，④ 这也是韩东新世纪以来诗歌写作的整体面向，有

① 韩东：《一个备忘——关于诗歌、现代汉语、"我们"和其他》，《中国现代文学研究丛刊》，2022 年，第 6 期，第 153-159 页。

② 诗人朱朱有一篇演讲名为《路过我，成为他人》，其诗歌理念也同出于此，对于相关分析和阐释，参见李章斌：《成为他人——朱朱与当代诗歌的写作伦理和语言意识问题》，《诗探索（理论卷）》，2020 年，第 1 期，第 98-121 页。

③ 韩东在 20 世纪 90 年代的部分诗学言论中直接表现出批判性乃至"攻击性"，比如在他在"断裂"事件之后接受汪继芳的采访中就有所体现，参见汪继芳：《"我们想做的只是放弃权力"——韩东访谈录》，《"断裂"：世纪末的文学事故——自由作家访谈录》，江苏：江苏文艺出版社，2000 年，第 201-230 页。

④ 此处借用林舟评论韩东性爱小说的一种说法，参见林舟：《在绝望中期待——论韩东小说的性爱叙事》，《当代作家评论》，2000 年，第 6 期，第 94-100 页。

着更加通透的尊严感和平衡意识。那么，新世纪 20 余年创作的积累，巩固韩东诗坛地位的同时，他在朝向真理的写作中是否会重塑当代诗歌的另一种可能？他最看重的诗歌语言问题对创作有了什么新的影响？他又是如何通过辨析写作与真理的关系而最终通向"世界意识"的？这些问题都关联于韩东新世纪之后写作谱系的建构。

新世纪以来，韩东公开出版过七本诗集，诗歌也在各种刊物上大量发表。这一方面说明诗人在写作上用力甚勤，另一方面则体现出他的诗歌有着固定的读者群。这些都强化了韩东作为一个重要诗人的地位，这个重要性并不同于他作为"第三代"代表性诗人的身份，而是其作品本身的价值所在。韩东新世纪诗歌写作虽然部分延续了之前的冷峻风格，但他拓展了诗歌的人性与温度书写，让其变得更柔软，更具亲和力。因此，他逐渐由诗通向了人，正是在这一变化中，其新世纪诗歌需要被重新评估。他这一脉个人化写作构成了当下诗歌日常美学的重要面向，同时也丰富了当代诗歌史的维度。

在韩东一直强调的面向真理的写作中，他看似书写的是日常琐碎经验，但其诗歌几乎没有停留在对这种经验的复制与照搬，而是在叙事或抒情中通向了一种哲思性。这种哲思不同于我们惯常理解的生活哲理，而是一种极富思辨性的语言哲学。语言哲学对于韩东来说是一个认识装置，让他的诗歌在丰富语感的同时，也不乏诗性的神秘。因此，韩东所追求的写作与真理的关系，很大程度上可以归结到他对语言的极致化运用上，这种运用不是单纯的写实，而是以极其精准的表达通向一种混沌之境。就像他曾说："诗歌就是奇思妙想，但可以是大尺寸上的奇思妙想，细部则平淡无奇。"[1] 韩东的很多诗歌都是对这一观念的实践与印证，这种奇思妙想不仅考验诗人的想象力，也针

---

[1] 韩东：《我们身处一个语言的现实》，《五万言》，四川：四川文艺出版社，2020 年，第 42-43 页。

对语言本身。《奇迹》《奇迹（2）》《奇迹（3）》这三首诗，都是从非常平淡的日常生活场景出发，韩东在观看、倾听与感受中将见闻娓娓道来，他更多地作用于语言和心理，并由此带出一种细腻的超现实主义美学。

对于韩东来说，与其说是诗性，不如说是语言创造本身才是他写作的方法论。所以想象的释放和对神秘感的追求，都是以语言创造作为理想。"某种艰涩、质朴、幽深、广大、严谨和玄妙之诗令我心向往之。"[1] 这种理想是建立在他对语言炉火纯青的控制与把握上。当他的写作形成了既定风格时，那些在具象和抽象之间不断转换的诗思，也具有了内在的秩序感，这种秩序就是对精准与朴素的极限追求。"当语言用于准确地表达自会形成一种风格，这是一个应该不断重临的起点。"[2] 在"精微准确"的表达中，"他总是从一个生活的细小缝隙入手，并沿此深入钻探，钉子一样慢慢敲入存在的深处或低处，展露出自己对生活的独特认知"。[3] 对韩东这一运用精准语言写作的形象比喻，正契合于诗人对写作细节的强调。与精准的表达相对应的是对朴素的追求，"文学至高的境界是朴素"，[4] "要朴素，再朴素，更朴素一些。不是追求所谓的朴素的美感，是要尽量拆除那些伪装，包括朴素之美的伪装"。[5] 一直以来，韩东就是在拆除伪装，因为他的纯粹内在于准确而朴素的表达之中，这不仅表明了他的诗学立场，同时也显示了他的写作技艺。在《我们不能不爱母亲》一诗中，韩东再度为亡母写下了追思之情："我们不能不爱母亲／特别是她死了以后。／病痛和麻烦也结束了／你只须擦拭镜框上的玻璃。／／爱得这样洁净，

---

[1]　韩东：《应该每天写》，《五万言》，四川：四川文艺出版社，2020年，第16页。

[2]　韩东：《诗何以伟大》，《五万言》，四川：四川文艺出版社，2020年，第69页。

[3]　黄德海、韩东：《要长成一棵没有叶子的树》，《虚构的现艺》，广西：广西师范大学出版社，2022年，第207页。

[4]　韩东：《诗歌中有语气》，《五万言》，四川：四川文艺出版社，2020年，第30页。

[5]　韩东：《诗何以伟大》，《五万言》，四川：四川文艺出版社，2020年，第66页。

甚至一无所有。/ 当她活着，充斥各种问题。/ 我们对她的爱一无所有 / 或者隐藏着。// 把那张脆薄的照片点燃 / 制造一点焰火。/ 我们以为我们可以爱一个活着的母亲 / 其实是她活着时爱过我们。"韩东虽然在写自己的母亲，但他似乎又写出了所有失去母亲的人所共有的感受，这是其亲情书写能打动人的原因。从《多么冷静》到《爸爸在天上看我》，从《写给亡母》到这首《我们不能不爱母亲》，他以精准朴素的语言写出了众多生离死别，没有滥情，但又不无动情之处。而暗藏诗中的玄思性，最终取决于他爱亲人的朴素情感，这是无法伪装的真诚所激发出的一种赤子式的表达，不需要作过多阐释，就已经在字面上体现了他洞察人性并转化经验的能力。

韩东对语言精准和朴素的要求，是一种诗歌写作的标准，其实也是一道"难题"。"不要让你的语言失去灵敏性，所以，要纤弱，不是那种收缩的干枯，而是纤维一般具有弹性的纤弱。探针一般刺入所写的世界。"[①] 而有弹性的"纤弱"语言是否能够通向命运？在谈到保罗·策兰的诗歌时，阿甘本以"不说话的""幼儿"来比拟诗人在面对语言时的干净与纯粹，语言只是对其自身而言具有"命运"的力量，对于诗人来说，"无言地站在语言的面前的时候，他前所未有地不受触动、遥远而没有命运。命运只关乎语言，在世界的幼儿期面前，语言信誓旦旦地说自己能够遭遇它，说自己除名称外，永远对它有话可说"。而语言的命运是什么？诗人能表达的只是"对语言中的意义的空洞许诺"，[②] 离开了诗人，语言的主体性能否自然地通向命运？诗人作为创作主体，还是要以更真诚的语言靠近诗歌内部潜藏的真理性诉求。

对此，韩东也有他自己的认知："诗的问题不简单是语言问题，也是人与语言的结合。人与语言的结合也不同于人使用语言，而是某种合而为一。没

---

① 韩东：《写作者的骄傲还是骄傲》，《五万言》，四川：四川文艺出版社，2020 年，第 34 页。

② ［意］吉奥乔·阿甘本：《散文的理念》，王立秋译，南京：南京大学出版社，2020 年，第 18 页。

有对语言的爱何谈诗歌？那只是在使用或利用语言。具体的诗人与语言共舞创造出真实之诗歌。"① 这才是韩东在诗歌和语言之关系的层面所拥有的问题意识。因为对语言问题的不懈探索，他在思想上直接取径世界意识："所谓的世界意识，即是你对置身的存在有了某种如实的认同。""世界意识是世界性的'诗歌精神'得以确立的必要保证，世界性的诗歌精神有赖于价值标准的一致、经验对象的同步以及审美判断上的共识。"② 这种世界意识就是一种眼界和视野，它关乎诗人以什么样的立场切入对诗的理解，同时也关乎他对地域、时代、身份与名利得失的超越，有着更宏阔的诗学抱负。

在韩东的理解中，世界意识具有某种超越感，它是建立在全面共识基础之上的综合认知。当诗人面对具体的诗歌写作时，世界意识是可以"随物赋形"的一套价值观。在《马尼拉》这首诗中，一匹马被作为观赏的道具置于马尼拉街头，这一道风景在诗人笔下并不美，而是变成了一种束缚。他试图在文字中解放这匹可悲的马，"结束它颤抖的坚持 / 结束这种马在人世间才有的尴尬、窘迫"。韩东的悲悯情怀在新世纪诗歌写作中形成了一束束微光，照亮的不仅是那些朴素的词语，还有深植其中的人性。这正是韩东诗歌中发生的变化，也是他遭遇的困境。他已经意识到在时代的焦虑和自我的分裂中对于艺术持守的艰难，"加上生理时间的老之将至、现实因素的刺激和干扰，可谓思之多多、阻力重重，深感写诗或者诗人的生涯即是一种特殊而深刻的折磨"③。从 20 世纪 80 年代写诗至今，韩东表现出的多为自信姿态，他始终站在一个高度上要求诗歌；而对于自己，当个体与时代的对接发生变化，更高的

---

① 韩东：《我们身处一个语言的现实》，《五万言》，四川：四川文艺出版社，2020 年，第 39 页。

② 韩东：《一个备忘——关于诗歌、现代汉语、"我们"和其他》，《中国现代文学研究丛刊》，2022 年，第 6 期，第 153-159 页。

③ 韩东：《一个备忘——关于诗歌、现代汉语、"我们"和其他》，《中国现代文学研究丛刊》，2022 年，第 6 期，第 153-159 页。

诉求会深深地折磨他。这也许不是韩东一个人的感受，而是与其有着相同追求的诗人所共有的认知，如何化解这样的困境与折磨，将"世界意识"纳入到透视诗人的镜像范畴，就成了题中应有之义。

对于韩东来说，"世界意识"不仅是他创作的视野，也是其写作的内在动力。有了新世纪 20 年持续性写作的加持，他不仅在《奇迹》中充分地表现了其可感性的诗学理念，也在救赎的意义上回归了对人生的温情注视，那些带着生命感的表达为韩东的写作赋予了新的标准，也可能形成他未来写作的新传统。

四、结语

60 岁的韩东在《奇迹》中呈现的通透感，更像是某种诗歌写作上的完成状态，而将这一变化置于其整体诗歌创作的脉络中，我们会发现他从一个曾经的"权威"变成了匿名者，以更低调的方式在回应世界的变化。"在这个时代，隐逸者尤为可贵，但有一个前提，就是虽隐逸但不孤愤。专注于工作和思考，只是无暇顾及现世虚荣。"[1] 韩东所言的隐逸者，更像是他为自己设定的一个形象参照，《奇迹》是隐逸者完成的一份专注于诗歌志业的答卷，不孤愤，但也有着内在的批判性，只是这种批判不再是反叛，而是出于人的综合考量所做出的深度探索。

《奇迹》是韩东绘制自己诗歌地形图历程中的一个阶段性记录，是他从冷峻转向温情，从对抗转向对话的见证。从品质上韩东认为这是他到目前为止"最重要"或者"自己最看重的一部新诗集"，[2] 纵观韩东 40 余年的诗歌创作生

---

① 韩东：《现场不需要氛围》，《五万言》，四川：四川文艺出版社，2020 年，第 91 页。

② 参见"江苏凤凰文艺出版社"公众号 2021 年 5 月 6 日"文学现场"专题对韩东的访谈。

涯，他的转型更多时候体现为隐性的起伏，所以今后更大变化的可能性就很小了。韩东的未来诗歌创作是走上自我重复，还是仍具生长性，甚至写出他所神往的杰作？带着这一追问，我们对韩东未来写作的跟踪阅读和审视就显得更为必要。

（原载《中国现代文学研究丛刊》2022 第 6 期）

04

第四部分：宏观视域的诗学批评

自由诗与中国新诗

王光明①

首都师范大学文学院

摘　要： 自由诗是中国新诗的主要体式，中国新诗的研究和批评经常使用自由诗这个诗体概念，却未加以历史和理论的检讨。本文从中国早期自由诗理论的反思出发，联系新诗接受自由诗的过程，认为中国新诗在语言与形式"求解放"的进程中，精神与内容的考虑显然优先于美学的考虑，存在着把自由诗浪漫化和简单化的现象。自由诗有存在的合理性，但它仍应遵循诗歌运用语言的基本规律，不宜将自由诗看成新诗的至尊形式，以至于代替其它形式的探索。必须打破"新诗应该是自由诗"的绝对观念，形成格律诗和自由诗并存、对话与互动的诗歌生态，以便在诗歌内部形成竞争机制和参照

---

① 王光明（1955—），男，福建省武平县人，曾任首都师范大学文学院教授、博士生导师，现为福建师范大学全职特聘教授，2007年起兼任中国闻一多研究会副会长。曾担任中国"鲁迅文学奖"、美国"纽曼华语文学奖"（The Newman Prize for Chinese Literature）评委等。论著《散文诗的世界》《灵魂的探险》《艰难的指向——"新诗潮"与20世纪中国 现代诗》连续三届获福建省社科优秀成果二、三等奖；《现代汉诗的百年演变》获北京市社科优秀成果二等奖；《中国诗歌通史》（现代卷主编）分别获北京市社科优秀成果特等奖、教育部高等学校社科优秀成果一等奖。先后被授予"全国新长征突击手"（1985）、"福建省优秀专家"（1997）、"北京市教育创新标兵"（2007）等荣誉称号。1993年享受国务院特殊津贴。

体系，获得自我反思和自我调节的能力。

关键词：自由诗；浪漫化；诗歌原则；并存格局。

一、中国早期的自由诗理论

中国新诗在求解放的历史行程中，形式上最认同的是自由诗。自由诗既是中国新诗求解放的依据，也是实践现代性的主导形式。虽然在早期，人们一般把不讲格律和使用"白话"写的诗称作"新诗"而不叫自由诗，但实质上它们是两个可以互换的称谓。这一点已早被反对新文学的"学衡派"人物所道破："所谓白话诗者，纯拾自由诗（Verslibre）及美国近年来形象主义（Imagism）之余唾。"[①]把白话诗看成上述两者的"余唾"，是一种偏见，但说新诗与自由诗、意象派诗有密切关系却符合实际。

事实上，如果说胡适的《谈新诗》、康白情的《新诗底我见》等理论文章，为反抗文言和格律约束的自由诗开辟了通道；《关不住了》作为胡适"我的'新诗'成立的纪元"，[②]以流畅的"白话"和自由的形式，解决了自由、个性化的情感与"旧语言""旧形式"的矛盾，宣告了中国诗歌自由诗时代的来临。那么，郭沫若则通过《女神》对西方自由诗的情感与形式的全面移植，不仅确立了以"自我"抒情为出发点的诗歌话语交流机制，也将它化约成一个简单明了的创作公式："诗＝（直觉＋情调＋想象）＋（适

[①]　梅光迪：《评提倡新文化者》，《中国新文学大系·文学论争集》，上海良友图书公司，1935年，第129页。

[②]　胡适：《再版自序》，《尝试集》，上海亚东图书馆，1920年。必须指出的是，《关不住了》不是胡适自己创作的作品，而是一首译诗，它是美国女诗人梯斯黛尔（Sara Teasdale）发表在美国《诗刊》（Poetry）1916年第3卷第4期的作品，原题为Over the Roofs（在屋脊上）。胡适以此为题翻译后发在《新潮》第1卷第4号（1919年4月1日）上。

当的文字)"。①

在"五四"时期的历史语境中，由于这种交流机制兼有抒情与批判的双重功能，也由于这种创作公式能够直接承担这种功能，体现新诗崇尚自由而反对约束，追求质朴自然而反对典雅雕琢的精神，它便成了新诗求解放的主导形式。到了 20 世纪 30 年代初，冯文炳已经可以在北京大学的课堂上体系化地阐述他"新诗应该是自由诗"的理论，同时在新诗与"旧诗"之间划出一条明确的界限。他说：

我发现了一个界线，如果要做新诗，一定要这个诗是诗的内容，而写这个诗的文字要用散文的文字。已往的诗文学，无论旧诗也好、词也好，乃是散文的内容，而其所用的文字是诗的文字。我们只要有了这个诗的内容，我们就可以大胆的写我们的新诗，不受一切的束缚，"不拘格律，不拘平仄，不拘长短；有什么题目，做什么诗；诗该怎样做就怎样做。"我们写的是诗，我们所用的文字是散文的文字，就是所谓自由诗。②

冯文炳不同意胡适从传统诗词中为"白话诗"寻找依据的做法，认为这是对已往的诗文学认识不够，"旧诗词里的'白话诗'，不过指其诗或词里有白话句子而已，实在这些诗词的白话句子还是'诗的文字'"。只有抛弃这种"诗的文字"，用"散文的文字"来写，才能摆脱旧诗的境界。这种强调诗的内容与散文的语言的观点，后来也体现在诗人艾青《诗的散文美》一文的立论中，可以说大致代表了中国新诗对自由诗的认识。

冯文炳关于"新诗应该是自由诗的理论"，产生于 20 世纪 30 年代现代

---

① 田寿昌、宗白华、郭沫若:《郭沫若致宗白华信》,《三叶集》,上海亚东图书馆,1920 年,第 8 页。
② 冯文炳:《谈新诗》,北京: 人民文学出版社,1984 年,第 24-26 页。此书是作者 20 世纪 30—40 年代在北京大学任教时写的讲义,曾以《谈新诗》为书名,1944 年由北平新民印书馆出版。

主义诗歌实验的语境中，有着复杂的背景①，包含着对早期新诗的功利性、明白清楚主义和感情专制主义的反思，以及对中国传统诗歌资源的重新认同②，需要多个层面的讨论。但冯文炳对自由诗的理解，是内容方面的，与胡适的"以质救文胜之弊"和郭沫若的感情至上主义并没有本质上的差别，只不过强调的"内容"不同而已：胡适强调的"内容"是现实，郭沫若强调的"内容"是自我，而冯文炳强调的"内容"则是感觉和想象。他认为胡适"白话新诗"的问题是"诗的内容不够"，不像是在写诗，而是在用诗来推广白话文；诗的内容应该是不同的感觉和幻想。他说古代诗人用同样的方法作诗，文字上并没有变化，只是他们的诗的感觉不同，因而人们读来也不同。他举例说："古今人头上都是一个月亮，古今人对于月亮的观感却并不是一样的观感，'永夜月同孤'正是杜甫，'明月松间照'正是王维，'举酒邀明月，对影成三人'

---

① 冯文炳的诗歌观念与胡适不大相同，胡适相信进化论，冯文炳（他是周作人的四大弟子之一）则受周作人"循环论"文学史观和散文理论的影响。周作人在 1932 年《中国新文学的源流》中认为，整个中国文学史是"言志派"与"载道派"两种文学现象的风水轮转：自周朝开始，言志派崛起，到了汉代，载道派取而代之；魏晋南北朝时，言志派死灰复燃，唐朝之后，载道派又起来压制，而到明末，言志派又赢得了出头的机会。在周作人看来，20 世纪初的中国新文学运动的源头可以追溯到明末言志派的复兴，而胡适等人所倡导的白话文学，正与明末的"信腕信口皆成律度"相类似。不过，周作人认为，言志派并不都像公安派讲求流丽，一概"信腕信口"的，而是流丽与奇崛两种风格的交替，公安派的流丽后来为竟陵派的奇崛所取代。因此，他相信胡适的"我手写我口"必然会遭到奇僻生辣风格的反拨。冯文炳的诗论和创作，实际上是对周作人这一文学观点的实践。

② 冯文炳的诗歌理论主要建立在对中国文学的认识上，他是同时代罕见的不依赖西方诗歌理论资源的人。他认为"重新考察中国以往的诗文学，是我们今日谈白话新诗最吃紧的步骤，因此我们可以有根据，因此我们也无须张皇，在新诗的途径上只管抓着韵律的问题不放，我以为正是张皇心理的表现。"（《谈新诗》，第 39 页）他把传统的中国诗分为两派，一是"温李"难懂的一派，一是"元白"易懂的一派，认为向"温李"一派学习才是新诗的前途，因为这一派的诗不追求抒情，而是十分重视感觉和幻想。他说："温词向来的为人所不理解，谁知这不被理解的原因，正是他的艺术超乎一般旧诗的表现，即是自由表现，而这个自由表现又最遵守了他们一般诗的规矩，温词在这个意义上真令我佩服，温庭筠的词不能说是情生文文生情的，他是整个的想象，大凡自由的表现，正是表现着一个完全的东西。"（同上，第 30 页）

正是李白。这些诗我们读来都很好，但李商隐的'嫦娥无粉黛'又何尝不好呢？就说不好那也是没有办法的，因为那只是他对于月亮所引起的感觉与以前不同。又好比雨，晚唐人的句子'春雨有五色，洒来花旋成'，这总不是晚唐以前的诗里所有的，以前人对于雨总是'雨中山果落''春帆细雨来'这一类闲逸的诗兴，到了晚唐，他却望着天空的雨想到花的颜色上去了，这也不能不说是很好的想象。……感觉的不同，我只能笼统的说是时代的关系。因为这个不同，在一个时代的大诗人手下就能产生前所未有的佳作。"[①]

就诗歌鉴赏而言，冯文炳的这些阐述可谓体贴入微。他把感觉与想象作为诗之为诗的关键因素，认为"白话诗"不该像胡适那样以散文的语言写散文的内容，不该像郭沫若那样直写感情，是非常精辟独到的。但当他把古典诗歌一律指认为用诗的语言写散文的内容，认为新诗应该反其道而行之，以散文的语言写诗的内容的时候，他就走向了真理的反面：不仅理论上是错误的，思维方法上也是二元对立式的。这时候，他又与胡适的理论主张殊途同归了。他说："我们的白话新诗是要用我们自己的散文句子写。白话新诗不是图案要读者看的，是诗给读者读的。新诗能够使读者读之觉得好，然后普遍与个性二事俱全，才是白话新诗的成功。普遍与个性二事俱全，本来是一切文学的条件，白话新诗又何能独有优待条件。"[②]那么，什么是散文的句子或散文的文字？他说得非常含糊，像他的许多论述一样，使用的往往不是说理的方法，而是举例的方法，他说："'散文的文字'这个范围其实很宽，三百篇也是散文的文字，北大《歌谣周刊》也是散文的文字，甚至于六朝赋也是散文的文字，我们可以写一句'屋里衣香不如花'，只是不能写'帘卷西风，人比黄花瘦'。文字这件事情，化腐臭为神奇，是在乎豪杰之士。五七言诗，与长

---

① 冯文炳：《谈新诗》，北京：人民文学出版社，1984年，第227-228页。

② 冯文炳：《谈新诗》，北京：人民文学出版社，1984年，第40页。

短句词，则皆不是白话新诗的文字，他们一律是旧诗的文字。"①在这里，"能够使读者读之觉得好"也是"一切文学的条件"，不为诗歌所独有；"白话新诗不是图案"才是作者的观点："不是图案"是由于它是用散文的文字写的。但为什么"屋里衣香不如花"与"人比黄花瘦"同是比喻的文字，前者是散文的文字，后者却是"旧诗的文字"？大概是因为后者在"五七言诗，与长短句词"的版图中。冯文炳的"散文的文字"的范围的确很宽，不属于旧诗形式约束范围之内的一切文字都是散文的文字。

在语言问题上，冯文炳不像胡适那样把文言和白话弄到生死对立的地步，这是冯文炳比胡适客观、全面的地方。他提倡用散文的语言写自由诗，从根本上看也是为了挣脱古典诗歌形式与语言的束缚，认为诗之为诗的前提并不是五言七言的形式和"诗的文字"，也有相当的合理性，因为诗的语言与散文的语言并没有严格的边界，诗的灵魂也不是固定的形式而是节奏。但若由此认定中国古典诗歌是以诗的语言表现散文的内容，而新诗是以散文的语言表现诗的内容，那就不仅误解了古典诗歌，也误解了以自由诗为主导的新诗。

那么，为什么会有这种误解？怎样正确理解自由诗这一现代诗歌形式？

二、中国新诗对自由诗的接受

中国新诗运动中对自由诗的理解，是以西方的浪漫主义诗歌作背景的。在五四"新诗革命"之前，像朗费罗（Henry Longfellow，1807—1882）、拜伦（George Gordon Byron，1788—1824）、雪莱（Percy Shelley，1792—1822）、丁尼生（Alfred Tennyson，1809—1892）、普希金（Александр СергеевичПушкин，1799—1837）、裴多菲（Petofi Sandor，1823—1849）等浪漫主义诗人的作品已

---

① 冯文炳:《谈新诗》，人民文学出版社，1984年，第40页。

经有过不少翻译或介绍。而被胡适称之为"我的'新诗'成立的纪元"的译诗《关不住了》，也是一首表现爱情的强烈与自由的浪漫主义作品。更不用说郭沫若的自由诗了，诗人自己就说过直接受益于朗费罗、泰戈尔（Rabindranath Tagore，1861—1941）、歌德（Johann von Goethe，1749—1832）和惠特曼（Walt Whitman，1819—1892）。当然，浪漫主义诗歌不全是自由诗，但近代国人用汉语译诗，早期用文言与中国古代诗体翻译外国诗时，往往把它们变成了中国诗；而后来用白话文翻译外国诗时，又给人外国诗似乎都是自由诗的印象。当然，名副其实的自由诗对中国新诗的影响也是巨大的，甚至可以说是最大的，尤其是惠特曼的自由诗和象征派、意象派的自由诗。

惠特曼的自由诗对中国新诗影响最大。最早对他的介绍见于田汉的长文《平民诗人惠特曼百年祭》，刊于1919年7月上海出版的《少年中国》创刊号，其中特别谈到"惠特曼的自由诗与中国文艺复兴"，认为当时中国时兴的新体诗是受了惠特曼的影响，被老旧文人攻击的命运也与《草叶集》相似。而郭沫若不仅直接从惠特曼的诗中得到过写诗的灵感，也是最早把惠特曼的诗歌翻译到中国的，其中他发表于1919年12月3日《时事新报·学灯》上的《从那滚滚大洋的群众里》，是惠特曼诗歌在中国最早的翻译。接着又有《译惠特曼小诗五首》（残红译）、《挽二老卒》和《弗吉尼亚森林中迷途》（谢六逸译）、《泪》（东莱译）分别在北京《晨报》副刊、《时事新报·学灯》和上海的《文学周报》上刊载。惠特曼诗歌在中国的影响力，甚至引起了鲁迅的注意，——他也不止一次地买过《草叶集》。①

在对惠特曼诗歌的介绍中，刘延陵《美国的新诗运动》一文的观点最具

---

① 鲁迅1928年9月2日的日记中有"往商务印书馆买W.Whitman诗一本"的记载。同月17日又有"午后往内山书店买《草之葉》（2）一本，一元五角"的记载。见《鲁迅全集第14卷》，北京：人民文学出版社，1981年，第725-726页。

有代表性。它是系列介绍各国新诗运动的头一篇文章。① 文章开头提出新诗是世界的运动，并非中国所特有，"中国的诗的革新不过是大江的一个支流"，而美国的惠特曼就是这条大江的源头。因此，文章的第一节专门介绍惠特曼：

惠特曼不但是美国新诗的始祖，并且可称为世界的新诗之开创之人；而且不但启发世界的新诗，就是一切艺术的新的潮流也无不受他的影响。……他何以被人这样尊重呢？我们何以称他为新诗的始祖呢？是因为他首先打破新诗之形式上与音韵上的一切格律而以单纯的白话作诗，所以他是诗体的解放者，为"新诗"的形式之开创之人。但是"新诗"与"旧诗"的异点并不如常人所思仅仅在形式方面，"新诗"和"旧诗"的区别尤在于精神中之较重要的几点实在可算是由惠特曼唤起。……论到形式一面他是打破诗之桎梏的人，论到精神一面他是灭熄旧的精神燃起新的精神之人。

既然当时的诗歌革新者认为新诗（自由诗）是世界的运动，自然不会只注意源头而无视汹涌的江河，只介绍惠特曼而忽略主要以自由诗形式写作的法国象征派和美国意象派诗歌。

对美国意象派诗歌，胡适在美国留学时就注意到了。他在 1916 年 12 月 25 日的留学日记中贴了从《纽约时报》书评版剪下来的《意象宣言》，附言说"此派所主张，与我所主张多相似之处"。② 同时，很多材料表明，1925 年之前留学美国的诗人，胡适、陈衡哲、徐志摩、罗家伦、汪敬熙、黄仲苏、闻一多、许地山、梁实秋、冰心、林徽因、刘廷芳、甘乃光、朱湘、饶孟

---

① 刘延陵：《美国的新诗运动》，《诗》，1922 年，第 1 期，第 2 页。《诗》是文学研究会专门刊载新诗的刊物，也是最早的一本新诗刊物。除《美国的新诗运动》一文外，《诗》杂志还先后发表过周作人《法国的俳谐诗》（第 1 卷第 3 号），刘延陵《现代的平民诗人买丝翡耳》（第 1 卷第 3 号）、《法国诗之象征主义与自由诗》（第 1 卷第 4 号）、《现代的恋歌》（第 1 卷第 5 号），周作人《石川啄木的短歌》（第 1 卷第 5 号）、《日本的小诗》（第 2 卷第 1 号），王统照《夏芝的诗》（第 2 卷第 2 号）等介绍外国诗歌的文章。

② 胡适：《留学日记第 4 册》，上海商务印书馆，1948 年，第 1073 页。

侃、陆志韦、孙大雨、陈梦家、方令孺等，都接触过意象派诗歌。而刘延陵的《美国的新诗运动》一文，在"一九一三年的小标题"下，也对美国意象派诗作了重点介绍。文中认为，诗人兼批评家孟罗（Harriet Monroe，1861—1936）创办的《诗》杂志，在诗人方面是发现了东方的泰戈尔和西方的林德舍（Lindsay），在诗潮方面是通过所谓幻想主义（即意象主义）助成了美国诗界新潮的一个大浪。总结美国新诗运动，文章得出结论："新诗有两个特点：形式方面是用现代语，用日常所用之语，而不限于所谓'诗的语言'（Poetic Diction）且不死守规定的韵律；内容方面是选择题目有绝对自由，宁可切近人生，而不专限于歌吟花、鸟、山、川、风、云、月、露。……把形式与内容方面的两个特点总括言之，一则可说新诗的精神乃是自由的精神，因为形式方面的不死守规定的韵律是尊尚自由，内容方面的取题不加限制也是尊尚自由。"

在中国新诗运动中，对法国象征派与自由诗关系的注意，也是比较早的。周作人的《小河》是胡适认为的"新诗中第一首杰作"，[①] 它在 1919 年初发表时，有一个小序，说："有人问我这诗是什么体，连自己也回答不出。法国波特莱尔（Baudelaire）提倡起来的散文诗，略略相像，不过他是用散文格式，现在却一行一行地分行写了。"[②] 散文诗是与自由诗平行发展、化合了诗歌与散文某些相通因素的文体，许多人认为它是自由诗的变体，中国新诗运动初期在追求诗体大解放时，也是将它当作白话诗（新诗）看的（譬如 1918 年 1 月，白话诗第一次在《新青年》集体亮相时，九首中至少有三首是散文诗）。这说明，法国象征派诗人变革诗体的追求，当时已经被中国诗人注意到了。因此，之后不久，就有波特莱尔（Charlrs Baudelaire，1821—1867）、

---

① 胡适：《谈新诗》，《中国新文学大系·建设理论集》，第 295 页。
② 《新青年》，1919 年 2 月，第 2 期，第 6 页。

马拉美（Stephane Mallarme，1842—1898）、魏尔伦（Paul Verlaine，1844—1896）、兰波（Arthur Rimbaud，1854—1891）、果尔蒙（Gemy de Gourmout，1858—1915）、耶麦（Franlis Jarnmes）等人的象征派自由诗被翻译过来。而在对他们的介绍中，20 世纪 20 年代初《少年中国》上田汉的《新罗曼主义及其他——复黄日葵兄的一封长信》（1920 年第 1 卷第 12 期）、李潢的《法兰西诗之格律及其解放》（1921 年第 2 卷第 12 期），对象征派自由诗给法国诗歌格律的冲击也作了描述。不过，介绍更为全面的，还是刘延陵的《法国诗之象征主义与自由诗》①一文。在这篇文章中，他不仅对象征主义以客观事物对应内心情调的特点作了详细介绍，还提出自由诗是随象征主义而来："自由诗是与象征主义连带而生，他俩是分不开的两件东西：因为诗底精神已经解放，严刻的格律不能表现自由的精神，于是生出所谓自由诗了。……自由诗不是不重音节，乃是反对定型的音节，而各人依自家性情、风格、情调、与一时一地的精神而发与之相应的音节。"

因为"五四"时期的"新诗"，是与"旧诗"相对的诗体概念，意味着不受传统的格律约束，所以在中国当时的诗歌运动中，新诗就意味着自由诗，无论在翻译还是在介绍文章中，都很少专门标出自由诗这一名目。但从实际情形看，这一现代诗歌形式，不仅与语言、形式上求解放的中国新诗运动一拍即合，而且成了人们追逐的中心，以至于排除了别种形式的探讨。然而值得注意的是，虽然各种流派的自由诗在短短几年中几乎同时涌入到中国诗坛，时间上也相差不大，但被接纳和被理解的程度是不一样的。惠特曼是一个平民诗人，他的自由诗具有民主、爱国、解放的精神，可以启发国人"从灵中救肉，也从肉中救灵"，②因而受到毫无保留的欢迎，与同样得到热爱的拜伦、

---

① 刘延陵：《法国诗之象征主义与自由诗》，《诗》，1922 年 7 月，第 4 期，第 1 页。

② 田汉：《平民诗人惠特曼百年祭》，《少年中国》，1919 年 7 月创刊号。

雪莱、济慈、歌德、泰戈尔的诗一起，不仅成了中国新诗最重要的参照，而且催生了中国的浪漫派诗歌。而意象派、象征派的自由诗，尽管也得到介绍，但一般都只看重它们形式上的解放，却对其内容上的"颓废"持有异议。即使像刘延陵这样在《诗》杂志上较全面介绍各国自由诗，为中国新诗语言与形式的解放寻找依据的人，精神与内容的考虑也优先于美学与技艺的考虑，因此虽然注意到精神与形式两个层面，但最终都通向了浪漫主义式的一元论阐述。①

由于从浪漫主义的立场看待自由诗，因而往往只看到"自由"而对"诗"的因素有所忽略：在早期中国新诗运动中，很少人注意到象征派和意象派诗歌对浪漫主义诗风的反拨，以及寻求更有力、更符合诗歌本质的表达方式的努力，更不能期待见到像庞德、艾略特那样辩证地看待自由诗的观点了。

三、自由诗的浪漫化

然而，从自由诗的历史看，尽管它具有精神与形式上的浪漫主义根源，也被各种诗歌写作所采纳，但它作为一种在象征派、意象派诗歌中得到普及的现代形式，却不像早期中国新诗人理解的那么简单。象征派和意象派诗歌是自由诗的积极倡导者，但它们的一个重要出发点，就是浪漫主义风气盛行了一百来年之后，希望诗歌能纠偏它的滥情主义倾向，节制空洞浮泛的感情宣泄，寻求更为有力和凝练的表达方式。象征派诗歌起源于19世纪中叶的一个西方诗歌流派，有对现代生活感到失望、不安、怀疑和苦闷的精神特征，

---

① 如作者认为象征主义与自由诗"名目虽异而精神则同"："自由诗之生于自由精神与自我底伸张可以不言而喻。诗之音节与情调相同，而情调因人不同，人又因时不同，所以固定的格律自然是杀伐自我，解放格律自然即所以伸张自我。"（《法国诗之象征主义与自由诗》，《诗》，1922年7月，第4期，第1页。）

同时不满因果分明的理性主义，喜欢表现事物的神秘性。而在艺术表现上，则有反对外在形式的约束、强调音乐性、重视各种感觉的互通、不主张直抒而主张暗示等几个方面的特点。所谓"象征"，就是客观世界与内心世界形成一种互为暗示的关系，变成"混沌而深邃的统一体"。因此被称为"象征派的宪章"的波特莱尔《应和》一诗，这样表现心与物、人与世界的关系："自然是一庙堂，那里活的柱石 / 不时地传出模糊隐约的语音…… / 人穿过象征的森林从那里经行 / 森林望着他，投以熟稔的凝视 // 正如悠长的回声遥遥地合并 / 归入一个幽黑而渊深的和谐 / 广大有如光明，浩漫有如黑夜—— / 香味，颜色和声音都互相呼应"。[①] 而意象派诗歌，则是 1912 年到 1917 年流行于英美，反抗维多利亚时期的浪漫传统，在诗歌中寻求坚实、精确、客观的表达方式的诗歌派别。所谓"意象"，也就是中国古代诗论中"以象写意"的意思。意象派的六条原则是：

1. 运用日常会话的语言，但要使用精确的词，不是几乎精确的词，更不是仅仅是装饰性的词。

2. 创造新的节奏—作为新的情绪的表达—不要去模仿老的节奏，老的节奏只是老的情绪的回响。我们并不坚持认为"自由诗"是写诗的唯一方法。我们把它作为自由的一种原则来奋斗。我们相信，一个诗人的独特性在自由诗中也许会比在传统的形式中常常得到更好的表达，在诗歌中，一种新的节奏意味着一个新的思想。

3. 在题材选择上允许绝对的自由。把飞机和汽车乱写一气并非是好的艺术，把过去写得栩栩如生也不一定是坏的艺术……

4. 呈现一个意象（因此我们的名字叫"意象主义"）。我们不是一个画家的流派，但我们相信诗歌应该精确地处理个别，而不是含混地处理一般，不

---

① 引自《戴望舒译诗集》，长沙：湖南人民出版社，1983 年，第 122 页。

管后者是多么辉煌和响亮。正因为如此，我们反对那种大而无边的诗人，在我们看来，他似乎是在躲避他的艺术的真正困难之处。

5. 写出硬朗、清新的诗，决不要模糊的或无边无际的诗。

6. 最后，我们大多数人都认为凝练是诗歌的灵魂。①

这些，在早期中国新诗运动并不是没有注意到，譬如胡适 1916 年 12 月 25 日留学日记中剪贴的《纽约时报》书评上的《意象宣言》，虽然是意象派诗人洛威尔（Amy Lowell，1874—1925）综合庞德（Ezra Pound，1885—1972）和福林特（F.S.Flint，1885—1960）的主张写的，意思则大体一致，也是这六条原则。刘延陵的系列介绍文章也曾节译过波德莱尔的《应和》和"幻象派"（即意象派）的"六个信条"，并特意在括号里提醒人们注意它与胡适《论新诗》的关系。② 然而，法国象征派要到 20 世纪 20 年代中期才能在中国诗歌中找到知音；而对意象派，无论是胡适还是刘延陵，都只读到了其"自由"的一面而未看到其"诗"的一面。胡适是把意象派揽进了自己"白话文"的怀抱，而刘延陵是以胡适的眼镜看待意象派，——这在转述意象派"六个信条"的第一、第四条时，表现得最明显不过："不用死的、僻的、古文中的字句"，并不是"六个信条"中的话，而是胡适《文学改良刍议》中的语言；第四条的转述"求表现出一个幻象，不作抽象的话"，除"话"字可能是"诗"字的手写之误外，意思表面上出入不大。然而，当他要人们"详见胡适之先生论新诗"时，问题就暴露出来了：虽然意象派与胡适都在提倡"不作抽象的诗"，

---

① ［英］彼德·琼斯：《意象主义诗人（1915）序》，《意象派诗选》，裘小龙译，桂林：漓江出版社，1986 年，第 158-159 页。

② "但是何谓幻象派呢？他们的信条有六，而幻象派的名称是从第四条生出。这六个信条是：一、寻常的说话中的字句，不用死的、僻的、古文中的字句。二、求创造新的韵律以表新的情感，不死守规定的韵律。三、选择题目有绝对的自由。四、求表现出一个幻象，不作抽象的话。（详见胡适之先生论新诗）五、求作明切了当的诗，不作模糊不明的诗。六、相信诗的意思应当集中，不同散文里的意思可作松散的排列。"（刘延陵：《美国的新诗运动》，《诗》，第 2 期，第 1 页。）

即倡导诗歌写作的"具体性";但对"具体性"的理解是南辕北辙,即意象派提倡的具体性,是以意象呈现瞬间感觉的具体性,而胡适的"具体性",是情境的具体描写,是诗经《伐檀》、杜甫《石壕吏》那样再现生活场景的具体性。也许,刘延陵把意象派译成了"幻象派",本身便是浪漫主义的误读。这样,在对它们进行阐述的时候,全归结于感情(或表现自我)和语言的自由就不足为怪了。

但象征派、意象派的自由诗虽然继承了浪漫主义的气质,在美学上却有非常不同的追求。法国象征派把浪漫主义看成是一种疾病,决心要以具有独立性的象征秩序治愈它,他们获得了成功。而意象派则是现代主义的开端,可以说是象征主义艺术技巧革新运动的进一步发展,要纠正浪漫主义的浮泛倾向。时间上与中国新诗运动十分接近,至少在表达形式上影响过胡适的"八不主义"的意象派,曾受直觉主义哲学家、印象主义诗人休姆(Thomas Ernest Huime,1883—1917)的影响,表现出明显的与维多利亚时期的浪漫诗风决裂的特点。休姆从柏格森(Henri Bergson,1859—1941)、帕斯卡尔(Blaise Pascal,1623—1662)、沃林格(William Worringer)的哲学和美学理论中获得了启示,坚信浪漫主义达到了竭尽的时期,20世纪的文学是一个"新古典主义"的时代。在著名的论文《论浪漫主义和古典主义》中,休姆明确表示:"我反对浪漫主义中甚至是最好的作家,我更反对善于接受浪漫主义的态度。我反对那些心软感伤的人,他们不把一首诗当作一首诗,除非它是为某些事情呻吟、悲哀之作。"他认为浪漫主义乘着与飞翔有关的隐喻进入了"无限""神秘""情感"的大气;新古典主义却能通过"看得见的具体的语言",证明"美可能存在于渺小而坚实的事物中"。因此,"最重要的目的在于正确的、精细的和明确的描写。……假如,在精确性上它是忠实的,就是说,整个的类同对于要描绘出你所要表达的感觉或事物的曲线是必要的话,在我看来你已获得最高的诗，纵使它的题材是微不足道的，它的感情与无限的事物相距甚远也无妨。"①

意象派的主要倡导者庞德1908年与休姆在伦敦认识，深受其思想的影响，对休姆的印象主义诗歌也大为赞赏，尊其为意象主义的先驱。可以说，休姆启迪了庞德的意象主义诗学，而意象主义的理念，又使庞德对日本的俳句和中国古典诗歌一见钟情（尤其对举偶和意象并置的表现策略），特别是在1913年，他得到美国汉学家欧内斯特·芬诺罗莎（Emest Franciseo Fenollsa，1853—1908）的论文"The Chinese Written Character as a Medium for Poetry"（《中国文字与诗的创作》）后，如获至宝，认为："摆在我们面前的不是一篇语文学的讨论，而是有关一切美学的根本问题的研究。芬诺罗莎在探索我们所未知的艺术时，遇到了未知的动因和西方所未认识到的原则，他终于看到近年来已在'新的'西方绘画和诗歌中取得成果的思想方法。他是个先驱者，虽然他自己没意识到这点，别人也不知道。"②

芬诺罗莎的论文主要对如下三点作了充分的论述：①中国文字最有事物的存真性，因为它是象形文字，最接近自然；②中国文字最少理性逻辑的约束，没有主动被动之分，它以主动为主，"即使所谓部首，都是动作或行动过程的速写图"；③中国文字不受时态的限定，能直接传达意念。芬诺罗莎的这种观点，反映的是一个西方学者对汉语的某种看法，并不代表汉语的真实形态，因此引起一些汉学家的批评。刘若愚在《中国诗学》中指出："在汉学界以外的西方读者中，还普遍存在着一种误解，以为所有的汉字都是象形或会

---

① ［英］T·E·休姆：《论浪漫主义和古典主义》，《现代英美资产阶级文艺理论文选》，北京：作家出版社，1962年，第1-22页。
② 庞德为此文写的按语，见 Ezra Pound, Instigation,（New York, 1920）p.257. 芬诺罗莎的论文《中国文字与诗的创作》及庞德的按语在我国已有黄运转的译文，可参见《庞德诗选——比萨诗章》，桂林：漓江出版社，1998年，第229页。

意的。这种误解在对中国诗具有狂热的西方人当中，产生出一些奇怪的结果。芬诺罗莎在他的论文《中国文字与诗的创作》里强调了这种误解。他大力推崇汉字，认为其具有图像性，并能在流于推理正确的枯燥无味的现代英语之外，自由自在自成体系。对这种热心，我们可以理解……但我们不得不承认他的结论往往有误，这要归究他没有注意到汉字语音的重要性。然而，这篇论文却通过庞德，对许多英美诗人及批评家产生了相当大的影响。这也许可称为学术交流中一个歪打正着的例子。"①

如此看来，芬诺罗莎、庞德是"误读"了中国文字和中国诗，而胡适是"误读"了美国意象派的主张。这两方的"误读"在时间上相距不远，可以说是比较文学和文学接受研究的著名事例。不过，无论芬诺罗莎、庞德的"误读"，还是胡适的"误读"，说它是"歪打正着"是缺乏说服力的，因为它们反映的是阅读与接受的语境问题，即社会与个人的文化诉求、期待对阅读与接受的影响问题：诸如历史的机缘，现实的压力、个人情趣的影响，以及文化旅行的规律，等等，可以展开许多有意思的话题。站在本文的立场，最值得注意之处，则是自由与诗的龃龉：意象派是期冀通过技巧的革新把自由的感情和语言转换为坚实硬朗的诗，因而庞德"发明了中国诗"（艾略特语）；胡适发动的白话诗运动则面对古典诗歌的压抑，希望获得感情与表达的自由，强调了自由、解放而多少忽视了诗。前者，最终通向的是追求艺术独立性、自洽性和非个人化的现代主义。后者，感情上认同的是浪漫主义，语言上接受的是长于分析、思辨的西方文法，而被象征派、意象派关注的具象思维和诸多诗歌语言策略反而边缘化了。其结果，是对自由诗的浪漫化理解，简单认为它不仅在精神上是自由的，在形式上也不应有约束：不受一切束缚，"不拘格律，不拘平仄，不拘长短；有什么题目，做什么诗；诗该怎样做就怎

---

① 引自刘若愚：《中国诗学》，杜国清节译，《诗学第1辑》，中国台北：巨人出版社，1976年。

样做。"

后来的发展证明，美国意象派运动和中国的新诗都暴露出一些问题，都需要反思。然而中国新诗由于缺少对浪漫主义进行反思这个环节，自由与诗的矛盾一直没有处理好：在现代汉语取代古代汉语之后，新语言形态中的诗歌形式和语言策略应该怎样？如何在写作目的过于明确而语言背景又比较混杂的条件下写诗？如何对待自由与诗的辩证关系？很少有人自觉地进行探讨。既然人们普遍相信新诗就是自由诗，而对自由诗的理解又比较简单，自然就无法形成自由诗与格律诗共存共荣的局面。

四、作为现代诗体的自由诗

"自由诗"是我国新诗运动中借来的西方现代诗体。关于这种诗体，在《现代西方文学批评术语词典》"自由诗"条目下有这样的解释：

有人认为它起源于散文诗或勃朗宁首创的自由素体诗，而另一些人则认为在德莱顿、弥尔顿、阿诺德和亨勒等人的诗歌中已存在着自由诗的传统。然而，其它的种种因素也可能是导致自由诗产生的原因。韵律是传统的句法规则的体现，它有极其丰富的表达思想情感的潜力。我们已经惯于阅读印在纸上的诗歌，因此甚至印刷方式也具有表现韵律的功能，这就是"视韵"产生的原因。但是诗人在写诗时也可以抛开韵律，转而使用破格的句法，并致力于表现日常生活的语调。现代的新的批评理论强调，在朗诵诗歌时，个人的方式或者具有地方色彩的特殊方式均可视为一种韵律。只要上述条件得到公认，那么不需要某位诗人的发明就可以产生自由诗。

惠特曼和意象派诗人在诗歌创作中特别强调句法和节奏，并形成了一股摒弃韵律和重视节奏的创作潮流。他们的目的在于充分发挥节奏的传情达意功能并对韵律的阐释和作用加以贬抑。他们弃而不用现成的韵律，这对读者的已经成为习惯的感受方式无异于釜底抽薪，并迫使他们形成新的阅读速度、语调和重读方式，其结果使得读者能更充分地体会诗歌产生的心理效果和激情。这种诗歌的韵律并没有同语言材料分离开来；在这种诗歌中，诗节的作用取代了诗行的作用，诗行（句法单位）本身变成了韵律的组成部分，而且诗行的长短变化形成了一定的节奏。①

不难看出，"自由诗"是一种贬抑韵律强调节奏的诗歌体式。为了自由，它把律诗的破格现象发展到了抛弃格律的地步：诗行长短不一，也不押韵，只留下了分行的形式和节奏作为诗歌的标识。这是一种民主的、无视历史规范的诗歌形式，它甚至动摇了一直沿袭的散文与韵文分类标准。同时，自由诗又是在一个没有历史重负的天才诗人手中得到最充分的实践并产生广泛影响的。惠特曼作为自由诗之父，最大的特点是把诗歌的梦想与历史梦想紧紧地联系在一起，他诗歌中的世界不是依据历史而是需要依据未来才能阐述的世界。1990 年获诺贝尔文学奖的墨西哥诗人帕斯（Octavio Paz，1914—1998）认为惠特曼的诗歌在现代世界的独特性是不可解释的，"除非把它作为另一种包含它的甚而比它更伟大的独特性的函数来加以解释"，② 而这个"函数"就是没有历史重量的美洲。在这个意义上，自由诗本身就是诗歌的一个梦想，一种纯粹的创造。

认为自由诗能够体现精神的自由和形式的解放，是与人的解放要求密切相关的诗歌之梦。毫无疑问，它对视声音模式为诗歌本质的西方诗歌来说是一种彻底的叛逆，因此一直遭到各种各样的非议，甚至连艾略特也戏谑过

---

① ［英］罗吉·福勒（Roger Fowler）:《现代西方文学批评术语词典》，袁德成、朱通伯译，成都：四川人民出版社，1987 年，第 113-114 页。

② ［美］帕斯:《沃尔特·惠特曼》，参见布罗茨基等:《见证与愉悦》，黄灿然译，天津：百花文艺出版社，1999 年，第 73-78 页。

"自由诗"这一诗体概念，说"对想干好一件事的人来说，没有一首诗是自由的"，他认为诗人反叛僵化的形式是为新形式的到来作准备，而不是在自由诗的名义下把诗写成拙劣的散文。只要是写诗，就无法逃避格律，"某种平易的格律的幽灵应当潜伏在即或是'最自由'的诗的花毯后面，当我们昏昏欲睡的时候，它驱使我们；当我们惊醒之际，它又悄然隐去。换言之，只有当自由在人为的限制下时才是真正意义上的自由。"[①]而前面引用的那则"自由诗"条目，则认为，"作为一个'现代派'色彩十分浓厚的术语，'自由诗'这一名称如今显然已经过时"。

然而，自由诗虽然冒犯了传统诗歌形式，这一概念本身也有些自相矛盾，但作为一种诗体，近代以来已经流行，在实践和理论上也是成立的。在中国诗歌历史传统中，格律严谨的近体诗（律诗与绝句），是到了唐代才树起权威的，之前之后和同时代的许多诗歌形式，并不遵循近体诗的平仄规律和起承转合的结构原则。而且，即使在律诗日上中天之际，仍有不受约束的东西破"格"而出[②]。在理论上，形式研究方面最有建树的结构主义学派的核心人物之一雅各布逊（Roman Jakobson）认为，语言的基本运作可分为"选择"（selection）与"组合"（combination）两轴，而"诗的作用是把对等原则从选择过程带入组合过程"，所遵循的主要是对等原则而不是传统的格律。他在《语言学与诗学》一文中说：

特别值得一提的是，任何一首诗不可缺少的内在特征是什么呢？要回答这个问题我们就必须回忆一下用于语言行为的两种排列模式：选择和组合。如果一段话的主语是"孩子"，说话者会在现有的词汇中选择一个多少类似的

---

① 王恩衷：《艾略特诗学文集》，北京：国际文化出版公司，1989年，第186页。

② 甚至律诗的圣手杜甫也并不完全遵循律诗的平仄要求。宋人胡仔《苕溪渔隐丛话》云："诗破弃声律，老杜自有此体，如《绝句漫兴》《黄河》《江畔独步寻花》《夔州歌》《春水生》，皆不拘格律。"（《苕溪渔隐丛话》，北京：人民文学出版社，1962年。）

名词，如 child（孩子）、kid（儿童）、youngster（小伙子）、cot（小孩），所有这些词都在某个特定方面相对等；接着，在叙述这个主语时，他可以选择一个同类谓语——如 sleeps（睡觉）、dozes（打瞌睡）、nods（打盹）、naps（小睡）。最后，把所选择的词用一个词链组合起来。选择是在对等的基础上、在相似与相异、同义与反义的基础上产生的；而在组合的过程中语序的建立是以相邻为基础的。诗的作用是把对等原则从选择过程带入组合过程。对等则成为语序的构成手段。在诗中，一个音节可以和同一语序中的任何一个其他音节相对等，重音和重音、非重音和非重音、长音和长音、短音和短音、词界和词界、无词界和无词界、句法停顿和句法停顿、无停顿和无停顿都应对等。音节变成了衡量单位，短音与重音也是如此。[①]

这是有道理的。西方以隐喻为主的诗歌修辞体系和在声音模式基础上建构起来的诸多诗体，都体现了这种对等原则，从而造成了诗歌前呼后应的阅读效果。而中国古代诗歌的声、韵、节奏、语法、语义等，也非常重视对等；近体诗对对偶的讲究，更是对等精神的具体表现（高友工、梅祖麟《唐诗的语意、隐喻和典故》对此有非常出色的研究）。不过，雅各布逊理论的出发点是诗歌语言运作的音韵学，对诗歌修辞中语义与历史因素的考虑不多，这使他过分强调了声音模式和夸大了诗歌语言与日常语言在语序方面的不同（在雅各布逊看来，诗的功能取消了普通语言的逻辑关系而代之为"诗法"关系：在普通语言中，相邻的成分是由语法来建立关系的，而在诗歌话语中，这种关系是由对等原则承担的），因此虽然承认自由诗是诗，却没有讨论它在对等原则中的合法性，只是简单提出"自由诗是诗语言与日常语言的折衷，并同

---

① "Linguistics and Poetics", In Style in Language, ed. Thomas A. Sebeok（Cambridge：MIT Press, 1960），p.358. 此援用高友工、梅祖麟译文，见《唐诗的魅力》，上海：上海古籍出版社，1990 年，第 120-121 页。

时与更为严谨的诗歌形式共存"。

实际上，对等原则的出发点并不是只有声音模式，在强调意境的中国诗歌中更加不是。高友工、梅祖麟的《唐诗的语意、隐喻和典故》运用对等原则研究唐代律诗时发现，由于对等既存在于声韵中，也存在于语义中，对等连接的方法既可以是相似的，也可以是相反的（如对句中的"反对"），而一首诗不仅是一条语链，也往往与历史传统构成"互文"关系，因而对等"在语言的各个层次中都有张力的存在"。[①]注意到这种张力，再进一步考虑诗人运用对等原则的主体立场，自由诗的可能与限度就浮现出来了：第一，由于诗歌的媒介是语言而不是音乐，声韵的地位不是独立的，既受到语言变化的影响（如中国诗歌从四言到五言、七言均可从语言发展中寻找原因），也受着意义的规约，因此不可能有永远不变的诗歌格律，不可能有绝对的诗歌语言与日常语言的界限。第二，对等的功能和意义并不是要服从一个先定的框架，而是对应心灵与感情的内在节奏的，即是说，诗的思维是情绪思维，不是对等原则决定情感的节拍，而是感情律动借助对等原则发出个人的声音。诗歌无法回避的是节奏，而不是格律。第三，由于诗歌的灵魂是节奏，而语言的表现即使没有严格的韵律也仍然可能获得节奏（比如语句的重复和诗段的对称等），对等原则的运用可以说是相当宽松的。

如果我们认同对等原则是诗歌语言运作的基础，同时又能根据汉语的特点，从听觉、视觉、语义等方面更全面理解这种原则。那么，打破传统诗歌的格律是必然的，自由诗这一概念也是可以成立的。因为传统的格律是依据古代汉语的特点摸索出来的，现在语言形态发展变化了（虽然象形文字的根基没有变，但词汇、音节、语法都发生了很大变化），过去对等的东西，现在难以对等了。但是，意识到抛弃传统格律的必要和自由诗的可能性，却不意

---

① 高友工、梅祖麟:《唐诗的魅力》，上海：上海古籍出版社，1990 年，第 163 页。

味着诗歌的原则的消解，可以"作诗如作文"，用散文的语言写诗，用"散文美"代替诗美。我们可以认为自由诗是一种充分利用了对等原则在语言中的各种张力，更自由、更具有民主性的诗歌形式，但仅仅将其看成是对格律诗层层相叠的"极度工整化"的对等原则的反抗，从而抛弃诗的原则是不行的。首先，如果要使自由诗是诗，还得遵循诗歌感觉、情绪思维的特点和基本的文类规则，比如在最简单的层次上遵循分行的原则，而在较为复杂的层面上，讲究音节的调和与结构的匀称。其次，也许应当像庞德那样视自由诗为"只是一个开始而不是一件精致的作品"，[①]一种充满活力却未臻完美的现代诗体，一种在社会与语言变革时期过渡的诗歌形式。

因此，应当视自由诗为现代汉语诗歌多种形式中的一种，一种承担了革新传统、探索未来的功能的桥梁性诗歌形式，却不宜将其看成是新诗的至尊形式而代替其它形式的探索。必须打破"新诗应该是自由诗"的绝对观念，防止形式与语言运用的二元对立，正视自由诗的可能和局限，改变格律探索的长期压抑状态，形成格律诗和自由诗并存、对话与互动的格局。事实上，自由诗与格律诗的并存，有助于诗歌内部的竞争和参照系的形成，获得自我反思和自我调节的能力，保持"诗质"与"诗形"探索的平衡：自由诗在弥合工具语言与现代感性的分裂，探索感觉意识的真实和语言的表现策略方面，积累了新的经验，在诸多方面可以为形式探讨的危机提供解困策略；而格律诗对语言节奏、诗行、诗节的统一性和延续性的摸索，则可以防止自由诗迷信"自由"而轻视规律的倾向。

由于急切"求解放"的历史情结，也由于文言向"白话"转换过程中现代汉语尚处于不稳定的状态，20世纪中国诗歌虽然在20年代出现过"新月诗

---

① 庞德：《我对惠特曼的感觉》，转引自李野光：《惠特曼研究》，桂林：漓江出版社，1988年，第168页。

派"那样的集体试验、磋商诗歌格律的局面，但格律诗与自由诗并存、对话与互动的格局并没有真正形成。而作为主导形式的自由诗，在急于替代古典诗歌的语言体系和形式秩序时，又对"自由"与"诗"的辩证关系存在着不少误解，影响了现代汉语诗歌的美学探讨和形式规律的探索。这个问题不能不引起足够的重视。没有基本形式背景的诗歌是文类模糊、缺少本体精神的诗歌，偶然的、权宜性的诗歌，是无法被普遍认同和被传统分享的诗歌。中国新诗的发展最终还要回到自己的美学议题上来。

（原载《中国社会科学》2004 年第 4 期）

诗歌研究的"历史感"

程光炜①

中国人民大学中文系

摘　要：本文试图以"历史感"为观察点，讨论在社会的多重变动中诗歌研究角度、方法的变异现象。它还认为所谓"重返历史现场"，并不一定指简单地贴近史料文献，而是如何避免对其一般化的认同，如何对这些史料文献保持必要的距离，在一种更具张力的讨论中获得较为贴切的历史认识。

关键词：历史预设；历史感；重返现场。

---

① 程光炜（1956—），男，江西婺源县人。文学博士。中国人民大学文学院教授、博士生导师。中国人民大学"大华讲席教授"，首批杰出人文学者，获国家教学名师称号，享受国务院特殊津贴，中国当代文学研究会副会长。2022 年获国家"万人计划"教学名师称号。享受国务院特殊津贴。著作获教育部第六届、第八届高等学校科学研究优秀成果奖代表性著作有《当代文学的"历史化"》《文学史二十讲》。代表性论文有《当代文学学科的"历史化"》《文学史研究的"陌生化"》《从田野调查到开掘》和《中国当代文学史的"下沉期"》等。主要从事中国当代文学史研究，研究领域为 20 世纪 80 年代文学史和重要小说作家史料整理与研究。主持国家社科基金项目两项，承担北京市社科规划重点项目"重返八十年代文学史问题"，在《文学评论》《文艺研究》《中国现代文学研究丛刊》《文艺争鸣》等权威学术期刊发表论文百余篇。

　　除去对当下诗歌现象和作品的跟踪批评之外的研究活动，一般都应该称其为"诗歌研究"。它指的是在拉开一段时间距离之后，用"历史性"眼光和方法，去研究和分析一些诗歌创作中的问题。正因为其是"历史性"的研究，所以研究对象已经包含了"历史感"的成分。这些成分，有的来自作者、作品本身，有的则来自研究者自己，而且由于当时和后来社会文化环境的渗透、影响和制约，那么这种"历史感"必然是千差万别的。但是，有意思的是，这些有"差别"的"历史感"是怎么产生的？它为什么会影响到研究者的研究活动，影响到研究对象的变化、变异？通过对上述现象的进一步取样分析，是否可以进而观察到本时代多元而复杂的诗歌面貌？如此等等的问题，都让研究者难以割舍，引发一连串的考虑。

一、"历史"是否可以被预设

　　按照通常所知道的历史教科书知识，所有的"历史"都是可以被预设的。因为如果不能这样，我们就无法与过去的历史之间建立一种信任和联系。在过去的历史常识和人生经验中，这种被各种权威话语所预设、强调、重复的历史，往往成为在"今天"判断问题并据此加以解决的一个标准。例如，在不少诗歌史教科书中，艾青都被看作是"人民的诗人"，土地、天空、人民、抗战、黑暗、光明、忧郁、归来等概念，按照一定的逻辑被编辑成一种有利于这种历史叙述的知识谱系，它们通过研究、发挥、课堂讲授等现代传播手段，被复制到读者的大脑接受系统之中，并固定了下来。又例如"七月派诗人"写于20世纪60—70年代的手稿，被指认为"潜在写作"的文本，那么如此一来，这一段原来认为近于"蒙昧"的诗歌史，便从此显露出了思想的价值，甚至有超出正常的"新时期"历史阶段的更高的认知品质。这样的预设方式及其结果，不能说没有它的道理，它与预设者当时社会文化环境的合拍，或主观想象的默契感，是支持它得以成立的一个理由。

于是一种诗歌史研究，即是按照上述历史路径评价、分析这些诗人创作和流派现象的。在这样的研究眼光中，被预设的"历史"成为一种"理所当然"的存在，隐身在所进行的评价和分析过程之中。所以，无论是研究者，还是被研究者所观照的研究对象，丝毫不会觉得自己是被一种东西所"强迫"的，他们往往还会觉得这就是自己的"发明"和"创造"。看看已经出版的大量诗歌研究著作、论文，就可以知道是"怎么回事"了。不过，这样不令人满意的现象也不值得奇怪。因为一件诗歌产品一旦问世，它就应该进入诗歌的流通渠道，经过批评家、读者、书店和课堂之手，转化成有益于诗歌文化发展的艺术陈列品。一般读者，是不会关心这些艺术陈列品背后的那些被预设的"知识秘密"的，他们与诗歌研究者的强强联手，结果就使后来者的"再解读""重读"显得异常困难。

但是，不满足这些诗歌史"表面现象"的研究者，又试图找出那个事实是被预设的"隐身者"。他们从边缘处出发，采取知识考古学的方法，坚韧地回到一座座已显荒芜的"历史遗址"之上，想揭发出被历史预设所埋葬的所有"真相"。"文学史一般都是经典的历史"，"从某个角度看，其实它也是一个接受的过程，该值得追问的是：这样的接受过程从何而来？"该论者又指出："更早的例子是 1977 年由张默、张汉良、辛鬱、菩提与管管编选的《中国当代十大诗人选集》，张默在该诗选的《编后散记》中即言，五位编者所持的编选标准，也就是入选之诗家被挑选的条件，即'个人文学声誉及对当代社会之影响'，并希望借此'使它们成为日后文学史家据以作为研究中国现代作家的第一手资料'，可见其以经典代写台湾新诗史的意图昭然若揭。"于是他们尖锐批评道："经典的形成与被接受的过程，可以说，作为编辑角色的编者占有很重要的位置。"①显然，被预设的"历史"遇到了激烈争议，他们质疑"以经典代写台湾新诗史的意图"，是因为对新诗"历史"的认识存在不同的角度。然而，这种"质疑"是否能抵达历史的"真实"，作者却没有回答我们心中的疑问。

批评者与被批评者明显存在着"年龄"的差距，作为生活在不同年代的两代人，自然对历史的看法、认识和态度有一定的分歧。当前者认为"个人声誉""社会影响"能够成为入选诗选的"标准"时，后者的疑问紧接而来也是非常正常的，因为，那是"你们"的历史，而非"我们"的历史。一个被事先认定的你们的"历史"，能否代替、覆盖我们的"历史"，也许本身就缺乏充分的依据。但是，这样一来，也让人们在认识、接受前代作家的"经典"时遇到了障碍。当我们认为"文学经典"尤其是伟大的"文学经典"都具有普世价值，因而它们可以超越一切历史云雾而具有艺术上的恒定性时，它们在一般文学课堂上也许是畅通无阻的，而在严格的研究者这里则并不尽然。这是因为，对具体的研究者而言，他们对经典的研究会依据于个人经验，具体的历史感觉和审美的趣味，这导致了他们心目中"经典"的"书目"可能会不断被调整。举一个具体的例子，诗人欧阳江河被认为是20世纪90年代最"优秀"的诗人之一，很多年轻的诗人和研究者都曾深受其影响。但当"诗坛"风气变化，即使是同一拨人，也会认为臧棣对于"今天"的诗歌写作比欧阳更有"意义"。"90年代许多时候，诗歌'重'的成分很多，语词、句式，材料都好像经过精心调配，而达到一种'重'的效果"，"而现在，肖开愚和臧棣带给了我们对'轻'的思考和重视"。②

---

① 孟樊：《导论：以诗选撰写诗史》，《现代新诗读本》，台北：扬智文化事业股份有限公司，2004年，第15-16页。

② 《四人谈话录》，《偏移》，2000年，第7期，第9页。

在这里，不光看到研究者的"历史感"因为时代潮流因素发生了变化，它同时也连带到研究对象——诗人作品的内在品质也因此而转变，即欧阳江河诗中的"重"的品质被认为不那么"重要"了，臧棣诗中那种"轻"的元素，被认为更接近人们今天的"真实"感觉。因此也能够想象，当依照这样的历史看法编选诗歌选本时，它就会被贯穿到入选诗人和作品中，导致了一些原本认为"重量级"诗人的落选和另一些新诗人迅速去占据所空缺的位置。这样的"选本"，已经在培育着新的诗歌读者，并即将发生巨大的影响。①

二、地域、观念上的差异

不仅在前后代诗人身上，地域、观念的因素，也会导致人们的历史感有所不同。"70年代初期的现代诗论战，以其对回归传统和本土现实的呼声，堪称1977到1979年左右的'乡土文学运动'的前身。运动的发展主轴依旧，虽然诗在其中几乎缺席。随着台湾政治反对运动的成熟，对台湾认同的诉求终于引发了1979年底的'美丽岛事件'。先前现代诗论战的双重焦点——中国传统和社会现实——在80年代逐渐被'台湾现实'此单一焦点所取代。挖掘和再现台湾历史，也在这时期的现代诗里获得极大的反响。"②

有意思的是，当人们被地域所限时，是察觉不了历史叙述中的地域话语特征的。这是几十年来地域话语所影响、渗透，并因此而参与了其人格建设和学术建设的一种真实结果。在这种时候，当我们认为这就是我们"自己"的历史判断时，其实历史已经预设了我们一定会"这样说"的话语底线。因

---

① 参见李少君：《21世纪诗歌精选·第一辑》，武汉：长江文艺出版社，2006年。在这本诗选中，欧阳江河、西川、王家新、翟永明、张曙光等90年代的重要诗人全部落选，原因并不是他们的写作不在"21世纪"，而是编选的标准发生了不适应他们的某些变化。

② 马悦然、奚密、向阳：《二十世纪台湾诗选：导论》，中国台北：麦田出版社，2005年。

此，在我看来，没有必要宣布它是否"正确"，并再一次人为地划出学术等级。更值得重视的，倒是那种"大话语"怎样笼罩叙述者的，不管是反抗、偏离、调侃还是质疑的大胆举动，为什么都脱离不了文化年代的印迹，反而变成了另一意义上的"重述"？更需要发掘的也许是，即便是"轻"，仍然还是地域意义上的"轻"，并不具有文化异质的实际涵义，它同样不也具备"地域"的色彩？

历史感的不同，有的还来自诗歌观念的形成。我们知道，所谓诗歌的"观念"应该有以下几个层次：一是受"流行"观念影响，这种观念带有历时性的鲜明印迹；二是虽受流行观念干扰、影响，但经过一段时间的警觉、反思、过滤，这种观念开始具有了"个人"的眼光；三是"流行观点"与"个人眼光"的交叉使用与故意含混不清，然而，其历史感的呈现则反而更为复杂和繁富，但真正做到这一点则非常不易。因此，我们会看到，在诗歌研究者，虽然人们共同生活在"同一"时代，他们的"历史感"依然存在着一定差异。比较突出的例子是关于"底层诗歌"的讨论。在相当多的研究者那里，所谓"底层诗歌"与同情弱势群体的人文情怀建立了更多更广泛的联系，他们认为，诗人应该具有"道德情怀"，应该及时反映民生疾苦。但这种历史表述令人不禁联想到左翼文学、胡风等人历史上的类似观点，它在历史观上与《白毛女》和"红色经典"是否有相似之处也不得而知。于是有人提出了质疑："稍稍回想一下 20 世纪中国文学史，自'平民文学''乡土文学'到'普罗文学'，到什么什么文学，以表现对象的'阶层性'、以思想感情的'立场性'、以写作姿态的'代言性'，来评判文学作品的价值高下、作家（诗人）写作真诚与否、作品真实与否，并以此为根据，以总体性的民族伦理贬低个体经验的表达，对不符合论家所理想的文学形态进行道德谴责和伦理批判，这样的'介入'文学的方式，其实是新文学与生俱来的毛病。"①然而有意思的是，论者都认为是"忠实"于自己的"历史感"的，他们并不认为受到了"流行观念"的任何影响。他们还认为具有文学史的"免疫力"，能够穿透历史的屏障，发出自己锐利的批判声音。这只说明，"流行观念"经过"改装"，已经悄无声息地成为"历史"的一部分，并在人们的思想深处沉淀下来，变成一种"自觉"的历史意识，你很难说它不是所谓的"历史感"。类似这样的现象，在我们"同时代"的人中，不是大量地存在么？于是发现，活在同样的历史空间，经历同样的历史命运，诗歌研究的结果却会出现千奇百怪的结论。

地域与诗歌观念的差异，所展现的可能是完全不同的诗歌史地图（例如，海峡两岸研究者笔下差异很大的"台湾诗歌史"，以及他们在评价大陆当代诗人所得出的不同结论等），及诗人研究的结论。这样的情况在历史上多次发生过，所以并不显得奇怪。问题在于，支持这种"奇怪"现象的原因是什么，尤其是当它们纷纷返回读者阅读视野、各种课堂和诗歌史写作之中的时候，是否还有进一步深究、讨论的必要，是需要认真对待的。

三、写作上的有关问题

在我与张清华的一次"对话"中，曾谈到目前研究生论文写作的一些问题。与成熟的学者相比，在不少学校硕士生、博士生的学位论文中，存在着更多的问题。一是对研究对象做无条件的"认同"，缺乏有"距离"感的研究和分析。比如，我曾经读到一篇研究"新月派诗歌"的博士论文，通篇都是对这个流派的赞扬，看不出作者要研究什么问题。造成这种问题的一个原

---

① 钱文亮：《伦理与诗歌伦理》，《新诗评论》，2005 年，第 2 期，第 6 页。

因是，由于当代社会在几十年的文学生活中出现了反人道或不人道的历史情况，于是，相距几十年的"新月诗人"的生活就被20世纪80年代的研究者叙述成"浪漫""理想"的了，"充满与当时时代完全不符的历史夸张描写。"这"就是'历史感'问题。我所说的'历史感'，不是指你的研究中必须有当时时代的氛围和文字特点，不是简单的'回到现场'，我认为是要尽可能地贴近当时的历史事实和诗人存在的状态，但隐约之间，应该有一种稍有差异的审视眼光，也即是类似于'旁观者'的视角。如果完全'陷'进去，所谓的'历史感，其实那不过是一种研究者的'当代感'；真正的'历史感'对于研究者来说，应该是有'陌生感'的。我曾提出，文学史的研究，一个重要的前提就是把历史'重新陌生化'，就是这个意思。"[①] 我之所以把"对话"不厌其烦地抄录在这里，是由于意识到它是一个"问题"。

所谓"距离感"的存在，指的可能还不是"故意"与研究对象"拉开"什么心理距离，装着与己无关的样子。它指的是，如何从历史"风暴"形成的知识"气流"中脱身出来，如何既在历史中说话，但又能够不受它的文学意识形态的暗示与控制，有意识地用"自己"的方式来说话。有的研究者采取的是一种"文字简化"或去掉"形容词"的做法。当然，除了"认识"的问题，还有如何避免把研究对象"批评化"的问题。我们知道，凡是"历史现象"，在诗歌研究中都有一个怎样被纳入"今天"的问题，而"今天"并不是客观、中立的，在"今天"周边，往往回旋着太多的思潮、观念、话语、争论等等。我们的研究，实际无法"与此无关"。但我们的研究，确实又可以与此保持"警觉"的张力。这就是，既承认"以往研究"的既有成果，同时又需要将它重新"历史化"，看它是怎么"形成"的，而这种形成又怎么对诗

---

① 程光炜、张清华:《关于当前诗歌创作和研究的对话》,《渤海大学学报（哲学社会版）》, 2007年，第5期，第11-18页。

人的形象和作品文本形成了怎样一种"外部压力"。而对这"外部压力"和"作品文本"谨慎而综合的研究，即是我所指的"今天"的"历史感"。

诗歌研究的写作与历史感的关系还有另外一个问题，即写作的"分寸感"。诗歌史的历史性研究，在研究者与研究对象之间，存在着一个无可否认的历史时空。有很多人在研究工作中，都认为这个"时空"是可以从容把握和描述的，这其实是一个错觉。因为我们作为这段历史的"后来者"，所知道的只是当时的诗人作品和诗歌批评所描述的状况；即使曾经是它的"当事人"，亲眼目睹过它的发生过程，那么当"今天"的文学意识形态已经变化，我们很难说会再真正毫无疑问地对它"对话"——因为这样的研究，已经渗透了"今天"的观念和眼光。既然我们与研究对象已经不再是一种"同构"的关系，在研究者对研究对象之间，已经存在着所谓"距离""陌生"的障碍，所以，研究中的"历史感"的获得，就需要通过语言表述去不断小心地摸索、调试才能够接近这一目标。但是，怎样达到这种"恰当"，并比较接近一个研究中的"真实"，在不同研究者身上可能是完全不同的效果。因此，需要"重新关注诗歌特殊的说话方式，重新面对诗的形式和语言要求。"① 举一个具体例子，今天研究食指的作品，是仍然采用"'文革'诗歌第一人""他启发了什么""他是'朦胧诗的一个小小的传统'"之类充满了形容词色彩的说法呢，还是采用另外一种更接近于历史事实，同时又不损伤诗人的历史地位的表述的分寸？我们在"重新评价"贺敬之、郭小川的诗歌成就时，是因为"今天"发生了变化，而用"今天"去压抑"过去"的诗人，还是稍为拉开一点距离，历史地同情地看待他们？用一种比较适当的表达方式和相对精细一点的语言感觉，试图去呈现他们身上的那种"历史感"，这些问题，都会在我们的研究中碰到。

如此说来，写作上的有关问题，不一定在研究生中才有，它在相对"成

---

① 王光明：《现代汉诗的百年演变：导言》，石家庄：河北人民出版社，2003 年。

熟"的研究者那里也会出现。之所以会这样，是因为我们生活在一个观念上四分五裂的年代，相对一致的历史观已不复存在，千奇百怪的历史意识及其表述，倒是大量充斥在我们研究的视野中。另外，当"成熟"带来的是观念的固化而不是不断地反省，当知识储备变成了无用的堆积，大量的物质存在中已经缺乏激活的思维力量时，那么，这种"成熟"恰恰走向了更有意义的研究的对面。类似的现象，在近30年的诗歌研究中并非鲜见。因此，我把它称作"历史感"在"成熟"状态中的"合理丧失"。与之相反，更锐意进取的研究生，如果逐步摆脱了"幼稚阶段"，通过大量阅读和勤奋思考，通过对已有研究成果的反复揣摩和心得的有效积累，以及相当数量的写作实践，也许更具有与历史对话的"资格"。这样的例子，在近年也并不少见。

四、历史存在、历史化与历史感

在诗歌研究中，"选本"的编选，显然也是一种诗歌史的研究。因为一部诗歌选本，大概不是一般性的"作品展览"，它的筛选过程、认定标准和组合形式，实际包含着"诗歌史"的眼光和选择。但是，"历史存在""历史化"与"历史感"等等概念的细微区别在哪里？它们在具体诗人作品的选择中怎样体现？其实并不是一个简单轻松的过程。

在我与洪子诚先生编选《第三代诗新编》时，就曾遇到过类似的问题。这些问题是：一个诗歌社团或诗人在当时的"影响"，是一个不容忽视的"历史存在"，它的历史"合理性"，是无论如何不能在诗歌选本中被抹杀的；但是，诗歌选本的编选又是一个"历史化"的工作，即：既按照当时历史的"模样"尽可能去反映它的"真实性"，与此同时，这一过程又掺进了编选者"今天"的观念和设想。那么，"历史存在"与"历史化"之间的比例是什么，作品"原作者"与"编选者"在"事过多年"之后，对历史的认识究竟为什么会不一样，他们之间的差异是否会导致"历史感"发生一系列的变形、转移或调整？如此等等的情况，都可能在诗歌"选本"中出现。

例如，在20世纪80年代的第三代诗歌中，由于出现了"社团"压倒"作品"的诗坛风气，一些可能比较优秀的诗人的创作并没有受到应有的重视。由于有这种风气存在，并影响到人们的批评和研究，一些作品并不"重要"、但"名气"很大的诗人，反而在批评和研究中占据了非常抢眼的诗歌史位置。经过我们反复的"细读"，我们觉得李亚伟其实在"80年代"写出了许多很好的作品，但在一般印象中，他只是"非非"社团的一员，或是次重要的另一个社团"莽汉"的诗人。所以，他的诗歌史位置都被习惯性地排在"他们""非非"的"代表人物"之后，诗歌选本在选他的作品时，数量、分量也明显少于前者。这次我们做了较大变化，把他直接列入"重要诗人"行列，而且入选作品的数量是最多的几位诗人之一。但是，这样一来，引起了个别诗人的不满——估计"非非"诗人也不会同意这样"安排"。编选者的理由是：一，经过20年后，再读李亚伟的诗歌，觉得其"重要"远远大于"当时"对他的"评价"；二，试图稍微改变"诗歌社团"压倒"诗人作品"的不正常做法，而采取以作品为"中心"的编选思路，于是可以发现，于坚、韩东仍然在选本中有很多作品入选，而"非非"诗人的历史重要性略有降低；三，这样做，并不是要"重新发现"一个诗人，目的是通过它反映我们对"历史"的一些新的"看法"。当然，如此也不一定会获得诗人的认同。

在认识历史存在、历史化和历史感的问题上，诗人与诗歌研究者的不同可能还在于：一般而言，诗人的"历史"都是以自我为"中心"而设计和想象的，诗歌研究者更重视历史原来的样子。即使他们在多年后重新评价"历史"，也会按照一定的文学规律、尺度和阅读经验做出自己的选择，而比较忽略"自我"在研究工作中的非客观作用。具体地说，在诗人这里，"历史存在""历史化"和"历史感"是同一个东西，它们的核心是诗人自己的感受。而在诗歌研究者那里，几个概念实际存在着许多细微的差异与不同。即："历史存在"是一个特定时间和空间结合的结果，它分别以诗人的影响、作品的影响为标准；"历史化"则通过对具体诗人和作品的评论、选本编选和诗歌史讲述来实现，就是说，诗歌批评家、编选者和诗歌史作者参与到了对历史重新想象的工作之中，因此，所谓的"历史化"已经开始游离原来的那个"历史存在"，而暗暗增加了"历史叙述"的部分；在诗歌研究者看来，所谓"历史感"是对前二者的某种"综合"，是在二者印象和研究的基础上的一种积累，正因为有所谓的"综合性"，因此也较前二者要复杂一些。

当然，正如我们前面所说的一样，正因为在诗歌研究中，存在着历史预设、研究者地域和观念的差异、以及写作尺度上的不同，那么，所有的诗歌研究者的"历史感"其实也并不相同。正因为如此，才导致了今天诗歌选本、诗歌史和诗歌批评千奇百怪的存在面貌，成为发生诗歌论争的一条重要的导火索。

（原载《渤海大学学报（哲学社会科学版）》2007 年第 5 期）

学科权力与"旧体诗词"的命运
——中国现当代旧体诗词研究札记

李遇春①

华中师范大学文学院

在现代中国文学史上,"旧体诗词"或者说"旧诗"的概念是与"新诗"的概念同步产生的,二者如影随形,又如孪生兄弟,谁也少不了谁。没有"新诗"也就没有所谓"旧诗",没有"旧诗"当然也就无所谓"新诗"。今天写"旧诗"的人都不喜欢这个名号,仿佛一沾了"旧"字就不可观,这还是国人心底那个拜"新"主义在作怪,其实"新"未必好,"旧"未必孬。《尚

① 李遇春(1972—),男,文学博士。现为武汉大学教授,博士生导师,湖北省文艺评论家协会主席,教育部2016年度国家级高层次青年人才,教育部2009年度新世纪优秀人才,2018年度国家社科基金重大项目首席专家,2020年度湖北省有突出贡献的中青年专家,湖北省宣传文化人才培养工程"七个一百"(哲学社会科学类、文学类)计划入选者。兼任中国新文学学会常务副会长兼秘书长、中国文艺评论家协会理事、武汉市作协副主席、《新文学评论》执行主编等职。著有《中国文学传统的复兴》《中国文学传统的浮船》《中国文体传统的现代转换》《中国当代旧体诗词论稿》等十余部学术著作和文学评论集。迄今在《文学评论》《文艺研究》《人民日报》《光明日报》《文艺报》等权威学术报刊发表各类文章280余篇,其中多篇被《新华文摘》《中国社会科学文摘》《高等学校文科学术文摘》《人大复印资料中国现当代文学研究》等转载。多次获得教育部和湖北省、武汉市人文社科成果奖,以及中国文联啄木鸟杯、唐弢青年文学研究奖、《文学评论》优秀论文奖、《当代作家评论》优秀论文奖等奖项。

书》里说："人惟求旧，器惟求新。"可见新有新的好，旧有旧的好，新旧之间的优劣不可简单作结论，具体问题需要具体分析。

一

许多人主张用"中华诗词""国诗""汉诗""格律诗词""文言诗词"之类的概念来取代"旧诗"或"旧体诗词"的概念，但也遭到了许多人的反对，原因是这些概念都指代不明，在内涵和外延上都存在不确定性。比如"中华诗词""国诗""汉诗"概念就很难把"新诗"排除在外，而"格律诗词""文言诗词"概念不仅无法完全排除"新诗"，甚至也无法包含全部的"旧体诗词"，因为"旧体诗词"不仅有格律很严的"格律诗词"，即"近体诗"和"词曲"，也有大量的格律宽松的"古诗"或"古体诗"。至于"文言诗词"也只是"旧体诗词"的一部分或者最多是大部分而已，实际上还有非文言的古白话诗词的存在，否则胡适当年就不会那么执着地去写《白话文学史》，那本书中很重要的篇幅就是"白话诗史"。凡此种种，说明"旧诗"或"旧体诗词"这个概念还是有其存在的最大合理性，无可替代。

但是这个概念的情绪外壳或者负面价值判断因素需要我们加以剥离。实际上，中国诗史上的"古体诗"和"近体诗"的概念就是相对而言的，这就如同今天的"旧诗"与"新诗"的概念是相对而言的一样。唐宋元明清的人照样写"古诗"，写"歌行"，很多人写得比所谓"近体诗"更好，清代的吴梅村和黄遵宪就是很好的例子。既然"近"不一定比"古"好，"新"也就不一定比"旧"好，这是一个很简单的道理。我们需要走出所谓拜"新"主义，更客观地、更理性地接受"旧诗"或"旧体诗词"的概念。"新诗"作为"中华诗词"大家族中新近才出现的小兄弟当然需要呵护，但呵护并不等于溺爱，也不等于偏爱，它也需要在"旧诗"的帮助下成长，需要汲取"旧诗"的传统养分，争取长得像个中国人，而不是所谓的"假洋鬼子"。其实，中国百年新诗史上很多卓有成就的新诗人都接受过"旧诗"的营养，新月派的徐志摩、闻一多自是不必说，革命诗人郭小川和贺敬之也同样深受"旧诗"的影响，甚至连海子和翟永明这样的新潮诗人也都纷纷从"旧诗"中寻觅创新的资源。当然，我也注意到，在新的世纪之交的"旧体诗词"界里，以蔡世平的"南园词"和曾少立的"李子词"为代表，同样也在吸纳"新诗"的营养。我以为，这种"新""旧"对话、碰撞和交流是中国诗歌很好的一种发展态势，我们需要良性互动，而反对简单粗暴的对抗。

实际上，古老而常青的中国诗歌发展到 20 世纪以来，中华诗词的品种或者说诗体种类只能是做加法，而不能做减法，其实也做不了减法，因为"旧诗"的存在是不以少数人的意志为转移的历史事实，不容抹杀。正所谓"青山遮不住，毕竟东流去"，百年来中国新诗虽然如火如荼地发展着、变化着，但百年的"旧诗"并未消失，只不过是在现代中国激进主义文化和文学思潮的抑制下艰难地存在着并发展着。在"新诗"的表层激流下，百年"旧诗"作为一个民族诗歌的深层潜流一直在顽强地延续着民族的诗歌命脉与文学传统。无论如何，"新诗"的诞生不能以"旧诗"的死亡作为条件。如果真是那样的话，那么我们民族付出的文学代价就太沉重了。事实上，"新诗"的诞生与成长也离不开"旧诗"，这就如同"近体诗"的诞生与成长离不开"古诗"或"古体诗"一样。同理，词的诞生与成长离不开诗，曲的诞生与成长也离不开词。一种新的诗体的诞生与成长并不意味着既有的所谓"旧"的诗体必须消亡或者被打倒。既然唐宋以来中国诗坛能够诗、词、曲并存，能够"古体诗"与"近体诗"并存，那么我们也就无法拒绝在现代中国诗坛上"旧诗"或者"旧体诗词"能够而且必须与"新诗"并存。尽管中国诗歌发展需要不断的创新，但是"新"与"旧"之间不是一种简单粗暴的二元对立关系，而是在对立的同时也存在着统一、互补和融合的可能性。质言之，"新诗"与"旧诗"之间应该是一种"历时性出现，共时性存在"的关系。

但毋庸讳言，自1917年胡适发表《文学改良刍议》以来，尤其是他随后发表长文《谈新诗》以后，中国"新诗"正式站起来了，而"旧诗"也就此沉沦下去。所谓"沉沦"不是指创作上，而是指的丧失了"主流诗坛"的合法身份。在"五四"新文学革命运动中，"新诗"的合法性是建立在"旧诗"的"非法性"基础之上的。虽然这在"五四"那个特殊历史转折关头具有一定的历史合理性，但回眸百年，这毕竟是中国诗歌发展史上一个尴尬而惨痛的事实。我们有必要对"五四"新文学运动的文化激进主义策略进行历史的反省。实际上，这种反思"五四"的思潮早就开始了，从"五四"时期的"学衡派"中人，到近些年来的"新保守主义"者，都是反对神化"五四"而主张反思"五四"，反思"五四"不是否定"五四"，而是为了在新的历史语境中更好地继承和扬弃"五四"。尽管"五四"新文学运动将"旧诗"打入另册，但在百年中国诗歌发展历程中，在"新诗"蓬勃发展的同时，"旧诗"其实从未缺席。百年旧体诗词甚至时常都处于比较繁荣的状态。只不过这种繁荣一直都被"新诗"的蓬勃发展所遮蔽罢了。这主要是因为旧体诗词始终未能被纳入主流文学话语圈中。大多数时候，人们都将旧体诗词创作归结为新文学家们的业余爱好。其实，民国时期许多学者，尤其是传统文化底蕴比较深厚的学者，很多人都在业余时间里进行旧体诗词创作。还有就是许多政治家或军旅将帅也热衷于旧体诗词创作。无论共产党还是国民党，乃至各种民主党派，都不缺乏旧体诗词的优秀作手。至于画家、书法家、音乐家、佛教徒等等写旧体诗词的就更多了。我们不能因为"旧诗"未能占有文坛主流而否认它的存在及其存在价值。实际上，中国古典诗词对于大部分古人来讲一直都是作为"余事"而存在的。我们耳熟能详的一些历代著名诗人、词人，他们并不把古典诗词创作作为谋生手段。他们一般都有正式职业，只是业余从事诗词创作，这其实是一种常态，合理的常态。古代社会如此，现代社会未必就不应如此。

写诗是一件寂寞的事。真正意义上的文学创作大都是边缘化的，旧体诗词写作当然也不例外。文学也好，诗歌也好，只有在特定的历史语境中才会成为大众关注的中心或焦点，比如"五四"时期，比如抗战时期，比如"文革"末期的"天安门诗歌运动"，那种历史转折关头需要文学、需要诗歌充当排头兵，所以诗歌或文学会充当马前卒，不是边缘而是中心。但那不是常态，而是非常态。一旦历史转折宣告完成，非常态就会回归常态。诗歌和文学就会回归边缘。在轰轰烈烈的"五四"新文学运动以后，旧体诗词创作就回归到了边缘，要知道在"五四"以前恰恰是著名的近代旧体诗词社团"南社"执文坛牛耳，文坛诗界莫不敬仰追捧。"五四"以后，"新诗"成了文坛诗界之宠儿，"旧诗"仿若弃妇，但宠儿受宠并不是常态，弃妇见弃也不是常态，二者都是非常态，不是故意被拔高就是故意被贬低，这都是不健康的文学生态。回过头看，"五四"以降，旧体诗词成为作家、学者、艺术家或政治家等人的业余爱好也没什么不好。有时候业余意味着纯粹，意味着非功利，意味着理想的坚守。怕就怕很多人打着业余的旗号写诗，而背后其实有很功利的权力或物质诉求。所以，尽管有人认为旧体诗词创作被"边缘化"并且为这种"边缘化"而深表担忧，我倒以为是杞人忧天，大可不必。其实旧体诗词创作并非被边缘化，相反，这恰是一种延续传统的常态表现。因为在中国古代，除了唐代流行诗赋取士，旧体诗词创作主要并非职业谋生手段，只有写策论，写八股文才是稻粱谋的工具或利器。所以，旧体诗词创作在 20 世纪虽然没有像"新诗"那样呼风唤雨、凤凰涅槃一般，强烈冲击世人对文学的认知，但旧体诗词正是以这样一种"余事"的常态，静静地绵延着中国文学传统命脉。

二

"五四"以来，旧体诗词一直在被压抑和被遮蔽中艰难地存在着、发展着。直到 20 世纪 80 年代，由于政府的大力扶持，其生存环境才勉强得到改善。一个标志性的事件就是中华诗词学会的成立，以及随后的会刊《中华诗词》的创办。据说现在《中华诗词》的发行量远远超过了以刊发新诗为主的《诗刊》。《中华诗词》以刊登旧体诗词为主，也刊发少量新诗。《中华诗词》与《诗刊》这两份刊物的此消彼长，多少也能说明改革开放三十年来中国诗坛的话语生态正在悄然发生着历史嬗变。不过，在当前旧体诗词创作繁荣的背后，也隐藏着危机。即令《中华诗词》的发行量远远超过《诗刊》也还是不能完全证明当代旧体诗词创作就达到了很高的水平。发行量主要是数量指标，而不是质量指标，只能作为质量评估的重要参考。

据说有人质疑《中华诗词》的发行量，如说订阅者主要是有闲有钱的离退休老人，包括老干部。因为中国目前已经进入人口老龄化社会，所以这样一个特殊的庞大读者群的存在并不能完全说明《中华诗词》的实际影响力。有人调侃说《中华诗词》虽然赢得了老年读者群，但《诗刊》赢得了青年读者群，而世界终归是属于青年人的。还有人说《中华诗词》除了刊登"老干体"，就是刊登"参赛体"，很多订阅者本身就属于数量庞大的参赛人群，很多人写旧体诗词就是冲着每年接二连三的诗词评奖大赛去写的。这样的一些指责有没有道理？虽然尖刻了一些，有些以偏概全，但其中暴露的问题需要我们直面现实，积极应对。如何让旧体诗词赢得年轻读者这确实是一个问题。如果我们的诗词刊物上刊登的大都是老年人的作品，要么说明确实生活中缺乏年轻的旧体诗词作者，要么说明我们的刊物编审在审稿中存在理念或趣味老化问题。据了解，民间包括网络上并不缺少优秀的中青年旧体诗词作者，问题是我们的诗词刊物缺少发现，缺少扶持年轻作者的胸怀和眼光。有些刊物编审的用稿观念过于陈腐，有些参赛组织的审美意识过于僵化，而这些组织和个人又恰恰掌握着当下旧体诗词传播与接受的话语权力或文学资本，这会给当下的旧体诗词创作带来极大的无形或有形的伤害。事实上，当下的旧体诗词创作现状确实难以让人乐观。年纪大的作者固守严苛的"近体"格律规范不能自拔，年纪轻的作者缺乏旧学功底就想盲目创新流于轻滑；"老干体"在政治外衣下兜售廉价的歌颂或无聊的空虚，正所谓官僚气或纱帽气积习难改；"参赛体"在商业外衣下贩卖精致规范的格律而丧失了诗词的精髓，堆砌辞藻掉书袋拒人于千里之外，这种头巾气和酸腐气也同样令人憎恶。毫不夸张地说，他们不是在写格律诗而是在写格律，他们不是在写旧体诗词而是在写旧体。

　　总而言之，当前旧体诗词界大量的诗作只具备旧体诗词的外在形态，而缺乏内蕴精髓，因此内容严重虚化，而且商业化写作气味浓厚。虽然有了政府的大力支持，并且在全国各地成立有专门的各级诗词学会以及专门的诗词刊物，但也不能扭转这种颓势。甚至在很大程度上正是那些诗词刊物和诗词学会的合力共谋严重地伤害了当前旧体诗词创作的精气神。我们在看到各级诗词学会组织及其诗词刊物的历史贡献的同时，也应该看到它们的另一面，不能随着时间的推移它走到了自己的反面我们还不自知，还在惯性的轨道上滑行，那才真正是十分可悲的情形。我们希望全国各级诗词社团或诗词刊物向文学流派或诗派方向发展，不能全国各地诗词组织或刊物都是一个模子铸造出来的，那样就变成了大规模的全国性的诗词机械复制机构，彻底丧失了艺术个性和文学审美特质。我们希望全国各地诗词社团和刊物能够"百家争鸣，百花齐放"，不能一花独放或搞一言堂。我们希望能真正彻底地恢复"旧诗"的元气和生机。

近年来，在中央文史研究馆袁行霈馆长的带领下成立了中华诗词研究院。副院长蔡世平先生是从新文学阵营转战"旧体词"营垒的当今词坛健将，故能新旧兼容，倡导新旧会通。中华诗词研究院的成立正好是对中华诗词学会的有力补充，在学术的层面上可以弥补中华诗词学会及其《中华诗词》会刊的学术研究力量不足的弱点。中华诗词研究院应大力争取并整合高校学术科研力量来推进当前旧体诗词研究的深化，加强学术性是繁荣旧体诗词创作与研究的必由之路。旧体诗词创作与研究中一个关键的学术问题就是诗体问题。体不辨则言不顺、理不明。关于诗体问题，我曾给《北京文学》写过一篇文章，主要讲新诗的症结在于"不得体"。[1] 这主要是说，我们还没有形成自己独特的"新诗"的诗体。自由体是无体之体，无法体现诗歌本身区别于其他文体的独特性。如果从新旧诗的诗体对比角度来看，当代中华诗词的问题又在哪里呢？这就不是"不得体"的问题，而是一个"固体化"的问题。这主要表现为过于拘守某些中国传统诗词的固有形式，比如有一些严苛的平仄声韵格律形式。我个人不赞成当代旧体诗词一定要用什么平水韵之类，也不赞成为了个别的平仄规范而牺牲了诗意和诗境，且不说古人在"近体诗"兴起之后也有破格、破律之类的情形，不一定非要遵循所谓"四声八病"之说，即使是现当代的许多诗词大家也有很多人是不服古典诗词格律严格管教的变通派。毛泽东的有些诗词如果严格按照古典诗韵格律来衡量是不合格的，有些甚至用今天的普通话来念都不怎么押韵，但如果用他家乡的湖南方言来念就押韵了。这也不是什么坏事，可以灵活变通，无伤大雅。据说苏东坡的有

---

① 李遇春：《新诗的症结在哪里？》，《北京文学》，2012 年，第 11 期，第 2 页。

些诗词也有类似情形，有些不合声韵格律的地方如果用他的老家四川话一念也就押韵了。所以，如果我们固守某些不近人情的格律形式而完全不自变通，那就会跌入"固体化"的格律陷阱。

如此看来，胡适当年倡导"诗体大解放"并不是没有来由的，确实"旧诗"发展到清末已经跌入了"固体化"陷阱。所以胡适才大胆倡导翻译体的"新诗"，把西方的自由体引介到中国来，鲁迅把这叫作"别求新声于异邦"，叫作"拿来主义"。但胡适的文学立场过于激进，他以为"新诗"的发展必须以"旧诗"的死亡为代价。有了"新诗"我们就必须抛弃"旧诗"。其实诗不必强分新旧，也很难分新旧，"新诗"中也有些很旧的因素，"旧诗"里也有很多新的因素，这就叫作"旧体新诗"或"新体旧诗"。如何认识"新诗"和"旧诗"它们之间的关系，确实需要改变王国维和胡适以来的"一代有一代之文学"或"一代有一代之诗体"这样一种观念，这种观念中隐含着一种进化论的诗体演化的文学史观。其实这种文体进化论的文学史观并不完全是在近现代才从西方进化论那里引介进来的，明代的胡应麟，清代的焦循，他们都有这种文体史观。只不过它在明清时期并未受到充分的重视或者说被特殊放大罢了。借用当代学界一对比较流行的概念——"历时和共时"，我们可以把诗体或文体的演化史概括为十个字："历时性出现，共时性存在"。新旧之间并非你死我活的关系，而是可以结构性地共存。在这样一种文学史观之下，我们的文学史秩序应该是兼容并包的。钱基博先生在20世纪30年代写的《现代中国文学史》就是这样来做的，上编写古文学，下编写新文学，古文学先写文，再写诗，再写词，最后写曲，新文学也是先写文，再写诗。这大体是依照各种文体的历时出现顺序而编排的，讲个先来后到，不会因为新来的就把旧有的给废掉。这种处理从文学史生态而言是合理的。至于哪一种文体取得的成就更高，那就依据具体论述的篇幅来做评价。有成就的文体理应占有更大的论述篇幅，也就是取得文学史优先话语权。对于具体的某一个文学历史时段而言，新诗的成就高就多讲述这个时期的新诗，旧诗的成就高就多叙述这个时期的旧诗，不以诗体新旧论英雄，而以诗歌创作质量成败论英雄。

必须意识到，我们当前旧体诗词创作在精神方面注意不够，我们的诗词作者需要在精神修养方面大胆借鉴现代性乃至后现代性的哲学、文化、文艺的有益滋养，不能盲目排外和复古，在这个机械复制的时代里复制诗词假古董是没有前途的。这个方面我们要向"新诗"学习，"新诗"不仅在意象创新上，而且在意境提升上，由于吸纳了现代西方各种精神成果而显得卓尔不群，这也是年轻的作者和读者喜欢"新诗"的重要原因，也是"新诗"能立足中国诗坛百年不倒的重要原因。百年中国新诗史就是追求中国新诗现代化与民族化的历史，或者说是追求中国新诗西化和中国化的历史，同时也是追求新诗自由化与格律化的历史。现代化与民族化，自由化与格律化，这是一对矛盾，既对立又可以统一。闻一多等人的新格律诗理论，何其芳、卞之琳和林庚等人的现代格律诗理论，还有郭小川后期致力的"新辞赋体"写作实践，都是中国新诗界谋求中西融合的艺术努力，都是值得当今旧体诗界重视的思想和艺术遗产。我们既要继承传统，也要努力创新。如果以新诗发展史作参照，我们就能发现旧诗中存在的一些问题，而不是株守旧体坛坫耕作一块小农自由地，如写写山水田园，写写退休赋闲，写写形势一片大好而不是小好，斤斤计较于寻章摘句、老死于"过度格律化"的形式桎梏之下，而且沾沾自喜，小富即安，那也就太没有出息了。

当前的旧体诗词创作中存在"过度格律化"现象。"过度格律化"不等于"格律化"，它其实已经走到了"格律化"的反面。这就如同我们说写诗不能写得太像诗了，太像诗很可能就不是诗了，因为已经走到了诗的反面，是"拟诗"而不是诗。诗的格律化是需要的，但不能过度格律化。任何事物都是过犹不及，"近体诗"在杜甫手中正式成熟，所谓集大成者，但自杜子美以后，"近体诗"的格律化程度越来越高，越来越严苛，学步者也就越来越失去艺术生气了。实际上，过于拘泥格律形式之后，容易造成旧体诗词的"伪体化"。杜甫说"别裁伪体亲风雅，转益多师是汝师"，当今中国旧体诗词创作中"伪体化"现象已经很严重了。任何一种诗歌形式或者诗体，如果一经形成之后被很多人不怀好意地利用，比如出于各种功利化的目的来利用这样一种诗体进行写作之时，那么这种诗体作为一种艺术形式就已经异化成了"外形式"而不是"内形式"。用现代西方文论的话来讲，形式和内容是不可分的。形式是内容的形式，内容是形式的内容。真正的形式是有意味的形式，是精神的形式，是作者的精神结构的外化所形成的形式，即"内形式"。我们当前中华诗词创作存在"固体化""伪体化"的核心问题就是，我们很多时候把诗歌的格律形式扭曲成了"外形式"而非"内形式"。而"外形式"是僵死的形式，只有"内形式"才是灵活的形式。

我并不反对用古体诗或近体诗的格律形式来写诗，相反我是坚决主张现代人可以用传统文学形式进行再创作的。在中国现代文学史上，鲁迅和郁达夫的许多散文名篇中都穿插有他们自己写的旧体诗，那些旧体诗章在那些散文中起到了散文本身所不能发挥的艺术功能。随着年岁增长，早年读过的那些散文也许记得不是很清晰了，但其中间杂的那些旧体诗依旧难以忘记，比如《惯于长夜过春时》之类，这是不是也从侧面说明了我们民族的旧体诗词强大的艺术生命力呢？所以我反对那些"旧诗死亡"的论调，我认为作为诗体，"旧诗"完全可以和"新诗"同场竞技，在我们这个现代与传统交汇融合的时代里各领风骚，既竞争又合作，是诤友也是朋友，没必要你死我活，老死不相往来。但我也反对今人把"旧体"当作僵化的作诗"模具"，或固化的作诗"模板"，仿佛工具在手，利器在手，从此就可以包打天下了。我们必须要学会变通，且善于变通，所谓"穷则变，变则通，通则久"。我们在利用中国传统诗词形式的时候应该有一种比较宽容的观念。在新文学的小说界里，许多新小说家利用传统的"章回体"进行创作，且不说张恨水和金庸那些言情或武侠小说家，也不说曾经轰动的"革命英雄传奇"如《烈火金刚》之类，即令是刚刚荣获诺贝尔文学奖的莫言，他的长篇小说代表作《生死疲劳》就是借用的"章回体"写的。所以"旧体"不是"固体"，它也有流动性，在真正的艺术高手那里，"旧体"甚至可以是流动性极强的"液体"。当代作家韩少功倡导"创旧"，[①]他说我们老是提创新，能不能"创旧"呢？"创旧"就是把新旧二元对立给拆解，就是我们用现代意识激活传统文体形式，其中自然也要包括诗体形式。如何"创旧"是一道难题，我在同样来自湖南的蔡世平先生的《南园词》里面看到了这种形式方面"创旧"的努力和成绩。还有"李子词"的"李子体"，也是当下"创旧"的模范。[②]

三

谈到现当代旧体诗词研究，目前尚未完全进入主流文学史视野之内。即使有限地进入，也并没有被真正地整合其中，尚未根本上改变既定的文学史秩序。如果说旧体诗词创作呈现"边缘化"趋势，这个判断并非所有人都能认可。然而，说旧体诗词研究处于"边缘化"状态，这确实是没有疑问的。目前的这种研究现状是应当有所改变了。之所以会出现研究边缘化的状态，从内因上讲，主要还是研究者普遍对当前旧体诗词创作不甚满意，形式化、

① 韩少功：《文学传统的现代再生》，《熟悉的陌生人·韩少功作品系列》，上海：上海文艺出版社，2012年，第328页。

② 田晓菲：《隐约一坡青果讲方言：现代汉诗的另类历史》，《南方文坛》，2009年，第6期，第12-20页。

商业化、概念化的写作导致当代旧体诗词的深度研究乏善可陈。不过，任何一种文学创作，在没有经典化之前都是泥沙俱下的。研究者还是需要慧眼来关注其中一些优秀的创作。研究者有义务发现当代旧体诗词创作当中的优秀诗人诗作，将其引入文学史。

当前学界主要有两类学者对旧体诗词研究比较关注。第一类是古典文学学者研究旧体诗词。究其研究特点，主要是将中国现当代旧体诗词当作古典诗词的余脉或余绪开展研究。第二类是从事现当代文学研究的学者涉足或呼吁旧体诗词研究，不过这类研究尚处于起步阶段。总体来看，现当代文学学界对 20 世纪旧体诗词研究还是比较有限的，更多的是古代文学研究者在介入，他们认为 20 世纪旧体诗词研究是古代文学研究的一个延伸性的组成部分。但实际上，20 世纪旧体诗词研究毫无疑问应该是现当代文学研究的一个重要的组成部分，所以我一般不用"近现代（旧体）诗词研究"这个提法，因为"旧诗"或"旧体诗词"这个概念真正地出现是在"五四"新文学革命运动之中，"五四"之前的中国诗界是没有真正的新体与旧体之分的，晚清的"诗界革命"所说的"新体诗"与"五四"以来所说的"新体诗"或"新诗"不完全是一回事。同理，六朝的"永明体"也曾经被叫作"新体诗"，唐人全面确立的"近体诗"也曾叫作"今体诗"，但那些"新体诗"或"今体诗"的概念与"五四"后兴起的"新体诗"或"新诗"概念正好是背道而驰的。所以"五四"后的中国现当代诗歌应该由"新体诗"（"新诗"）与"旧体诗词"（"旧诗"）共同组成，既然"旧体"这个概念诞生在新文学运动之中，那么旧体诗词研究自然也就属于中国现当代文学的研究范畴，因此我把旧体诗词研究统称为"中国现当代旧体诗词研究"或曰"现代中国旧体诗词研究"，而不是"近现代旧体诗词研究"。

这样说并不意味着主张画地为牢或者占山为王，那是学术上的江湖气息或小农意识的表现。实际上，对于"旧体诗词"这一片有待大力开拓的学术领地，古代文学和现当代文学研究者之间确实存在争议，我们不妨套用一句政治外交语："搁置争议，共同开发。"不同学术背景的学者充分发挥自己的学科优势，在现代与古典交叉融合的学术平台上共同推进"中国现当代旧体诗词研究"。学术乃天下之公器，并不存在垄断性或独占性的学术领空，我们不同学术背景的学者需要的是精诚协作而不是文人相轻、彼此拆台。一般来说，古代文学研究者在研究旧体诗词的过程中，并没有将其纳入中国现当代文学史的历史秩序中，这也是他们与现当代文学研究者研究旧体诗词时最为明显的不同之处。在目前我国的大学中文系学科体制下，一些古代文学研究者因为学科背景所限，往往容易忽视现当代旧体诗词与新文学思潮之间的关系，他们更多地看到了中国现当代旧体诗词对中国古典诗词传统的延续与传承。这样就容易割裂中国现当代旧体诗词创作与整个中国现当代文学史之间的联系，容易在旧体诗词研究中出现"非历史化"弊病，只见树木不见森林。

现当代文学研究者在关注旧体诗词的过程中带有更强烈的文学史诉求，他们的出发点和目的地都是将旧体诗词整合进中国现当代文学史秩序中。也许在古典文学底蕴和传统诗词格律方面有所欠缺，但现当代文学研究者的这种"大文学史"研究视阈是一般的古代文学研究者在研究旧体诗词时所不具备的。中国现当代旧体诗词创作随着时代的演进，其创作内容和艺术风格也在不断地呈现出新的变化，或者在形式上创旧，或者在精神上纳新。可以说，大部分的旧体诗词作者都在暗中与"新诗"较劲，与新诗人较劲，暗中比拼实力和潜力。因此，如果失去了新文学和新诗的历史参照系，我们的旧体诗词研究必然会缺乏历史感，无法做到很好地与新文学史整合起来，顺利地实现中国现当代文学史内部的新旧对话与新旧对接，而是处于一种比较孤立、比较偏执的狭隘研究状态，或者堕入另一种二元对立的绝对化思维陷阱之中，只不过不再是以"新诗"的名义反对"旧诗",而是以"旧诗"的名义反对"新诗"了。这种孤立的或偏激的旧体诗词研究模式仅止于"旧体诗词研究",而不是我所说的"中国现当代旧体诗词研究"。

目前中国现当代旧体诗词研究领域中,比较重要的话题有两个:一个是中国现当代旧体诗词创作的艺术转型问题,一个是中国新文学家旧体诗词创作的传承与创新问题。中国现当代旧体诗词创作的艺术转型问题是一个很大很复杂的课题,大而言之,它涉及中国近代诗词向现代旧体诗词转换的艺术问题,也涉及中国现代旧体诗词向中国当代旧体诗词转换的艺术问题;小而言之,它还涉及"抗战"前后现代旧体诗词创作的艺术转变问题,还涉及"文革"前后当代旧体诗词创作的艺术转变问题,以至于市场经济与网络时代背景下中国当代旧体诗词的艺术形态转变问题。这些艺术转型问题都在不同程度上牵涉到了我们对中国现当代旧体诗词创作历史的宏观把握和深度理解。关于中国新文学家的旧体诗词创作问题是更能发挥现当代文学学术背景优势的一个研究课题。对于学术背景是来自于中国现当代文学的人而言,长期以来以新文学作为研究的中心甚至是唯一的研究对象。这当然是一柄双刃剑,虽然限制了我们的学术视野进入新旧文学会通之中,但毕竟也为我们日后研究中国现当代旧体诗词打下了坚实的现当代文学史基础,这也是古典文学学者研究旧体诗词所不具备的学科优势。中国新文学家的旧体诗词研究理应成为我们从事中国现当代旧体诗词研究的学术支点,甚至是研究新旧融合的整个中国现当代文学的学术支点。如同阿基米德所说的那个神奇的支点一样,我们虽然无力撬动地球,但却可以通过新文学家的旧体诗词研究这个学术支点撬动整个中国现当代文学史大厦,最终目标是改写中国现当代文学的文学史进程或重构中国现当代文学的历史叙述框架。

研究中国新文学家的旧体诗词创作,不仅能推动中国现当代旧体诗词研究走向深化,而且还能够推进中国现当代新文学研究走向深化。一旦我们拓展了中国现当代文学史的研究范围,旧体诗词一旦同小说、散文、新诗一样被纳入中国现当代文学史的研究范畴,我们将会发现,原来有不少新文学家的新诗创作或小说创作实际上是比不上他的旧体诗词创作的。比如说,鲁迅的旧体诗是其文学创作中不可或缺也是不可多得的部分。然而,当我们在文学史中提及鲁迅的文学创作成就时,多半关注的是他的小说和散文(包括杂文)创作。虽然有许多关于鲁迅旧体诗的研究专著出现,但还是无法改变现代文学史对于鲁迅叙述的刻板印象。实际上,以文化激进主义著称的鲁迅不仅旧学功底深湛,而且无论其小说还是散文创作中都蕴含了中国古典文学的伟大传统资源。此类现象在田汉、郁达夫等人的身上也体现得比较明显。田汉虽然以创造社的新诗人著称,也以南国社的话剧作家驰名天下,但田汉的旧体诗词创作水平显然在他的新诗创作水平之上,而且他的旧剧新编水平也完全不亚于他的话剧创作水平。总之田汉是一个具有深厚的古典诗学修养和古典戏剧修养的现代民族文学大家,他的创作既是民族的也是世界的,既是传统的也是现代的。至于郁达夫,他的旧体诗在民国新文学家中堪称风华绝代,著名画家兼旧体诗人刘海粟曾说郁达夫的文学创作成就排序其实应该是旧体诗词第一,散文第二,小说第三,评论第四,而郁达夫的老朋友郭沫若也说过大意相同的话,可见君子所见略同。[①] 凡此种种,皆说明将旧体诗词创作从新文学史研究中"驱逐"是有待商榷的。因为如果把旧体诗词纳入新文学史研究视野中,将对许多现当代新文学作家研究形成有力的补充。

---

① 詹亚园:《绪言》,《郁达夫诗词笺注》,上海:上海古籍出版社,2006年,第1页。

四

目前，我们的汉语言文学专业一级学科下辖几个二级学科，主要是古代文学科学和现当代文学学科，还有文艺学等其它二级学科在内。古代文学研究又分得很细，比如搞先秦的，搞唐宋的，搞明清的，或者是搞诗的，搞词的，搞戏曲的，不断地细分甚至是微分，这样就不可避免地造成了学科知识的条块分割，长期下去就养成了当代学人的小农意识和江湖习气，各自占山为王或井水不犯河水，有个根据地就行，有块自留地也不错。现当代文学总共也就不到 100 年时间，又细分为现代文学研究，当代文学研究，或者现代诗歌研究，现代小说研究之类，不断地自我狭隘化，把自己关进了现代学术牢笼。文艺学也是分为西方文论和中国古代文论之类的，彼此对立，很难对话。大家都满足于自己的一亩三分地，按照既定的教科书授课混日子，不愿意打破任何学科界限和学术壁垒，积累下来的学术惰性积重难返，完全忘记了"文史哲不分家"的大学术传统。在这种学科分类体制下，"旧体诗词"就成了文学大家族里的"黑户口"，"旧体诗词研究"也就成了长期无人问津的灰色地带或黑色地带。搞古代文学的学者一般不屑于研究现当代旧体诗词，搞现当代文学的学者一般对旧体诗词及其研究充满了敌视或者漠视，这样就让一个原本属于现代与古代交叉地带的学术领地长期沦陷了。好在现在很多人已意识到这样一种扭曲的学术微分体制需要改变，纷纷反思所属的学科权力制度，这就为"旧体诗词"及其研究走向"合法化"打下了很好的基础。从这个意义上说，"旧体诗词"及其研究已经成了当前中国内地汉语言文学专业学科改革的一个突破口。这恐怕是很多人始料未及的，但这就是事实，我们必须正视而不是转过身去。

据说中华诗词研究院建立的初衷之一就是为了提升当前中华诗词研究的

学术力量，在全国范围内培养专业化的旧体诗词批评家和研究队伍，以便提升中华诗词研究的整体学术含量。这是十分值得赞赏的。当下中华诗词研究队伍里面需要整合两股学术力量的合力，一部分是来自古典文学研究界的学者，一部分要调动现当代文学研究界的学者。在现当代文学界的老一辈学人里，北大的钱理群先生，还有后来调入中山大学的黄修己先生，以前在中国社科院的刘纳先生、东北的孙中田先生，他们都曾倡导旧体诗词研究，但他们拘囿于新中国成立后学科壁垒的长期限制，虽然也想改变既定的文学史观、思维方式和文学史叙述框架，但心有余而力不足。在这样一个背景之下，我们应该发动一些中青年学者介入其中。据我所知，现在每年都有一些硕士和博士在做旧体诗词这方面的学位论文，不仅仅是古代文学界里做明清文学研究的青年学者延续到了民国诗词、近现代诗词研究了，现当代文学界里面也已经有一些旧体诗词方面的硕博士论文了，这些我们都可以轻易地在学术网络上检索得到。所以，中华诗词研究院应该把这些年轻的有朝气的学术力量整合起来。目前来看，我们的旧体诗词研究作者队伍还不够强大，一些旧体诗词焦点问题的学术讨论还无法深入开展起来，这说明我们确实需要优秀的旧体诗词学院派批评家和优秀的旧体诗词研究学人，我们需要这方面的专业批评家和专业学人涌现。最好是出现这方面的专业研究群体。只有专业素养的批评家群体出现了之后，我们才能发现好的旧体诗词作家和作品，才能将中国现当代旧体诗词研究推向经典化的学术进程。中国需要一部大文学史观的现代文学史，这种大文学史里面应该要有旧体诗词的一席之地。只有建立一个新旧兼容的大文学史框架，才能在新旧兼容的学术视野中将旧体诗词研究与评论成果纳入经典化的学术秩序。

在中国现当代文学界，长期以来都流行一种观点，就是旧体诗词不能或不适宜表达现代人的现代性的生存体验。其实，旧体既能表达传统性的生存体验，也能表达现代性的生存体验，甚至还能表达后现代性的生存体验。这就如同旧瓶能装旧酒，也能装新酒，只不过旧瓶装的新酒会产生不同于新瓶所装的新酒的味道，但也算是别有一番滋味在心头。我们既要允许新瓶装新酒，也要允许旧瓶装新酒，不妨两种酒的滋味都好好尝一尝。必要时还可以换一换口味。读腻了新诗之后不妨再来读一下旧诗，写惯了新诗之后不妨再写写旧诗，诗体的转换对诗人的能力是一个挑战，但这是应该鼓励的一种挑战。"会当凌绝顶"，真正的大诗人还得多会几种诗体，多练习几套看家本领才行。实际上，毫无疑问，用旧体诗词来表达现代人的现代性或后现代性的生命体验在难度上更大，因为旧体提供给诗人施展腾挪的空间普遍上比新诗提供的空间要小得多，自由体的新诗由于少了形式格律的限制，虽然在表达现代人的现代性或后现代性的生命体验上有其自由表达、无拘无束的长处，但其短处也是经常被人们所诟病的，诸如不够含蓄，不够凝练，过于直白，缺乏余味等等。而有些优秀的旧体诗当中的意象的捕捉、东西方典故的撷取，还有现代表现手法和意象组合方式等等，都呈现出吸收新诗精华的趋势。可见旧体诗词同样是能够传达现当代人的多种思想、情感与意志的。诗写得好不好不能归咎于诗体，而取决于诗人在写作中是否选择了合适的诗体。

况且，国内学界对现代性的质疑也由来已久，对于有些文学类型或文体样式，我们很难简单地做出现代性或传统性的结论。钱理群等人合著的《中国现代文学三十年》有个著名的序言，大意是说中国现代文学必须用现代汉语来传达现代中国人的精神和心理状态。问题在于，现代人能否只能表达现代性的思想情感状态？其实现代人的思想状态并不一定都是现代性的思想情感状态。现代人也可以表达传统性或古典性的思想情感状态。"今人不见古时月，今月曾经照古人。"古人与今人其实有许多相通的思想情感。我们无法找到一个纯粹的纯而又纯的现代人，没有丝毫传统的气息。所以很多思想情感形态是很难下判断是现代还是传统的，更经常的是兼而有之，关键取决于从何种立场或视角来看问题。所以我们发现，《中国现代文学三十年》经过修订，就把范伯群先生他们一直致力于研究的现代通俗文学形态写进了现代文学史，比如鸳鸯蝴蝶派文学，张恨水等人的言情小说，王度庐等人的武侠小说都写进了现代文学史。后来南京大学董健和丁帆等主编的《新编中国当代文学史稿》也把金庸等人的武侠小说写进去了。现当代的传统形式通俗小说在很多人看来是反现代的，至少不是纯粹现代性的，但经过学者们一番新型论证，也就阐明了这些传统性很强的小说形态或文学思潮具备了现代性，于是就可以堂而皇之进入现当代主流文学史了。既然传统意味浓厚的武侠小说和鸳鸯蝴蝶派文学能够进入现当代文学史，那么旧体诗词为什么就不能进入现当代文学史之中？章回体也是旧体，现代章回体小说也属于旧体文学，但旧体小说能被接纳，为何旧体诗词就不能被接纳呢？很明显，这里有思维定式和思维误区在作祟。一些现当代文学研究者对旧体诗词成见太深，要他们在短期内发生认识转变确实很困难，很可能是因为新诗革命曾经是"五四"新文学革命的急先锋和排头兵，打倒旧体诗词对于"五四"新文学运动而言具有特别重要的意义，甚至成了"五四"文学革命的精神图腾和象征符码，一旦承认旧体诗词的文学史合法性，似乎就意味着"五四"新文学运动乃至新文化运动失去了合法性。但这实在不是理性的判断，而是带有强烈的主观情绪性。今人当然可以重评"五四"，可以反思"五四"，反思"五四"的文化乃至文学激进主义，但反思不意味着彻底否定"五四"的历史贡献，不意味着否定"五四"新文学运动的成就。反思历史是为了在一个新的历史语境中继续开创新的历史。当代中国文学，无论小说诗歌还是散文戏剧，其未来的发展都离不开自己的文化和文学传统，都必须在新与旧的对话与融合中重构各自的文体新气象，这是未来的召唤，也是传统的力量。

研究旧体诗词并不意味着背叛中国现代文学的精神传统。"五四"精英和文学先驱陈独秀、胡适、鲁迅、周作人、朱自清、俞平伯、叶圣陶、郭沫若、郁达夫等人，无不在"五四"以后还坚持写旧体诗词，甚至用文言著述，他们在反传统的时候一直在坚持维系传统命脉。我们有了钢笔不意味着就要抛弃毛笔，有了电脑打字不意味着就要完全放弃用手写字，我们不能搞历史虚无主义和现代断裂主义，我们要平心静气地面对历史。小平同志讲不搞争论，我也不想陷入争议的旋涡，与其再去争论什么旧体诗词创作与研究的合法性与非法性问题，还不如扎实地开展一个个旧体诗词作家个案研究。任何理论都要立足于现象，我们需要扎实的个案研究推出真正优秀的诗词作家作品，只要这些作家作品真正具备经典的特质，那就一定能通过文学经典化机制的检验。按照中国现代文学经典化的机制和模式，我们必须遴选出中国现代旧体诗词界的"鲁郭茅巴老曹"出来，我们必须遴选出中国当代旧体诗词界的"朦胧诗五人选"出来，不能太多，不能完全照搬中国传统的"诗坛（词坛）点将录"模式，那样就太多了，泛滥了。我们必须用专业的眼光、学术的眼光、历史的眼光、审美的眼光，通过文学史经典化机制来推出中国现当代旧体诗词领域中真正有代表性的诗词作家和作品，乃至有代表性的诗词社团和诗词流派，只有"擒贼先擒王"，抓住旧体诗词创作的标志性人物和社团，才能完成书写中国现当代旧体诗词发展史的文学史使命。如果我们推举的那些诗词作者提不到台面上来，人家就会鄙视我们，就会怀疑我们的专业素养，所以我们要有文学史的史心和史识。

回顾百年中国诗歌发展历程，必须承认，"新诗"有成绩但成绩还不能完全令人信服。我们的新诗不能只是满足于成为一个在中国的外国诗歌流派。当年胡风就曾认为中国现代文学是世界文学在中国新拓的一个支流。[①] 这个观

---

① 胡风：《论民族形式问题》，《胡风全集第 2 卷》，武汉：湖北人民出版社，1999 年，第 744 页。

点在很多现代作家那里是得到普遍认可的。中国"新诗"也差不多快成为西方诗歌在中国新拓的一个支流了。如今自由体新诗呈现出惯性写作的泛滥趋势，所谓"梨花体""羊羔体""口水体"之类，全面折射了新诗的诗体危机。"自由体"不到百年似乎也沦为"外形式"了，仿佛只要会分行，一篇散文也可以随意切割、任意组合为所谓的新诗。看来"自由体"也不是中国诗坛的救世主。历史证明，中国诗歌可以有多样化的发展路径。向外横向发展的西化"自由体"是一条路径，那么向内纵向回退的"新古体"也应该是一条路径。我们不能一讲"旧体"就是"近体"或"格律体"，实际上"古体"对于今人而言更加重要，"古体"不仅是"近体"或"格律体"的源头，而且也应该成为"新诗"或"自由诗"的源头之一，所以当下的中国旧体诗坛需要重振"古体"雄风，以此与"自由体"新诗相颉颃，共同开创中国诗歌的美好新愿景。

（原载《文艺争鸣》2014 第 1 期）

一份提纲：关于 90 后诗歌或同代人写作

霍俊明[①]

首都师范大学中国诗歌研究中心/中国作家协会创研部

田田 13 岁了。

13 岁意味深远：青少年，看 PG13 的电影，独自外出，随时会坠入情网。让父母最头疼的，是第二次反抗期的开始。心理学家认为，第一次反抗期在 3 岁左右——行动上独立；第二次反抗期在 15 岁左右——思想意识上独立。

---

① 霍俊明（1975—），男，河北丰润人，研究员、博士后、中国作协《诗刊》社副主编、中国作协青年工作委员会委员，中国现代文学馆客座研究员，《新诗界》执行主编、《星星诗刊》理论刊编委、《明天》编委、《诗歌月刊》《滇池》特约主持、《延河》学术顾问，"80 后"诗歌专项奖"汉江·安康诗歌奖"评委会主任、复旦大学光华诗歌奖评委、中国当代诗歌奖（2000—2010）评委、首届西峡诗会桂冠诗歌奖评委、河北青年诗人学会副会长、《中国当代诗歌导读》编委。著有"当代诗人传论三部曲"《转世的桃花：陈超评传》《于坚论》《雷平阳词典》以及其他专著、译注、诗集散文集、随笔集、批评集等三十余部，在《文学评论》《文艺争鸣》《当代作家评论》等权威学术期刊发表论文数百篇，被《新华文摘》《读者》等全文转载。主持"中国好诗""天天诗历""诗人散文"等出版计划。曾获中国文联年度文艺评论长篇论文奖、首届扬子江诗学奖、首届"诗探索"理论奖、河北省政府文艺振兴奖、《诗刊》年度青年理论家奖、第四届袁可嘉诗学奖、《星星》年度批评家奖、《草堂》年度诗歌批评家奖、首届金沙诗歌奖年度诗歌批评奖、《南方文坛》年度论文奖、《山花》年度评论奖、《广西文学》年度散文奖等。

我还没做好足够的心理准备……下一代怎么个活法？这是他们自己要回答的问题。

——北岛《诗人父亲眼中的"90后"女儿》①

诗人、父亲、女儿、"90后"似乎构成了意味深长的两代人之间的天然屏障。写作这份关于90后诗歌或同代人写作提纲的时候，我把罗兰·巴尔特的一句话征用过来放在开头——"同时代就是不合时宜"。尼采在《不合时宜的沉思》中做出了类似的精神性回应。而茨维塔耶娃对里尔克的评价正是："里尔克既不是我们时代的定购物，也不是我们时代的展示物，而是我们时代的对立物。"② 这就是隐喻意义上的"向夏虫语冰"，是一种诗人与时代的特殊关系——依附与距离、一致性与异质性的同在。寻找或显或隐的一代人的时候，我们习惯于整体和共性面影的雕琢，却往往忽视了那些不流世俗、不拘一格、不合时宜的"转身"而去的个体、自我放逐者、狷狂者和匿名者。认同就必然会削去否定性的一面，反之亦然—强化同时代人的特点和差异性的同时总会不由自主地割裂与其他代际和时代的内在性关联和隐秘的共时性结构和装置，尤其是对于不同的美学趣味的"当事人"（往往热情有余而自省不足）而言他们所评述的对象（同一代人）则反差更大甚至往往是互不重合的（当年有人讥讽的"诗人就是不团结"也并非没有道理）。这也许正是同时代写作或90后诗歌以及相应的研究者们应该予以关注和省思的，当然认同和质疑所构成的批评也会对写作的当事人产生焦虑和影响。

---

① 北岛：《诗人父亲眼中的"90后"女儿》，《初中生优秀作文》，2013年，第12期，第12-13页。

② ［俄］帕斯捷尔纳克、［俄］茨维塔耶娃、［奥］里尔克：《抒情诗的呼吸》，刘文飞译，上海：上海译文出版社，2011年，第9页。

一

90后写作群体很容易在阅读和评价中、在目前综合的推动机制下被评估为"新人"——文学新人、文学新一代、文学新生力量,"作为中国诗坛未来的传承者,90后诗人肩上的担子可谓重了不少:既要成为卫道者,捍卫诗歌的传统,同时又要做一位优秀的诗人,在多元化的文化中,为诗歌寻找一条更崭新、更宽广的发展之路"①,"90后长大了,文学新生力量悄然崛起"。②那么这个"新"(可以延展为特性、差异性、独特性、异质性、实验性、新的先锋性等等)该如何理解呢?

我想顺便提下90后青年写作群体与先锋的关系。《新韦伯斯特英语国际词典》对"先锋派"一词的界定是"任何领域里富于革新和进步的人,特别是艺术家或作家,他们首先使用非正统或革命性的观念或技巧"。"先锋"是一个时间性的历史概念,在不同的历史区隔中既具有维特根斯坦所说的家族相似性又具有变动性和发展。没有永远的"先锋派",也不存在一个没有先锋派的时代。"先锋诗人"和"先锋诗歌"已经成为这个时代暌违的词。较之一种叫作"一年蓬"的外来物种以前所未有的"先锋"精神和"开拓"意识在短短一年内占领中国土地不同,先锋诗歌在近些年几乎已经不再被提及。甚至在更多诗人那里,"先锋"成了一种过去时。而作为常识,任何时代都应该存在"先锋"和"先锋诗歌",只是程度和表现方式不同而已。而必须强调的则是先锋诗歌具有与主流文化和政治规范相对立的疏离意识和反叛精神。也就是说,先锋诗歌至少应该具备反叛性、实验性和边缘性的"新质"。

我们总是期待着"文学新时代"和"新"的写作景观和焕然一新的写作

---

① 莫怀北、何婧婷、李东:《90后诗人访谈》,《新作文·中学生适读》,2013年,第6期,第10-12页。
② 《文汇报》,2016年12月1日。

者（是内质的新，想象方式以及修辞经验、话语方式的新，范式和法则的新，而非旧瓶装新酒）的出现，同为 90 后的诗人徐威（1991 年出生）在一篇文章的开头就指出"90 后诗人及作品作为'新的一代'在诗坛涌现"。[①] 与我们迎面相撞的正是那个"新"字。当这一"新"成为代际、阶段性的文学的驱动力会形成什么样的状况呢——"10 年的时间正好构成一个平稳的台阶、一个可资盘点的阶段。这不仅对诗人的个体有效，对于当代诗歌的整体进程而言，似乎也可做类似的观察：自 20 世纪 70 年代开始，每隔 10 年，诗歌界的风尚就会发生剧烈的变动，一茬新诗人也会'穷凶极恶'地如期登台"。[②] 也就是我们往往在一种线性的时间惯性导致的认识论中指认诗歌是属于未来的，新的文本是由一代代更年轻的崭新的写作者来完成的。与此相应，有一个疑问正同时在不断加深——物化主义、经济利益、消费阅读的全球化的支配法则下诗人应该经由词语建构的世界对谁说话和发声？这与歌德的自传《诗与真》以及西蒙娜·薇依在 1941 年夏天所吁求的作家要对时代的种种不幸负责发生了切实地呼应。

我们的一个个历史上的新时代，诗歌的"新口号""新宣言""新主义""新浪潮"简直是铺天盖地。比如 1986 年的现代诗群大展就涉及几百个诗派、上千个诗歌社团组织，而每一个人、每一个小团体无不极力标举自己的创新、反叛、反抗、怪诞。反常成为圭臬，追新逐异成为新生代诗歌的驱动力。新，成为 80 年代先锋诗歌所推崇的唯一中心。然而这场无比热闹的诗歌运动很快悄无声息、烟消云散——当然其背后的历史原因是复杂的。而经过几十年的沉淀，当年留下来的流派和宣言几乎淹没无闻，最终留下的只是

① 徐威：《90 后诗歌的现实书写》，《诗歌月刊》，2017 年，第 11 期，第 3 页。
② 姜涛：《拉杂印象："十年的变速器"之朽坏？——为复刊后的〈中国新诗评论〉而作》，《飞地》，2015 年，第 10 期。

几个响当当的优异的诗人和过硬的诗歌文本。这就是诗歌（文学）的内在性规律。

从长远的整体性来看，一个时代也许只是一瞬，但就是这一瞬间却是与每个人乃至群体、阶层和民族发生密切而复杂的关联，"诗人——同时代人——必须坚定地凝视自己的时代"。① 而对于当代诗人而言，最大的挑战必然是时间所带来的"未完成性"。这不只是与个体时间、命运遭际、现实渊薮和历史法则有关，也与当代汉语写作的当代性有关。从动态景观来看，一个个阶段构成了新旧交替。尤其是从 20 世纪 20 年代以来，几乎构成了时时维新的时代。与新时代相应必然发生一系列连锁的先导性反应，比如新文化、新思想、新文学、新诗歌、新青年、新民说，等等。这些中心地位或周围区域的新构成了一个时代的驱动力。那么与此相应，时代的新变，新现实、新思潮、新动向、新生活、新题材、新主题，都对文学以及诗歌提出了必然性的要求。既然每个人都处于现实和社会之中，既然新的甚至日新月异的景观对写作者提供了可能，甚至这一过程将是文学史历史化进程的一部分。那么，写作者就有责任有必要对比予以承担。所谓一个时代有一个时代之文学。每一个时代的变革、转化过程中都是诗人率先发出敏锐、先锋、实验、先导、精细、及时、快捷的回声和回应。

在中国流行的传记阅读和社会学批评的视野下，评骘者和摇旗呐喊者都很容易投身于活动、运动和事件的喧闹中（一代人内部的自我加冕），在强化了成长环境、青春人格、校园文化、文化生态、社会语境（这形成的是僵化的社会镜像）的同时而导致对文本阅读和自足批评的僭越——发生机制、发展合力等内在动因却往往被另一种向外打开的社会化的合力、共谋和助推器所遮蔽或者整体取消。由此值得强调的是，"70 后"和"80 后"都带有某种

① ［意］吉奥乔·阿甘本:《何谓同时代人？》，黄晓武译，北京：北京大学出版社，2017 年，第 24 页。

运动和事件的成分，也就是狭义和运动化意义上的"70 后""80 后"与"出生于 70 年代""出生于 80 年代"所指涉并不相同，甚至差异巨大。那么在评述"代际""同时代"和运动推动下的命名概念的时候，其给评论者提出了更多的复杂化的要求。而"90 后"却并不存在这前两者的运动的成分，尽管已经不能排除个别诗人的造势和占位，但是整体上看同时代人和"出生于 90 年代的诗人"是合一互相指涉的。

诗歌的远景成为愿景，尤其是对于当下越来越受到关注的 90 后写作者而言更是如此。有意思的是从"影响"的角度来看"80 后"更为关注"90 后"的发展动向，反过来也是如此——二者之间似乎存在着一种隐秘的亲缘关系，"他们这一集体的诉求远远比不上'80 后'风光，其人数来少之又少。但也不乏这一年龄段的精英作者，他们的作品的骨架基本是从模仿中慢慢硬朗起来的。总体来说，他们的写作题材更加'不疼不痒'，甚至出现了不乏与自身的体会相背离的作品，但也见证了他们争取话语权的努力。与'80 后'相比，他们成年年代的文化氛围似乎更宽容，社会经历也更浅显，正因为如此，他们的诗表现出一种'不现实'"。[①] 这段话出自出生于 1985 年的诗人暗篱（语境是 2011 年）。而外围的人们也更为愿意将比邻的"80 后"和"90 后"进行比较——"'90 后'将把'80 后'给灭下去"（曾于里），尤其是出生于 80 年代后期和出生于 90 年代前期的可能更具有一种"谱系"的亲近，当然个体写作的精神资源具体到写作实践是相当复杂的甚至歧路纷生的——写作也并非总是"先来后到"的想当然的文学史秩序和论资排辈的文坛法则，当年不是有诗人高喊"我是我自个的爹"吗？即使是在一代人内部，其差异甚至对立、龃龉、割裂的声音同样存在。

我们谈论一代人写作的优点和缺点的时候，似乎忘记了这些优点和缺点

---

① 暗篱：《80 后与前辈们的心态越来越像》，《"80 后之窗访谈"（37）》。

同样会在其他代际的写作者那里出现，只是程度和方式会有所区别——"与任何一代相似，与任何一代不同"（南往耶）。谈论整体往往会大而无当。但是，同样不可避免的是每个诗人和整体性意义上的一代写作者都会在文字累积中逐渐形成"精神肖像"——这会折射出不同的时代景观、社会心态、阶层伦理以及诗学趣味等等。我想到当年苏珊·桑塔格描述的本雅明的那副肖像，"在他的大多数肖像照中，他的头都低着，目光俯视，右手托腮。我知道的最早一张摄于1927年——他当时35岁，深色卷发盖在高高的额头上，下唇丰满，上面蓄着小胡子：他显得年轻，差不多可以说是英俊了。他因为低着头，穿着夹克的肩膀仿佛从他耳朵后面耸起；他的大拇指靠着下颌；其他手指挡住下巴，弯曲的食指和中指之间夹着香烟；透过眼镜向下看的眼神——一个近视者温柔的、白日梦般的那种凝视"。①

是的！无论是对于新一代的90后还是更为年轻的00后诗人（已经被90后们冠名为"新新一代"了），我们总会怀着整体意识去勾勒他们的诗人形象或者精神肖像：目眩五色的隐喻派、无所不能的口语技师、愤青、年轻的怀乡者、青春期写作者、地质构造和山水自然的冥想者、时下景观的自恋症、转身拟古的人、新媒体狂人、二次元新人类、自白书、读心术、自嗨派（与喃喃自语者不同）、见证人、旁观者、梦想家、夜游人、隐逸派、游吟诗人（有时候被城市街区的共享单车和旅游区的敞篷车所误解和冒犯）、民间派、公知（特立独行的思想者）、地下写作者、异质感的眼光、天生的先锋派、套用和仿写的知识引文（往往在写作的最初阶段具有互文的大脑）、亚文化青年、青春期的歌德、酒吧写手、劝世的药方、浮世绘的日常传奇、史诗憧憬者、地方风物考辨和凝视者、左右互搏的精神自审、叶芝式的自我分析、自我获启的天才、时代车窗的擦拭者、现实介入者、纯诗的炼金术士、反诗练

---

① ［美］苏珊·桑塔格：《在土星的标志下》，姚君伟译，上海：上海译文出版社，2006年，第109页。

习者（"反诗"正是对时下流行的、主流的诗歌趣味和精神现状的反对，是另做新声对"平庸之恶"的拒绝。而"反诗"仍然是尤其必要的限度的，一切都要在诗歌内部完成，也就是说"反诗"的最终目的和唯一要义是"返诗"。在此，"反诗"和"先锋"具有某种共同结构），等等。

二

如果单纯以代际来研究复杂的中国诗坛确实是一件费力不讨好的事情。我粗略估算了一下批评家和文学史家给 1978 年以来的中国诗歌写作命名了不下 100 个概念。而今天看来，它们大体都是短视、短命和失效的。而"朦胧诗"之后的代际意义上的概念，比如第三代、新生代、第四代、中生代、"70 后"、中间代、新世代、新世纪、晚生代、"85 一代""80 后""90 后"甚至"00 后"等都呈现了一些研究者们投机取巧的平庸和无奈。但是必须强调的是，作为一种方法论和研究视角，代际作为入口或者切口仍然有其不可替代的重要性。当然，如果以"同代人"来代替严格意义上的"代际"可能会更讨巧和便利些，"或许，真正的'同时代'诗人，未必只共享区区十年或数十年光景的断代。无论是'90 年代诗歌'的作者，还是出生于 90 年代的诗人，在这些共同跨越了新旧两个世纪的人们中间，大概'只有那些允许自己为世纪之光所致盲，并因此而得以瞥见光影、瞥见光芒隐秘的晦暗的人，才能够自称是同时代的人'"①。

一定要强调的是文学从来都没有进化论，只是一时代有一时代之文学，一代人有一代人的写作命运。仅此而已。历史已经反复证明，诗人只能靠文本说话，而不是概念、操作、运动和事件。一代人中也只有极少数一部分极

---

① 茱萸：《瞥见世纪之光的晦暗》，《深圳晚报》，2014 年 6 月 21 日。

其优异的强力型诗人能成为诗坛的恒星，而一部分成了流星——曾经一时璀璨耀目但终究黯淡、泯灭，又有一部分诗人好似闪电而过于短暂、倏忽，也有的诗人类似于茫茫暗夜里的一个小小的流萤（其光亮程度近似于无），剩下的诗人则是灰尘和稗草。甚至在极端的历史时期，文学会成为空白，写作者集体交了白卷。

尽管每一个诗人都有不可规约的写作个性和各自不同的写作方向，但是作为一代人或同时代人，一些共性的"关键词"最终还是会凸显和袒露出来。而任何一代人的写作成长史都是利弊同在、好坏参半（包括具体到90后的大学校园生态、阅读空间的传媒革命、社会文化环境、全球化交互、生活观念、价值判断等），而新的一代也并非意味着精神和文学意义上的进化论。就如我们熟知的"后来居上"和"未老先衰"往往同时出现，有多少亮光就必然会有多少阴影。在文化封闭的年代很多写作者是故意掩盖自己笨拙幼稚的成长史的——正如鲁迅深刻批评的"听说：中国的好作家是大抵'悔其少作'的，他在自定集子的时候，就将少年时代的作品尽力删除，或者简直全部烧掉。我想，这大约和现在的老成的少年，看见他婴儿时代的出屁股，衔手指的照相一样，自愧其幼稚，因而觉得有损于他现在的尊严，——于是以为倘使可以隐蔽，总还是隐蔽的好"而"婴年的天真，决非少年以至老年所能有。况且如果少时不作，到老恐怕也未必就能作，又怎么还知道悔呢？"[①]而文化开放年代竭力张扬和鼓吹自己光鲜的写作成长史在本质上与前者是一样的，无非是以五十步笑百步而已。

阿甘本在《何谓同时代人？》中开篇追问的是"我们与谁以及与什么事物同属一个时代"。那么，今天这些疑问仍然不会终结。我们必须追问的是在"同时代""同时代性"或"一代人"的视野下一个诗人如何与其他的诗人

---

① 鲁迅：《集外集·序言》，《芒种（半月刊）》，1935年，第1期。

区别开来？一个真正的写作者，尤其是具有"求真意志""个人化的历史想象力"和"自我获启"要求的诗人，他必须首先追问和弄清楚的是——"同时代意味着什么？""我们与谁以及什么同属一个时代？"有人已经给出了答案："真正同时代的人，真正属于其时代的人，也是那些既不与时代完全一致，也不让自己适应时代要求的人。"①同时代人就是不合时宜的人，是持有某种断裂、分裂甚至歧异的个人观念——"土星式的淡漠忧郁"。诗人如何能够成为同时代的不合时宜的人就显得愈发重要，这一不合时宜并非是一个姿态，而是一种诗歌本体性的最基本的功能要求。

回到 1988 年。四个年轻诗人编选了一本红色封皮的《中国现代主义诗歌大观》并说出了一句话——历史将收割一切。那么，30 年后的今天，我们又迎来了一个"新时代"，那么"新时代"对于新一代的新诗人意味着什么？新的历史将会收割什么呢？总有些是真金钻石，总有些是稗草灰烬。再坚固的建筑也会坍于一瞬而烟消云散，但是从精神世界的维度和人类命运共同体来说，文化和文学形成了一种穿越时间的传统。我们所期待的，正是能够穿越一个阶段、一个时期、一段历史的经受得起时间淬炼的新异的精神传统。而新世纪、新世代、新一代所形成或正在形成的精神传统也许正是我们所期待的，"假若传统或传递的唯一形式只是跟随我们前一代人的步伐，盲目或胆怯地遵循他们的成功诀窍，这样的'传统'肯定是应该加以制止的。我们曾多次观察到涓涓细流消失在沙砾之中，而新颖总是胜过老调重弹。"②由此来看，评价一个诗人尤其是整体的一代人的才能不是凭几个评论家的文章以及诗人

---

① ［意］吉奥乔·阿甘本：《裸体》，黄晓武译，北京：北京大学出版社，2017 年，第 19-20 页。
② ［英］T.S.艾略特：《艾略特文学论文集》，李赋宁译，南昌：百花洲文艺出版社，1994 年，第 2 页。

的几本诗集、诗选和所谓的"诗歌大展"就能说了算的，① 必须放在历史和美学的双层装置以及谱系、关系、场域中予以综合评价和厘测。也就是说，代际诗人或同时代人的写作和评价都必须具有历史和美学的双重意识，具有对一个时代精神风景的整体性关注和扫描以及提升（过滤和变形）。②

---

① 从 2007 年左右开始，尤其目前无论是从纸本、新媒体（各种相关的 90 后文学的网站和微信公众号，此外还包括电视节目，比如湖南卫视的 90 后诗人特别节目），还是各种形式的出版物（同人刊物、个人诗集、多人合集、年选、各种名目的选本）以及形式多样的研讨会和花样翻新的活动（《诗刊》的青春诗会、《人民文学》的文学新浪潮、《星星》和《中国诗歌》的大学生诗歌夏令营、"新发现诗丛"，成立中国 90 后作家联谊会），此外还有各种 90 后诗人的评选活动（其中带有流行的选秀文化、打榜点击率的诱因），比如 90 后十大知名诗人、90 后十大新锐诗人、90 后十大先锋诗人、90 后十剑客、90 后十佳诗人、年度 90 后十大新锐诗人排行榜、90 后诗词十六家、中国诗坛 90 后诗人风云榜、中国 90 后百强作家风云榜等，都在不断推动 90 后写作，其中不乏 90 后写作者内部的策划和推动。就诗歌而言，目前所见平台的推送已经让人眼花缭乱，比如：90 后诗歌联展、90 后诗歌大展（《诗刊》、中诗网）、90 后少年诗人作品小辑（《诗刊》）、90 后（《人民文学》）、"青春风暴""新星座"（《扬子江诗刊》）、浪潮1990 以及 "90 后推 90 后"（《作品》）、中国 90 后诗歌大展（《天涯》杂志）、90 后特刊（《大家》）、90 后—90 年出生的诗人作品特辑（《诗选刊》）、90 后诗歌专号（《中国诗歌》）、90 后诗歌选（《上海文学》）、90 后诗歌专号（《山东文学》）、90 后诗歌小辑（《光线》诗刊）、90 后档案（《天津诗人》）、中国 90 后诗人作品展、90 后新作联盟、90 后诗歌（中国诗歌流派网）、中国 90 后诗歌、泛 90 后诗歌、90 后诗歌群落、全国 80-90 实力派诗歌专版、90-00 后诗歌年度大展、90 后诗词联展、广东 90 后作者培训班、燕赵 80 后 90 后诗人大展、四川 90 后诗人小辑、四川 80、90 后青年诗人诗歌朗诵会、福建 90 后诗歌专号、陕西 90 后诗歌大展、山东 90 后诗歌大展、湖南 90 后诗歌大展、贵州 90 后诗人诗歌选、河南 90 后诗歌研究小辑、甘肃 90 后诗歌专辑、青海 90 后诗人诗歌作品辑、靖边 90 后诗人诗歌大展，《中国首部 90 后诗选》《中国 90 先锋诗选》《中国 90 后诗歌》《中国 90后诗选》《作品·90 后文学大系·小说卷·近似无止境的徒步》《甘肃 90 后诗歌年选》，等等。
② 目前所见的关于 90 后诗人和诗歌的整体性研究很少，这与从 2007 年左右 90 后写作开始受到关注并不成正比。目前所见的文章及随笔性文字主要有《助太子登基》（徐敬亚）、《漫步在诗歌精灵的国度——简述 90 后诗歌》（杨克）、《90 后诗歌：没有风暴的早晨》（钱文亮）、《进退集序·90 后诗人的新追求》（黄梵）、《稚朴与自在：黔地 90 后诗歌初识》（赵卫峰）、《在超越与创新中登场——论 90后诗人与诗歌》（刘波）、《瞥见世纪之光的晦暗》《预约新汉语的未来》（茱萸）、《自然的天然之美和社会性建设的参与——谈 90 后诗歌写作》（中岛）、《90 后：悄然站起的诗坛新生林》（马启代）、《开花的树林——"90 后诗歌"简述》（宫白云）、《90 后诗歌：与任何一代相似、与任何一代不同》（南往耶整理）《同代人的写作》（马骥文）、《简谈 90 后诗歌的几个特点》《90 后诗歌印象》（韩庆成）、《"90 后"诗歌研究》（李路平，硕士学位论文）、《语言与思维的"新动向"——略论 90 后诗歌》（赵目珍）、《90 后诗歌的现实书写》《论 90 后文学的发生》（徐威）、《世纪"新来者"的喜与忧——论 90后诗人与诗歌》（赵洋洋、董运生）、《历史与现实语境中的 90 后新诗》（吴礼丹）。

三

选本文化影响着每一代诗人。

要谈论以"90 后"为空间的风格迥异、水平参差且精神背景远为不同的诗人及其诗作，这近乎是极不可能的事情——强调"先锋"的李海泉将中国 90 后诗人写作群体的总体特征归结为民间口语化、校园学院化、官方作协化、颓荡与废话。在杨克、李少君、刘向东、邱华栋、周瑟瑟、赵思运、朵渔、育邦、泉子、马启代等"前辈"对马晓康等 15 位 90 后诗人编选的《中国首部 90 后诗选》所做的推荐语中，我也在热情洋溢的肯定中看到了无论是外围环境（全球化、外语水平、校园文化、国际影响、国际视野和交流环境）的认识还是写作内部特征（经验、理想、素养、先锋、活力等）的评价都存在着诸多差异。而即使是编选这本 90 后诗选的 15 位编委对 90 后诗歌以及普遍意义上的汉语诗歌的认识与理解也不尽相同，甚至存在龃龉之处。除了其中的合理性因素产生的差异之外，当然存在着偏差甚至偏见带来的矛盾）。

这一庞大群体之下的诗歌写作人口（"最后收到一千六百多份来稿，虽然可能不足 90 后诗作者的冰山一角"——贾假假），我更为看重的反倒是个体及其差异性和异质精神。一代诗人必须用语言开创出属于自己的"时代"和"世纪"。

就目前来看，有的 90 后诗人显然对一代人的写作充满了自信，并且这种自信已经抬举到了一代人写作的整体命运和历史地位的高度，"这是诗歌史上以质量好、文本好、人品好的原则下，90 诗人向诗坛集体亮相的一次机会，所以我花了较长时间把他们最好的诗选了出来，展示给写作诗歌的同行和读者们"，"新世纪以来中国 90 后诗人已经是中国先锋诗歌的重要力量，所以必须有一本真正代表我们 90 先锋诗歌的选本，在最大程度上去除个人成见，让

90 诗人以整体的姿态发射出一束灿烂的烟火"，①"再次通览稿件，除了一些无法抗拒的小缺失和个人编纂经验生疏外，我还算满意，至少将我目所能及的各种风格的好诗人选进来了。"②2018 年 1 月《诗刊》社编选的收入 120 位 90后诗人的 77 首诗作《我听见了时间：崛起的中国 90 后诗人》（上下卷）由中国青年出版社"小众书坊"出版。当一代人以集体和集束型的方式展示的时候，其优势在于整体性的庞大面影会越来越具体，但是随之带来的是关于一代人代表性诗人和标志性文本的期待与焦虑。我们早已经听惯了一代又一代人在高分贝中的"崛起"，但是一代人最终留下来的只能是极少数的幸运者。对于 90 后一代人来说，这一切都有待于时间法则的筛选。

年轻人是需要"自信"的（重要的阶段性资本），至于文本到了什么程度则是需要审慎认识和冷静分析的，尤其是在这个整体写作水平提升的年代评价所谓的"好诗"并不难——起码在我看来"好诗"甚至已经不是评价诗歌的重要标准了，关键是这个时代所缺乏的是有难度的具有重要性的诗——它们不完整但具有足够的精神重力和历史词源，而非一般意义上"光滑""优美""抒情"或者"粗砺""口水""段子""叙事"的"好诗"。

如果一个诗人在诗歌中也是一个庸人，还有比这更为庸俗可怕的事情吗？我们可以认同一个诗人在生活中的平庸以及享用无知的乐趣，甚至同情他"为历史的热病所耗损"，但绝不接受一个诗歌写作中的"庸人"。而无论是作为秘密，还是一种常识，这个时代在裹挟而来的日常之诗的趣味中渐渐丧失的正是见证的诗、个性的诗和自我的诗。我想起 1947 年加缪在一次演讲中的一段话："我们生活的年代，受制于平庸而残忍的意识形态，人们已经变得习惯了因所有的一切而感到羞耻。为他们自身而感到羞耻，为快乐而感到

① 李海泉:《我们为什么是中国 90 后先锋诗人》，微信公众号"向北诗歌"，2017 年 11 月 4 日。
② 马晓康:《中国首部 90 后诗选·前言》，微信公众号"中国诗歌网"，2017 年 11 月 7 日。

羞耻，为受苦或者创造而感到羞耻。这样一个年代，拉辛可能会因为写出了《贝蕾妮丝》而脸红，伦勃朗可能因为画出了《夜巡》而请求原谅，也许会跑到最近的医生办公室。"① 是的，当下这个时代，诗人缺乏的正是"羞耻之心"，写作的羞耻、精神的羞耻。诗人有必要在写作中重建自由之身阙如的羞耻之心。诗人的自由和羞耻几乎是并行的，就像光线和阴影的结合体一样。当我们谈论诗歌的常识或秘密，其中不能回避的是诗人的存在感。这种存在感既与整体性的时代有关，又与具体的不能再具体的诗人命运有关。

由此，我想到了诗人的两个抽屉。

他（她）在清凉的晨昏或寒冷的失眠夜里所写的诗稿，分别放在左右两个抽屉里。其中一个抽屉的诗用来发表，与编辑、评论家以及公开的阅读者（包括一部分大众）来分享——这样的诗人往往容易被主流刊物的趣味所驱使；另一个抽屉里的诗则只有他自己来分担，承担了个人精神秘密的档案功能。显然，更多的时候我们对于那些纯属于个人私密的那部分诗无从知晓。具体到当下的自媒体时代，诗人的写作速度加速，而他们也只有一个抽屉——急于将那些平庸的诗"传销"式的分发给编辑以及想象中的读者和评论者，甚至还想在文学史上占有一席之地。唏嘘！

从精神读法的角度，我们必将再次回到诗人的那两个抽屉。而从长远的时间法则甚至文学史的定律来看，两个抽屉中诗歌的精神重量并不是对等的。至于当代汉语诗人能够将哪一个抽屉填满则未为可知。而从目前来看，我们很难说清 90 后诗歌将来会发展到什么程度，但是就其已经写出的部分来看他们已经给这个时代提供了一个精神切片。

---

① ［法］阿尔贝·加缪：《艺术作为自由之见证》，李以亮：微信公众号"燃读"，2017 年 6 月 9 日。

四

任何一个时代的写作者，或者同时代层面的一代人，都有特殊的诗歌"发生学"机制。

在时下不断强化诗人现实话语和当代经验的呼求中，我们对包括 90 后在内的诗人同样会有这样的期待或者那样的评价标准——与公共空间的互动上，如何把个人经验和现实经验转变为整体经验和历史经验——在这个碎片化的时代谈论整体和历史显然不仅艰难而且有些滑稽，如何通过赋形和变形把个体真实通过语言的途径转化为历史的真实，就成为诗学和社会学的双重命题。

似乎，有些读者和批评家已经形成了某种观念性的认识，即 90 后是消费主义和商品经济、城市化和新媒体影响下事物"轻飘飘的写作者"，即疏离了现实关怀，缺乏现实感、介入能力、及物活力和开放精神。我更感兴趣的是这种认识（判断）是如何产生的，即使是在对"现实""现实感"（以往则聚焦于"现实主义""革命现实主义""社会主义现实主义""写实主义""新写实"，现在则是"非虚构""纪实"）的理解上这也是一种不无偏颇的认识。而这种认识自然会在 90 后诗人内部产生反弹——"在这些批评与质疑之声中，其中一种便是——90 后诗人在对现实与时代的书写上，是否太过薄弱？换而言之，90 后诗人似乎太过专注于书写自我，而将社会与时代置之不顾。"[①]当然，一个诗人也可以靠直觉和幻梦写作，但是这种直觉和幻梦最终呈现出的不只是一种语言事实，同样是诗人特殊的认识论。那么，诗人的日常经验的缺失如何能够达成诗歌的"个人化"和"现实感"？我倒不想在此耗费时间深究正反两方对诗人与现实（时代）关系的理解以及具体文本的认识上的正反—现实主义的缺失也往往被指认为理想主义和信仰的削弱，而是想到

---

① 徐威：《90 后诗歌的现实书写》，《诗歌月刊》，2017 年，第 11 期，第 3 页。

了——个文学史法则。在面对新一代的诗人和写作者的时候那些批评家和过去时的"前辈"诗人更愿意强调的论调正是——年轻人的写作太关注自我而忽视现实。无论是当年的"朦胧诗"还是"第三代"都曾遭遇过类似的质疑。而今天看来，他们的诗歌不仅不是忽视现实，反而是太现实、太社会了——甚至在这一点上看来各种向度的"现实"关联反而导致了这些诗歌写作潮流自身的不纯粹和某种程度上诗学建构的缺失，"出于公共道德，不断有人指摘当代诗不关联现实（这种指摘往往本身就是缺乏公共道德的表现），一些看似及时反映时事的写作，表面颇能迎合政策与人道的口味，实际上进一步强化这种不关联"。[①]

实际上，现实见证的急迫性和诗歌修辞的急迫性几乎是同时到来又具有同等的重要性。

考德威尔忧虑于完全脱离了社会的为个人经验所迫的诗人窘境，"直到最后，诗从当初作为整体社会（如在一个原始部落）中的一种必要职能，变成了现今的少数特殊人物的奢侈品"。[②] 而近些年来的最重要的关键词就是社会学批评层面的"介入"，甚至倡导介入和及物已经成为可供操作的时代美学的唯一方向性。20 世纪 60 年代年萨特所强调的"现在比任何时候都更需要介入"在当下时代又有了强力回响，尽管萨特从语言的特性认为诗歌不适合介入。无论是写作还是阅读以及评价都不能完全避免社会学和伦理化倾向——对诗人在场和社会责任的要求，对诗歌素材、主题的意识形态化的框定，以对诗歌为更多人读懂为要义。以上要求有其适用范围和必要性，但是在诗学与社会学的波动和摇摆中往往是强化了后者而忽视、贬抑了前者。

---

① 姜涛：《拉杂印象："十年的变速器"之朽坏？——为复刊后的〈中国新诗评论〉而作》，《飞地》，2015 年，第 10 期。

② ［英］考德威尔：《诗的未来》，《考德威尔文学论文集》，陆建德、黄梅等，南昌：百花洲文艺出版社，1995 年，第 301-302 页。

在日常大水中浮游的人有随时沉溺的危险。

当下的很多诗人包括 90 后诗人在涉及现实和当代经验时立刻变得兴奋莫名，但大体忽略了其潜在的危险。一个诗人总会怀有写作"纯诗"的冲动，也不能拒绝"介入"现实。但是在诗学的层面二者的危险性几乎是均等的。诗人有必要通过甄别、判断、调节、校正、指明和见证来完成涵括了生命经验、时间经验以及社会经验的"诗性正义"。而具体到不同时期的诗歌写作，"诗性正义"因为"当代经验"的变动以及自我能动性而在不断调整与更新。由此需要强调诗人处理的公共生活和焦点现实的前提只能是语言、修辞、技艺和想象力的。语言需要刷新，诗歌中的现实也需要刷新。介入、反映或者呈现、表现都必然涉及主体和相关事物的关系。无论诗人是从阅读、经验和现实出发，还是从冥想、超验和玄学的神秘叩问出发，建立于语言和修辞基础上的精神生活的真实性以及层次性才是可供信赖的。

任何单向度意义上的"整体写作"和"个人写作"都是不可能的，也是存在问题的；而往往是彼此交叉、叠合和相互发现、互动的动态结构。社会性和内在性的咬合和彼此纠正成为每个时代诗歌发展的内在性动力和平衡机制。质言之，无论是从个人精神生活还是从时代整体性的公共现实而言，一个诗人都不可能做一个完全的旁观者和自言自语者。而翻转过来看也是。

唯新、唯现实马首是瞻的写作者也不在少数，但是真正将目击现场和新时代景观内化于写作的诗人又有多少？一个优秀的诗人并不能因为习惯性的写作而封闭了语言的生成性和诗性的未定性，而是应该进一步强化并拓展。写作的自觉是一个成熟诗人的重要标志，这不只是一种修辞能力，更是精神视域甚至思想能力的对应与体现。对于当下的汉语诗歌而言，既无定论又争议不断。对于写作者来说，可能最重要的就是提供诗歌写作的诸多可能，而这些可能又必须建立于个体写作的自觉基础之上，而非欺世盗名或者自欺欺人的把戏。反之，如果在分行文字中看不到"人"，看不到属于个体的生命状态，而空有阅读、知识、修辞、技术和夹生的言辞，那么这与魔术师手中的魔术袋有什么区别吗——花样翻新最终却空无一物。我评价一个诗人甚至一代诗人有一个基本的标准——在放开又缩进的诗歌空间中有真实可感的生命状态，而生命状态的呈现和凭依又能够紧紧围绕着象征性场景和核心意象展开。在日常景象中发现异象，保留历史的遗像和现实中跌宕起伏的心象正是诗人的责任。

五

我还是要发出如下的追问。

这个时代的青年诗人尤其是 90 后诗人能够提供进一步观照自我和社会景观的能力吗？

这个时代的青年诗人具有不同以往的精神生活和思想能力吗？

接下来，我想盘问的是具体到 90 后这一代人的写作，其"新质"指涉什么呢？这一"新质"已经形成了吗？"新"到了什么程度？

在我看来，当下青年诗人的精神能力需要一个长时间段的追踪才能下点印象式的"结论"，但是目前来看一定程度上青年诗人的精神生活和思想能力是需要进行提升和反思的。这不只是这代人的问题，而是在 20 世纪 80 年代就已经出现——"现在的诗人在精神生活上极不严肃，有如一些风云人物，花花绿绿的猴子，拼命地发诗，争取参加这个那个协会，及早地盼望豢养起声名，邀呼嬉戏，出卖风度，听说译诗就两眼放光，完全倾覆于一个物质与作伪并存的文人世界"。[1]

---

[1] 骆一禾 1988 年 9 月 17 日给陈超的信。

有那么多疲竭或愤怒的面孔，在他们的诗歌中却没有多少精神深度和思想力量可言。有多少诗人还记得莎士比亚的警告——"没有思想的文字进入不了天堂"。

阅读和评价当下的诗歌已经显得如此容易和随意，评价一个诗人的"成就"也是脱口而出。这种极其不负责任的阅读和评价方式显然大大伤害了诗歌，并将那么多的平庸诗人和平庸诗作推向了以自媒体平台为核心空间的受众。阅读当下诗人，我越来越看重的是其精神成色。我这样说并不是忽视技艺、修辞和想象力在诗歌中的重要性，而是旨在强调当下时代的诗人大体有意或无意识地降低了精神难度。那么多被禁锢的头脑——这与真正意义上的"诗人"（尤其是"有机知识分子"）责任极不相称甚至大相径庭。这个时代的一部分诗人和作家却"贡献"出了过多的"伪教堂"和"思想余唾"，里面供奉的是写作者的市侩气和文字投机者的炫耀与自得，而谈不上真正的自洽、自省、自悔和自赎。生活的天鹅绒幻觉取代了文学的难度和自由的酷烈程度，沉默的舌头空空荡荡。也许当代不乏"野狐禅"的妄语和自大狂式的断语，但是带有精神启示录意义诗人却一再阙如。我不知道这是否是当代诗歌的耻辱。由此我想到了米沃什的一段话，这既是对诗歌、身体和生命状态的叩访，也是对终极意义上诗人角色、社会责任、现实境遇、公众印象的一种无不艰难的认知，"我为我是一个诗人而感到羞耻，我感到自己就像一个被扒光衣服在公众面前展示身体缺陷的人。我嫉妒那些从不写诗的人，他们因此被我视作正常人——然而我又错了，因为他们之中只有极少数能称得上正常"。① 是的，这个时代的诗人所缺乏的正是"羞耻感"和敬畏之心——对语言和精神的双重敬畏。任何一个写作者，无论是面向个体生存的细节——个人之诗和日常之诗，还是回应整体性的历史命题和时代要求——大诗、宏大的抒情诗、

---

① ［波］切斯瓦夫·米沃什：《路边狗》，赵玮婷译，广州：花城出版社，2017年，第101页。

叙事诗甚至现代史诗，都必须在文学自律性内部进行和最终完成。这涉及诗歌的个人性与普世性、时效性与长久性、现实（本事）成分与修辞能力。

对一代人的评价很容易滑向廉价的价值判断而忽视了复杂的多层次、多向度的写作现实和文本事实以及写作者社会身份和现实经验、写作经验的差异（比如有的仍处于校园和学院，有的则早早侧身于时代的熔炉，甚至从未迈进过大学的校门）——即使是一个物体就同时具有了亮面、阴影和过渡带，同时具备了冷暖色调。而多层次和差异性的空间正对应于同样具有差异性的观察者、描绘者以及相应的抒写类型。我想到雨果的诗句："我们从来只见事物的一面，/ 另一面是沉浸在可怕的神秘的黑夜里。/ 人类受到的是果而不知道什么是因，/ 所见的一切是短促、徒劳与疾逝"。

社会景观在当下"制度性素材"堆砌式的"浅层"写作中多少被庸俗化、世俗化和窄化了，词与物的关系缺少发现性，缺失应有的张力与紧张关系——缺乏反视、内视、互看。陌生之物、熟悉之物、发现之物、神秘之物"内在性"被晦暗、变动和有限所遮蔽。这需要诗人进一步去蔽。在一个媒介如此开放，每个人都争先恐后表达的时候，差异性的诗歌却越来越少——这既关乎修辞，也与整体性的诗人经验、精神生活和想象能力有关。值得肯定的是诗人与日常生活和社会现实之间的紧密关系使得诗歌的现场感、及物性得到提升，但与此同时诗歌过于明显的题材化、伦理化、道德化和新闻化也使得诗歌的象征和隐喻系统以及相应的思想深度、想象力和诗意提升能力受到挑战。诗人的"现实"，一种语言化的、精神化的、想象性的"真实空间"。而时下越来越流行的是日常之诗、新闻之诗、时感之诗、物化之诗，而忽视了诗歌的见证要比新闻更可靠。孙文波在 90 年代认为诗人应该能够从日常事物中发现诗歌，但是当下的写作者更多是局限于物化时代个人一时一地的多见所感，热衷的是"此刻""及时""当下""感官"和"欣快症"，普遍缺乏来自个人又超越个人的超拔能力与普世精神。诗歌正在成为一个个新鲜的碎片，开放时代的局促性写作格局正在形成。

那么写作者所面对的显豁的境遇就是如何在经验贫乏的时代完成"自救"。而这一时代的诗人更愿意充当一个观光客，充当闹哄哄的采风团的一员，欣欣然地参观各种旅游景点，而稍微以为有点文化的则迈进了寺院和博物馆。但他们并不是用笔记录，而是更乐于让手机和相机来完成这一工作。而与此境遇下还能安心写诗且有所得有所为者，则必须是具备了特殊视力和听觉的人。快速交通时代诗人的"行走能力"几已丧失，但是仍兴致勃勃地制造出了大量的"伪地方诗""伪山水诗"——甚至更多还披上了民族和宗教的符号化的外衣。

事实是，诗人之间以及日常中人与人之间可供交流的直接经验反而是越来越贫乏。就写作经验以及阅读经验而言，汉语诗人的窘境已猝然降临。在整体性结构不复存在的情势下，诗歌的命名性、发现性和生成性都已变得艰难异常。

六

如何整体性地评价90后（类似的可以推广到"70后""80后"）以及同代人的诗歌写作，这样是可能的吗？这成为我最大的一个疑问。当然也是类似的其他研究者们的狐疑，"生活于当下世界的诗人，在内心中也一直徘徊着某种焦虑与反思的幽灵。因此，一种想要去审视他人尤其是同代人（在此，"同代人"更多的是一个写作上的代际概念，并不宏指那些同处于一个时代空间之内人群的全部）的诗歌写作的意愿，便从内心底层萌发。作为出生于1990年的一位习诗者，这种对同代诗人写作的审视在某种程度上于我来说似乎是不合时宜的，它不可避免地将会带有某种距离或视野所引致的种种偏狭与短视"。① 茱萸在评述 20 世纪 80 年代出生的诗人的时候也不得不感叹"我低估了谈论同代人写作的难度"。②

我一直在心里盘问，这个时代的诗人是悲观主义者吗？

在一个连忧伤和愤怒都已经式微的年代，即使在文学世界做一个悲观主义者也无妨，最重要的或者说我感兴趣的是这一无处不在的悲观情绪是如何在文字中完成的。

反讽、无望，碎片式的写作正在成为当下写作的整体精神大势——整体性被取消，总体想象不复存在，假想的单一的中心已经涣散，取而代之的是碎片、个体。我们也不得不接受一个显豁的事实（现象）：不断被强化、张扬甚至膨胀的个体主体性都不可避免地成了一个个的"碎片"——个体和碎片却形成了一个个以个体和碎片为基点的中心，人人都是主体和高分贝的发声装置，包括同样碎片化的阅读和评价。

块茎取代了时间顺序、空间秩序（中心）和线性法则之后强化的是个体的伦理——去中心、去秩序、去整合。这同样是值得重新评估的另一种中心论的变体。在"个体"被无限放大的诗歌写作背景下，我们目睹的却是一个个闪亮的或蒙尘隐匿的"碎片"。在这个时代，平心而论，我听到了不绝于耳的诗人对自我和个体的强化，似乎在"个人"之外已没有任何值得谈论和抒写。这种看似合理的无须争辩的"个体诗歌"实际上已然代表了一种可疑的写作姿态，这又是很难避免的。具体到诗歌写作而言，我想追问的是一个诗人与另一个诗人的区别在哪里呢？是你已经发明了一种新的写作技巧，还是你在诗歌中经历或发现了这个时代别的诗人没有的那种生活遭际和精神生活？

① 马骥文：《论同代人的诗歌写作》，《诗刊》，2017 年，第 4 期，第 9 页。
② 茱萸：《块茎与星丛的诗学——生于 1980 年代的汉语诗人》，《诗刊》，2017 年，第 7 页。

在不断强化个体的同时，我们随之看到的景象似乎也不容乐观，"更为实际的情况或许是，大家不仅适应了'时间'被'空间'取代，同时也拒绝了任何空间的特权化：我们精心写作、大规模地出版、小规模地细读和交谈，其实每个人都身处高低错落的'千座高原'：这些高原无中心、非层级、不攀比，闷着头各自伸张，彼此的重叠、褶皱、衍生，给了自我足够的滑行、变异的可能"。^① 茱萸在评述 80 年代出生的诗人群体时借用的正是德勒兹的"块茎"和本雅明、安多诺的"星丛"的概念与方法以期强调对认知框架和叙述秩序的突破。^② 茱萸的做法显然是有效的，对于解读个体和文本来说尤其如此，但是最终茱萸同样也不能避免布鲁姆意义上的"影响的焦虑"和"影响的剖析"。尤其是新媒体、自媒体和极其多元的诗歌生产和传播、评价机制在制造出海量的诗歌文本——只是程度和方向不同。茱萸在评述 80 年代出生的汉语诗人的时候也不由自主地以"同代人""当事人"的身份进行定位，甚至是诗歌史意义上的定位，比如"全方位型的人物"（胡桑）、"总体作者"（王东东），甚至不惜使用"天才"（洛盏）"常人罕及的全面性的精神储备——无论创作、翻译与批评，他都有着很好的取得巨大成就的可能性"（厄土）等这样"高大上"的字眼。我这样说并不是否认同时代人研究的重要性和有效性，而更大程度上是对我个人关于这方面研究的自我检讨。我深深知道自己当年的《尴尬的一代：中国 70 后先锋诗歌》的弊端和类似的焦虑。

出生于 20 世纪 90 年代的诗歌写作者，从目前的数量上来看已经超出了我们的想象，而大量的诗歌写作者（真正意义上的"诗人"不同于"诗歌写作者"，后者反倒是对前者形成了遮蔽，尤其是在公众世界的集体印象里）也

---

① 姜涛：《拉杂印象："十年的变速器"之朽坏？——为复刊后的〈中国新诗评论〉而作》，《飞地》，2015 年，第 10 期。

② 茱萸：《块茎与星丛的诗学——生于 1980 年代的汉语诗人》，《诗刊》，2017 年，第 7 期，第 7 页。

使得真正意义上的强力诗人和代表作被埋没——另一个与之相反的现象则是大张旗鼓的自我美化。诗歌越来越成为少数几个诗人朋友之间的互相阐释和相互吹捧，而在更大的范围内的有效的诗歌阅读和评价则需要重新审视。

回到写作的内部。写作者一方面不断以诗歌来表达自己对世界的发现与认知（来路），另一方面作为生命个体又希望能有一个诗意的场所来安置自己的内心与灵魂（去处）。这一来一往两个方面恰好形成了光影声色的繁复交响或者变形的镜像，也让我们想到一个诗人的感叹"世事沧桑话鸟鸣"。各种来路的声色显示了世界如此的不同以及个体体验的差异性。但是，问题恰恰是这种体验的差异性、日常经验以及写作经验在当下时代已经变得空前贫乏。是的，这是一个经验贫乏的时代。经验问题最终必然落实为语言。这种经验贫乏不仅指向了个体的日常经验，而且指涉写作的历史累积成的"修辞经验"。技术、资本、速度、城市以及媒介所形成的权势经验对日常经验、写作经验构成了双重遮蔽，甚至遮蔽程度是空前的。

七

"90 后"诗歌越来越证实了一种宏大的整体性诗学研究的不可能。换言之，个体的写作和文本的新鲜碎片已然成为这一庞大写作群体的整体表征。

在文学生产和传播媒介的近乎革命性巨变的语境之下，"90 后"是空前的"获利者"。文学阅读视野的广度、交互性的便利程度、整体修辞能力的提升以及表达差异性自我的强烈诉求都似乎让我们有理由相信即将看到"崭新"的诗歌风貌和精神景观。在近些年的阅读 90 后诗歌的过程中，我感受到了当年奥登所言的"焦虑的时代"在另一个时代诗人这里的投射，这同样是本土经验使然。在这些诗人这里我看到了犹疑、尴尬、游荡、折返、丧乱和失魂落魄，看到了不安、焦虑以及试图和解和劝慰，也目睹了虚无的故地和乡土的黄昏。当这些如此不可思议地缠绕在一起的时候你能够强烈感受到诗人并不轻松的日常生活和精神生活。

诗人不只是在寻求世界的"异质感"，也是在寻求历史风物踪迹和精神世界深隐的"真实"。真正的诗歌并不是看起来怪诞和目迷五色，而应该是朴素的，甚至在特殊的历史和诗歌文化语境下，"朴素"也可能成为一种先锋，"求新成癖的时代，朴素更令人陌生"（陈超）。由此，诗人既是一个遥指历史的人，也是现场的指认者。诗人可以直接回应、自明自身，也可以采用深潜的障眼法。经验与超验、智性与直觉、抒情与叙事在一个具有综合能力的诗人这里是不可二分的。还必须予以强调的是，这是一个"抒情诗"普遍遭受到了贬抑甚至抵制的时代，这样说并不意味着"抒情诗"就失效了，而是从"现代性"和经验的复杂性以及诗歌本体的边界拓展而言分裂、尴尬、怪诞和孤独、阵痛、虚无的体验都更需要一种综合性的修辞。即使是"抒情"，也必须具有复杂和深度以及别样的"眼光"，因为"任何抒情诗都是靠相信可能得到合唱的支持而存在着的"，"抒情诗只能存在于一种分暖的氛围，存在于一种声音上绝对不孤独的氛围"（巴赫金）。

说现代诗正在遭遇经验危机也许并不为过，甚至是前所未有的经验的贫乏。当然这种经验贫乏并不只是在汉语和这个时代发生，"意识到对经验的触目惊心的剥夺和史无前例的'经验的缺乏'也是里尔克（Rilke）诗歌的核心"。[1] 无论是一个静观默想的诗人还是恣意张狂的诗人，如何在别的诗人已经趟过的河水里再次发现隐秘不宣的垫脚石？更多的情况则是，你总会发现你并非是在发现和创造一种事物或者情感、经验，而往往是在互文的意义上

---

[1] ［意］吉奥乔·阿甘本：《幼年与历史：经验的毁灭》，尹星译，郑州：河南大学出版社，2016年，第2页。

复述和语义循环——甚至有时变得像原地打转一样毫无意义。这在成熟性的诗人那里会变得更为焦虑，一首诗的意义在哪里？一首诗和另一首诗有区别吗？由此，诗人的"持续性写作"就变得如此不可预期。

流行的说法是每一片树叶的正面和反面都已经被诗人和植物学家反复揣量和抒写过了。那么，未被命名的事物还存在吗？诗人如何能继续在惯性写作和写作经验中还在电光石火的瞬间予以新的发现甚至更进一步的拓殖？不可避免的是诗人必须接受经验栅栏甚至特殊历史和现实语境的限囿，因为无论是对于日常生活还是个人化的历史想象力和修辞能力而言，个体的限制都十分醒目。"词与物"的关系不只是单纯语言学意义上与个人的修辞能力有关，更与考古学层面整体性的写作秩序、惯性思维、意识形态甚至政治文化（比如重复、套用、效仿）不无关联。"词与物"的关系必须是个人的现实化与历史化的同步，尤其是在"旧经验"（比如"乡土经验"）受到全面挑战的语境下"词与物"的关系不时呈现为紧张的一面——甚至有些"词""物"以及连带其上的经验被连根拔起成为永逝。但具体到写作实践（所见、所读、所写），这并非意味着诗人由此失去了"现实测量"层面的写实性或者呈现能力而成为扶乩者式的看似神秘怪异实则无解的"纯粹知识""纯粹超验"般的文字玄学。无论诗人是天才还是朴拙的普通人，都必须说"人话"。尤其是在诗歌自身提升以及阅读能力普遍提高的今天，蒙人的诗或自欺的诗基本已经没有什么市场了。从这方面来说，诗人更像是"望气的人"，于山川河泽、莽莽草木中生发出精神的端倪和气象。与此同时，这一特殊的驻足凝望和辨别的时刻正是生命时间、自然时间和历史时间的叠合。

经验窘迫中的诗人如何能够继续发现和自我更新？毫无疑问，这是当代和同时代写作者都必须正面的显豁难题。诗人拓展自我、经验、现实和时代景观的具体方式就是历史的个人化、空间的景观化、现实的寓言化和主题的细节化。写作者不能再单纯依赖现实经验，因为不仅现实经验有一天会枯竭，而且现实经验自身已经变得不可靠。美国桂冠诗人丽塔·达夫就强调仅是说说人生经验还不够，必须有什么东西把文字提升到一般的描述之上。

晚年身患糖尿病的德里克·沃尔科特终于突破了经验的限囿而找到了自己语言谱系和意义织体中耀眼的"白鹭"，"这些浑身洁白，鸟嘴发红的白鹭多么优雅，/每只都像一个潜行的水壶，在潮湿的季节/茂密的橄榄树，雪松/抚慰咆哮的急流；进入平静/超越欲求摆脱悔恨，/或许最终我会达到这种境界"（程一身译）。而只活了58岁的杜甫则在54岁时完成了独步古今的《秋兴八首》。在乡愁和乡土伦理在诗歌中近乎铺天盖地的时候，有哪个诗人能抵得上老杜的这一句"丛菊两开他日泪，孤舟一系故园心"？当在终极意义上以"诗歌中的诗歌"来衡量诗人品质的时候，我们必然而如此发问——当代汉语诗人的"白鹭"呢？是的，从精神视野以及持续创作能力而言，诗人应该是一个能够预支了晚景和暮年写作的特异群类，就像瓦雷里一样终于得以眺望澄明。

一代人也只是历史性的一个瞬间。对于正在生成、分蘖的"90后"诗歌我们能做到的也许更多的就是群体性的"展示"，以此来增强阅读者的观感。与此同时，我们又应该持有审慎和开放并存的阅读期待，也许文学并不存在什么可供文学史家谈资的"时间进化论"。对于前景和问题，对于优劣短长，对于及时性的赞扬或者否定，都需要我们耐下心来先读读他们已经写出的或者将要写出的有没有不同以往之处。也许阿甘本的一句话可以作为某种对于同时代性的诗人和写作者并不轻松命运的提请："必须以生命换取自己的同时代性的诗人，也必须坚定地凝视世纪野兽的双眼，必须以自己的鲜血来黏合破碎的时代脊骨。"

（原载《扬子江评论》2018 第 3 期）